莽山血案

何继青 题

李德成 著

中国文联出版社

图书在版编目（CIP）数据

苍山血海 / 李德成著 . -- 北京：中国文联出版社，
2020.12

ISBN 978-7-5190-4449-7

Ⅰ . ①苍… Ⅱ . ①李… Ⅲ . ①纪实小说 – 中国 – 当代
Ⅳ . ① I247.5

中国版本图书馆 CIP 数据核字 (2021) 第 015870 号

苍 山 血 海

作　　者：李德成

终 审 人：苏　晶　　　　　　　　　复 审 人：王柏松
责任编辑：曹艺凡　　　王九玲　　　责任校对：王颖芬
书籍设计：贾闪闪　　　　　　　　　责任印制：陈　晨

出版发行：中国文联出版社
地　　址：北京市朝阳区农展馆南里 10 号，100125
电　　话：010-85923029（咨询），85923000（编务），85923025（邮购）
传　　真：010-85923000（总编室），010-85923025（发行部）
网　　址：http://www.clapnet.cn　　　http://www.claplus.cn
E - mail：clap@clapnet.cn　　　　wangjl@clapnet.cn

印　　刷：北京天恒嘉业印刷有限公司
装　　订：北京天恒嘉业印刷有限公司
本书如有破损、缺页、装订错误，请与本社联系调换

开　　本：710×1000　　　　　　1/16
字　　数：365 千字　　　　　　印　　张：20
版　　次：2020 年 12 月第 1 版　印　　次：2020 年 12 月第 1 次印刷
书　　号：ISBN 978-7-5190-4449-7
定　　价：56.00 元

目　录

序　言

苍山血海

顶层设计·精神情怀·实力比拼

给长篇小说作序，这是第一次。

《苍山血海》是一部从特殊的局部、特殊角度来记录和反思抗日战争的写实性作品。

抗日战争是中国人民永远不能忘怀的记忆。描写抗日战争的文学作品已经浩如烟海，但是总让人有骨鲠在喉、话未说尽的感慨。

解析世界上的战争（其实也包括国际间的竞争），胜负原因主要有三大要素：一是顶层设计，包括终极目标、战略战术等；二是精神情怀，包括国家上下的团结、军队和人民的献身精神等；三是实力比拼，包括武器装备、后勤能力、财政实力等。

上古时代，人类没有军队和人民的分别。部落之间的争斗、族群之间的争斗，主要是争夺赖以生存的食物、狩猎领地。生产（狩猎）时全部落的劳动力都是生产者，敌人来抢夺时全部落的人都是抵抗者，绝对是全民皆兵，同仇敌忾。争斗双方的顶层设计是一样的：保住自己的生存资源；精神情怀也是一样的：拼死战斗。这时比拼的就只是实力，实力不行的部落多数成为了强大部落的奴隶。

国家成型之后，国家的领导人之间有差异；生产力发展之后，军队逐渐独立出来，各个军队的战斗力有差异；各国的人民生存状况不一样，精神情怀有差异。于是，战争的胜负往往就不是实力这一单一因素可以决定的了。

无论是从"九一八"事变算起的十四年抗战，还是从卢沟桥事变算起的八年抗战，日本人侵略中国的线路图是在甲午战争之前就设计好的。中日甲午战争和日本侵华战争，日本人的顶层设计都没有变，都是肢解吞并中国以发展日本。日本人的武士道精神也没有变，而且后一场战争时，日本的实力远比甲午战争时强大。但是这两场战争中他们的对手变了，抗日战争时的中国人和甲午战争时的中国人完全不同了。这是造成战争结果不同的根本原因。

甲午战争时期中日两国的大概对比是：

实力：中国远远强于日本。

据史料记载，1870年，中国的经济总量占世界经济总量的17.2%，仅次于英国，远超德、法、俄等国，是世界第二。直到甲午开战的第二年1895年，经济总量才被美国超过。当时大清帝国，有江南制造局、金陵制造局、福州船政局、天津机器局等一批当时先进的机器工业。其代表有设备先进的汉阳铁厂、机器采煤的开平矿务局、中国自己修筑的唐胥铁路等等。旅大、威海、大沽等基地，是当时远东规模最大的军港、炮台防御体系。

1893年，日本军舰的总排水量相当于大清的七成。而且，北洋舰队的装甲数量和质量都超过了日本舰队。中国的海军实力当时是世界第六、亚洲第一。其中，定远和镇远号铁甲舰拥有当时最先进的海上军事技术。当时中国的钢铁、煤、铜、煤油、机器制造的产量都比日本高得多。当时的人口，大清约43610万，日本约6700万。当时的军队，大清约100万人，日本约24万人。战争中，中国投入的兵力63万多人，是日本的3倍。

顶层设计：日本人远远高于大清。他们精心策划多年，设计了侵略中国的线路图，筹谋了各种战略战术。大清的朝廷浑浑噩噩，完全没有任何战争准备。

精神情怀：日本的上层热切期望占领中国，发展繁荣日本，下层高呼为天皇而战，为日本而死。大清的相当一部分将领贪生怕死，指挥不当甚至望风而逃，相当一部分军队没有战斗力。

实力强大的中国败在了顶层的腐败、精神的颓懦。这是至今很多中国人不能接受甲午战争失败结果的症结。但是我们也从中看到，顶层设计的精确、精神情怀的壮烈，是可以弥补实力的不足，可以逆转战争的败局。

这在抗日战争中体现得很明显。

与甲午战争比，抗日战争时期胜负三要素的情况，日本人基本没有变。中国呢？

二战期间，同盟国与轴心国，均发布过各种国民经济统计数据，但是几乎都不包含中国，因为当时中国的经济比重太小，可以忽略不计。全国八年抗战，民国政府的钢产量为4.5264万吨，仅是日本同期钢产量的千分之一。因为没有钢铁生产，中国的枪支弹药根本不能满足自造需要。子弹原料为300吨/月，全部依赖美国飞机空运输入。我国工业制成的子弹，平均每兵只分得48发/年。这意味着，不仅八路军、新四军没有充足的武器弹药，国民党中央军和地方军阀如果没有外援，同样没有充足的武器弹药。

于此，毛泽东主席尖锐地指出："日本帝国主义为什么敢于这样地欺负中国，就是因为中国没有强大的工业，它欺侮我们的落后。""要中国的民族独立有巩固的保障，就必需工业化。我们共产党是要努力于中国的工业化的。"

如此薄弱的实力，如此落后的装备，中国人民怎样才能赢得这场残酷的战争呢？

毛泽东这样进行了顶层设计："革命战争是群众的战争，只有动员群众，才能进行战争，只有依靠群众，才能进行战争。动员了全国的老百姓，就造成了陷敌于灭顶之灾的汪洋大海，造成了弥补武器等等缺陷的补救条件，造成了克服一切战争困难的前提。"他明确提出了人民战争、人民军队与持久抗战等一系列的战略战术概念。这是全民抗战取得最后胜利的基本指导武器。

毛泽东领导的军队有着什么样的情怀？

据《斯诺回忆录》记载，"共产党军队完全是由志愿兵组成的，是国内唯一没有征兵和被强制服役者的军队，几乎完全靠老百姓的拥护而生存，这种拥护是以他们所给与老百姓的待遇为条件的；八路军是国内军饷最少的军队，当人们为了每月分文全无的收入而死时，他们一定坚信着一个极伟大的使命，对于他们的领袖一定有绝对的信任"。

本书中，对这一点有着深刻的描写。本书中的八路军战士，不讲条件，没有奢求。不会因为没有空中支援就放弃进攻，不会埋怨炮兵火力不够，不会怪罪没有足够的给养。他们永远忠实地自觉地执行着自己的使命，与阵地共存亡，与老百姓共命运，战斗到最后一息。

有一段时期，一些人对抗战产生了模糊看法，甚至对共产党所领导的八路军、新四军的中流砥柱作用都产生了怀疑。这些人既短视又浅薄。事实上，艰苦的全国八年抗战，中国共产党领导的军队，作战12.5万余次，歼灭日、伪军171.4万余人，其中歼灭日军52.7万余人，牺牲60余万子弟兵。建立了约100余万平方公里的解放区，解放了约1亿人口。而且这都是在极其艰苦的条件下取得的。这些战绩，极大地鼓舞了全中国人民的抗战斗志，受到全世界的尊敬。

令人气愤的是，中国作为第二次世界大战的战胜国，并没有保护住自己的利益，美军还获取了在青岛等地驻军的权利，列强海军依然可以自由出入长江及内河。这些情况的发生和当时国民政府掌权者的情怀有关，他们想的是为了维护自己的统治、既得利益集团的权益，可以牺牲国家和民族的利益。所以他们最后被赶出中国大陆也是必然的。

应该强调，在抗日战争中，沿山东大部及连接江苏、安徽、河南、河北等地区，八路军建立了约12.5万余平方公里山东抗日根据地，人口约2400万（不含冀鲁豫边区之鲁部40个县，人口1100万）。拥有八路军正规部队33万余人，占全国总数的1/4以上；整个抗战，山东的伤亡人口在600万至653万之间，约占全国伤亡人口的1/5以上；共毙伤俘日伪军60万人，约占八路军、新四军的歼敌数量的1/3以上；

山东籍抗日烈士，有名有姓的达 8 万余人，其中胶东地区有 20850 名烈士。山东八路军参战兵力，主力 33 万、地方部队 71 万、民兵 259 万，总计 363 万人；国民党军，韩复榘部与其他各部大于 20 万。山东参战总兵力达 383 万。

确实，山东对抗战有巨大贡献，对新中国的建立也有着巨大贡献。我想，也是有感于此，李德成才写作了本书。他当过记者，发表出版过许多文学作品。他所选取的史料数据，具备真实性、可靠性。本书以全景式的角度，用大量反衬、对比的手法，写实地刻画了胶东抗日根据地广大民众，在战争条件下，克服各种艰难险阻，推动工业化与科技化进程；描写了在伟大的人民战争理论指导下，八路军战士敢于牺牲的勇气，人民群众对精神的创造。所以，人民战争在山东胶东等地取得伟大胜利。如我在本文开头所说。本书读来有纪实文学的真实感。

给本书写序的时候，发生了特朗普向中国发动贸易战的事件。我忽然想到了中美真正短兵相接的战场：上甘岭。

在一块仅长 2700 米、宽 1000 米的狭小地域内，双方 10 万余人拼命厮杀了 43 天。整个上甘岭战役中，中国军队没有飞机、没有坦克。在坑道里坚持战斗的志愿军战士，极度缺水缺食缺药，以至于首长下令，能够给坑道送进一个苹果，记二等功。战役中，美军总共发射了 190 多万发炮弹、5000 多枚航弹，志愿军只有 40 多万发炮弹。志愿军不但没有足够的大炮，甚至没有足够的反坦克手雷。如一篇报道中所说：美国人可以动用 B-29 去轰炸一辆自行车，而我们手里的反坦克手雷只能留给敌人的坦克，去炸碉堡都很奢侈。

联合国军武器实力对比占有强大的优势，16 个国家最精良的军队，最先进的陆海空立体军事集团，30 多个后勤支援国家，加在一起 40 多个国家的军事力量，最终还是败给了伟大的中国人民志愿军！

上甘岭的胜利，昭现着一个民族伟大的情怀力量。只要有这股力量，无论是贸易战还是其他战，我们都会一往无前，压倒一切敌人。

在这个时候看看这本书，重温抗日战争中的精神，你会有新的体会。

是为序。

张飙

戊戌年暮春于北京天歌轩

楔　子

时空，像一根线，围绕着一个点，不停地绕来绕去。

有了这根神秘的线，便有了平面、几何，有了时间、空间，还有了维度和川流不息的公路。

地球就是这根线给硬生生绕出来的。所有的路，不过是这根线上很小的一个点。

时间的点，突兀生变，一片惨淡，死寂笼罩着大地。不见过往的旅人，不见尘土飞扬，也不见哼着小曲，坐着小推车，回娘家的小媳妇了。

时空，已转换到炮舰加飞机的时代。陆地、天空、水上、水下，扫过滚滚的铁流，人还没见到，长矛大刀，瞬间已被炮火和气浪炸成了粉末灰烬。

历史的荣光，被迅猛而来的科技击得粉碎。似乎从没有什么金戈铁马，也不曾有过耀武扬威。硝烟炮火，发出翻江倒海般的呼啸，把以往的一切，扫荡一空。

向前走，是鲁东。鲁东再向前，是无边的海。

真的是山穷水尽，走投无路。

从明朝开始，皇上就学着宋朝的样子，不玩实力，而与外患玩智谋。玩来玩去，就玩出个大清国。而大清朝，继续学着明朝的样子，与外国人玩智谋，连类比物，终于玩成了这个样子。

第一章

湛蓝的天空，阳光直洒，沐浴在鲁中明媚的早春。

穿过小树林，向后走，是一片乱哄哄的高粱地。

北侧约 1 里路，便是有名的炉包铺，那一排排的小房子，并没多少年历史。

这就是传说中的简庄。

简庄的房子直接临街，外简内明，相得益彰，没有天井或院子。

旁边 10 多里之外是大北营。大北营是废弃的老营。当年来自四面八方的兵勇后裔，不是蒙八旗，就是汉八旗。八旗兵都是世兵制，直接隶属皇帝。

天天磨刀擦枪却总打败仗，这显然不是人干的事。为逃避世兵制，有的八旗，就把老婆孩子私下里送到外面落脚。那些地方，逐渐发展成一个个村庄，谈吐举止也渐渐地有些本地化了。

类似这样的小村庄，遍布齐地，少说也有几百个。

胡百胜在这里疗伤。弟弟胡百榜负责照料他。

胡百胜身高体健，络腮胡子，一身青年装。他先是在私立青岛大学读工科，后进了黄埔军校武汉分校第 4 期。毕业后在中央军当参谋。部队在华北遭日军的毒气弹攻击，他中毒后晕眩。在昏睡里与部队失去了联系，被河北老乡发现抬回家。他醒后，老乡又费尽千辛万苦，将他送回家乡休养。

儿子是为国抗敌，无上荣光。父亲千恩万谢，给老乡 200 块大洋当路费。毒气让胡百胜神经麻痹，有点行动不便。父亲怕有后遗症，又将他送到好友大北营的名医古井堂处，古井堂又是扎针，又是灌药，三个月后，胡百胜的身体逐渐恢复了，开始有力气了。

胡百榜青岛国立大学毕业，身体文弱面带忧郁，胡百胜说：他随母亲的多。

因为身体弱，胡百榜常常做各种稀奇古怪的梦。昨天他又梦见了东北的那个女同学。梦见他们一起乘着小船畅游大海，漫游世界，然后梦见了她的死。他是如此喜欢她，却从没敢告诉她。

女同学毕业后回到东北，再后来，参加了抗联，在战斗中被汉奸打死。她那么年轻，又是如此美丽，胡百榜的心中不由泛出淡淡的忧伤。

哥俩没事就一起谈古论今。古井堂一般总是在旁边笑着听，偶尔有时也加入进来，但他的话很少。

在古代，山东分齐鲁。齐国是农业人口，鲁国是游牧人口，自古天天打仗。为牵制、分化、平衡地方势力，历代皇帝，玩的就是把不同方言的人群混到一起。

鲁地乃孔孟之乡。历史上，黄河都是"三年两决口，百年一改道"，而各级官僚都是打着修河筑坝的幌子弄钱，从无真正地去做防水排涝的工程，鲁地连年河水泛滥，成为黄泛区。民众无法种地，衣食不饱，流民自古不绝。那时候与内蒙古、西藏的牧区差不多，常年以畜牧业为主，大尾寒羊、小尾寒羊几乎都是产自于孔孟之乡。因此，两千年下来，很多人形成了这样的思维定势：养着小羊，卖了老羊，把钱花掉；没饭吃了，出门去讨；讨要不到，就去偷去抢。

民国以来，鲁地连续发生严重的灾荒。*1927* 年到 *1930* 年，灾民达 *2100* 余万，仅贴近济南一带就饿死 *300* 多万人。

汉高祖规定"非王亲子弟，莫可使王齐者"。汉武帝则认为"天下膏腴之地，莫盛于齐者"。齐地丰衣足食，自古白菜、豆腐、狗肉、驴肉、贝类等美味被列入不得请客入席之类。虽然鱼和羊构成"鲜"字，但方圆几百里，几无养羊的农户。因为周边多丘陵、山地，羊吃草，破坏庄稼、植被。几十年的农耕文明，不吃羊肉早已约定成俗。

战国祸端，中原等国迁入。各灾区、黄泛区的游牧人口，沿路逃难到这里。沿海的盐碱地，适合种甜高粱，不断有人在这里开荒种地。逃难的人群，也在这里学会了各种技艺。野狼被压缩到山沟里。

胡百胜说：自古天下粮仓都在长江以北。山东论面积不算大，人口却最多，主要是农业水平高，故而粮食、蔬菜、果品、肉蛋产量高，物资丰富，有史以来一直位居全国前列。

古井堂说：他一直怀疑大槐树和云南移民的说法。山西和云南那么穷，这两个地方都没有多余的粮食。很多山区，除了大户人家，其余的都是全家一条裤子，谁出门谁穿，哪会有那么多人口移民到鲁东、鲁中？

胡百胜说：大概和现在很多家谱一样，古代编造历史是常事。我在华北打仗的时候，走到哪儿，都说自己是大槐树下的移民。

众人皆笑。

自古便是山东安，则天下安。山东瘦，而天下肥。古代皇帝并不完全靠地方官横征暴敛。明朝时代，沿大运河建了 8 个收税的机构，叫"钞关"，其中运河临清关，占当时全国总税收的四分之一以上。

大运河是中国农业社会高不可攀的峰顶。她为缺水的北方输送了水资源，提供了几乎无限并廉价的运力，为朝廷和官府解决了税源，还防止了南北朝与分裂中国的出现。大运河共有4个漕运水次仓，2个在山东，其中确保京畿与华北粮食安全的德州仓，被诡变多端的康熙，从户部剥离，全部交给莱州府负责管理和运输，而莱州府远离德州千里之外。

康熙为什么这么做，没人知道。自此莱州府一下子变成了中央直辖。德州的水次仓再也没出过任何事。

清朝末年。很多土财主，做起了修路的生意。坊子的土财主，看准了这里的地势，修了条极简易的公路。这条路，居然连接起胶县、平度和昌邑，并开征过路过桥费。

简庄一下子热闹起来，人欢马叫。不知不觉就搬来了更多人，他们勤劳勇敢，挑脚、拉夫、吹喇叭抬轿，啥都能干。

来往的大车，轮子都是木头包着铁皮，轧得马路嘎吱嘎吱响。直到有一天，青岛的假洋鬼子，骑来了胶皮轮胎的自行车，接着修了中国第一条汽车公路，开来了吧嗒吧嗒奔跑的汽车。

傲慢无比的假洋鬼子们，连车牌都没设计好，就风火火地来了。大清朝实在撑不下去了，9年后也"送巢"垮台了。民国兵浩浩荡荡开来，也带来了道路建设税。据保甲长办事处统计，那时，简庄已经有了几百口人了。有忙忙碌碌的大车店，含辛茹苦的炉包匠，每天中午，一炉炉香喷喷的烧饼便出炉了。

炉包，发端于齐地的一种特色小吃。以肉须、韭菜、菜豆、萝卜等馅为主，咬一口，又香又嫩。

民国的保甲长，骨子里延续的依然是豪强士绅的统治。而豪强士绅都靠家丁、枪支保护自己的产业。所以，万苦千辛的农民，继续遭到残酷、多重的经济压迫，农民的利益几乎被无限制地掠夺。政府和古代衙门一样，只关心税收，其余无人过问。

县行署很快派来了税警。税警、盐警都是收税的，人口数量，是靠盐税、人头税的数量推算出来的。

花白胡子的古井堂经常托老申家买肉买骨头，为家中的疑难病号补身体。胡百胜这些天喝的骨头汤，都是老申家帮助买的。

古井堂说：日本人来了，看架势，老申家的大小子申得勇能当县长。胡百胜笑道，恁老人家怎么知道的呢？古井堂说：听他爹说的。他爹说，日本人来了，他申家的大小子不当县长谁当县长。胡百胜说：恁老人家医术这么好，应去上海或青岛开个医院、诊所什么的。古井堂说：这涉及到药材，例如给你用的药，有一味是需烧 20 年以上的锅底灰,现在城市不好找啊,青岛、上海早都烧煤了,只有农村才烧柴火。再说,兵荒马乱的,没安身之处啊。

东亚病夫可不是外国人随便封的。厚黑学更是风靡全国。胡百榜笑道,站在村口向西看,西乡麻风一大片;站在村口向东看,东乡乞丐满街窜;站在村口向南看,土匪占山收路费;站在村口向北看,全是汉奸走私犯。

胡百胜和古井堂一起笑起来。然后,他们的脸上都掠过一丝不安,笑容那样凄凉和惨淡。

古井堂说:你爹可真有学问,你叫百战百胜,你弟金榜题名一次还不够,还要上百榜。

胡百胜笑道,他老人家听戏听多了,不知道自古以来都是龙生龙,凤生凤,耗子生来会打洞。自古多是拼爹、拼家财出来的。谁穷谁当官的事从没有发生过。

古井堂也笑。

胡百胜猜,申得勇混过法律专科,识得不少汉字,说话抑扬顿挫,样子像学富五车。给人的感觉,就是没两把刷子,也有那么两把胡琴。

申得勇现在还是简庄的税警,他喜欢别人叫他申所长。

为了锻炼身体,胡百胜经常在胡百榜的陪伴下,一瘸一拐地在田野漫步。乡村潮湿的上午,让他心旷神怡。偶尔,他会看到申得勇从村口走过。这小子日常住在县城,他穿着黑衣服,戴着黑帽子,瘦骨嶙峋,样子像吊孝的。他三天打鱼,两天晒网,骑着自行车,挎着匣子枪,穿过高粱地。早晨,从村东头晃悠到西头,下午,又从村西头游荡到东头。

申得勇他爹唠嗑说:简庄总有人请他吃饭喝酒,听他训话骂街,宣讲税法。俗话说:淮军闽军,打仗没影;盐警税警,风雨不愁。

申得勇的梦,是只管捞银子。有了银子,他就可以把世界踩在脚下。

2

向东。越过胶莱河,是胶东半岛。

鲁东的海边,阳光普照,天空仿佛永远蔚蓝。

这里几乎看不到高粱地。鲁东的土地主要是棕壤,含有大量盐碱,并不肥沃。经过千百年不断改良,使得这里的农业不断天翻地覆。有史以来,鲁东一直种植小麦。这里的人再穷,甚至吃不起白菜萝卜,也有各种海鲜吃。退潮的滩岸，是遍地可吃的贝类、藻类等。市场上各种鱼类、虾类、蟹类又便宜又美味，产量又大，做法简单，入水就熟，味道鲜美。

北洋军阀时代，全国都在打仗，鲁东却无战事。民众一边反抗捐税，一边改良作物与种植技术，自发地对农业进行升级。

明清，福山菜打入宫廷，垄断了北京市场。鲁东菜系最主要的还有海参、鲍鱼、鱼翅和燕窝等珍稀品。采集困难，都是内地罕见的硬货。

莱阳城被攻破后，县长孙明远携县党部等撤到莱阳与平度附近的山区游击，而远离莱阳县城。

孙明远中等身材，面貌和蔼，沉厚寡言，一缕淡淡的忧愁始终挂在脸上。以前，他在山东大学堂学医，已有两任县长资历。他目前手里有1000多人的队伍，这些武装，多是警察、民团、溃兵等拼凑的。他有3挺轻机枪，长枪几乎都是汉阳造、老套筒。即使如此，他的保安团，也是鲁东一带比较重要的军事武装。

经小舅子引荐，"焦土抗战"后，逃离青岛的警察高小淞，投奔到他门下。高小淞是临淄人，是小舅子的连襟。他四海为家，见多识广，交游广阔，曾在济南韩复榘的军队里混过。在青岛当警察后，负责过卫生监督、经济保险诈骗侦破。出于这个考虑，孙明远任命其为县警察局局长兼保安团参谋长。

胶东的山区从崂山开始，民众自发地开始了抵抗，1939年以后，国民党成立了青岛保安旅进驻。可崂山地盘很小，只约100多平方公里的面积，但政治意义远大于战略意义。

日军曾使用飞机军舰，打进崂山4个月，因山上没有公路，无法解决给养问题，只得退出来。随后，日军在崂山脚下修筑碉堡，封锁了崂山进入青岛的主要通道。

日军进攻各地县城往往只派几个兵，其主力盘踞在大城市里休整，随时待命而击。占胶县时，就去了1个日军顾问，1个台湾翻译，2个高丽人。

当地游击队设伏，击毙了这几个日伪军。日军遂发动扫荡，将附近两个村子的男女老少全部杀光，房子烧光，东西抢光。之后，留下一个少佐，带了一个台湾翻译官，然后对当地国民党残余势力进行整合。

鲁东自古便是重要的农业区。日军第一次进攻平度城，派了9个人，扛着膏药旗，带着一个台湾翻译官。守城的国民党保安部队、警察和民团约2000余人，正跃跃欲试，摩拳擦掌准备和日军干一场。

忽然，不知谁高喊一声"日本人来了！"

守军作鸟兽散，一个不剩，重机枪、迫击炮全部扔掉。日军一枪未发，进了平度城。

恰好，孙明远也撤退到平度附近的山区。随后，他与平度保安队赶走了这股日伪军，收复了县城。但敌伪随即反扑，他无力回天，又被迫退出平度城。

以他目前的低劣装备，若与日军缠斗，根本是以卵击石。孙明远琢磨，要建立稳定的控制区，要取得经济资源，来支撑他的敌后抗战。

他现在占据的小村子，位置比较隐蔽。不久前，伪军赵保原部不知道怎么摸到这里，村子200多口人，来不及跑远，被100多个日伪军堵截在山坡的果园附近残酷杀害。他恰好路过这里，指挥队伍瞎放一气乱枪，吓跑了这伙日伪军。

这个凄惨的景象，冲击着他的五脏六腑。他眼含热泪，令人掩埋了遇难村民的遗体。后稍微整修了一下房子，作为司令部的临时住所。

他已经在这里住了半个多月了，并上报督查区和省政府。

每天早晨吃完饭后，他都要沿着村子狭窄的小路转一圈。先去机要室查看相关电报和资讯，然后去警备队部，找队长郝野群听取情况汇报。

郝野群和他打小一起读私塾，操练过几手拳脚，有点蛮力。他当县长后，就一直跟随着他，是嫡系里的嫡系。

有附近村民报告，20多个溃兵跑来打劫。他派郝野群带着100多人去谈判，看能否收编。可那帮溃兵一看，来人连队形都没有，上来就谈收编，打心里就瞧不起。

话不投机半句多。郝野群试图说服对方，却遭人家出言不逊，"你们这群狗娘养的民团，吹牛说带老子去打鬼子，自己连走路都不会，听到枪响肯定尿裤子！老子是正规军，凭什么跟你们混，与你们这些傻瓜为伍，还不是找死？"

双方打了起来，枪一响，郝野群被追得像兔子一样到处跑。

真是三下五除二，郝野群差点被人家打死。他带去的机枪射手，拼命地乱打枪，头都不敢抬。最后，郝野群带着残兵败将，惶惶不安，狼狈而归。孙明远虽没呵斥他办事不济，心中却窝着一肚子的火。

那20多个溃兵就窝在旁边，自封为抗日决死队，双方井水不犯河水，各玩各的。

高小淞回来交差时，劝他不要管那些人的闲事。孙明远说：这算啥事啊。他对郝野群真是有恨铁不成钢的感觉。

高小淞想说郝野群根本不合格，不能当警备队长。但这话他又不能直接说。

孙明远也无奈。没事了，他就和属下推几把牌九，翻两把麻将，消遣时光。

高小淞等分成几股，继续在莱阳活动，征粮收税。孙明远带着郝野群、县警备队驻扎在这里，试图联络周边各县，图谋大局。

鲁东格局翻新，发生了巨大的变化。

*1935 年 11 月，工农红军胶东游击队在文登宣告成立。*这支红军是北方沿海省份仅有的红军队伍。鲁东的民风，有若干针对伤天害理的约束机制。地主的盘剥程度，普遍没有南方那么丧心病狂。

胶东早已产生资本主义萌芽，值钱的是青岛、烟台的工厂和技术，而不是地主老财们的土地。青岛人均月工资 22 块大洋，青岛纱厂任何熟练女工的月收入，都在 15 块大洋上下。民国的公务人员薪水是很低的。委员长月薪 800 块大洋。山东各县长 20 来块大洋。工业青岛的新兴势力，对农业山东传统思维的冲击，其毁灭性可见一斑。

中国很大，发展不平衡。鲁东与天津、上海一样，主要是反对和抵抗外国资本疯狂掠夺资源，反抗日本侵略者残暴杀害中国民众，没有美国南北战争那样"打土豪、分田地"发展资本主义萌芽的刚性需求。

胶东红军游击队出师不利，惨遭围剿，只余 20 多人，被压缩在昆嵛山打游击，艰难度日。

*1937 年 12 月，红军游击队又在天福山举行抗日武装起义。*共产党抗日的主张与果敢的行动，符合了民众最急迫的要求，因而进展神速。*1938 年 1 月，迅疾在掖县、蓬莱、黄县建立了 4000 余人的革命武装。*

*1938 年 2 月，又连续发动起义，打下了牟平等县城。*国民党第 7、9、13 行政督查区的残余势力，确实看到了这样一个前景：国民党可能会在较量中被挤出胶东。

国民党在溃退，日军在进攻。虎去狼来，孙明远陷入重围，力困筋乏。面对无形的压力，他煞费苦心，试图突破万千重围。

孙明远站在门口，也不知自己想张望什么。山区的春天气温很低，凉风袭过。他打了个冷战。

3

过了高粱地，还是盐碱地。

在这片盐碱、涝洼地种植的高粱，却含有高氟水，带来了无尽的病魔。

韩复榘派曹二鞋底子来当县长，专门下乡抓过小土匪。他抓的土匪一个个形销骨立，病入骨髓，还有的是罗锅。他去查看了几个村子，看到村民们一个个都是弓着个腰，拄着拐杖的大骨节病人，走起路来像鸭子。进了门，炕头上躺着植物人。不少村子麻风病严重，曹二鞋底子受了刺激。回了城，就疯疯癫癫地建了麻风病院。

曹二鞋底子积极推动新气象，赢得秀才们的一片喝彩，厉害了，我的大高密，有了麻风病院了。

高氟水是什么？无人知道，也无人研究应对。天天喝的就是这样的水，就有了各种地方病。

自康熙以来，普遍十三四结婚，十七八前了孩子，三十五六就当了爷爷，没多久就死了。所谓人活七十古来稀。

申得勇虽在大北营，却是湘军后代。湘军玩过太平天国，玩过义和团，再后来，到山东了。

山东的陆上大股是淮军，小股是直隶军、绥巩军，海上是闽军。湘军主力在江南，难敌四手，谁也玩不了，沦落为修理河道的防军。

淮军来路看似高大上，但是不敌海上闽军集团的排斥。闽军的老乡观念、小集团利益观念异乎寻常，他们顽固排斥任何非闽系的军队。

这些军队，名义上是朝廷的，实质上是私人的。互相排斥也是必然的。

庄东头，是宰猪杀牛的周记肉铺店老板。他爷爷是绥巩军的正军校。从黄河流域来到这里，便留了下来。并在昌邑界与其同姓的周家营，买了一大片地。

后来，又娶了3房老婆，儿孙很多。可富不过三代，到他爹这辈，也没分到几亩。到了他这一代，就成了杀鸡宰猪兼卖肉的肉铺店老板。

起初，周屠户看到简庄生意好，临时起意，在这里住下，这一住就是20多年，并且娶了大北营的媳妇，生了3个小子。

周屠户40岁出头，大小子一年前生了娃，他荣升为爷爷。流逝的岁月，让他弯了腰。

周屠户的刀，又长又尖。雪亮闪光。他的刀都是自己磨，门口几条长长的磨刀石，有一条只剩下一层薄薄的皮。

他说：这皮是"西洋石"，最好用了。是他二小子从青岛弄来的。

"西洋石"，其实就是传说中的砂纸，很软，可以打光。

他肚子里没有墨水，说不清楚什么是砂纸。干脆就命名为"西洋石"，是人就会明白这个意思。明白了就会找他磨刀。

磨刀，当然要收钱。

申得勇最好的哥们是周屠户。没事了，他就来找周屠户聊上几句。他喊周屠户为大哥。周屠户老婆的娘家，是申得勇的街坊。

周屠户家还有肉，随手切给他一大块猪肉，肥瘦兼有，"拿回家，包饺子去。"

申得勇掂了一下，感觉有点斤两。够吃三五天的。

申得勇是大北营出名的孝子贤孙，与人为善，他从不收周屠户的税。周屠户的老婆回到娘家，总为申得勇评功摆好，说他笃志好学，乐善好义，将来一定利国利民，惠及乡里。

申得勇他爹含着烟袋锅子，吧嗒了几口说：那当然，也不看看是谁养的儿子。

日本人看中了郑板桥的蟋蟀画，也爱听吟诵郑板桥的蟋蟀诗句。郑板桥枯树开花，为发扬中国传统文化，遂开办了"蟋蟀节"。

诸城、高密、潍县等一带的蟋蟀价格暴涨。男人自告奋勇，女人围观呐喊，人欢马叫地开展起全民斗蟋蟀运动。蟋蟀，被封为各种"将军"：大将军、金将军、钢声将军、铁皮将军等。

日本人为办好这个节日，设立了高额奖金，并在世界范围内率先开征了"蟋蟀税"。

申得勇说：日本有东征西讨的将军，咱们有不屈不挠的蟋蟀。周屠户连声说好，我们就要用蟋蟀去和日本人斗。

然后，申得勇足蹬锃亮的黑皮鞋，拎着猪肉，挂到车把上，骑上自行车，哼着一嘴的山东梆子，一路颠簸地远去。

路很窄，坑坑洼洼，实在不好走。

申得勇改换了收税方法。他拿了个钢环，一板一眼地穿入木头刀柄，念经似的说：这是大日本皇军恩准杀猪的记号。

这刀，便有了信仰，有了灵性。周屠户想，日本人来后，都爱玩点石成金了，梦想一夜之间暴富。爱咋弄咋弄，反正也不给税。

除崂山猪是花猪外，齐地一带的猪几乎都是精瘦的黑猪。黑猪鬃又黑又亮，传说很多年前，不知被谁送到京城进贡过。也不知是贡给了太监，还是贡给了皇上。反正已经进贡过了，吹来吹去，就成贡猪了。

猪鬃是战略物资，日本人对猪鬃贸易施以海上封锁，让西洋人的工业没得活。山东一带的猪鬃，被西洋人命名为青岛鬃，可以出口创汇。换回洋枪、洋炮、洋面、洋灰、洋铁……

　　猪皮不仅可以吃，还被青岛人做成皮衣、皮鞋、皮带、皮具。一等品销售给了洋人，出口创汇；次等品卖给了有权有钱的中国人，牟取暴利；三等品卖给了各类假洋鬼子，赚取差价。

　　隔三差五，走村串户的货郎，会来收购周屠户的猪鬃、猪皮。他们摇着货郎鼓，唱着忽忽悠悠的小曲，刀刻斧剁般的脸，布满了生活的艰辛与风霜。

　　货郎们大都是沂蒙山那一带来的。山民体力好，又节俭。他们常常问周掌柜要点热水，弄几张煎饼泡一下就开吃。他们总唉声叹气说自己卖力不够，不像东庄的张三，西庄的李四那样有本事，才导致了贫穷。他们从不认为贫穷是社会问题。

　　周屠户也唉声叹气，一般会给他们几块咸菜、几根大葱，有时也给骨头汤喝。他心中还是很满足。起码，他还活得像模像样。不必挑着担子或推着小车，风吹雨打，走乡串户。

　　简庄的炉包铺、小吃店，每天都要用一头猪。逢年过节，迎亲送往，就有人送猪来杀。他和儿子麻利地把猪弄到锅台上，用钩子挑开嘴，刀插进咽喉，猪哼也不哼就咽气了。然后开水脱毛。

　　周屠户的日子风风火火，活多得忙不完。

　　能杀猪，武艺肯定就好。周屠户精悍威猛，膀大腰圆。他使得一套祖传一百零八路长拳，上下飞舞，虎虎生风，方圆几十里，无人能敌。

　　他的梦，就是杀猪卖肉，发家致富。

4

　　阴霾密布，寒风扑来。

　　胡作为怡然自得地下了火车。他一袭商人着装，一脸憨厚的笑，戴着黑色的礼帽，随着人流缓慢地走出车站。然后，在等候的十几个故友、同乡簇拥下，坐上一辆拉货的马车，向昌邑山区前进。

　　这两匹枣红马已经很老了。只有很大的城市周边才有马车，山东　带干活、拉车的马匹，几乎全部来源于鲁东，但都是英、德与日本侵入中国时带来的。中国自古就没有时间观念，时间都是靠个人掐算的，达官贵人为显示他们的富贵与高高在上，最爱使用的代步工具是慢吞吞的轿子。外国人入侵，为了跟上潮流，当地的土豪迅即与洋人接轨，买了不少洋马，同时繁殖了一些骡子。

这些人是他多年的知己好友，也是他的核心队伍。省政府已经发给他昌邑县政府的大印，他将带着他们接管昌邑县，组建县政府与第 4 游击支队。

这一带还算安宁。

胡作为是学化学出身。他的思维与分析方式，是全方位与细化的。

这次，他之所以从鲁南转道济南，除了要见一些故友和同学外，最重要的，是为了办理济南的良民证，为以后起到掩护作用。为了办理这几个证件，他花了两块大洋。

闲聊中，说起啤酒的味道很苦，很多人都没喝过，甚至没听说过，甚感好奇，不断询问。他大致说了一下啤酒的酿造方法。

有人好奇地问，啤酒的"啤"字怎么写？

他写了出来，立刻引起一片嘘声。汉字里还有这字？不会是自己造的吧？

这个像马尿一样的东西，那么苦，又没度数。不仅喝不惯，汉语里还没有这个字。

"啤"字确实是新造的字。

一个刚闯青岛的小伙计，帮小酒铺老板倒卖散装啤酒。天不怕地不怕的小伙计，硬造出这么个字，又愣头愣脑地写到街上的招牌，顿时引来观者如潮。

七嘴八舌的评论如潮：写字的人一定是没念过书。

小伙计辩称："你说该怎么写？"

是啊，你说该怎么写？于是这个"啤"字就诞生了。

自此，小伙计人送外号"大葱"。他的真名，早没有人知道了。

近 500 年，完全属于中国人造的字，其实就 3 个字，鲁迅造了个"猹"，青岛人造了个"啤"，刘半农拼了个"她"字。面对这些质疑，胡作为不想多费口水，讨论出个什么究竟。

文科的认知力，依然是一种古老的博弈学，没有丝毫标准，更不会有正解。他早就明白这些人的思维、逻辑低下。

用他曾经学过的唯物主义理论解释，人类历史从原始社会、奴隶社会、封建社会、资本主义社会，再以后，是从社会主义社会进入共产主义社会最高阶段。

根据社会学理论解释，人类社会，总是一个新形态打败或战胜一个旧形态。

用他学过的理工科分析，人类历史，首先是打败了除细菌之外的一切生物；接着是农耕文明战胜了游牧文明与狩猎文明；现在是工业文明打败了农业文明；以后一定是不断发展科技文明，打败工业文明。

科学的思维，总是各种进化论，没有终止。

在他看来，清王朝的建立，是游牧文明或狩猎文明对人类文明进化的最后一次反扑，是人类发展历史上的一次可笑的例外。这个例外，不仅是农耕文明不思进取、固化腐败所致。更为重要的是，封建社会由于不断封王建番，土地、资源过度集中，只有皇亲国戚与官员才有身份等级。掐死了其他一切人口的前途，进而封锁了平民的上升渠道，才导致社会不断畸形变异。

辽东自古属于山东管辖，并由莱州府负责辽东半岛军事供给保障。清军入关后，以所谓的"龙兴之地"为名，进行了长达 200 年之久的海禁。硬生生地分割山东南北两岸，切断了山东半岛与辽东半岛的血肉关系，为外族制造了切割中国东北亚区域的条件。清王朝的灭亡，符合正常的人类进化史。就像英国成为日不落帝国，工业文明打败农耕文明，是不可逆转的历史潮流。

学化学的时候，他的导师曾经讲过，自仓颉造字以来，汉字还是汉字，没有多少变化。老少爷们自古就发明了烙铁，专门用来折磨各种不怕死的人。西洋烙铁传到中国后，才知道，烙铁还可以用来造其他东西。

大辫子们的思维被击得粉碎。这些大辫子，平常没事，只会摆弄自己"金钱鼠尾"的辫子。纷纷惊叹：氟、钠、钾、钙、镍、锶是什么？怎么写？什么，锶还能造火药？

学问本无国界，汉奸们却见天鼓捣传统"国学"，而传统汉字无这样的概念。英国人当然也不会写这些字。后来，英国科学家、传教士傅兰雅与无锡落第秀才徐寿合作，用汉字部首造了几十个新汉字，这才拼出了完整的元素周期表。

这些新造的汉字，在中国燃烧起工业文明的曙光。

一堆中国人，比不上一个英国人。几千年不变的思维，形成完全固化的农业社会。上流社会，每日夸夸其言，声色犬马；底层社会，麻木不仁，不管不问。

但国际社会的风云起伏，日新月异，不会随着中国人固化而丝毫放缓。

尼古拉·特斯拉发明了交流电之后，带领人类迅速地进入了崭新的纪元。1920 年代，蒸汽机已开始被内燃机替代，电气化正迅疾走来。古老的中国却依然昏聩不醒。亡国是必然要面对的现实。

这也许是中国人的宿命。这个故步自封的社会，需要锤炼，需要新生。而一切文明的进步，都是跟随着战争而前进。

胡作为的梦，是找一条路。他怀里揣着省政府的委任状，正沿着这条路，坐着慢腾腾的马车向前走。

这是一条康庄大道。他将殚精竭思，义无反顾，不断向前。

5

山高林密，道路弯曲，河水流过。

小河尽头，是第 17 行政督查区专员兼保安 5 旅旅长陈子舟的驻地。

督查区本是行政体系。国民党大力推行战区制度，结果，日军真打进来了。经战争演化，很多督查区已沦为战区附属式的体制。

陈子舟饱读诗书。他的办公室设在山坡的道观里。杀人如蒿的日军，制造了空古绝今的战乱。山东的庙宇道观，好多已寂若死灰，少有诵经传道之音了。

这是个男人的世界。陈子舟尚有 1000 多人马，他尽智竭力，踌躇满志。

农民出身的那些公务人员，除了会写几个"之乎者也"的汉字外，实在想不出什么新名词，遂沿用了 2000 多年前的秦制，把山东分为济南道、胶东道、东临道、济宁道。

日本入侵后，基本沿用了这个体制，只对管辖区域做了局部调整。

督察区原属于古齐国之地，主要是民国初年胶东道的全部 26 个县，另外还有济南道、东临道各管辖的一部分县。

亡国奴的滋味不好受啊。陈子舟想起潍县那些惬意的日子。

以前的潍县城，国泰民安，天天鱼水之欢，时时风花雪月。聚集在风雅的板桥楼，抒情弹唱，吟诗作画，口诵心维。陈子舟最爱的是山东梆子，还有吕剧。

以前，他看过《聊斋》里说螳螂杀蛇的故事，以为是虚构的。在山里，他饱食终日，无所事事。上午看螳螂捕蛇，下午验证家猫斗蛇，晚上仰望星空一片迷惘。

螳螂让他吃惊异常。那小身板，一身菜色，仿佛病骨支离，实际钢筋铁骨。它饭量巨大，又力大无比，居然能捕鸟、抓耗子。两三米长的蛇，一铡刀下去，动弹不得，成为螳螂的盘中餐。什么螳螂捕蝉，黄雀在后，根本就是信口雌黄，胡拉乱扯。

幕僚报告说：本月逃兵速度加快，已达 200 多人。他问，是不是兵饷没按时发下？幕僚说：天天窝在山里，混吃等死，要有多么坚定的信念才行。您不觉得山下诱惑太大了吗？

陈子舟不语。目前的情况下，有逃兵是正常的。他的困难在于，他一个学文科的，做政府行政、写公文还行，形势发展却要逼迫他指挥打仗。仗怎么打？他不懂，手下也没人懂。就靠国民政府发放的军饷维持，勉强度日。

他也想建立丰功伟业，可心中实在没底。

他挥手让幕僚出去。然后，翻找起旧杂志。那本杂志第一页说：美国一些州按照每个家庭*100*美元的标准，开始发放肉票、粮票等票券，该食物券惠及了美国*2/3*的低收入人口，覆盖了全美。

陈子舟算了算，*100*美元相当于*240*块大洋。中国人现在混得真够惨的，美国人用纸就可以随便换中国的真金白银。他想，天下还有这样的事？吃饭的问题完全是民众个人的事，有什么本事吃什么饭。国民政府应牢记职责，不辱使命，公开公正，廉洁高效，依法行政，不管鸡毛蒜皮的事，以强化民众的主动性、能动性和积极性。百姓只管向政府纳税就行了。当然，现阶段也需要百姓更积极地捐钱、捐物，当壮丁支持国民政府抗日。国民应无条件为政府服务，这是每个国民的义务。

*1929*年，美国大萧条，世界经济大崩溃。斯大林却悍然宣布，对全苏联的公民实行教育、医疗、住房、养老乃至水电费全免等福利保障。他今天搞福利，明天挖地铁，后天搞电气化，整得资本主义世界晕头涨脑，资本家们瞠目结舌，几乎让整个资本主义列车出轨。欧洲、美国的资本家也被迫拿出大笔大笔的钱，为工人们搞福利，否则显示不出资本主义的优越性。社会主义的苏联，把全世界秩序搞乱了，所以，资本家的报纸天天编排各种故事骂斯大林，把斯大林说得那样无知、幼稚和愚蠢。

他又翻了几页，是纽约市长在竞选。候选者们站在纽约广场搭建的舞台上，其中一位大声疾呼，选我当市长吧，我将给你们减税，发放更多的食品补助。另外一位大声说：选我当市长，你们才有利。他说的这些都不算啥，我如果当选为市长，还将给你们每个人发放住宅补助、汽车补助。

杂志说：为节省开支，美国大量城市的市政、管理，承包给公司运营。后面的这个竞选人，自然就成为纽约市长。而纽约市的大部分市政管理，承包给了几个公司。

他觉得，美国不是一个乱字可以形容的。政客们天天给老百姓许愿，这成何体统？像什么样子？在他看来，美国毫无秩序，毫无文化，全都是物质利益，是一个纯粹变态的金钱社会。

在中国上流社会的意识里，美国和日本一样，属于世界二流的国家。第一流的是英国、法国、德国。一战时，美国到处捡便宜，更强化了他们对美国的认识和定位。

认识到美国的资本主义，让陈子舟感到心碎。如果换成自己，谁不选我，就砸了谁的饭碗；谁不老实，敢胡言乱语，就抓谁。要让那些刁民明白，什么是合理行政、程序正当、权责统一，否则政府就不客气。政府弄点钱也不容易，自己不享受，难道还发给这些刁民享受？

他又翻了一页。记者说：联邦政府与加州政府没通过财政预算，可能被迫关门一个月。心想好家伙，山东都被日军打成这样了，各级国民政府也没关门。没了政府，谁去收捐收粮？谁去为党国征税办差？谁去关心那些可怜的黎民百姓啊？美国简直是败法乱纪，一团乱麻。

他备受刺激。要知道，没了政府，乱臣贼子们也会借机妖言惑众，兴风作浪。他觉得，还是英国、日本这样的国家好，有皇上，有政府，有威严。他认为美国连中国都不如，什么二流国家，根本不入流。

这是个令人心烦意乱的世界。他很郁闷，放下杂志，开始诵经。

在济南的时候，他就皈依了佛教。若干年来，宗教与孔孟之道一样，都负责解读世界观。一个提供了宗教的解读，一个提供了世俗的解读。但目前世界的变化，让这些古老的世界观，全都陷入无可奈何之中。

陈子舟认为这是个权贵的世界。只要保住了地盘，保存了实力，自然就会有钱有位有为。但他并没看到，世界已经进入了科学的世界，战争早已脱离了大刀长矛这些冷兵器。也没认识到，当今先进的技术，瞬间就完成了对成千上万人的屠杀，从而节省了大量人力，而信息传播速度也因为有了报纸、广播而不断加快。文化与宗教当然无法做出解读，皆处于无计可施之态。

这是个分崩离析的世界。鲁南爆发流感，没有药物，人口大量死亡。沂蒙山的土财主们勾结土匪，以西山圣母显灵的名义，发放了一批维他命。自此建立了"圣母山"和"圣母庙"，天天收取香火钱。

世上的宗教，几乎都以治病为传播手段。因为一个县就仨俩郎中，在如此的缺医少药的环境下，让愚民们昏头昏脑，前赴后继地去拜西山"圣母"。

生命，在干着经国大业的军阀们眼里，不过是口袋里的钞票，随时可以花掉，也可以任意烧掉。

他祈祷。

傍晚时分，机要室送来省政府主席沈鸿烈的加急电报。

电文说：即日起，胡作为任昌邑县政府县长，并任保安5旅少将副旅长兼第4游击支队司令。

电报还说：任命和人等将于近日到达，请安排好交接。

陈子舟干瘦的嘴角，闪过一丝不易觉察的冷笑。他冷漠地看了一眼电报，随手放在桌子上。

此时的沈鸿烈，正在曹县组织盲流式的省政府，听说又准备转移到东阿。而日军随时会进攻，不知又要盲目流动到哪里。

沈鸿烈正处于艰难之中。他的军人生涯是完全失败的。关东没打就跑了，好在还有舰队；青岛没打又跑了，军舰全被炸沉，现在他的海军陆战队也完蛋了，没一兵一卒了。第5集团军的2万余部队，虽以东北军为主，于学忠与沈鸿烈也是老同僚，但按规制也不可能听从沈鸿烈的调遣。

陈子舟当然猜测到，委员长之所以任用沈鸿烈，主要是为了继续分化与瓦解东北军，平衡第5集团军总司令于学忠。表面上看，沈鸿烈与于学忠都是东北军出身，可实际上，分属东北军不同的派系。

官场的一切，所有的殚精竭虑，都是权力之争，都不会同心同德。陈子舟浮想联翩，又想起板桥楼的美女，板桥有断袖之癖，板桥楼却有美女。诸城是他管辖范围。

之前，陈子舟也隐约知道有胡作为这号人，胡氏家族富甲一方，经营有道。他知道胡作为之前是共产党，后来不知怎么离开了共产党，并与沈鸿烈建立了一定的关系。

大革命失败，很多党员退了党，还有的加入了国民党，或与国民党保持密切联系，还有的变成了逍遥派。大革命的失败，暴露了人们的各种形态，坚贞与投机、屈膝与不屈。

以前，他佛性禅心，对胡作为不闻不问。同时，森严的官场，不允许他刻意去打听琐事，以免显得自己幼稚。现在，胡作为和他有直接关系了，为了党国利益，他可以顺理成章地查一下胡作为的底细了。

他找来心腹幕僚，分析了胡作为的到来可能引发的情况。幕僚说："现在都啥情况了，钱又不多，除了日本人，没有喜欢来昌邑当官的人。胡作为是怎么想的？"

陈子舟说："那就不知道了，这又不需要竞争，沈鸿烈喜欢谁，就安排谁过来了。我们也挡不住。"

讨论后一致认为，可采取三个措施应对：抗日总要有人去做的，刻好第4游击支队的图记印信，人到即付；第二，保安5旅的事，胡作为一律不得插手；第三，要钱没有，要粮没有，要兵没有。胡作为要依规依制，服从督查区领导，自行解决一切供给。

商讨完之后，他喝了口清茶，幕僚离去，他微闭着眼睛，继续念经。

寂静是美丽的，空虚有时却穿云裂石。末法时代，婆娑世界，五浊恶世。在陈子舟眼里，已无所谓正邪。一切都是利。

第二章

刘记炉包铺的老掌柜面部有点僵硬，他活像面瘫，骨瘦如柴，笑起来很难看。他经常坐在树荫下讲古。一群群男女老少蹲在地上，倾听老掌柜的故事。老掌柜见识多，动情之处，小孩子们屏住呼吸，大气都不敢喘。

老掌柜老了。五十而知天命，他年过 60 了，不仅耳顺，也早就精气昏了。所以，炉包铺交给儿子打理了。

那一天，周屠户的爷爷，正站在牟平的海边瞭望，他的眼神，一望千里，如同要杀敌立功，勇猛果敢。

谁知道，他心中正深不可测地打着小九九：过节回周家营后，再买几十亩地。有了地，就可以捐钱买官，发家致富，还可以多子多孙。

老掌柜吧嗒吧嗒了几下烟袋，吐出缕缕白烟，他的思绪像波涛一样翻滚。

齐地向东出海 500 余里，是高丽国。高丽国自古物产稀少，所以泡菜一口气就吃了近千年。

再向东 500 余里，是倭国。倭国贵族们最大的享乐就是一碗大米白饭，一片生鱼片。

生鱼片又称"鱼生"，山东人俗称"鱼脍"。

"鱼脍"发端于周朝，后传入日本和高丽。

大米是倭国贵族的专用餐。日本人当兵的主要原因，就是为了能混上一口香喷喷的大米饭。

但大米白饭却让倭国人患上脚气病。甲午战争，倭国军队有 5000 余人死于霍乱；有 3 万余人因为吃大米白饭得了脚气病，死亡 1800 余人。真正战死的只有 1000 余人。

战争不仅让中国割地赔款，还大量传播疾病。霍乱也是一种外夷病，中国本土亘古未有。1820 年，英国出兵占领了缅甸，欧洲霍乱由缅甸先传染到了广州，后迅猛地传染了温州、宁波等地，导致民众大量死亡。

面对突如其来的传染病，古老的医学界又一次全体懵了。而第一次是欧洲人送来的性病。1860 年，浙江中医徐子默才正式命名霍乱为"吊脚痧"，似乎他觉得不妥，又命名为"麻脚瘟"。

中国的国门被战争打开了，不仅失地赔银，还陷入了疾病和贫困的深渊。

甲午战争，是古老而没落的农业文明面对世界工业化潮流的最后抵抗。工业化的倭国以弱小的兵力进攻朝鲜，但拥有现代化装备，武装到牙齿的百万农民清军，早已惶惶不可终日，只顾死命地逃跑。

北洋水师总教习严复，是个无所不通的神人。他吸食鸦片后，便喜欢调教北洋水师如何开炮；扎上海洛因后，开始热爱建设宪政与法治。

北洋水师刚开进来的时候，湘军低头不语，绥巩军偃旗息鼓。淮军将领出面支持海军，淮军营地则是一片欢乐的海洋：我们的大清国厉害。

大清国海军的全部家当，都在这里。

严复亲自调教出来的北洋水师，文武双全，奉命出海应敌。管带下令炮击敌舰，可无论怎么打，也打不到敌舰。据说：管带一怒之下，要撞沉日酋吉野。

1895 年 1 月 19 日，日本联合舰队，分三批从大连开往荣成，随后向防守的清军发起炮击。两小时内，清军弃营抛炮，四散奔逃。

倭寇第一次登上了鲁东大地。他们张牙舞爪，疯狂大叫。他们盼了几百年，现在，终于可以吃到米饭，吃上雪白雪白的白面了。

老掌柜说：面食，自古就是富人的饭食，穷人只能吃大米。

天天吃面食，是老掌柜的梦。

1873 年，慈禧利用慈安生病时机，加快了窃取权力的步伐。她提出从欧美引进世界最先进技术，这要比日本早 4 年。

7 月，总理衙门提出可花约 1 亿两白银用来发展。

8 月，总理衙门将进口项目提高到 2 亿两规模。

9 月，和硕恭亲王宣布，根据"师夷制夷""中体西用"的原则，洋务运动的规模，可以考虑增加到 5 亿两的规模。

最终，一群貌似聪明的农民，鼓捣进了一大批废铜烂铁。

1884 年，为重建圆明园，慈禧太后与总理衙门会商，对各工商局所辖的工矿企业，从政府财政拨款，改为贷款，并征收利息。而企业的利润、税收照交不误，导致各工商局迅速溃败。

说到这，刘记老掌柜笑了。他大骂说：京城有孙子说：这是三千年未有之变局。日你奶奶的，还三千年不变，你也够他娘的古董了。你不变，别人还不变啊？

这么比较起来，还是他的炉包店在变化，能创新，抗折腾啊。

他的爷爷同样出身不凡。同样是新军，刘家是直隶系的练军。直隶系与绥巩军的兵营相隔约 2 里。故此，几大兵营斗了好多年。

仗打败了。这样的练军当然没有用，被朝廷散了伙。刘记的爷爷那时还年轻，决定留在这里，他学会了做炉包。于是，就跑到这里卖炉包。

尽管周记的爷爷死了。这不，他的孙子看到炉包生意好，也来了。

有人问："老掌柜，恁还没说人家周老板的爷爷呢！"

老掌柜看了看四周，发现周掌柜不在，于是说："过几天告诉你们。"

周屠户不卖炉包，而是卖猪肉。他卖的肉从不注水。炉包铺的炉包却要加水，因此，周屠户总是挪揄说：刘掌柜的话，和他家的炉包一样，水分很大。

2

周屠户也时常说起刘记的爷爷。

闹八国联军那阵子，德国人来高密招募过"华勇连"。刘记老掌柜的爷爷，虽枯木朽株，却艺高胆大，被招募了。他扛着机关枪，杀向北京城。

英国人在香港、上海等地，组织全国的溃兵，拼凑了威海的"华勇营"。并为他们配备了马克沁重机枪，然后，带着这200多号汉奸，乘坐军舰到人津大沽，打入了北京。

像火烧圆明园一样，八国联军进了北京，四处洗劫。

洗劫是按等级先后进入的。

将校一级的进去后，劫走了黄金、钻石；尉官一级的进去后，抢走了古董、珠宝；士兵一级进去后，只有字画、玉器可抢了。这是啥玩意儿？洋人不识货，就砸了玉器，烧了字画，然后，又烧了宅子。

当时，刘老掌柜他爹看着好心疼：那可是乾隆爷的墨宝，康熙爷的赐赏，唐寅的老虎，昆山的软玉，多值钱啊。

有小孩子问，周掌柜，真值钱，洋人咋会烧了啊？

周屠户说：刘掌柜的爷爷告诉我们，洋人没学问呗。

又有小孩子问，没学问，咋能打得了富贵不能淫，威武不能屈，咱康熙爷的子子孙孙呢？

是啊，到底是洋人没学问，还是满汉全席没学问啊？

刘记老掌柜无言。他确实也没想过这个事，只能嘿嘿傻笑。

又有小孩子口无遮拦道，恁们两个"绿豆蝇"，老不带彩，天天靠吹过日子。

周掌柜与刘掌柜一向都不计较小孩子的话，而小孩子们也真的爱听他们说古。

在小孩子们看来，称康熙爷、乾隆爷的，不是八旗军，也是绿兵营。小孩子们一概称为"绿豆蝇"。

"绿豆蝇"就是嗡嗡飞的绿头苍蝇。不管是八旗军，还是绿兵营，无非是一些连菜豆都不如的苍蝇。

义和拳是反侵略运动。八国联军进攻北京，本质上则是西方针对中国发动的一场宗教战争。1900年10月，德法联军开进山西娘子关。守军刘光才部临危不惧，利用有利的地理位置和充足的弹药，奋勇抵抗。法军先后对娘子关发动了13次进攻，死亡1258人后败退而归。11月开始，对法国人嗤之以鼻的德军，对娘子关先后发动了33次进攻，在付出了伤亡4000余人的代价后，撤退回北京。

周掌柜指桑骂槐道，不是我们中国人不能打，而是亡于汉奸啊。

第三章

1938 年 1 月 10 日，日海军第 2 舰队及海军陆战队，在飞机的掩护下，兵分 5 路登陆青岛。

1 月 14 日，日本海军第 4 舰队、陆军第 2 军等也先后登陆。

日军的坦克、飞机、大炮、车队、马队，在飞机、军舰的掩护下，沿着海岸线，向四面八方隆隆开进。

大军过后，一片血腥。华北危急，华东危急，华中危急……

鲁东一带的汉奸部队，多以国军投降部队、市井无赖、地痞流氓、土匪为主，大部分刚刚组建，作战力低下。危害最大的一股，是七七事变前，从关东派遣的李寿山旅团，由日本浪人伊达顺之助指挥。这支先遣队里的一个汉奸叫赵保原，日军把这帮汉奸全部配置在胶东。

这股汉奸围剿过东北抗联，火力猛，实战能力强，又熟悉地理人情。孙明远一败再败，一蹶不振，很快就从莱阳被驱赶到平度。

这支狂妄自大的日伪联军，很快脱离了日军节制，自称"山东自治军"。伊达顺之助收编了山东一带的溃军、土匪，自任"总司令"，他对外自称张宗援，是张宗昌的弟弟。

简庄换了税警，税还是那么收。申得勇好久没来了。周屠户的老婆回娘家，听说申得勇有什么关系，一直帮他忙活当县长。日本人来后，他总算当了县长。周屠户时不时地对新来的税警念叨着他，这个位子好，多行善事，将来，你也可以做县长。

税警很开心，他说："周大哥，那帮刁民，不交税，就用枪用刀法治他们。"

周掌柜说："那应当，你把我家那大兄弟，老申家的大小子也一起法治了吧。"

税警说："那是我师兄，我哪敢啊！"

周掌柜说："听说：得勇现在不像俩眼逛游的人了。他厉害了，手下不仅有税警局，还有警察局，警察局有荷枪实弹的警备队、侦缉队。"

说完，周掌柜笑了。他送走税警，忙完了活计，用紫砂壶沏上茶，来到门口遮风挡雨的大棚子下。刚坐定，就有人搬着小凳马扎，来到他的大棚子下，听他讲古。

周屠户品了口茶说："人来人往，咱简庄的人见识就多了。"

简庄自古好像就没有男人。大清朝灭亡10年了，简庄人还扎着辫子，根本分不出男女。

大清朝的女人裹小脚，只能宅在家里。济南居然被弄成了边防。北洋军阀在济南设置了边防旅，主管山东的防务。民国兵来后，先去了刘记炉包铺，吃了通包子后，便要给男人们剪辫子。

刘记炉包铺的男人哭天喊地，四处奔逃。而女人为保护男人的尊严，也扎起了大辫子。

民国兵抓到一个大辫子，一看是刘记小脚女人；又抓到一个大辫子，还是刘记小脚女人。

最后，民国兵抓辫子都抓傻了：怎么刘记炉包铺到处都是穿粗布衣服的大辫子啊？

众人哄堂大笑。周掌柜说：到处是大辫子，刘记老掌柜就不怕你民国兵来抓辫子了。

小孩子纷纷笑骂，肉铺周，恁真坏，为老还不尊，损毁人家刘记炉包铺。

刘老掌柜也常常一起听，他往往与周屠户轮流讲。每听到这里，总是哈哈大笑道，他老周屋里的，是大北营有名的大脚，当年没人敢要，就嫁给他了。

周掌柜一边笑，一边狼狈而逃，忙着弄猪肉去了。

天下早已大乱，日本人又来了，要打仗了，刘老掌柜心头掠过一丝阴影。

自古农村就黑灯瞎火，晚上也没什么可以玩的，睡又睡不着，野外又有狼，言论又自由，于是，便互相揶揄，以此取乐。

2

日59师团的伊黑大队，占领了高密铁路中转站。留守的日军设立了慰安所，以日本和高丽妇女充当慰安妇。

日军在每个占领区都收编有伪军10.6万人，一般组成7个旅团。因山东、河南人口众多，故日军第3战区编了12个汉奸旅团，也有10.6万人，以便随时扩编。

高密和牟平，虽分属不同历史区域，但其人口来源，多是兵役、劳役、修路民工等日积月累的后代，非原住民。

日本人为建立"王道乐土"，在山东招降纳叛了10万汉奸，其中高密的汉奸达 2 万余人。为防止伪军串联、哗变，日军把伪军分为不同的系统指挥。日军第 21 师团司令部，属于野战师团，指挥鲁东全部、鲁中部分伪军，其中主要指挥伪青岛警备队；伪高密混成师团，下辖两个伪混成旅团；伪山东警察厅成为特务 4 旅。

日军第 5 混成旅团属治安军，主要负责烟台一带伪军：伪华北治安军第 8 集团军，伪山东警察厅的特务 3 旅，以鲁南、鲁西的溃兵与降军为主的伪牟平混成师团。

各路汉奸队伍超过 3 万余人，声势浩大。自此人民多灾多难。

日军成立了伪高密县行政公署，下设警察局，各路"贤达乡老"组成维持会、新民会。村有保长，片有治安队长，夜有更夫，日夜巡逻。他们推行一人犯法，全家坐牢，推行血腥的"大东亚共荣圈"，实行恐怖的"治安强化"运动，要建设法力无边的"千里长城"。

日本人称："大东亚共荣圈"是一个美好的法治社会，给中国人带来了公平，简庄一带很快就成为日伪的"模范区"。

维持会发放日军制作的良民证，有编号，并加盖日军的关防大印。

良民证卖得很贵，并分两种，沿海 92 公里范围内，由日青岛陆战队制作，带有照片，属于高端人口。92 公里外，由日陆军所属各部制作，不带照片，属于垃圾人口。

很多人一生第一张照片，也许是唯一的照片，是日军发的良民证。良民证的编号、式样之多让人眼花缭乱。日军企图把中国搞成大监狱，在敌占区，没有良民证，寸步难行。

税务局负责在全县征税。交纳税粮是一种民意。杀猪要交屠宰税，杀鸡要交鸡鸭税，店铺要交营业税，人头要交人头税。

乡公所设仓库，有大账；保甲长负责收良民证费；税警、乡丁保驾护航，各村有新民会，负责宣传"大东亚共荣圈"。

周屠户认为没人修的那条路，被日军抓丁拉夫修好了，升级为战略公路。繁忙时节，这条路每天都有大量的车队经过。

日军很快就搞定了简庄。简庄人遵纪守法，短短几个月，就变成了日伪的"爱护村"。

不抵抗，似乎是一种悠久的传统。日军沿着铁道线北进。

国民党政府登记的报纸天天宣布各种大捷：台儿庄大捷、淞沪会战大捷、南京保卫战大捷、武汉保卫战大捷……

日军在横扫中国,人民在重轭下喘息。

日军是技术型的军队,不似民国兵那些军阀、鸦片鬼似的虾兵蟹将。日军执行规章、编制条例等极其严格规范。

为保障运输线安全,日军第5混成旅团组建了一支胶县至平度的公路巡逻队。每天有5辆五十铃94型卡车经过简庄,配备轻重机枪各一挺,人员40人。

在日军眼里,打民国兵,连掷弹筒都用不上。

威风凛凛的日本兵站在94型卡车上,单日上午从平度城到胶县城,双日上午从胶县城到平度城。汽车速度、间距永远不变,巡逻时间分秒不差,巡逻队的人数从来没有变化过。

第四章

1

　　一路跋山涉水，心中心神不定，胡作为忍饥挨饿。

　　乘着早春的冷风，他终于到达了第 17 督查区的驻地。

　　进了道观，他见到了陈子舟。寒暄过后，即按规矩和惯例，呈上了省政府的公函及委任状。他对陈子舟表态，对专员的指示绝对服从，对党国绝对忠诚。

　　他唯独没有提及沈鸿烈。

　　这是自古以来的官场礼制，忠于皇帝，忠于自己的直接主管。提拔他重用他的沈主席，是他的根基，当然更要忠心耿耿，但绝不能有丝毫表露。

　　陈子舟看了一眼委任状，干瘦的脸，微微升起一丝笑意。他当然知道这些是套话虚语。都是老狐狸，爱玩小儿科。他无比真诚地感谢胡作为，感谢他对自己爱戴和拥护，对党国的忠心。

　　他告诉胡作为，他最感谢沈主席了，承蒙沈主席竭力栽培和不弃，使得他可以造福一方黎民，保卫一方国土，致力于效忠党国的宏图伟业。

　　按照交接程序，胡作为领取了第 4 游击支队的图记印章，并签字登记。陈子舟还给了他一台电报机，以及与省政府、第 17 区、周边各县的联络频率、呼叫信号、密码本等。

　　胡作为不会用，他带来的人也不会用。但是电报机肯定对他非常重要。督查区行署有专门的机要室，电报员尚有富余。于是，陈子舟让幕僚叫来了一个女电报员。

　　女电报员叫沈智华，到达后，即向他敬礼，体态优雅舒展。

　　陈子舟严肃地警告他，要防止日军定位，发报后马上换地方，日军的无线电定位技术很厉害，定位后根本跑不了。

　　胡作为心想，真是没知识。这是野外、山区，又不是城市。但还是点头称谢。他很早以前就知道，在城市发报后，一般有半小时转移的时间。

　　陈子舟亲切地说："老弟，我现在算是苦大仇深啊！没钱、没粮、没枪，什么忙也帮不了，请多谅解并予以海涵。"

　　胡作为感恩戴德地说："陈专员的一番苦心，卑职感恩不尽。请陈专员放心，我会克服一切困难，设法解决，保证让陈专员满意。"

陈子舟和颜悦色地问："县政府准备设在哪儿？"

胡作为谦恭地回答："卑职考虑，县政府暂时与专员一起，与专员一起，安全、省心，也放心。其他容我统筹设法处置。"

陈子舟说："你来了就好啊，可以帮我分忧解难。你要设法多搞些钱和粮，支持支持愚兄啊。督查区日子苦啊，现在逃兵日多，好几个月没发饷了。"

陈子舟和蔼可亲。胡作为心想，各县都属于省管，督查区有监督权，逻辑上不能直接对县政府征粮征税，反而应及时为自己提供军饷。为了融洽关系，他只有含糊其词，表示尽其所能，为专员服务。

陈子舟邀胡作为共进晚餐。

陈子舟讲了个笑话。天热了，有一个小鬼子脱光了在小河里洗澡。顽皮的小孩子偷了他的枪。小鬼子发现后，光着腚起身撵小孩。路上有行人问，小孩，跑什么？小孩道，鬼子来了。行人吓得也扭头跑。又遇到一伙民团，民团问，别慌，跑啥？行人道，鬼子来了。民团也跟着跑。跑着跑着，遇到一个连的保安5旅。保安5旅一听鬼子来了，也扭头跟着跑。

众人哄笑。沈智华与几个陪酒的女人笑得花枝乱颤。真是谈虎色变，不知道为什么，这么高的山东人，都快被小鬼子吓破了胆。

陈子舟叹息说："我们都是文人，却在治军打仗。"

胡作为说："自古以来，世上的事往往阴差阳错，越是不懂就越要你干。不懂农业的，就让你去管农业；不懂军事的，就要你治军，管军令；不懂百姓的，去管百姓。天意如此，命不好啊。"

陈子舟干笑了一下说："我们都是精忠报国，为了党国死不足惜。而西方人的理论是物竞天择，弱肉强食，适者生存。"

胡作为笑道："那我们就跟着备位充数，文恬武嬉吧。"

陈子舟举杯说："我是留欧的，老兄是留日的。现在一同共事，算是难兄难弟了。以后一定同甘共苦，患难与共。"

油灯灰暗，烛光摇曳。在亲切友好的气氛中，晚餐愉快地进行。这帮尸位素餐，占着茅坑不拉屎的人，你来我往，推杯换盏，交流看法，建立友情。

一花一世界，一叶一菩提。之后，陈子舟向省政府报告，第4游击支队已经建立，要求增拨2000人的军饷。省政府最终批准了1000人的军饷。

陈子舟的态度，胡作为早就料到了。

这个世界上没有傻瓜，人家辛辛苦苦搞来的钱、粮、枪，怎么可能白给你？你又不是陈子舟的亲娘老子。

在鲁西省政府混日子时，胡作为就让青岛的大哥胡作林、济南的三哥胡作业设法购买武器。

心胸狭窄的胡作业，历来把他视为竞争对手，根本不予理会。他说：咱爹只交代要钱给钱，没交代要枪给枪。你要钱没问题，要枪没有。

胡作为只好自己从东北军那里买了4挺轻机枪、200多条长短枪，还有手榴弹、炸药、子弹等，并于三个月前，秘密押运到了诸城老家，放在一个隐蔽之处。

兄弟俩把酒言欢，愁肠寸断，各怀鬼胎。为了家族产业兴旺发达，胡作为还是叮嘱胡作业不要参与任何与抗日有关的事，自保第一。

胡作业当然明白其中的利害。

他早就安排在诸城坐守的二哥胡作铭召集200余可靠的人，最好是当过兵的。胡作铭很快就召集到了200多人，但是没几个当过兵的。他安排了秘密之所，并请一个诸城的老警察代为训练了三个月。

兵连祸结。胡作铭原以为是看家护院用的，怎知是为他招募保安旅。

这200多人经过了一段时间的训练，现在终于要派上用处了。

胡作为带着亲信，到达诸城的队伍集中地。

胡作铭已经在这里等候他了，并按照他的要求，给了他2000块银元。他喝了几口水，顾不上休息，马上集合队伍。

队伍很快集合完毕。有十几个不愿意离开诸城的，他发钱先予以遣散。然后胡作为站在磨盘上大声说："诸位弟兄，鄙人胡作为，值此内忧外患之际，为救国救民，拯救山东父老乡亲，仰仗各位兄弟支持与抬爱，已被正式委任为国民政府昌邑县长，同时承民国政府军事委员会的令，就任第5保安旅少将副旅长、第4游击支队司令。"

他的豪情壮志，让众人热血沸腾。台下热烈鼓掌，军需官柏延鸿带着众人高呼："救国救民，消灭日寇！"

胡作为顿了顿嗓子，他带着笑容，满意地看着有序的队列，然后接着说："所以，自现在起，诸位弟兄们都是吃皇粮的国军了。我现在宣布，正式成立国军保安 5 旅第 4 游击支队。我们的第一个任务是迅速开拔到昌邑。第二个任务是建好地盘，依法依规，征粮收税，升官发财。第三个任务是练好兵，准备与日军打仗。"

台下再次鼓掌，柏延鸿带着众人齐声大呼："效忠县长，效忠党国。"

然后，他宣布，以后军饷比照正规国军发放。他把队伍分成 3 个中队，每个中队分为两个小队，临时任命了各队队长。

3

各队队长都是他从鲁南和济南带来的，尽管都是他的嫡系，可与那些兵一样，没有几个是行伍出身。

第 1 队为特勤中队，短枪为主，负责侦察、征税、通讯和胡作为指派的勤务。第 2 队为火力中队，以机枪、长枪火力为主。第 3 队人员最少，为支援中队，编入体力不算太好的 30 余人，专门负责伙食、后勤、供应、保障。

他要求属下对外只使用保安 5 旅的招牌。这样管理的地盘就可以变得很大，税源就多，反正到处是没人管理的空白区域。

发放枪后，军需官柏延鸿给每人发了 5 块大洋、1 套军服、1 套便装，同时发了相应的军衔。

看到白花花的大洋，这些人的眼睛都绿了。

胡作为挑了把撸子挂在腰上，他现在只能吓唬人，要慢慢学会打枪。

晚上，胡作铭专门安排了一顿大葱肉馅饺子。胡作为一边吃着香喷喷的饺子，一边叮嘱胡作铭，不要参与任何抗日事宜。若有人问起他，就说早与胡家脱离了关系。

这是一个基本事实。当年胡养荪把这事闹得沸沸扬扬，诸城一带显贵达人，无人不知，人人皆晓。

胡作铭点头。胡作为又专门交代了以后的联系方式，自己最主要的驻地，以及几个秘密联络点。胡作铭应声，说自己记住了。胡养荪之所以留着胡作铭守家，是因为家族里的事太复杂，而胡作铭练达成熟，比别人会处理事情。

胡作铭其实也想跟着走，可又说不出口。自古规矩就这样，当哥哥的不能跟着弟弟混。可在家里实在是闲得慌，每天要不找人闲聊，要不就是串没用的门。家族其实也没多少事处理，就一个学校，胡作铭早把中学部建好了，有校长、老师打理。村子里胡氏家族的孩子，都可以免费读到中学。

吃饱了之后，趁着夜色的掩护，胡作为下令赶着 10 多辆骡马车辆出发了。

他终于有了属于自己的队伍。他把队伍拉出了诸城。

路上，他悄悄地打发几个心腹潜去青岛，让他们去找胡作林，顺便把从青岛秘密购买的武器带回来。同时，设法帮他找一个电报员。

心腹们都有济南的良民证。他们换上便装，枪自然不能带了，拖着几根棍子走了。他看着他们的背影消失在暗夜，心中有点惊恐不安。

棍子是用来防狼的。沿途，要经过一些无人的丘陵地区，有些地段的狼特别多。

现在，他可以公开扛着保安 5 旅的招牌征粮收税了。沿途，路过一些村镇，胡作为命人直接就找到保甲长要大洋。他还顺路拜访了几个伪乡公所，伪乡长们吓得磕头求饶，并顺利收缴了 1000 块大洋、500 多斤粮食。

没兵、没钱、没粮，就没人拿你当回事。这是有史以来不变的逻辑。

他们马不停蹄地赶路。

4

几天后，胡作为带着队伍到了昌邑，立刻以保安 5 旅的名义征粮收税。

他的税收队去每个地方都这样喊话：乡亲们，我们是民国政府保安 5 旅。为了抗日救国，保卫家乡父老乡亲，现向你们征收 3 块大洋、300 斤粮食，没有大洋，就给我们 600 斤粮食，以资助抗日。

他们激情满怀，他们真情实意，百姓们当然是支持抗日的，保甲长们很快就办好了各种款项。于是，钱，滚滚而来。

至于给不给陈专员，给多少，那是他胡作为的事了。

胡作为脸上阴着笑，要求不要在昌邑过多骚扰民众，因为这是我们自己的地盘，要留下清明正派的好名声。其他地方可以大打出手，可以敲任何大户的竹杠。他们进不了城，计划主要是敲周边的大户，再就是设计敲日伪县政府。

过了几天，没出三服的堂弟胡百胜意外地来了。

伤好后的胡百胜，辞别了古井堂。他刚回到家，便闻知胡作为在昌邑当县长，并组织了保安 5 旅第 4 游击支队。他从胡作铭那里要来联系方式，自告奋勇前来探望。

胡作为非常高兴，张罗吃饭喝酒。

胡百胜说："来的路上遇到了狼，没带枪，差点出事。"

胡作为说:"打狼要枪干吗?枪反而没用,狼最怕棍子,你弄根腊棍,多少狼也会吓跑的。"

狼攻击人时一般是偷袭,甚至把腿搭在人的肩上,这个时候如果回头,就会被一口锁喉。狼腿很脆弱,一棍就能打折。狼如断了腿,要不被狼群咬死吃掉,要不离群独行,很快就成为死狼。所以,狡猾的狼最怕棍子了,看到棍子,转身就跑。

胡百胜说:"大白天的,哪想到会遇见狼。"

胡百胜从山路走过时,狼群正在追赶几头野羊,狼王看到他,就与几头狼转头盯着他。胡百胜一慌,回头就跑,狼在后面不慌不忙地追,准备一直追到他没力气为止。最后,他抱头鼠窜,连滚带爬,爬到一棵大树上。

3条狼蹲在树下守着他。过了好半天,突然,胡百胜看到这几条狼开始向后退。远处 50 米开外的树上,下来了一只大猫,仔细一看,是一只 20 多斤的野狸子。

野狸子似乎还没睡醒,它伸了个懒腰,慢慢地走来。不知为什么,那几条狼的尾巴夹起来了,低声呜咽着后退。突然,拼命地逃窜。

那个野狸子也不追。它盯着胡百胜看了一会儿,然后不屑一顾地走了。

胡百胜被吓了个半死。他下树后,用匕首砍了根棍子,找了户人家,缓了半天,吃了顿饭,才走到了这里。

胡作为笑道:"你没吓尿吧?"

胡百胜也笑:"没尿,快半死了。"

胡作为说:"野狸子这个东西的爪子很厉害,逮住狗,马上就能开肚。还爱干净。听说:吃猫的时候,把猫按在水里,反复灌水洗胃,然后才吃。"

胡百胜道:"百闻不如一见啊。以前光知道狗见了野狸子哆嗦。现在才知道,连狼见了都逃之夭夭。"

两个人把酒言欢。沈智华端茶倒酒。

沈智华笑道:"野狸子很鬼,从不和人斗。咱这里没啥大动物,除了老鹰,这货没对手了。"

缺什么来什么,真是雪中送炭。胡作为缺的正是军事人才、军事经验。然后和日军干一架。胡百胜正手痒,一听打仗,来了精神。两人一拍即合。胡百胜同意暂时留下帮忙,指导他打一仗。胡作为让他当参谋长,负责全部军事。

胡百胜集合起队伍一看,便知道一切要从头来。这帮人无人懂枪械,无人会擦枪,无人会打枪,几乎都是文盲。

好在胡作为带来的那几个人还有些文化。胡百胜让他们打了几枪，重新选胆大的当队长，胆小的做行政或其他工作。然后，又挑选了几个大块头当机枪射手，开始枪械擦拭、射击、列队等教学。

按照国军的野战模式，他适度调整了一下队伍结构。这个队伍太小，肯定没有战斗力。胡百胜拟定建立正规军队的目标。他首先开始扩编，经过招兵买马，扩编为 3 个大队，共有 600 多号人。

1 大队是胡作为的嫡系，留在身边自用；2 大队 300 余人，是孙百万部残存的土匪；3 大队 100 余人，是附近各地主拼凑起来的民团、家丁。

胡百胜给他们发了军服，把他们分成几股，配置到昌邑的边界。那一带，八路军活动虽然很活跃，但是，一般不进入国军的地界。胡作为很满意，让这些人去挡八路军，是个好办法，还省钱。队伍可以慢慢搞，当前，拉起大旗，披上虎皮是第一位的。

胡作为恩威并济，给他们配了一些枪支弹药，并让他们不要打家劫舍，惹是生非，一切供给由他解决。

胡作林搞来的一些武器弹药终于到了，其中有 30 支仿制的 MP28 冲锋枪。同时，还送来了一个青岛电报局的电报员。

原丛斐，是个年轻小伙子，国立中央大学毕业。

胡作为问他："中央大学的？怎么去了青岛？"

原丛斐说："离家近，再是青岛电报局的收入也高。"

因为日本人全面禁止中国人从事电报业务，青岛的电报员全部下岗、失业回家。原丛斐经人举荐找胡作林谋职。胡作林让他带着对日本人的仇恨，去昌邑参加了国军保安旅。

他现在还没有控制住沈智华。有了自己的电报员，就可以摆脱陈子舟的控制，完全实现行动独立。

胡百胜给了原丛斐一把撸子，让他跟着训练，并负责组建了通讯科。原丛斐果然很卖力气，各队之间很快都通了手摇电话。

青岛铁工厂仿制的伯格曼冲锋枪，当年月产 150 支。国民党的"焦土战争"，炸掉了青岛多家制造军火的工厂。但青岛铁工厂的老板藏了若干支冲锋枪。

冲锋枪很贵，100 个袁大头一支。黑洞洞的枪口透出杀气。

国军称冲锋枪为手提机枪，南方人叫花机关。德国造一般都是弹匣在上，但青岛仿制枪进行了改进，弹匣于枪身下部直向上插，拿着顺手，使用方便。

德国人一贯思维固化，他们精于工艺，却缺乏设计。后来，德国人参照青岛铁工厂的标准，也对冲锋枪做了改进。

胡百胜摸着冲锋枪，赞不绝口："真顺手啊，我还是第一次看见这么好用的枪。弹匣大，备弹 32 发，打手枪弹，射速快。缺点就是射程近，子弹贵。"

胡作为笑道："人为财死，鸟为食亡，咱们现在有了税源，不怕贵，设法多搞弹药就是了。"

训练课上，胡百胜对冲锋枪手们说："拿着这个枪，你们就是壮士了。这个枪要横着打，竖着打容易跳。最好的冲锋枪，也不能连续发射超过 3 个弹匣，因为枪膛禁不住热，容易烧掉或者爆炸，那时手里的枪就成为烧火棍了。因此，要尽量打点射。如连续打两梭子后，要换射击位置，一是冷却枪膛，二是防止日军的炮火覆盖掉你。那时你们就不是壮士，而是烈士了。"

众人皆笑。沈智华也要了把撸子防身，并练习射击。胡百胜说：你还要练习跑得快才行。胡作为时常去看队伍训练，说："队伍也练了一阵子了，你觉得我们能打仗了吧？属国军几流啊？"

胡百胜笑道："作为哥，你真性急。按照列强的标准，中央军现在的水平，其实也就是刚学会站队、立正、跑步。我们现在还是绿林好汉，没什么战斗力。我们的人当兵前，从没碰过枪，甚至没见过枪，士兵又没文化，学得太慢，所以急不得。"

胡作为吃惊道："有这么差？"

胡百胜说："我这么说还是客气的。我们以前打仗，经常是上午拉来了壮丁，刚换身衣服，下午去打仗，听到枪炮声就吓晕过去了。很多新兵身体素质极差，他们营养不足，瘦骨伶仃，皮包骨头，连枪也拿不稳，走两里路都会累死。上了战场肯定是送死的炮灰。"

胡作为说："国军的德械师、税警团的训练我看过。正步踢得不错。你抓紧时间操练，我还指望着你去立功呢。"

宋子文私下组建了美械税警总团，战斗力比较强，约 3 万人。后来被蒋介石收编。中央军的 4 个德械师，是占领江西苏区后，用稀有金属钨换来的。可惜这些装备被平均分散到 10 多个师了，没有形成打击日军的优势火力。后来，德日结盟，德国取消对华出售武器合同。

1939 年后，国军组建的是苏械师。约 50 个师装备有苏式枪械，其中，戴安澜的第 200 师，是中央军唯一的机械化师，全部苏制武器，形成了优势火力。苏联还援助了大量的坦克、飞机和各种弹药。

国军的枪械制式不统一，光子弹就 20 多种，复杂的后勤供给，严重制约了战斗力。不似日军，三八大盖与歪把子机枪使用一种弹药。

胡百胜说："枪炮要打得准才行，踢正步有啥用？日本人也是德国人训练出来的，可战斗力不一样。我们的人，起码用惯了枪才行。另外，你还要让我们吃饱饭，吃不饱，跑不动，还打个屁仗。"

吃不饱，是国军的通病。抗战以来，胡百胜在华北、华中那么久，从没在军营吃过一顿饱饭。国军打仗的地方，都是山地、盐渍地，后勤根本供应不上，加上官长层层扒皮，克扣军饷，经常饿肚子。

胡作为笑："你就是个洋奴，要设法提高我们的民族精神才对。"

胡百胜也笑："这个我就不懂了。我没出过国，不能算洋奴吧？我是军人，只能面对现实。"

胡作为说："你厉害，总是有礼有节。"

胡百胜说："要不我们拼酒？看谁不行。我不欺负你，先喝半斤，如何？"

胡作为大笑道："我们现在钱多得是，别怕吃不饱。不似当年给共产党干时，为了显示富裕，每天用猪皮在嘴边擦油。"

胡百胜知道他当年做共产党地下工作时的一些事。共产党的经费很紧张，经常饥一顿饱一顿的，"4·12"大屠杀后，那点可怜的党费、经费还有被卷跑的可能。共产党开会总是说：不要忘记资产阶级对我们的背叛。

但，这都是没什么用的。犀利的语言，顿悟的话语，都不能改变国民党屠杀工农与共产党人的严酷现实。

当时，市场肉类很缺，物价不断上扬，面黄肌瘦的青岛小商人，往往在家里备着一块猪皮，出门时用猪皮擦一下嘴，表示自己今天吃肉了。胡作为那块猪皮足足用了半年，他怕老鼠偷吃掉，就把猪皮挂在房梁上。

胡百胜讥笑说："要不也给我发块猪皮，让大家转圈轮流擦吧。"

他们上午进行站队、跑步操练。下午玩枪，拆枪、擦枪，瞄准，反复练习。

他已经拉着队伍去实弹射击过两次，让大家适应枪声。大部分兵敢打枪了。

因为多年战争的经验，胡百胜非常重视火力。冲锋枪都给了火力中队。他认为，火力既要猛，还要平衡。目前，还缺乏重机枪、迫击炮和掷弹筒。

黄埔军校是苏联设计、规划与建设的。但是，当时苏联都是沙皇时代的老式军人。1919 年 2 月 —1921 年 3 月，苏联与波兰发生了战争，拥有绝对国力与兵力优势的苏联惨败：机密电报被大量破译，苏军部队像傻瓜一样被围歼，而苏军将军骑着高头大马，忘乎其形地带着骑兵、步兵向波军 FT-17 坦克发起一次次勇猛的冲击，不难想象，波军的机枪像割韭菜一样，猛烈扫射蜂拥而来的苏军士兵。最终，伤亡惨重的苏军被迫求和。战争结束，将军们依然声色犬马，以功臣自居，占据着各级领导位置。

名声在外的黄埔，苏军顾问与中国教官，其实都是旧式军队混出来的，没有任何现代战争的经验。到了黄埔 4 期，才有了简易的炮科。

国民党军的将领和老军阀一样，根本没什么战术可言。张勋的辫子军，攻打段祺瑞，打了 300 多万发子弹，只打死 28 个人。因为不懂炮，军阀们就把加农炮称为野炮，把榴弹炮称为山炮。

黄埔前 3 期的毕业生，即使给了他们炮，也搞不明白炮的种类，更不必说使用炮了。胡百胜学的是步兵科，知道如何构筑各种阵地，但也不是很懂用炮。他琢磨着找几个懂炮的，弄几门迫击炮，充充门面。

当其他中队外出后，支援中队就变成胡作为的卫队了。因此，胡百胜给 3 中队配了一色 20 响匣子枪。胡百胜说："扛着匣子枪，就是勇士了。这枪的毛病是零件多，要仔细用，擦光油，别进了沙子什么的，要不会卡壳、哑火。再就是别光练瞄准，要学会出快枪，甩着打。"

说着，胡百胜随手甩了一枪，30 米外的桌案上，有一把紫砂茶壶，被打得粉碎。然后又用勃朗宁瞄着紫砂茶碗，枪响碗碎。

胡作为带头鼓掌。胡百胜说："弟兄们，神枪手都是用子弹喂出来的。练到这个火候，要有时间，那时你们就算是出师了。"

毛瑟手枪，又称盒子枪、盒子炮、匣子枪、驳壳枪、快慢机等，点射、速射均可。弹匣备弹 20 发，子弹金黄，灿烂耀眼。

在飞机与大炮的时代，毛瑟手枪的威力可以说微不足道，有效射程 150 米以内。但因为缺乏火力，中国军队冲锋陷阵，往往依靠毛瑟手枪的速度。所以，一支自卫手枪，被中国人念叨得神乎其神，并爱不释手。

昌邑的地盘小，但保安 5 旅的地盘弹性很大，游击游击，谁知道能游击到哪里去？而且胡作为还扛着少将保安副旅长的金字招牌，意味着他的队伍是正宗的国军序列。

地盘与招牌，是征收钱粮的基本条件，也是发展的要素。他反复催促胡百胜加紧训练，要有点作为，以不负沈鸿烈的栽培和希望。

差不多一个月，胡百胜觉得队伍练得差不多了，队员们的身体也逐渐强壮起来。他建议，找个交通线干一仗。

根据以往的经验，打一个班的鬼子的据点，国军最少要投入一个连。否则，根本抵挡不住日军的火力。所以，国军从不打鬼子据点。

尽管国军部分轻武器性能优于日军，却发挥不了多大的作用。日军的炮火实在是又远又猛，战斗还没进入轻武器射程，国军士兵就会被炮火先覆盖掉了一半。国军还输在体能、训练和战术上。国军士兵大多是文盲，武器发挥不出作用，战术差，不懂换位射击；日军文化程度高，战术灵活，射击精确。进入白刃战，无论是什么刀，还是什么剑，都拼不过日本人灵活的刺刀。

国人太愚昧，和日本人打了那么多年，还不明白大刀玩不过刺刀。日本人的刺刀，简练实用，是工业化的产物，早就与各种大刀什么的比划过多少年了。三八大盖枪长，刺杀距离远，出击速度快，体力消耗少。大刀是农民的杂耍，还没等铆足劲，刚抡起大刀，刺刀就破了胸膛。技术思路差得太多。

打伏击，打近战，可以弥补兵力不足，可以冒险一试。

胡作为听得很仔细，然后说："国军最大的劣势，所有的武器几乎都是买来的，打光了就没了。我本来还琢磨着让你给每个人都发把大刀。看来真的是一寸长一寸强。大刀仅是一种精神，文人用来瞎咧咧还行，不能当真。"

日本军官的军刀是装饰用的，大部分是欧式的，因为钢材问题，容易弯曲、折断，很容易被敌人的刺刀宰杀，早已被日军条例明令退出装备制式。侵华日军的指挥刀，全部是个人花钱装备的。

胡作为对大刀记忆犹新。1927年，从鲁南的沂水、日照、莒县等地开始，到鲁中的诸城、高密、胶县爆发了"打土匪、抗捐税"的大刀会。会员迅速发展到了9000余人，他们先砸了土匪、恶霸的店铺，后袭击盐警所和官军。最终，张宗昌派来的优势兵力，凭借飞机、大炮的猛烈反扑，大刀会被残酷镇压，死伤几千人。

诸城、高密、胶县等地还有红枪会、一贯道，日本人入侵后，大刀会、红枪会、一贯道等，几乎都给日军做事去了，汉奸张步云部驻扎在阴岛，那一带，有几个铁杆村。可奇怪的是，这些组织在鲁东境内，几乎连渣都没有。

5

交通线是兵家拉锯之地，胡作为怎么能不明白这个道理。自古以来，玩的就是"此路是我开，此树是我栽，要打此路过，留下买路钱"式的占山为王。

打日本当然首先要打交通线，因为与攻打堡垒或固定目标相比，交通线上的都是活动目标,攻击有突然性、爆发性,而目标相对比较脆弱。

两个人关起门抽烟,吞云吐雾,对着地图反复看来看去,连续好几天,琢磨昌潍平原的公路交通地形。

最终,胡百胜想到了简庄,他在大北营住过多日,熟悉那里的地形,他觉得那里的地形应该最为有利。

胡百胜在青岛读书的时候,有两条路通往诸城,其中一条完全是骑马或步行。另一条从家中出发,骑马到高密乘坐火车。所以,每年假期,都要路过简庄几次,并固定在刘记炉包铺吃几盘炉包。

他喜欢炉包匠的手艺。那又脆又软的炉包,一口咬下去,又香又美,回味无穷。

于是,胡百胜决定带几个人再去查看简庄的地形。他利用关系,找了个隐蔽又安全的地点,存下武器,去侦查日军巡逻车队的人数、活动规律,也顺便吃了几盘香喷喷的炉包。

炉包店熙熙攘攘。吃炉包的时候,他见到了那几个爱讲古的老掌柜。老掌柜的故事让他动容。

1895 年。除夕日。

遍地狼烟,枪炮四起。倭寇再次登上了威海陆地。

倭寇发现,除了一条无人防守的壕堑,四门被遗弃的火炮之外,大清国两万多淮军、湘军、绥巩军等组成的新军,跑得一干二净。

周记爷爷的身边,是大清国气势恢宏的辫子军。他们手拿刀枪,身披彩衣盔甲,个个高视阔步,精神抖擞,无比兵强马壮。

其实,他们与周记爷爷一样,一个个地都在瞭望与盘算中。

也不知谁猛然喊了一声:"倭寇上岸了!"

立时,一片骚乱,马惊人慌。然后,轰的一声,队伍散开,人影皆无。

周屠户的爷爷,弃帽奔逃。所有的清军,开始进行马拉松比赛,那真是兵败如山倒啊。这些兵还没打就完败了,简直是丧魂落魄,只恨爹妈少给了两条腿。

弃帽,就是弃官。周屠户的爷爷连官都不要了,兵贵神速,他一口气跑回到昌邑界。家是到了,可话没说上一句,人就倒在地上。

刘掌柜道:"人家周屠户的爷爷,不是跑路给累死的,而是给倭寇吓死的。"

不可一世、强大的北洋水师,降的降,跑的跑,吞鸦片的吞鸦片,瞬间威风扫地,烟消云散。

甲午战争,算是让大清国跑掉了鞋,跑掉了裤衩。大清国输得那样干净,一丝不挂。

甲午战争时期，天朝军队的武备、人力等要远远超过日军。清军的野战火炮和要塞大炮多达 1000 门以上，且口径都极为巨大，并拥有最新式的克虏伯巨炮，战力至少强于日军 10 倍以上。

1891 年，英国《武备报》评选天朝海军实力为世界第八，而日本为十六；美国则认定清朝陆军稳居世界前三。故而，清军的大贪官们也洋洋得意，他们肆无忌惮地奏报说：大清快枪快炮之多，甲天下！

清朝的报刊，天天出版号外，向臣民宣布：平壤大捷、黄海大捷、鸭绿江江防大捷、旅顺大捷、威海大捷……

最终，总理衙门正式文告，倭军在大清八旗军的打击下，被迫签订了《马关条约》，大清皇帝陛下本着仁慈的原则，给予战俘资助尽数遣送，对降敌分子不予处理，释放为日本军队效力的间谍，赦免为日本军队服务的投敌分子。

举国上下一片欢腾。北京的男人们纷纷走上街头，跳着辫子舞，练着辫子拳，吼着辫子歌，喝着辫子酒，他们载歌载舞，庆祝在皇太后陛下英明的领导下，大清国取得了一次又一次伟大而辉煌的胜利。

"喝了酒，唱起歌，敲锣打鼓上下坡……"

老掌柜说：这歌，连周屠户的女人，都会哼上几句。

女人在家哼着歌，男人在街头飞舞。但周屠户的女人是大脚，可以去街上哼几句。

老掌柜感觉，那些唱歌的男人们不是在喝酒，而是在做梦。路上到处是做发财梦的乞丐，满大街都是鸦片馆，然后，他们就纷纷进去了，躺在炕上吸食鸦片。

如果四书五经是大清国的精神食粮，鸦片则是大清国的物质食粮。道光皇帝旻宁本身就是个鸦片鬼。他吸了鸦片，就有了精气神，就写诗歌、文章炫耀吸食鸦片后耳目聪明、心神清爽的感觉。

抽大烟由此成为上流社会的雅事。大清国的男人们于是就化装为武林高人。他们无不悲愤填膺，气宇轩昂；他们人人怒发冲冠，慷慨激昂；他们天天厚德载物，自强不息。

大清国与大宋朝其实没区别。大宋朝念四书五经念得，一亿多人口，打不过几十万的女真、契丹，玩不过几万蒙古人，最后果真"送巢"了。

大清国更好，四亿多人口。拼蛮力，西洋人均个头高，打不过就算了，可东洋人矮，还是打不过。大清在约三百多年的光景里，没一点发明，没一点创造。除了西太后外，谁敢指望一帮吃空饷、喝兵血的兵痞，扎着大辫子的门阀、吸食鸦片的军阀去打仗？

这无疑是缘木求鱼，尽管，他们有着世界第一流的洋枪洋炮。最终，西太后领导的洋务运动，以迅雷不及掩耳之势瓦解了。

这一年，大清国海关的管理权也交给了外国人。

随后，青岛也被德国人占了。接着，倭国人来了。

那些听故事的人，有笑的，有闹的，有骂的，就是没有哭的。

历史与现实交织在一起，胡百胜百感交集，心潮澎湃。

中国历来是个自发的稳定的社会，人民深爱着这片土地。仗都打成了这样，也没最后散架。戊戌变法本来是一次温和的文化革命，顽固的封建分子们却刚愎自用，最终导致了武装革命，几十年大动荡。他想，西方人还是不摸中国的混水。八国联军时，如果在北京宣布成立一个新王朝，搞一个新皇登基，则清朝必然瓦解。剩下的问题是，老百姓会归顺吗？

日本人似乎在走这条路，绍兴汉奸汪兆铭早已蠢蠢欲动了。

他一边吃着炉包，一边扫视观察着四周。他看到 10 多个带枪的人，也在吃炉包。他们个头不高，穿着便装，话语很少。反正他有良民证，爱谁谁，身上也没什么值钱的东西，不怕抢，不怕查。

那些人也不正眼看他，吃完炉包，给了钱，自顾自地走了。

胡百胜吃完炉包后，就搬了条凳子，又去听老掌柜讲古。这里的老掌柜们敦厚、自然，说话都是一套一套的。

牟平。贺家窑。

春风雨露。今天是陈老太爷 50 大寿，也算是黄土埋半截了。

中午吃完饭，送走了客人，陈老太爷就半躺在院子的竹椅子上，厚厚的棉裤，外罩着绸缎大褂，显示着富裕和金贵。

此前，张宗援要去青岛公干。临行前，也满面春风地亲自前来祝寿了。

陈老太爷闻讯出外迎接，感觉自己比他高出两头。他自觉地哈了一下腰，点头微笑："张太君拨冗来寒舍做客，给老夫贺寿，真是蓬荜生辉，感谢不尽。"

张宗援很白，也很胖。大概只有 1.58 米的样子。在日本人里面就算是大个子了，很容易把他当成中国人。他已经完全中国化了。一般情况下，他都是说中文、穿长袍、布鞋。

他摆摆手，没说什么，然后进门入席。他带来了几瓶日本清酒，还有一块"日中亲善"的牌匾。然后，喷云吐雾，海阔天空。

他在这里打仗，经常来这里逛窑子，和陈老太爷是老朋友了。他心细如发，循循善诱，和陈老太爷谈心。

酒宴开始，管家在一旁伺候饭局，陈老太爷不断向他敬酒。

陈子轩说：建设王道乐土是我爹最大的希望。他要带领这一带的民众富裕起来，牟平的老百姓已经穷了几千年了。现在皇军终于来了，终于给牟平人带来好日子，可以发家致富了。

张宗援吃得很开心，听得很高兴。他的随扈是一群高丽人，他们都爱吃狗肉。鲁东的民风，酒宴是八大碗，自古除猪肉、鸡肉、龙子龙孙那些带鳞的海鱼外，其余肉类、鱼类等都不得上桌，为了他，今天陈老太爷算是破了例。陈子轩专门让人打了 10 多条狗，在警察局的伙房炖了半天，伙夫把狗肉端送来。张宗援吃得好开心。

陈老太爷品了品狗肉的味道，感觉有点香，还不错，就多吃了几口。他出身省法学堂，多年来以开明士绅的身份，推进依法治乡，开展乡村建设运动。

乡村建设运动究竟是什么？没人说得清楚。城市在急剧膨胀，各种资源在迅速向城市转移。乡村既缺资源，又少文化，就是几个"乡贤士绅"弄出来些什么乡规民约，以方便收租，发放高利贷。

张宗援说："鲁东肉多，选择余地大，所以没有吃狗肉的传统。"

陈老太爷慌忙说："张长官，不要介意。我们这一带吃什么都行，海鲜多，吃肉都是根据个人的口味，总体上其实什么肉都吃。我儿子曾在欧洲留学，他说：只有宗教才限制人类吃喝种类，我们中国历来是世俗社会，王法是不禁止吃喝玩乐的。"

张宗援点头笑。陈老太爷的大儿子是陈子舟，张宗援想招安陈专员。

一旁坐着的长脸瘦高个，一身警察服笔挺。他是陈老太爷的小儿子陈子轩。

陈子轩是纨绔子弟，不学无术。没办法，陈老太爷让他当警察。日军打进来，就当了警察局副局长。他还是牟平密报组组长，直属日本芝罘宪兵队。

女人有月经，就有晦气。士兵有煞气，影响官运。军阀便禁止女人与军人进法院上班。可陈老太爷的女儿法学堂毕业，想进法院当差。为了女儿，陈老太爷不惜代价，把女儿送进了法院。

钱就是爹。陈老太爷不信邪。

陈老太爷说："张太君，我早捎信给大小子了，我告诉他，皇军打到他那儿，一定要他尽心尽力为皇军效力，建立王道乐土。"

张宗援说："皇军都打过北平、南京了，难道皇军还没打到昌潍一带吗？"

陈老太爷似乎很糊涂地说："真打到了，大小子他咋不接受招安呢？"

陈老太爷下巴胡子那么长，一定有点老糊涂了。张宗援有点无奈。他很早就见识过胶东人吴佩孚、张宗昌等人的装傻充愣，明白贺家窑的生存之道。

酒足饭饱，吃完老祖宗留下的美食，陈子轩安排玩麻将。老祖宗还留下了麻将，可以让五湖四海的人坐在一起消遣，发展友谊。中医、麻将、美食都是陈老太爷的最爱。没几根烟的工夫，张宗援就赢了1000块大洋。

张宗援骑上大洋马，如愿以偿，扬长而去。陈子轩带着人，拿着他爹送给张宗援的礼物也上了马。他怕老太爷财迷，准备得不够，又私下里准备了600块大洋。然后，和几十个随从马弁陪同而去。

他把张宗援送到牟平地界。乳山伪警察局局长，早已在地界边上等候迎接。

2

鸡蛋当然不能放在一个筐子里。

齐人诸葛亮三国演义那阵子，精于算计的上流社会与大家族，就会玩这些小儿科了。

刘备称帝，诸葛亮官至蜀国的丞相；孙权称帝，其兄诸葛瑾任吴国大将军；曹芳继位，堂兄诸葛诞任征东大将军。

诸葛亮这哥仨，服务于不同的主公，没日没夜地互相厮杀，谁也不给谁留情面。一部三国史，其实也是诸葛氏家族的兴衰史。魏蜀吴三方无论谁胜利了，都丝毫不会影响诸葛家族的兴旺发达。

可是，人算不如天算。精于计算、家传万世、名声赫赫的琅琊望族诸葛氏，一直没有发展成为大姓。这真是历史的悲哀。

老祖宗那套东西几乎都没用了，体系、制度、私塾和科技等，无不被列强打得满目疮痍，被日本人玩得粉身碎骨。可老祖宗的筹划和谋略却是无限制的，诸葛家族会玩的东西，跨越了时空距离，老陈家照样玩得转。

陈老太爷的两个儿子，老大给国民党出力，老二为日本人服务。如果有第三个，说不定给谁做事呢。

老大陈子舟，是他陈氏家族的骄傲。陈子舟肩负家族的嘱托，承载陈老太爷的希望。陈子舟从私立青岛大学毕业不久，又去欧洲"勤工俭学"，在比利时的小学补习德语，折腾了一年，外语学习无望只得回国。陈子舟在国外玩的是"十三不靠"，因此没有加入欧美同学会这个精英组织。陈老太爷又托人让他进了省政府，攀上了河北人韩复榘，最后来到第 17 区当专员。

小妾蹑手蹑脚碎步而来。她刚吃完饭，来给他推拿捶腿。

在乡村，不管大户小户，都是男人们在桌上吃饭，女人一律在一旁伺候或等待。男人们吃完才能吃。

推拿、捶腿、活血是中医的理论，也是陈老太爷的习惯。

3

春天，不知什么时候会起风。

大风猛烈地扫过。民国乡村的老女人，一如大清国的女人，不敢去街头招摇。风一吹，三寸金莲就倒。她们任何时候都不敢独自外出，遇到人贩子，酥酥的小脚根本跑不了。

世界的残酷，就是如此。

美丽的民国乡村，不见一个独行的女人。她们去哪儿，都是被人用独轮小车推着，有权有势的就弄顶轿子。

无论遭什么样的罪，她们都不会跑路。也根本没人怕他们会跑，不必说跑路，走路也走不了几米。

小妾是大脚。断文识字，诗词歌赋，无所不通。她是陈老太爷从青岛买来的窑姐。

窑子虽然有种类，却是不分高低贵贱的，无论什么窑，管他什么官窑、煤窑、砖窑、炭窑、磁窑，都是窑子。

烧煤要烟道，还会弄乱了房子。日本人为掠夺更多的资源，下令在城市取缔煤炭买卖，改烧木柴取暖。青岛的日军最黑，还限制居民用电，改用蜡烛、煤油。街头的霓虹灯、路灯全部被取消。

所以，贺家窑的无烟炭成为畅销品。而贫穷人口只能在寒冷的冬天，在黑暗中瑟瑟发抖。

无烟炭，当然是冬天窑子取暖的必备。所以，贺家窑的炭，是明媚的炭。贺家窑的天，是陈老太爷的天。

陈老太爷虽不烧窑，但贺家窑方圆 50 里的山是他的，地是他的，贺家窑的路是他家修的。所以，砍树要给钱，走路、修路也要收钱。

陈子轩还在为党国当差的时候，就在贺家窑设立了一个分局，派了 10 多个警察维持。

钱好办。贺家窑的无烟炭名动天下，白花花的银子多得是。陈老太爷召集各窑主开会，他找来了儿子，要求不要增加炭老板的负担。普天之下，谁不知道陈老太爷是乐善好施的大善人呢？

表面上都是为了乡里乡亲的，实际上是怕断了自己的财路。把这些窑子都给整死了，谁买他的树？谁走他的路呢？因此，陈子轩把税款直接挪用为治安款。

为考察各地窑子的无烟炭市场，搞清炭火行情，陈老太爷每个月都要去青岛。他几乎逛遍了青岛的窑子。

青岛码头一带，是欧洲窑子集中的地方。西洋人的窑姐没有名字，都是按头发颜色来的，红头发的叫"红灯 x 号"，黄头发的是"黄灯 x 号"。

日本有专门输送窑姐到中国卖淫的公司，所以日本窑姐最多。在青岛的日本普济医院、基督教美国长老会的崇德中学周围，集中了大量日本与高丽的窑姐。民国青岛特别市政府曾经统计过，当年在青岛的日本人，1/4 是妓女。

逛着逛着，就逛搭上了小妾。

小妾有名字，她本叫赵雯红。她爹本来是东北伪法院的院长，天天贪赃枉法弄了不少钱，也不知杀害了多少抗日志士。因分赃不均，被其他汉奸串通诬告"资助抗联"，取得"铁证"，被日军顾问当场射杀。

后来，继母携带她，来到高密投靠其远房表兄申得勇。申得勇与其继母勾搭成奸后，正准备去济南找人，捐个县长当当，还差那么几块大洋，糟蹋她几天后，就卖到了青岛的窑子铺。

进了窑子，老鸨嫌弃她的名字晦气，给她起了个窑名叫万红。老鸨自然想让赵雯红给自己带来一万一万的红利。

钱是收了，可总补不上县长的缺。听说，日军来了，申得勇终于如愿以偿当了县长。

赵雯红不会针线做饭，日常只能在家里哼歌绘画。

女人们的最爱，就是当公主，要不当格格。当了公主、格格就可以坐轿子。有了轿子，就可以东南西北去看看。

4

陈太太 48 岁，目不识丁，掌管家中除了钱之外的一切内务。

一切女人，都有美丽的梦，即使她们一点也不美丽；一切女人都有诗与远方，即使她们大字不识一个。

自古以来，目不识丁就是女人的天然美德。能玩琴棋书画的女人，多是窑子里混出来的。

赵雯红与陈太太之间的矛盾，不断以挨打、罚跪而告终。

陈太太出身人户，又有两个有力的儿子做后盾，陈老太爷为维护她的尊严，从不恶语相加。

而女人无非是男人的工具。赵雯红也是陈太太任意摆布的工具。

不当工具也可以。罚跪、磕头，没日没夜，无尽的哀愁。

在陈太太眼里，这些窑子里出来的婊子，无耻下贱，又不能生孩子。比不得民国的良家女人那样清白。

民国的良家妇女，清白的大字不识一个，像清水煮白菜那样清白，像小葱拌豆腐那样清白，她们连名字都没有，只是男人的财产，可以任意转让，可以任意买卖。

但陈太太不是买来的，更不是借来的，而是老陈家娶来的。陈太太为老陈家生了两个儿子：老大是专员，老二是局长。

晚上，陈子轩回来了。他的一帮狐朋狗友，拉来了几大车寿礼，祝贺老爹的50大寿。

灯火通明，热热闹闹。陈老太太感到心满意足。

漆黑的夜，传来了狼嚎。闹腾的狗，瞬间静下来。

5

贺家窑地处牟平县城20多公里处，主要有50多处窑子。除炭窑外，还有若干砖窑、瓦窑等。后来，产量不断增加，工人不断增多，就从鲁西来了30多个窑姐，构成了一个窑子阵。逐渐演变为一个窑子式的作坊集镇。

窑工大多来自外地，因为缺乏保护，没几年就会得尘肺。所以，他们的寿命普遍很短。

尘肺是难以治愈的职业病。因此，贺家窑有胶东罕见的大烟馆。骨瘦如柴的窑工，靠最后几口大烟度过余生。

贺家窑还有10多家老式的织布厂，几千台陈旧的人工纺车等，早已无法与青岛纱厂源源不断的生产能力竞争。青岛机器动力让布匹又多又好，价格还便宜。曾经辉煌的作坊织布，在上海、青岛、天津的机器工业挤压下，均处于破产前夜。

贺家窑人口兴旺，康熙那年就有1万多人，现在还是1万多人。

因为贫穷、饥饿，从康熙到民国，4万万人口没有丝毫变化，保持了200余年。

没有人口，怎么打仗？民国兵和大清的兵勇一样，听到洋人来了，先闻风丧胆，后望风而逃。那些拉来、绑来的壮丁，只是在与将军们比赛谁跑得更快而已。

日军打进牟平那天，正是民国的"黄金十年"。贺家窑的窑姐，与济南惨案时的窑姐一样，集体自杀了。

1928年5月，盘踞在济南的奉系军阀张宗昌遭到北伐军的攻击。张宗昌遂请日本发兵救援。

日军第六师团，在福田彦助中将的带领下，从青岛沿胶济线顺势进占济南，导致济南惨案。

日军进城后，见人就开枪射击，见女人就割去双乳，乱刀刺死。济南民众惨死1.7万余人，受伤者2000余人，被俘者5000余人。

5000余山东人宁死不屈，被日军残酷杀害。

那一天，济南城的窑姐看到街头惨状，悲恸欲绝，义愤填膺。于是，几百个窑姐集体自杀了。除了死亡，她们其实什么也没有，更没有人怜悯与保护。

她们只是一群小脚女人。

自杀了，也没关系。反正穷人家的孩子也养不起，陈老太爷派人从鲁西再招来一批。

酒宴到了尾声，管家悄无声息地退出。自古以来，钱如果到了女人的兜里，就再也出不来了，问女人要钱纯粹是瞎耽误功夫。所以，老地主们宁可找一堆管家和账房，也不让女人碰钱。

贺家窑自古便无镇长、乡长，陈老太爷就是小镇的大脑，他的聪明才智，是支撑小镇运转的神经和灵魂。

民国的男人与大清朝的男人一样，天天鼓吹"黄金十年"。没办法吹牛的，就如贺家窑的窑哥，多少年又多少年，依然没有骨头，甚至没有激情与渴望。他们虽然活着，却不如一群妓女。

春风喜人。马上就到高密了。

张宗援要从高密乘火车去青岛。他的地盘主要是鲁东和鲁南的一部。鲁中不是他的地盘，无人会对他春风满面，也没人给他送大洋。

站在小山头，回头望去。胶莱河以东，大地刚刚泛绿。不知为什么，他内心凄凉酸楚。

这两年，他带着日伪军，在鲁东打仗，试图打通交通线，却屡战屡败。海军青岛司令部让他谨慎行事，并明确电告他，12军在组织他的黑材料，准备解散他的伪山东自治军，让他去海军司令部面谈。

张宗援当然清楚，青岛的一切都是海军说了算，陆军只负责野战。而海军肯定是保他的，但是不知结果会如何。这些年，为大日本帝国卖命，他经常憋屈难受。

他心中默念，总有一天，他要站在这里的最高处，统治这里。

鲁东这个地方，给他的感觉总是怪怪的。

莱国在《山海经》即已记载，立国远远早于周朝。《山海经》集与天斗、与地斗、与人斗之大成。《山海经》是华夏民族的真正精神内核。

只有中国人，才生存在神的身体里，才会这样循环神灵与历史，并与神灵合而为一。全世界的创世者，几乎都获得了永生，并拥有宇宙间无比巨大的惩罚与奖励权力。唯独中国开天辟地的创世神，他的气息变成了风和云，他的身体化为星辰、山河和大地。而天塌地陷时，女娲又炼石补天，最终奉献了自己的一切。

起源于神农氏的古东夷人在胶东半岛建立了莱国。他们培植了小麦、稻米，开始了酿酒、家畜饲养、房屋建筑等，建造了人类历史上最早城池"麦丘邑"。

甲骨文的"来"字，像一株根、叶、秆、穗俱全的麦苗，它的本义是指小麦。《说文解字》对"齐"字的定义是，"齐，禾麦吐穗。上平也，象形"。

远在史学界认定小麦传播到中国之前，这里就开始种植小麦了。中国是最古老的农耕文明。可中国偏偏没有考古业，只有古玩业。所以，小麦的源发地被指向了中东。

姜太公分封立齐之地，是莱国的地盘。莱王即来攻打姜尚。战争四起，一部分莱国人大迁徙，直接越过了高氟水区域的高密，到达莱芜。公元前567年，齐国最终吞并莱国。民间世代传，姜太公灭了莱国，连神也没封上。

秦朝设胶东郡，府治即墨。西汉立胶东国，国都即墨，国王是汉武帝刘彻。这里自古就是汉人的生存之地。

鲁东人郭琇，弹劾揭发举证过"势焰熏灼，辉赫万里"的高士奇、明珠、余国柱等奸人。可鲁东没人把他当回事，从无人正面去评价他，因此他就被历史湮没。

即使是北洋军阀吴佩孚，也无人把他当回事。

尽管从秦始皇开始，便不断有皇帝游历至此，巡视大好河山。但是，这里2000多年来，从无人给皇帝歌功颂德，所以，也就没有任何帝王将相的传奇。至于官员大臣，文人墨客，林林总总的各类人，更无人正眼提及。

既然是神农氏的后裔，这里便是无神论的圣地，不拜鬼神，拜祖宗。古老文明的河流，在汹涌澎湃地奔腾。

全真七子皆为鲁东人。他们学道于昆嵛山，度日如年，只好远走他乡传教。丘处机都如此，外来的宗教势力，更难以站住脚跟。太平天国的赖文光，率东捻军过黄河，打河南，破江苏。来到鲁东，没有发展一兵一卒，败退而去。

很少有战争波及到这里。秦汉之后，仅有"永乐扫北"之战。忠于朱允炆的鲁东人，遭到朱棣的残暴屠杀。

有宗教就会有战争。而鲁东，似乎是宗教传播的一道闸门。

可能是海鲜吃多了的缘故，鲁东一带的人脾气大、骨头硬。最大的毛病是张嘴就骂人，有时越亲越骂。2000多年下来，孔孟之道，在这里根本玩不转。孟子遂蔑之"齐东野人"，说话则贬为"齐东野语"。

在鲁东人眼里，孔孟之地，食古不化，玩物丧志。他们要不逃荒要饭，要不揭竿而起。鲁东这里，有人揭瓦盖房，却无人斩木揭竿。

青帮琢磨着要在这里混，但是，没混下去；红帮看着不服，来了照样不行。鲁东的黑社会源于沈鸿烈。沈鸿烈当上市长后，一看青岛没黑帮社会，感觉对不起青岛人民。为了让青岛的社会生活丰富多彩，沈鸿烈仔细琢磨蒋介石意图，索性让上海的青红帮一起来混。各路老大到了不久，用上海滩那套办法混，照样很惨，然后溜之乎也。

鲁东的文化普及程度，改变了国民党考试院的做派。为防止自己人落第不中，考试院堂而皇之地对胶东的考生加分加码。成年累月，日积月累，鲁东便闲置了大量人才。

张宗援谙熟山东的历史典故，知道后羿在这里射日。他在这里被打败，也就一点不奇怪了。张宗援也觉察到，鲁东与鲁中地区，风土人情迥异。

胶莱河以西，属高密郡、高密国，很多人是各地的流民、兵勇、屯军等人的后裔。他们的蟋蟀之风，应来源于京都满八旗。

历代的流民稳定下来，渐渐学了点手艺或者生意，造就了他们不是官迷就是财迷。乾隆当年还在世的时候，他们就经人指点，通过刘家的关系，使钱运作官府，然后大批渡海去台湾谋生。

他们是世代流民，穷惯了，就流动惯了，反正也不怕跑路，因此就到处流动。就这样，很多人在台湾买了官，很多人就跟着官发了财。

鲁中的土匪源于国民党。1916年，孙中山指令大法学家居正，到青岛设立东北军总司令部。居正躲在青岛租界，根本招不到兵马，只得设法从关外召集了一帮土匪、胡子。居正走了，土匪却留在鲁南等地。

在日军的支持下，1923年，东北匪帮孙百万从鲁南进入青岛。没有站住脚，便控制了鲁中的潍县、高密、昌邑等县城。自此，鲁中匪患不绝。

想了半天，张宗援也没头绪。不管那些了，他要去简庄吃炉包。那些炉包店，生意正火，无人注意他们，更无人知道他们是谁。

张宗援身着中国服装，留着寸头。他手下的人，除了几个高丽浪人，大部分是汉奸。他们挎着枪，身着长袍，头戴礼帽。

他注意到另一桌吃炉包的人，都是青壮年，他们言语不多，其中一人，身材魁梧，眼睛很大，满脸胡子，非常能吃，似乎与掌柜的很熟。

这个人，是胡百胜。

胡百胜注意到，那些人的个头都不太高，坐在椅子上，腿甚至够不着地。他琢磨，这些人会不会是日本人呢？而胡百胜如果知道，那个正吃炉包的小个子，是臭名远扬的张宗援，肯定会惊得瞠目结舌，包子掉落一地。

张宗援一边吃炉包，一边仔细琢磨着各地的情况。青岛，是起步很快的现代化城市；烟台是一直在起步的城市；贺家窑是濒临破产的老作坊区；简庄是农村的路边店。

张宗援吃完后，示意手下人付款，他背着手一声不响地出了屋。

自12军拆走了刘桂堂，他的地盘现在只剩下了鲁东。简庄是伊黑大队的防区。张宗援不敢在这儿无事生非。他从容上马，向火车站而去。

胡百胜目送着他的背影，那个小矬子，让他感觉似曾相识。

日军在迅速推进。3000 多鬼子兵赶着 20 万中央军、晋绥军，像赶鸭子一样满山遍野地跑。

张宗援始终没搞定鲁东，力倦神疲，还为自己找了一身麻烦。海军告诉他，12 军不定会用啥法报复。为了安全，还是不要离开青岛了。于是，他待在海军司令部，遥控着"山东自治军"。

李寿山也不傻，知道他不行了，对他是阳奉阴违，到处找靠山。张宗援遂让李寿山赋闲在家，让赵保原独立指挥。可赵保原也没精打采，说话有气无力，再不使酒仗气，有时还怨气满腹。

他明白由于分赃不均，这帮人正团结起来和他怄气。

赵保原一缩头，意志消沉的孙明远立刻轻松了不少，压力顿消。

1937 年以来，共产党相继在山东发动了抗日起义。在胶东，建立了掖县、黄县、蓬莱和平度山区为主体的抗日根据地，形成东西南北呼应的态势。

起义队伍已经发展到了 7000 多人的本土抗日武装，用民主的方式在掖县、黄县和蓬莱推选出县长。这是山东最早建立的县级抗日民主政权。共产党终于从地下走到了地上。

山东与胶东的独特现象，立即引起延安的高度重视。毛泽东多次来电要求，建立胶东坚固的抗日根据地。他期待，胶东三县应建成抗日民主政权的模范区，极力在全省全国扩大其影响。

胶东老百姓既恨日本人，也恨游击队。日军烧杀抢掠，游击队到处征粮收税。八路军来后，挡住了日军，赶走了各种敲诈勒索的游击队。

除了已经巩固的根据地，鲁东地区往往有 3 个县"政府"。日军占领了县城，成立了伪县行署、国民党残留的县政府、八路军新组建的抗日民主政权。

一个县，这么多"政府"，民众不知怎么应付。于是，三方不断发生激战。

张宗援的策略是，消灭共产党抗日政权，收编国民政府，以华制华，获取利益；国民党的策略是，兼容日军，搞垮共产党；八路军的策略是，开辟新区时，米油盐等均自行携带，实在没有的须公买公卖，再通过减租减息，减轻民众负担。

不怕货不好，就怕货比货。八路军这几招，既赶走了日伪顽，又稳定了根据地，还受到民众的拥护。

八路军分工细，把已经占领的各县切成很多片，平度县被切割成 4 个县，细化管理，分头巩固，让日伪无缝可钻。另组成若干军分区，每区都配有独立团。

1938 年的胶东，正疾风骤雨般地巩固和扩大抗日根据地。成立了国防教育委员会，新编《国防教科书》，大幅度增加抗战、军事等内容。

教育委员会在根据地的每一个村子，都开办了抗日小学和扫盲班。胶东根据地一口气建了 6360 个小学，在校小学生 36 万余人，中学 13 个，在校生 2485 余人。并开办进行师范教育的胶东公学、胶东女校。为反扫荡，这些学生，配备了一些简单的武器。为了防身，每个女生都发放了手榴弹。

游击区的抗日小学和扫盲班，配备了很多正规八路军，发动群众。所以群众一发动就起来了，一起来就能打日本。

青岛很多工厂都停了工，下岗失业遍及鲁东。八路军到处收集人力和设备，筹建纺织厂、服装厂、西药厂、兵工厂和炸药厂。

1938 年，毛泽东在六届六中全会上提出，每个游击根据地都必须尽量设法建立小的兵工厂，达到自制弹药、步枪、手榴弹的程度，使游击战争无军火缺乏之虞。

1938 年 3 月，胶东兵工一厂在黄县成立。兵工厂从修理枪支起步，逐渐可以批量生产新式炸药、炮弹、机关枪、迫击炮、加农炮等。

这是共产党系统的第一个真正的兵工厂。

发动起来的群众，也组成了机智灵活的民兵队伍。平度民兵三天两头地在鬼子据点周围埋地雷，炸得鬼子汉奸心惊肉跳。

地雷在八路军活动的大部分地区，只能在部队、武工队推广使用。

因为引爆手段落后，八路军使用的地雷主要是拉雷。选出一两个矫健的战士，埋伏在约 15 米远的地方，拉雷手让过鬼子尖兵，拉响地雷，然后赶紧连蹿带蹦地撤离。爆炸后，鬼子反击速度也很快。机枪会不间断向战士隐蔽处射击。敢干两次的人，肯定是胆大心细之人。

拉雷地点距离如果远了，很多时候会拉不响，影响战斗。地雷战的时候，八路军怕踩响未爆炸的地雷，也不敢穷追不舍。

地雷既然是个好东西，民兵便自己学造雷。可是农村除了铁锅和锄头，没有多少废铜烂铁，更没炸药。民兵的地雷只好用石头和硝石。

鲁东具有丰富技术和经验的工匠们，先造出了挂弦雷、踏雷、绊雷、跳雷、诡雷，又鼓捣出先进理念的飞行雷、马尾雷、防潮雷、子母连环雷、慢性自然雷等 10 多种地雷。

民兵的地雷尽管土，样子又难看，但是炸伤鬼子汉奸还是没问题的。胶东民兵的地雷，让敌寇心惊胆战。

民兵普遍年龄大，动作没年轻人灵活，为避免不必要的牺牲，不能用拉雷。因此创造了30多种设置地雷的手段。

民兵们经常看到，扫荡的鬼子在村口的一棵大树下乘凉，其中有几个鬼子坐在树下的石头墩上，烟会剩下很长一截烟头。鬼子汉奸一般都很节约，心细如发的民兵猜测可能是日军的小头目。

于是，民兵就将那块大石墩挖空，填上炸药，改装成了慢性自然的大石雷。第二天，鬼子出来扫荡时，果然又去那儿乘凉，一下子就炸飞了6个鬼子。

不见鬼子不挂弦。这话说起来容易，做起来就难了。

鬼子走后，没炸的雷，还要排掉，很多还要再次作战使用。这就更难了。八路军曾多次培训山西阳泉等地的民兵，都说自己学会了。但是，用起来却手忙脚乱，一挂弦，就把自己炸晕了，甚至不幸牺牲，吓得再也不敢用了。

这愁死了各地的八路军。五台县成立了100多人和尚抗日连、敢死队，可无论是抗战连、敢死队，还是游击队、民兵，一看到地雷，脑子就先懵了。这是啥家伙？他们虽然抗战顽强，视死如归，却从来没敢用过地雷。

山西除了山地、旱地，就是盐碱地。那么大的地盘，人口刚过千万。进了五台县，就是个大冰块。山西被军阀弄得，如同寒冷的大冰洞。

临汾、大同、长治、吕梁等地的"国学"大普及，乡村民间在轰轰烈烈地配冥婚。上乘"鲜尸"炒卖到了600块大洋。各地人贩子发现了市场暴利，遂大量生炒热卖。丧尽天良的甘肃人贩子，将两名患有精神疾病的女子从家中骗走并杀害，其后跨省将尸体卖到陕西榆林配冥婚。有人愤然举报，警察予以传讯，送交法院审查。冥婚者家属不仅死不承认，还买通了法官，法官说无证据放人了事。汪伪政府向沦陷区推广山西冥婚经验，趁机开征各种殡葬税、冥婚税、占地税。

坚守在沦陷区的是新型的人民战争。把地雷技术推到各解放区，依然任重道远，困难重重。

直到1944年，受过教育的孩子们，冲破了层层坚冰，破土而出，地雷才在解放区的民兵中陆续普及开了。

3

侦察返回后，胡百胜在作战会议上分析：高密属于日 59 师团的防区，简庄是日伪的"爱护村"，日军很大意，没设固定据点。驻守在胶济铁路据点的日伪军，尽管最近的只有不到 20 里路，但日军指挥体系复杂，这些非第 5 混成旅团管辖的部队，又是伪军，没有青岛日军司令部的命令，即使搞清了情况，也一般不会主动前来救援的。

胡作为非常赞成这个分析。他觉得，打日军巡逻车队，影响比打伪军大多了，我胡作为连日军都敢干，那些个什么陈专员又算什么球？这一带的各种势力尤其是他收编的那些土匪，恐怕没敢不服气的。

胡作为觉得，选点也特别好。如伏击战在自己的地盘上打，肯定会把自己推到第一线上；如遭日军报复，他肯定会被日军天天撵得像兔子一样到处跑。简庄不是他的地盘，而是三县交界，谁知道谁打的？

胡作为最终决定，在简庄伏击日军的巡逻车队。

胡作为忽然问："八路军现在的火力如何？"

胡百胜道："我没接触过八路军，估计打一个班的日军据点，怎么也要三五百人吧。据说：八路军刚去山西的时候，上万战士没有枪，有带大刀、红缨枪的。白刃战结果，红缨枪对日军杀伤力最大。日军总认为我们是民团，和日军瞎玩，肯定会被玩死。我们的官员往往是因循守旧，士兵个个都是饿死鬼，排骨队的出身，连饭也吃不饱，还打个屁仗。"

说着说着，又说起大刀。胡百胜说：大刀贴身肉搏时还有些杀伤力，前提是对方赤手空拳。我们大刀普遍老式，质量低劣，砍杀五六刀还不一定砍死人。日本人刺刀是现代工业制品，工艺成熟、标准一致，拿到古代，把把都是名刀。日军的拼杀技术太实用，或挡或拨，顺手就刺，招招都是绝杀。七七事变，宋哲元为保存实力，令部队全线撤退。最后一仗，弹尽援绝的 29 军防线还剩下 1 个排，日军为表现武士道精神，派上 1 个班进行刺刀战，3：1 血拼之后，那个排的战士全部壮烈牺牲。

也不知西北军有多少武术教官，这些人，把军队搞得很江湖，打把式卖艺的故事颇多。七七事变，29 军有 4 个师，10 万余人，日本华北驻屯军顶多有 6000 人。29 军在日本军队疯狂的进攻下，一败再败，溃不成军。

最惨的是东北军。九一八事变，日军独立守备队不过 600 余人，而仅北大营的东北守军就达 1.2 万余人。中日实际兵力对比为 20：1。

如果计算后备力量，日军在东北的正规军 1.5 万余人，另有驻屯军和警察等约 1 万余人。总兵力约 2.7 万人。张学良在关东约有 16 万人，非正规军 4 万人，总计约 20 万，是日军的 7 倍。而东北军在京津冀与关东的兵力总共有约 40 万。

九一八事变的当天，张学良正在北京协和医院住院。报纸说：少帅不到 20 分钟，就要注射一次吗啡。身为中华民国陆海空军副总司令，张学良除了东北管辖权外，还负责晋、冀、察、绥四省，天津、青岛特别市的地盘，整编后的晋军和西北军一部也归他指挥。

国民党拥蒋势力攻击说：张学良这一生，就干了这么几件事：泡妞、吸毒、丢掉东北，打内战，西安事变。

老百姓说：民国就是毒贩子、瘾君子、骗子、流氓与汉奸多。

1937 年 7 月 17 日，日军总兵力仅 25 万人。日本陆军参谋本部制定了《对华战争指导纲要》，决定募兵至 40 万，灭亡 4.5 亿人口的中国。可见日本对中国人的极度轻蔑。

胡作为发愁的是，总觉得手中的兵力不够。打仗的时候，什么事情都可能发生。如日伪军出动增援，最快 40 分钟赶到，战斗可能还没结束。因此，要有阻击、掩护与预备队。

他能使用的最多有 200 人。用其余的两个大队的人打仗，不是去找死？

其实，就是这 200 人还有问题。这些人，有的人负责通讯联络，握有电码秘密；有的人熟悉征税征粮的路径，换人就会有损失；还有的体力不好，只能看家护院当伙夫。算来算去，最多不到 150 人可以用。

他迟迟拿不定主意。胡百胜倒是干脆，说：豁上去打，死也不过就是一次。

胡作为琢磨了半天，觉得可以找老同学、莱阳县长孙明远借兵。他说：百胜，我是想借这个机会，走出去，与友邻联系，建立联合。

既然胡作为这样想，胡百胜就不好再说什么了。何况，他知道，胡作为和孙明远的父辈就有生意往来。

根据各相邻督查区的通报，孙明远的地盘与胡作为的地盘、简庄之间，恰好接近一个等腰三角形。

胡百胜讥笑道："作为哥，青岛的小孩形容，美国的乞丐开汽车要饭，苏联的乞丐开拖拉机要饭，日本的乞丐骑着木屐要饭。我们好歹还有几条枪，你借哪门子兵啊？"

胡作为说："联合联合，联合才能出战果，壮大声势嘛。"

胡百胜说：无非几个日本兵而已，还能多打死不成？但是胡作为坚持，他只得同意。他建议先向孙明远发报联系。为防止日军破译，可简明扼要说：后天去拜访看望老兄，拟借200人使用几日。以孙明远的聪明程度，不会不理解是什么意思。

孙明远很快回电，同意面谈。

之后，胡作为命令大队长，带领火力中队，到简庄附近的隐蔽点等候，并叮嘱千万不要暴露。其余人等在家，该征税征税，该征粮征粮，都不要耽搁。

部署完毕，他和胡百胜骑着马，带着20余随从去了平度。

好久没下雨了。小路尘土飞扬。随从们大部分骑自行车，在前面探路。

过了平原，山路崎岖，大风刮过，飞沙走石，有的地段只能扛着车走，还要随时隐蔽观察一会儿，70多公里的路整整走了两天。

平度县城此时已被日军2次攻陷。平度县国民政府早逃之夭夭，不知去向。平度的农村，大部被共产党占领。

第七章

1

身高挺拔，外表英俊的流亡县长胡作为，是个履历复杂的人物。*1917 年*，山东的上流社会曾有过"留日潮"。在其父胡养荪的推动下，十七八岁的他，携带几千大洋，乘坐轮船东渡日本，准备投考高等师范的自费留学生，却因日语屡屡不过关而无法入学。

甲午战争以后，日本天皇通令优待中国留学生，培养亲日情绪，支持一切可以祸乱中国的因素，挑动中国内战，消耗中国实力。

在日本期间，他和一些公子哥热衷于出入京都、大阪的艺伎馆，喝花茶、品清酒、泡歌妓，所以，钱总不够用。日语也无法真正提高。前前后后，胡作为花了近 *2 万*大洋，最终被愤怒的胡养荪断了供应，被迫回到家乡。

回家不久，山东又流行去欧美"勤工俭学"的梦。很多同学、老乡动员他即使借钱也要去欧美开开眼界。可以他的信誉，根本借不到钱，回家找胡养荪商量，被头脑精明的胡养荪一口拒绝。

盲目送儿子去日本留学，算胡养荪平生吃过的大亏。他哪能继续上这样的当呢？

精明老辣的胡养荪破口大骂道，你爹我虽然是土财主出身，但绝不是心疼几个钱的人。你也不看看，你算啥玩意儿，还想到白人那里捡便宜？你以为你爷爷是民国总统？你爹是军阀大臣？人家欧洲人是不够用了咋地？会便宜你一个头脑简单的农民？你到上海、青岛的租界看看，到处都插着"华人与狗不得入内"的牌子，巡捕房把上海、青岛整得没几个敢养狗的！人家是把我们当狗看啊！你小兔崽子胸无点墨，天天荒淫无道，你胡作为就是一个十足的败家子！你去了趟日本，混得真风生水起了？连自己姓什么都不知道了，我看你应该有个日本名字了，干脆就叫"胡作非为"吧！

骂完之后，胡养荪怒气冲冲摔门而去。

其实在日本，胡作为也早看透了，在日留学的基本是官派的，他这样的非官派，要经过严格的考试，仅语言这一关就很难过。所以，他的什么"勤工俭学"的梦也就破灭了。

后来，胡养荪通过关系，又捐了大笔的钱，把胡作为保送到山东大学堂。

入学那天，胡养荪坐着黄包车亲自把他送到学校门口。胡养荪撂下了狠话，读书这玩意儿，就是弄个资历，训练思维。你小子将来毕业了，如果不能从政，可以帮我掌管咱家的产业。如果毕不了业，无风作浪，我就和你断掉父子关系！

胡养荪虽读书不多，但东奔西走，饱经风霜历练，对世间看得很深，已经从地主进化为资本家了。

胡养荪固然希望儿子卓绝群伦，希望他读书从政，以牟取家族的政治利益。

胡养荪在上海、北平、天津共有6房太太，给他生了5个儿子，胡作为是老小。前4个因为当时他的条件不够，没能读到大学。尽管他们文化水平中等偏下，又不是一个娘养的，却在他栽培下，家庭空前和睦，家族产业不断规模化提升。

一切事业全都后继有人，所以，他根本不怕胡作为闹腾。

巴黎和会后。1919年4月，胡作为参加了济南"还我青岛"之万人誓师大会。在济南上学期间，他初步接触到了中共的地下组织。1927年，在北平，他顺理成章地参加了共产党。入党宣誓的那一天，他异常激动，眼泪夺眶而出。

这是他人生中第一次背叛，这一次，他背叛了出身，所以，他应该激动。他革命了，不能从事家族产业，更不能给国民党服务。

1933年，胡作为被派往青岛，任地下党中共青岛市委书记。到达青岛后不久，即被叛徒出卖而被捕。在青岛公安局的审讯室，警察还没有开始审问，他就哆哆嗦嗦地诉说起了自己的过去，交代了自己的联系人、联系方式，出卖了与他有过联系的所有人员。他泪如雨下，痛哭流涕地数落自己的愚蠢。

这次，他准确地叛变了。

这是他的第二次背叛。这一次，他背叛了曾经宣誓不变的信仰，背叛了人生一切信条，重新返回到自己的出身，自己的过去。

胡作为精通琴棋书画，爱玩玉器古董，写得一手漂亮的颜体。他常年行走在三教九流之间，也游离于人生的正邪之间。

可是，共产党的地下市委书记到底算啥回事？他一直没有弄明白。自到了青岛之后，他就琢磨自己的位置，他想象的地下党市委书记是管理一个城市。可现实是要钱没钱，要枪没枪，要人没人。实际上无非是管了20多个单线联系人，且天天冒着被捕、杀头的风险。

在胡作为东渡日本求学未成后，周屠户的二小子，已长得身高体壮，1米8有余。他身段拳脚利索，人送外号"周会玩"。

16岁那年，年轻潇洒的二小子，被送到青岛读了两年新学。后来，在亲戚开的青岛西药房当学徒。

他年轻气盛，无所畏惧，同学们都知道他武艺高强。在一群同样英姿勃发的同学的鼓噪下，决定用祖传的长拳与洋人试试拳脚，比划比划，以达到教育西洋人的目的。

二小子的梦，就是要告诉世界，要尊重中国人；他要告诉洋人，中国人决不低头；他要告诉洋人，他，二小子，是一个奇迹，一个神武的豪侠。

霍元甲是他的榜样。二小子火力大，力量足。一路令人魂飞胆丧的周记长拳，打出劲道十足，舞得凶悍无比。

青岛有很多鬼子，二小子准备在青岛与鬼子干一场。

天津，历来没有鬼子。传说：当年八国联军打北京的时候，之所以绕过天津，就是因为天津码头的武艺拳脚，出类拔萃，霸道威猛，力压四海。

上海有鬼子。所以，上海成就了霍元甲。

想起霍元甲，二小子就无比振奋。他一定要当霍元甲那样的人，决不自暴自弃，决不浪费年华，他要兴旺武林，显祖扬宗，衣锦还乡。

在青岛码头的边上，洋人开设了国际军官俱乐部，天天招募华人"武术家"当陪练。于是，二小子径直去报了名。

二小子与洋人签订协议如下：晚上当陪练。一晚2小时，一月20块大洋。

第一天晚上，第一次亮相。二小子一个健步，鹞子人飞身跃上拳台。

好身法！下面同学、好友尖叫、鼓掌、吹口哨。

面对比他矮一头的洋鬼子，二小子不卑不亢，沉着冷静，从容不迫。

那洋人虽比他矮一头，浑身却肌肉暴起。双方对视，互相鞠躬，陪练开始。

他一口气打出三招绝学：第一招，他使出老鹰扑鹞，直插洋人的双眼。洋人一个闪身，勾拳回击，打崩了他的牙，鲜血渗出嘴角。

二小子忍住疼痛，后退两步，从容观察。遂使出第二招枭龙出云，画龙点睛，直踢洋人的命门。洋人一记直拳挡住他的脚，再施一记摆拳，打青了他右眼。

真是好小子！第三招，他猛然跳起，一个狂风袭月，绞龙脚，飞腿击向洋人的脖子,再踢洋人的命门。

洋人快速闪过,一个掏腹拳,打中了二小子的小腹。

二小子踉踉跄跄,然后一口鲜血喷涌而出。

二小子,终于倒在地上。

就体力与身材来说:鲁中人平均不输于任何人种。就训练来说:专业拳手打武术体操,肯定是要死的节奏。

二小子不知道,在青岛,洋人的拳击打废了一切。现在的"码头文化"的老大是拳击。无论农民练什么拳,踢什么脚,一旦去了国际军官俱乐部踢馆当陪练,无不被打得鼻青脸肿,根本没取胜的机会。

青岛码头的工人,个个体壮如牛。论横的,都是练散打与拳击的。武馆变成国术馆,在那里收徒表演。

和二小子对打的是英军士兵。专业殴打业余,科学训练暴击因循沿袭,城里人打农民。结果是不言而喻的。

怂恿他去挑战的小孩,天天听他吹武术如何了得,觉得他太"庄户孙"了,是想看他出洋相而已。同学们说:二小子,你能与洋人打接近两分钟,说明体力还是不错的。

要是早明白这些,他肯定是不会去的。

他算是被洋人的三拳给打废了。伤好后,就得了"霍式咯血病"。二小子被怕事的亲戚送回了家。

好长一段时间,走上两里路,二小子就喘息不止。从此,再也无人去提周记长拳如何了。周屠户更不说了。

当时,二小子回家后,周屠户心疼地看着躺在炕上的二小子,叹息说:"二小子,你真飙。爹忘记告诉你了,武艺这东西说有就有,说没有其实就没有。真有什么武艺,清朝的三五万辫子军,怎么能入了山海关?

爹今天给你们讲讲古,也是郑重其事告诉你们几个,没有人打得过洋人。说自己武艺厉害的都是吹牛。

闹义和拳那阵子,咱们这方圆几百里,无人去闹。因为我们以前很早就和洋人交过手了。在威海、在青岛,咱们的辫子军,多少次都被几十个东洋人或西洋人,打得狼奔豕突,落荒而逃,那真是刻骨铭心啊。

什么叫真人不露相?真有吓死人的家伙,谁还不亮出来威风威风?关键是没有,所以,就编出各种故事来回吹大牛。

你爹我没别的能耐,就是体力好,吃肉多。那些什么高人,一脸鸡黄菜色,连饭都吃不饱，家中枯骨，上场还不是找揍挨啊？你爹我的本事，就是杀猪当屠户。爹又不傻，会别的，早他奶奶地当大户去了。什么好男不当兵，好铁不打钉，都是骗人的鬼话。

当兵吃皇粮，大炮一声响，黄金万两。出门不是高头大马，就是八抬大轿子，威风八面，但得有体力才行啊。没体力就是个渣。

你太爷爷是咱大清国正宗的正军校，手下有100多号人呢。他老人家去世得早，儿子又多，到我这辈儿，只能杀猪卖肉了。

你太爷爷手下的那些兵，难道就没有武艺？他们可是天天练啊。他们练的是啥？说武艺就是武艺，说二刈子就是二刈子，武艺这玩意儿，那要看对付谁。对付痴呆就是武，对付洋人就是艺，艺就是个玩玩耍耍的玩意儿。戏班子，还有那些打把式卖艺的，谁不会翻几个跟头？千万别当真。"

周屠户念念叨叨，一口气说了那么多，二小子木讷地问了一句："二刈子是什么？"

周屠户闷了会儿说："二刈子就是不男不女，还不是太监。"

不男不女，还不是太监？那是啥？二小子糊里糊涂。

周屠户也不答。

二小子识得一些汉字，他仔细琢磨武艺、武术与拳击、散打的字义。最终发现了区别。散打就是打，拳击就是击，都很明确。可艺和术的字义，几乎就无所不包了。天下的事这么多，什么不是艺？又有什么不是术？

吃了这么大的亏，他总算是明白了人生。地球人吃厨艺，喝茶艺，学算术，使心术，坑人术，还用方术忽悠。

他的新学也算是白学了。伤好后，也操起杀猪的营生。一刀下去，就刺进了猪的脖子，顷刻间，猪血涌出，接着就死掉了。然后，他拎着肉，按规矩每日送到各店铺，收钱走人。

他的刀，是铁打的。那亮闪闪的刀，锋利无比。

他的武艺，是祖传的，脚踏莲花，潇洒飘逸。

只不过，这刀和武艺，只能用来杀猪了。

二小子的妈，看上了来串门的刘掌柜亲戚刘二花。遂央人说媒，刘二花的二姨出主意说：他们俩真有夫妻相，龙颜凤姿。老周家如在高密火车站，给二小子开个炉包店，就嫁人。

周屠户算了算账，买临街5间旧房要15块大洋，置办家具要5块，婚礼5块，买个通房丫头3块。他一咬牙一跺脚，拿出全部40块大洋的积蓄，开了个炉包店。老周家与老刘家算正式联姻了。

通房丫头是大北营鸦片鬼老八的闺女。老八吸鸦片死了，老婆投井了。爷爷奶奶养不活这么多孩子，就把闺女卖给了周屠户。

周屠户积攒了一辈子的钱，不过是青岛纺纱女工几个月的薪水而已。农业社会，就是来被工业社会剥削的。要是明白这个道理，周屠户肯定会晕死过去。

花轿抬着衣着光艳的刘二花进门了。

刘二花的堂叔刘大蛤蟆，是高密有名的二混混。土匪出身的孙百万，负责坊子警备队的时候，他曾经在那里混过。

刘大蛤蟆吃喝嫖赌抽，坑蒙拐骗偷，无所不精。日军来了，刘大蛤蟆当了伪警察局的警备队长。刘二花的婚礼，被办得热热闹闹。东城的地秧歌，南城的高跷，西城的锣鼓，北城的腰鼓，吹着喇叭，跳着舞，前来祝贺了。

谁会不给刘大蛤蟆面子？婚礼人山人海。在欢乐的海洋中，有人送来了泥塑老虎，有人在新房张贴大公鸡的剪纸，有人来贩卖福禄寿的年画。

晚上，二小子的同学，北城的蟋蟀大王，南城巷的风筝能手，纷纷赶来闹洞房。

同学们纷纷祝贺。蟋蟀大王说："周会玩大婚成人，祝贺他娶了媳妇，办起全高密最大的炉包店。"

风筝王说："你也快点吧，别光玩蟋蟀了。"

刘大蛤蟆笑："你俩回头开个蟋蟀铺斗蟋蟀，再开个风筝铺卖风筝，然后开个烟馆、牌九馆，一条龙发展我们县的经济大业。"

蟋蟀王说："斗蟋蟀，扳倒和，推牌九，掷色子，我最在行，保管叫他们穿着进来，光着出去。"

风筝王道："风筝店、大烟馆我包了，保管让风筝飘得有来无回，大烟抽得卖儿卖女。"

刘大蛤蟆说："好好好，我给你们保驾护航，抽你们的份子，大家一起发财。"

青岛早已禁食鸦片。一战后，日本是世界最大的鸦片输出国，并在中国公开实行鸦片专卖管理制度。天津、徐州、上海、汉口和广州是日本几大鸦片走私点。1938年，通过青岛港输入的鸦片就达两万多公斤。高密中转站，成为山东最主要的鸦片集结地，高密的汉奸，与日军密切勾结，贩卖鸦片坑害中国人。

刘大蛤蟆与周会玩合作经营鸦片。他们的买卖越玩越大，窑子、赌馆、大烟馆遍布高密、潍县、昌乐。

既然打不过洋人，就和洋人合作吧。刘大蛤蟆给周会玩弄了个警备队队副的身份。周会玩利用他爹的交情，傍上了伪县长申得勇，当了申得勇的干儿子。他和刘大蛤蟆狼狈为奸，很快就搞垮了伪警察局长。周会玩当上了伪警察局长。

周屠户把简庄的生意甩给了大小子。他去了高密城。周会玩盖了 10 多间玻璃大瓦房，有家具有沙发，他的路真是越走越宽。

不知为什么，周会玩的老婆就是不下蛋，周屠户和老婆像热锅上的蚂蚁，心急火燎。

当年，周会玩与洋人斗拳，都是下三路出击。洋人生气，遂使坏，不小心把他的要害一下子给打折了。所以，他一心扑在工作上，勤奋努力，深得申得勇的赏识和部下的爱戴。

周屠户想，这不成了二刈子了吗？他与大小子商量，过继个儿子过来。大小子死活不干，说攀不上这个弟弟。

周屠户对二小子说：看你和你哥的关系搞得，都成啥样子了？你能有今天，多亏了你哥。你哥为了你读书，天天熬夜干活。

冰冻三尺，非一日之寒。周会玩想想也是。他哥来看周屠户时，给了他 20 块大洋，说把你们家的老大老二老三都过继给我，再娶俩姨太太使劲生。他哥从来没见过这么多钱，哥俩遂涣然冰释。

他弟弟三小子没有事干，周会玩就让他去青岛开买卖，鼓捣鸦片。

周屠户很高兴地说：你不能光自己高兴，自己富裕，自古都是先富带后富，你要带着你的哥哥、弟弟一起发财。

申得勇在麻风病院不远的地方，划拨了一块地。周会玩组织起施工队，盖起了 100 多间房子，每房大小仅能安置一张床。刘大蛤蟆连抓带骗，弄来了 200 多名妇女。

刘大蛤蟆的乡里刘大头，在燕京大学念过法学，法学就是几个汉字而已，小学都学过了，所以，刘大头天天在北京八大胡同瞎混。混得不舒服了，就回到家乡，图谋东山再起。刘大蛤蟆看他没事做，就让他开起了鲁中独家服务于日本人的慰安所。

受骗的高密女人先是想去衙门，找青天大老爷告状，刘大头说："快去告，快去告，我看你可真入戏，要不要我帮你把青天大老爷叫来啊？"

老鸨说："古往今来哪有什么青天大老爷？姑娘，你就从了吧。"

遇到不从的女人。刘大头说："有啥不好的？你可以先富起来啊。有了钱，就可以给家里买房子置地，有繁荣才会有昌盛，幸福过日子。"

刘大蛤蟆一脸奸笑。

对誓死不从的女人，老鸨有手撕包菜，用针扎，小鞭抽的方法。或者让申得勇亲临现场慰问，并举行开苞典礼。

周会玩在一边偷着乐。

周会玩废寝忘食，任劳任怨，日理万机。申得勇深受感动，亲笔题词"为官一任，造福一方"。

申得勇说：我们中国之所以落后，是因为没有规矩，便不成方圆。眼下到处是土匪，刁民们有的违反契约，不交租还贷，有的抗捐抗税。要送法下乡，树立法治信念，形成契约社会，对那些刁民要严刑峻法，千方百计地"设法整治"他们，这就是法治精神。要让他们老老实实、规规矩矩交钱纳税，为我们县的发展和建设服务。

周会玩庄重地点头道，爹恁老人家尽管放心，我一定把高密搞成让皇军满意，让恁高兴的法治社会。

周会玩裱好字后，挂在了厅堂。刘大蛤蟆看到，急忙代表警备队送来了"廉洁奉公，为人师表"的牌匾。

刘大头不甘落后，代表商会送来了"安邦治县，忠诚卫士"的牌坊，立在警察局的门口。

青岛、张店等地有假期的日军，天天坐火车来高密。日军挤满了高密城。周会玩扩大了警备队，负责保卫慰安所。整个鲁中，只有高密的汉奸诱拐、强逼中国妇女当慰安妇。

刘大头嫌弃麻风院不雅，影响县容县貌。刘大蛤蟆对老百姓立规矩、讲规矩、用规矩，强拆了麻风院，驱走了医生，100多号麻风病人被抛到野外。刘大头夸赞警备队显示了卓越的执法力，展现了警容警貌与民同乐的风范。

刘大头把窑子铺开到了皇城根，把识字的女人，送到北平的八大胡同。他不甘心总当白手套，截留一些资本，和几个失业的大学同学，在蔡家胡同秘密开了个妓院。

他在北京的同学，都是学法学的出身，知识渊博，才华横溢。他们已经从事多年秘密工作了。经营窑子铺，正好对抗日的隐蔽战线起到奇妙的掩护作用，为了增强抗战力量，使隐蔽战线更加隐蔽，他们开始吸食鸦片。他们有的属于中统，有的属于军统。还有两个是给日本宪兵队工作。

刘大头和他们的关系越来越近，经常见面，互通情报，不停地做各项准备工作。他们都说要多赚钱，以便将来找机会打击日军。

3

1920 年代以来，青岛的铁路、港口、造船、机械、机车车辆、纺织、印染等主要产业，几乎都被日军强制性无偿攫夺了。也有少部分无法被其控制，而被其他商会控制。其中掖县商会控制的地盘也不小。

掖县人刘半城很早就在青岛混了。据说：青岛市区的房子街道一半是他的，因此人送绰号刘半城，他早已构成垄断性资本。

刘半城大字不识几个，却相当聪明机灵。他初进青岛时，不过是个 *14* 岁的小盲流，给德国人跑腿、当翻译、买办铺路，靠大量贩卖鸦片起家。他不仅自办银行和房地产，还在青岛独资经营各种进出口业务。

刘半城还从事长途汽运物流，拥有潍县至烟台 *200* 多公里的公路，坐收过路过桥费。*1923* 年，他将自己的银行改组为股份有限公司，并重金借用中国银行的钞票版面，发行钞票。国民政府接管青岛后，刘半城又勾连上了沈鸿烈，联手做生意。所以，掖县商人集团把持了青岛的银行、房地产、粮食、妓院、烟馆等市场。

胡养荪主要从事粮食与食用油的加工。他的商业渠道几乎铺满了整个华北、华东，在上海、天津、济南有 *3* 个机器磨坊、*20* 多个面粉制造厂和花生油加工厂，有较为先进的英国产的面粉机、洗麦机、榨油机等设备，每年净赚 *30* 余万大洋。但是，唯独青岛市场他打不进去。

青岛主要是胶东人的地盘。对其他地带的商人，有近乎天然的排斥。

胡作为在青岛假释期间，有一天，他接到公安局通知，市长沈鸿烈要召见他。

沈鸿烈是日本海军学校出身，原为东北军海军代总司令，张学良丢掉东北后，就率舰队逃亡到了青岛。根据张学良与蒋介石的媾和协议，先被整编为中华民国海军第 *3* 舰队，就任司令官。后张学良提议其任青岛特别市市长。由于蒋介石在山东没有任何党政军的势力，为平衡军阀韩复榘的势力，遂予以任命。

沈鸿烈主要出于对共产党好奇，加上胡作为的留日经历，所以决定召见他。

沈鸿烈开宗明义道："你们这些所谓留日、留欧的花花公子，我在日本见过不少。你们无非是在国外逛了几个窑子，喝了几场花酒，连日欧的小学也没考进过，竟以此为资本，到处自卖自夸，为自己涂脂抹粉，有的居然跑到青岛公开骗我。"

胡作为连连点头道:"不才从不敢这么做。"

沈鸿烈推心置腹道:"年轻人走错路不要紧,有自知之明就可以改。我知道,你后来又在山东大学堂读化学,你父亲又是鲁中工商界贤达。我认可实业救国。但因为我们没有人才就没有工业基础,所以我们只能用大刀、斧头甚至锄头与洋人打仗,就只能一败再败。因此,我主张提升国货,优遇劳工,发展区务,繁荣市场。"

胡作为顺势评价了沈鸿烈的整顿吏治、厉行自治、建设乡村、施惠贫民、普及教育、力图建设等十大施政方略。他披肝沥胆地说:"沈市长的主张很多与共产党有相同的地方。"

沈鸿烈驻扎青岛后,发现青岛这个地方的人,民风淳朴,完全不同于他以前的经验。这个市区人口约 30 万的小城市,工业化进展迅速,经济规模居中国三甲之内,且很少有犯罪行为。整个山东 4500 万人口的经济规模,青岛占了70% 以上。

因此,他开放进入青岛的企业限制,促进了人口增长。遗憾的是,沈鸿烈有湖北天门专有的挑唆、离间、内斗的本事,他随口封官许愿,但又没有诚信,不断导致部下离心离德,其舰队多次发生哗变,多艘军舰叛逃的事故。

鲁东的地貌和湖北差不多,都是山地丘陵,且鲁东严重缺水。但是,粮食产量却比湖北全省都高。沈鸿烈经常感慨地说:我最烦湖北人,一帮穷山恶水的刁民,除了会吃、窝里斗,别的啥都不会。

沈鸿烈感觉胡作为肚子里还是有些东西的,遂推荐他去国民党中央训练团高级班受训。自此,胡作为便搭上了与沈鸿烈的关系。

4

有了沈鸿烈这条线,他让大哥胡作林出面,结识了刘半城,终于把家族产业运作到青岛。

胡记粮油食品公司开业那天,花篮环簇,红幅高挂,彩旗飘扬,鞭炮声震耳欲聋。

刘半城带着青岛商会、掖县商会等大队人马出席。他不仅送来了礼金,还发表演讲,予以最热烈最隆重的祝贺。

鲁东人的外表永远是谦逊的。刘半城没有什么文化,却口才绝佳,他财大气粗，却低调谦虚，从不开口闭口自称老子。

对此，胡养荪也是不露声色的。他表面上和胡作为断绝了关系，实际上谋划的最终意图，就是把这个儿子逼出家门，免得出事后被竞争对手一锅端了。

他对能打入青岛市场非常满意。有了青岛这个跳板，他的产品以后自然可以输送到国外。

他对儿子们发出指示，不要主动与胡作为联系。但是，无论胡作为要多少钱，必须都得给。

胡作为一直不知胡养荪的谋略。从青岛公安局出来后，他就再也没见到过胡养荪。

很多年以后，胡作为才明白这个问题的原因：原来，他一直在垂死的封建社会大染缸里。

这个大染缸似乎永远垂而不死，让他迷惘、昏眩与喧嚣。

日军进攻青岛前，刘半城卖掉了他在青岛的一些产业，胡作林也买了一点。

刘半城不愿意与日军为伍，返乡回家了。之后，张宗援亲去掖县逼他出山，他托辞避居天津法租界。

"九一八"的时候，鬼子没到，沈鸿烈指挥的东北海军先行撤到青岛、烟台、威海。所谓的青岛保卫战、胶东保卫战，国民党陆军海军还是一枪未放，便跑了个精光。

国民党的"焦土抗战"，本应把工厂的设备人员等迁移到后方，继续保持生产力，但他们却把工厂、大炮、军舰等几乎一起炸毁。

稍微不同的是，清兵的败退是自我行为，国民党军队的逃窜是有组织的行为。

从青岛败退后，沈鸿烈即接任山东省政府主席，他立刻提拔了一批忠于自己的人，其中包括胡作为。

胡养荪携带大小太太、四儿子、孙子孙女、账房先生等老少近百口人，从济南到武汉，再转道去重庆。他已经谋划许久，在那里，继续从事粮油食品工业。

颠簸流离，儿子们都大了，应该放手让他们随便弄去。胡养荪总是可以面对现实，做出妥善的安排。

第八章

郝野群在村口迎接了胡作为一行。孙明远在门口迎入胡作为。

孙明远很早就接到了省政府的通报,知道胡作为就任昌邑县县长。所以,他先祝贺胡作为就任高升。

介绍了胡百胜,寒暄坐定。胡作为说:这有啥可祝贺的,咱们都是明白人,官这个东西,鸿蒙初辟,要不是卖命来的,要不是买的,再不是托亲戚朋友关系。咱们都是无根之人,亘古至今的官第一要有根,第二要有钱,离开哪一条都不行。

这话说到孙明远的心里去了,他说:当官这个事,起点很重要。像陈立夫先生,青年才俊,29岁就当中央的秘书长了,再向上弄就是委员长了。像我们只能靠熬资历,弄好了,十年后可以当专员,再有十年当省主席。但这也都是黄粱梦了。

几个人一起大笑。胡百胜听得忐忑不安,原来做事情光靠卖命还不行,还要看给谁卖命。

胡百胜介绍了战斗计划。

孙明远说:"40多鬼子,也不多。位置在三县交界。但均不是你我的地盘,你我又属于不同的区域,老兄怎么不与贵区保安5旅的部队一起打呢?"

胡作为道:"老兄有所不知,我齐鲁之地沦陷后,可以说17区军无斗志,兵粮皆无。各级人员或者投降了日军或者暗通款曲,跟着沈主席到菏泽抗战的很少。保安5旅只是我们陈专员弄钱的招牌,我虽是副旅长也指挥不动啊。各县都是苟延残喘,自顾不暇,县党部的党棍们,天天被鬼子撵得东躲西藏。我是诸城人,加上以前有过入共产党的历史,所以根本玩不转。"

孙明远认识陈子舟,也知道陈子舟的一些底细。陈子舟除了担负党国的重任外,说不定与日本人也有微妙的联系。所以,就是有兵,他也是不会出的,还有可能走漏风声,出卖了胡作为。因此,胡作为找他借兵符合常识。

沈主席却让孙明远心里一动。孙明远退到平度后,一度申请就任平度县长,但未得到沈鸿烈的回复,只好在莱阳与平度之间周旋。

在他眼里,沈鸿烈是留日的海军出身,貌似威武强大。而民国海军那帮呆子,他在烟台、威海和青岛见多了。沈鸿烈搞城市建设、弄钱可能还有些手段,但他手里没兵，更非运筹帷幄之才，估计山东的抗日大业弄不成什么事。

可毕竟胡作为与沈鸿烈之间有种微妙的关系，自己与沈鸿烈不熟，如果能借此机会与沈鸿烈拉上关系，这条线也许会有用。

孙明远沉默了一会儿说："按区域，你们 17 区算基本沦陷，但鲁东所属的第 7、第 9、第 13 区等并没完全沦陷，国军还有 24 个旅的番号，约 10 万兵马。"

胡作为说："10 万、20 万，都是号称而已，估计顶破天三五万多人。鲁东历来派系众多，勾心斗角。国军、八路军、日军两国三方，在这里无休无止，生死对抗。可以说：谁也指望不上，只能指望咱们之间的同学感情与老乡义气了。否则，我们都要退出鲁东、鲁中，可向哪儿退？怎么退？"

孙明远点头，他们确实无路可退。国民党早就认识到鲁东的重要性，专门成立鲁东行辕。复兴社与 CC 系之间，争夺鲁东行政、军事权力的恶斗时常发生，甚至兵戎相见，大动干戈。他说："抗日是第一性的。我们既是同僚，还是同学，自然兄弟一家，这个战斗我是一定要参加的。但交通线那么长，伏击战为啥选在这个地方？"

胡百胜说："孙县长问得好。简庄首先是地形好，是三县的接合部，进山路径方便，适合打伏击后迅速脱离；再者日军如支援，最快要 40 分钟到达，撤退时间较为充足；三者那里是日军王道乐土的'模范区'，是最放心的'爱护村'。有 100 多口人当了伪军，估计占山东各店镇第一；第四那里无任何抗日武装，从没出过事，鬼子提防心理肯定差。胡县长还考虑，前阵子，胶县有一个日本兵被八路军游击队击毙，日军出动扫荡，三光了四五个村子，死了上千口人，故而，在简庄附近打，还涉及日军报复的问题。反正那里不归我们管，又是汉奸窝。"

孙明远说："胡参座高见。不愧是黄埔军校毕业，真刀真枪滚出来的。可我一直不解的是，胶莱河以西，盐碱地居多。高密那地方，人口根本不多，怎么会出那么多汉奸？"

胡作为说："这个老兄就有所不知了。鲁中一些地方的原始结构本来就是流民，那边很多地方水土不好，连树都不长。他们吃着高粱米，喝着高氟水，佝偻病、罗锅、麻风病特别多。人穷思变，去台湾的很多，日军占领台湾之后，就收编了他们。后来，大量派遣他们回大陆当翻译。当地的痞子、土匪多沾亲带故，收编很容易。而流民区自古就容易随大流，所以，汉奸自然多。"

孙明远豁然醒悟，过了一会儿笑着说："刘罗锅，罗锅刘，难怪现在到处是日本翻译官,原来是高密籍或台湾来的。我以前总怀疑,我们的教育这么差,怎么忽然有这么多人精通日语呢?"

胡作为说:"日本人的翻译还有高丽人,日本人多阴谋诡计,本地的翻译大部分发到其他地方。目前形势复杂,我很担心我们的生存啊。比如说2月12日,共产党的胶东特委又打下了牟平,我们不能一点动作也没有,要不以后怎么征粮收税?现阶段,我们也要争取人心啊。"

孙明远说:"高密的罗锅、大骨节病、佝偻病这些地方病,可能和水质不好有关。只要在水里放点石灰,可能会化解一下。"

胡作为说:"石灰还有这样的作用?"

孙明远点头:"高密自古麻风病多,我奶奶有洁癖,是个疑心病,爱假干净,从不让高密人进门。"

胡作为抽烟笑道:"你奶奶也是大户人家,小心大发了,也不知替你们家得罪了多少人啊。"

孙明远说:"不说这些了。心急吃不了热豆腐。天已不早了,先住下,边吃边聊。"说着转身出去张罗吃饭去了。

胡百胜想,这老小子大概是在待价而沽,不见兔子不撒鹰吧。

2

歇息了一夜,胡作为感觉精神好了很多。

昨晚,边吃边聊,孙明远介绍了胶东的情况。

共产党胶东特委趁敌伪立足未稳,联合国民党原牟平保安大队,打下牟平,活捉了伪县长、伪警察局长,对敌伪有相当的震撼力。因为牟平离烟台太近了。

抗日武装打下来牟平后,大队人马迅速撤到城南山区。胶东特委书记理琪带着30多人的游击队,在牟平城东的雷神庙活动,准备做发动群众的工作。

游击队的行踪不慎暴露。躲在牟平贺家窑的伪警察副局长陈子轩闻之,立刻派多股汉奸便服诡行,并打电话向芝罘宪兵分队报告。

日军出动烟台的陆战队,在飞机的掩护下,100多人将游击队包围了。机枪、掷弹筒密集开火。

枪炮一响,胶东特委书记理琪马上组织还击。雷公庙一带的位置尽管不错,可进可退,但是敌人太多,所以白天突围已经不可能了。

几发掷弹筒突袭而来,炸毁了雷公庙的围墙,横飞的弹片与子弹击中了他,理琪失血过多不幸壮烈牺牲。

此次战斗,游击队伤亡4人。天黑后,抗日武装的增援部队赶到,日军陆战队惧怕夜战近战,发挥不出火力优势,不敢恋战,撤退而去,游击队得以脱险。

雷公庙战斗后不久,胶东特委和司令部就毅然决然开到牟平观水一带,形成对烟台敌伪的牵制态势。

孙明远觉得,共产党那边暂时不必多虑,他们现在还很弱,何况胶东只有3万平方公里的地盘,养不了多少兵,没什么好担忧的。他恨的怕的是凶悍的赵保原。

胡作为说:"我曾经是共产党青岛市委书记,非常了解他们。共产党起家时只有几十个人,后来逃跑的逃跑,叛变的叛变,脱党的脱党。"

孙明远说:"这个资格不是比蒋介石还老?难道还有连高官厚禄都不要的人?"

胡百胜觉得,从国民党的角度看,雷公庙战斗,可谓是人地两失。从共产党的角度看,必须把战线不断向前推进,以不断扩大根据地,满足人口、经济等各种需要。

胡百胜在武汉毕业后,即加入中央军。先是打了几天军阀,1932年后,中央军开始围剿红四方面军。他跟着卫立煌攻陷鄂豫皖苏区,然后一直打到川陕边界。

红四方面军给他的整体印象是,基层指战员不怕牺牲,作战顽强。但是张国焘等人的军事头脑简单,作战机械,缺乏战术,不懂运用情报,不擅长利用各种武器装备。

思维落后的地方军阀与武装民团,虽然武器装备和红军差不多,可普遍没有战斗素质。基本是枪一响就乱了套,慌了神,红军没打几枪就崩溃了,然后就投降了。所以鄂豫皖苏区的红军,一直游刃有余,比较顺畅。

但中央军加入围剿后,红四方面军很快就败下阵来。训练有素的中央军,不断破译红四方面军的无线电情报,掌握他们的作战意图,并一路追着打,把红四方面军打过了草地。

胡百胜说:"国共第一次合作时,留在国民党的共产党都保留了职务,甚至得到了提拔。黄埔军校创始人鲍罗廷公开谴责农民运动太过火。他私下对我们说:共产党分子就是在上海滩撒撒传单的小知识分子,然后撒丫子躲到租界，没有啥能耐。所以，南昌起义败了，广州起义又败了，共产党总部也被连锅端了，到了瑞金还是败了。现在，又跑到陕北的不毛之地。综合考虑，张国焘宣传的那些东西，基本是陈旧与空洞的农民思维，根本无法与国军相比。"

孙明远仔细听着。他对共产党不熟悉，但鲍罗廷对共产党都是这个态度，加重了他对共产党认识的偏颇。孙明远说："共产党那一套，不是旁门左道，就是邪门歪道。与蒋委员长比，差距太远，估计发展不起来。"

这俩人的异口同声，又让胡作为内心有点不舒服。他以前毕竟加入过共产党，这俩人不是暗指他有傻瓜之嫌吗？

他从上衣兜里摸出香烟，递给孙明远一支，自己也点上，吸了一口说："我觉得，共产党攻击牟平县城主要是为了夺取战略空间，取得有利的前哨位置。牟平没几个鬼子，靠烟台又近，所以一打就成功了。"

孙明远说："我们之所以被日本人赶得到处跑，居无定处，每天担惊受怕，关键是日本人了解山东。他们从明朝开始，时不时地就偷袭我们。我们就比较笨，从没考虑去打他们。中国现在就是冒险家的乐园，都来中国骗钱。德国人完蛋后，仅青岛就来了两万多日本浪人、商人、学生等侨民。前阵子有情报说，日军第5混成旅团秋山静太郎少将部署扫荡时说：目前，胶东都是本地的土八路，经验有限，要防止八路军主力进入胶东。他们防，我们也要防啊。"

胡百胜知道秋山静太郎。和其他日本人一样，这个家伙极其残忍，他公开宣称中国人是猪，可以用任何手段处置中国人。下乡扫荡，遇见中国人从不留活口，民众无不恨之入骨。胡百胜说：八路军主力主要在山西与太行山一带，离山东还远。再者，八路军主力其实也没多少人，更没多少武备，一时半会儿还到不了山东。

孙明远说：共产党和毛泽东有些话还是蛮有哲学味道的，比如说：哪里有压迫，哪里就有反抗。

胡百胜听了一震说：当然有道理了，这可是阐述物理学原理，压迫是作用力，反抗是反作用力。

胡作为、孙明远也愣了一下。

胡百胜分析了日军的情况。

师团是鬼子固定的最高野战编制，军是临时组成的战役集团。目前，12军指挥在山东的两个师团，另有6个独立混成旅团的治安军。青岛驻军虽然多时有3万余人，但是很多是过路的。鬼子不断开辟战场，从青岛登陆的日军，源源不断地向各个方向投放。

在鲁东、鲁中的日本陆军，除了日军21师团、兵站司令部外，另有第5混成旅团8000余人；高丽联队、翻译等约有2000余人，还有一个拼凑的相当于旅团级野战单位，属于野战部队。总兵力约2万余人。因为兵力不足，对农村的控制力极其有限。

日军第4舰队一部约5000余人，航空母舰、飞机、坦克都有，主要对象是山东滨海92公里范围内的陆地、港口、矿产资源和企业生产等。

此外，日本在鲁东一带还有几万侨民、浪人等，这是日军的一支机动力量，可以随时武装起来，变成一支令人生畏的战斗部队。

日军一个大队（营）的火力，基本与国军一个杂牌师差不多。所以，徐州会战，几万鬼子，打得国军几十万部队节节败退。国军战术、战略都不如日军，这样打下去，国军肯定会被打出山东。

分析完毕，胡百胜道："不管怎么说，我们也要生存。山东物产丰富，食物充足，可以说煤炭、黄金什么都有，说不定还能挖出油来。与其给日军糟蹋了，还不如我们兄弟们划好地盘自己掌握控制。"

孙明远虽然不是军人，其实看不懂军事地图，但是天天耳闻目睹，也比较明白日军的部署情况。

孙明远对胡作为说："我最近一直研究怎么和鬼子打一仗。你我都非武将，打仗这事只能添乱，这次我们就都不去了。我的参谋长高小淞也是行伍出身，前几天出去搞粮食去了。兄弟我有200多人的卫队，武器精良，可立即出发由胡参座统一指挥。"

鲁东没有耍大刀的坚甲利兵，孙明远因而也就不懂大刀。胶东一带的大土豪组建的民团，马克沁重机枪都玩了几十年了。他叮嘱说：他早就听过日军与国军的优缺点。国军的武器不行，要尽量打近战，争取三四个人打一个。鬼子的个头矮，视野不如国军，而三八大盖射程远，拼刺刀开枪会误伤自己人，所以，鬼子条例白刃战严禁开枪；国军的武器射程普遍近，穿透力差，拼刺刀时能开枪就开枪。

胡百胜一听还挺在行，便说："您说的很正确。咱们的人确实是体力不足，训练不够，与日军拼刺刀很吃亏。但用三四个人对付一个日军士兵，那么日军肯定没得活。"

拼刺刀不仅是个体力活，还是拼死搏杀。为了生存，需要全部的爆发力、意志力和体力。一般人拼个三两分钟，体力就消耗光了。最厉害的人，5分钟基本累趴下了。

胡作为让随从拿上来袁大头道："这些钱，发给弟兄们。如有缴获，一家一半，重机枪归你。以后邻近平度那一带的征粮收税的事，就交给老兄了。"

孙明远估摸怎么也有 1000 块袁大头，他抱拳说："一言为定。平度虽然是我的老家，但不是我的地盘。我名声在外，怕乡里乡亲尤其是怕村里人骂我，一直不敢在平度征粮收税，每天坐吃山空，正愁无米下锅。兄弟我这次也算是豁出去了。"

他看了看怀表，已近晌午时分。孙明远叫来了郝野群，吩咐他抓紧时间吃饭，饭后即带 200 人，两挺轻机枪，跟随胡百胜出发去简庄。一切作战行动，必须服从胡百胜的指挥。战斗结束后，带着缴获立刻回来。

胡百胜吃完了两大碗肉丝面以后，在胡作为、孙明远等人的注视下，集合好队伍出发了。

3

孙明远也是心思缜密之人，他怕胡作为半路拐跑他的队伍，所以留下胡作为当人质。

孙明远考虑，虽然胡作为满嘴仁义道德，但他以前毕竟叛变过共产党，出卖过自己的同志。所以，出卖与背叛往往是人类不变的逻辑与本性。这年头儿，有枪就是草头王。他孙明远如果没枪没队伍了，一样啥都不是了。

胡作为对此当然也心知肚明，但他并没明显的不满。真看到打仗流血，他肯定会吓瘫的。

这是 1938 年春天。夜晚，山村寂静。

半夜，春雷滚滚，暴雨成灾。

雨淋湿了窗户纸，雨水淌了进来。胡作为、孙明远心事重重，彻夜未眠。

第二天，孙明远与胡作为继续讨论局势。中午，孙明远打发人弄了几个菜，搞了几坛烧酒，坐在八仙桌边上又吃又喝，胡吹起来。

孙明远说："现在战乱不堪，我把家里人都送到重庆去了。"

胡作为说："我当了县长之后，就没过上一天太平日子。我爹与我早断了关系，所以，我现在没你本钱大，老婆孩子都送到'爱护村'了。我觉得越是危险的地方就越安全。"

"老兄高见。"孙明远话锋一变，揶揄道，"不过，有个事，我可要告诉你。咱们是同学，不是老乡。"

山东的地名其实也很怪。说是泰沂山脉以东，可泰沂山脉都在山东境内。说是太行山以东，可太行山与山东隔着一个辽阔的河北平原，根本八竿子打不着。

胡作为知道，鲁东这个地方，没有老乡观念，所以从不论老乡，只讲义气，不讲区域。可谓"甘其食，美其服，安其居，乐其俗。邻国相望，鸡犬之声相闻，民至老死，不相往来"。

胡作为笑道："知道知道，我们吃高粱，吃煎饼，你们吃馒头，吃海鲜。我们穷，你们富。所以，我才找你来借兵啊。"

孙明远继续揶揄说："地域歧视基本是天生的，我们应团结一致，共同抗日。晚上一起喝老酒，我让伙夫烀几个饼子，吃甜晒的鲅鱼。"

两个人大笑起来。

平度古代属于即墨。胶东一带，有吃单饼的传统，而不吃煎饼。单饼是纯小麦，煎饼是杂粮制成，以玉米面为主，熟后易存放，不必过火也可以吃。但是，馒头、单饼、窝头等，要回锅熥一熥后才可以吃。农村只有麦秆、高粱秆等燃料，粮食产量低的地区，自然不敢天天烧火做饭。

胡作为转换话题说："你还记得念书时，学校兼教日语的伊达顺之助吗？"

孙明远当然记得。伊达顺之助倒霉的时候，曾跑到济南，在张宗昌任校长的山东大学堂教过几天日语。他的中文名字叫张宗援。当时，他就是日本公开的谍报人员，并在东北血债累累。

孙明远说："怎么会不记得呢？这家伙在朝鲜混过，可爱吃狗肉了。眼下正在胶东到处拉网扫荡。打我的那个赵保原，就是他从东北带来的。"

胡作为点头道："他毫不掩饰地说：中国人与日军打仗，日军都是钢铁武装起来的，而中国人算是古代人，思维拙劣，必然失败。"

孙明远点头。伊达顺之助确实是这样说过。

伊达顺之助知道胡作为去过日本，就经常找他们几个聊天，联络感情。胡作为就请他喝酒吃狗肉。伊达顺之助吃狗肉的方式比较特别，他认为，把狗吊起来，用水灌死的狗肉最好吃。喝到尽兴处，伊达顺之助便大放厥词说：中国到处是地方病、麻风病，需要日本人救助。只有不足 10% 左右的地方，算现代或半现代社会，其余的都是扎白头巾的古代人，是 5000 年未变的活化石。

伊达顺之助的"活化石"理论刺激了整个山东大学堂。中国有 5000 年的文明，有引领时代潮流的四大发明。造纸术、印刷术开启了文化的大众传播时代，指南针开辟了大航海时代，火药结束了冷兵器时代，开启了热能兵器甚至是热能时代。但是，历史至此仿佛终止。山东大学堂化学系和医学系居然发现，按照西方标准，5000 年来，属于中国的只有一个化学药，那就是砒霜。

伊达顺之助说：你们中国人就是躺在老祖宗的功劳簿上只管睡大觉，都睡傻了，从不考虑发展、壮大、创新老祖宗的遗产。例如，针灸、拔罐、很多中医药方都非常好，可这些东西都没有原理，还停留在原始的技术状态。你们中国人只管用，从来不去研究这些东西的原理。

孙明远认识到，逻辑上，再造中国人，需要一次大革命，把他们从文盲和古代人变成现代人。但战争条件下，不可能有这样的事情发生。而让一大堆完全古代化的人口，变成具有现代意识的人，以日本为例，这个过程起码要 30 年。我们需要几百万、几千万有文化的人口，去穷乡僻壤言传身教，传播工业文明，进行民族大融合。

伊达顺之助预言，中国人往往不求甚解，胶柱鼓瑟，也没这么多有文化人口，也就不必有任何担忧。中国不可能发生任何社会变革，导致技术进步，经济发展。

孙明远和胡作为计算了一下，日本殖民地高丽、中国台湾和关东等，有 6000 万人口，中国如果真能有 10% 的现代人口，那就是 4500 万人口，接近日本本土约 5700 万的总人口了。

鲁东是历朝历代屯兵之地。明代以来主要是防倭。北洋水师的主力及基地都在这里，工业化人口少说也繁殖到了第二代了。因此，鲁东约 800 多万人口是比较现代的，尽管大多数是农民，很多人还被困在日本占领区。

孙明远说："伊达顺之助收编了张宗昌的旧部刘桂堂、张步云等，改称山东自治军，自任总司令了。"

张宗昌垮台后，刘桂堂、张步云便自立门户，成为山东著名的匪帮。刘桂堂鼎盛时有 1 万多土匪。他抢来了几十个大小老婆，号称"亲兵连"，且装备精良。

山东管区的日军，一直在挖张宗援的墙脚。目前，21 师团拉着刘桂堂脱离了张宗援，令其主力在招远看守玲珑金矿，还发给他一辆日产福特指挥车。日军之所以让刘桂堂看守招远，主要是刘桂堂部属于鲁南的土匪，与鲁东没有联系，便于控制。他到后，直接躺在金矿上开始发财了。

张步云匪帮的地盘主要在胶县和鲁南，有几千人马，他弄了八个姨太太，目前正和 59 师团的伊黑大队打得火热。59 师团给张步云一个特务 4 旅的番号，隶属伪山东警察厅，估计也快要脱离张宗援了。

胡作为说："现在情况确实不太乐观。刘桂堂那伙如狼似虎的匪徒，居然在沂蒙山那个穷地方和一帮土财主、二混子们搞起来圣母山等场所。日本人在华北不仅有驻屯军，还有大量的商人、浪人和其他人员，他们渗入我们的各行各业，并可以随时集结。"

孙明远说："伊达顺之助曾经说：中国人就忙两件事，穷人忙活着如何吃饱饭，然后等待富裕；富人忙活着如何向上爬，然后继续发财。"

胡作为哑然一笑道："他是这样说的？"

一周后，正下着春雨，胡百胜带队回来了。

这一仗，打得异乎寻常地顺利。

胡百胜说："没想到，日军的车真他奶奶的差，根本不顶打。"

当时，胡百胜一看孙明远的队伍，就知道打不了仗。后悔没有坚持意见。但是，还不能表现出来，以免伤了孙明远的面子，影响胡作为与孙明远之间的关系。

到达简庄附近，与昌邑的人马会合之后，胡百胜把人集中起来。他讲了作战要领，注意事项，要求不要紧张。人活着，论十论万，纵有千仓万箱，不如打日军气吞万里，千秋万代。

之后，队伍在树林里隐蔽下来。

按照战斗方案，他在东西各两公里之外的山坡上，放了两个观察哨。连上了野战电话，观察哨如看到鬼子，就电话报告车辆数量、鬼子的人数，然后撤离，他指挥人马出击。

他派人带着郝野群他们守住据点的道路，充当阻击队伍。他让他们注意隐蔽，千万不要走火，也不必管这边的事。

他把出击人员分成了两侧三排。

第一排，迅速抢占到公路旁边七八米左右的距离，负责撒铁刺蒺后卧倒。

第二排，隐蔽在公路 20~25 米后的田野，用冲锋枪、机枪扫射。他再次叮嘱，冲锋枪和匣子枪都端平了扫，以防后坐力导致子弹乱跳。机枪的目标是打掉鬼子的机枪。子弹打光后，不用换弹匣，直接用匣子枪继续扫。

第三排，隐蔽在离公路 30 米左右的地方负责投弹。爆炸后，全体立即上刺刀一起冲锋。

按照胡百胜推算的车距，第一排人，三三两两地站在公路两侧的田头。

胡百胜带着队伍，在高粱地附近埋伏了三个上午。

第一天，瞭望哨报告，从胶县方向来了 30 多辆尼桑 180 型卡车，像是运输弹药的。胡百胜没敢动手。

第二天，从平度方向来了50多辆94卡车，像是向胶县车站运送粮食的，胡百胜也没敢打。

他出了一头冷汗。

第三天，平度方向来了5辆94卡车。机会来了，胡百胜命令队伍，迅速抢占相关有利的位置。

远远望去，鬼子的卡车冒着黑烟，乌烟瘴气地来了。

第一排的人起身，面带笑容，恭敬地摘下草帽，鞠躬、行礼。鬼子以为是"爱护村"的普通农民，就没在意。

卡车快到眼前时，10多个人一起向公路撒铁刺藜，然后迅速卧倒。第一辆卡车的轮胎被扎破，歪倒了，接着，第二辆也歪倒了。

后面的卡车被迫停下来了。鬼子兵哇啦啦地乱叫着，端着枪一个个地从车上往下跳。

第一排卧倒了，日本士兵还没有来得及跳下来，胡百胜带着第二排，从30多米外的隐蔽处猛然站起，用机枪、冲锋枪、匣子枪猛扫。

胡作为用冲锋枪点射，专打鬼子的重机枪。几个点射打过去，日军的射手被击毙。

第三排从两侧猛甩手榴弹，一股股气浪和猛炸声后，第一排就冲上去拼刺刀，随后全部人马一起向前冲。

胡百胜读书的时候，数学、物理都很出色。他计算位置精确，战术使用得当，最主要的是，冲锋枪发挥出近战优势。20多把冲锋枪，瞬间扫射出1000多发子弹，再加上机枪，打得日军抬不起头来。

没死的日伪军全部被打蒙了。随后胡百胜命令冲锋，白刃战很快结束了战斗。打扫战场时统计，打死了20余个日伪军，投降伪军10余人，跑了1个日本士兵。

胡作为的人也有20多人挂彩，3个战士牺牲。缴获轻重机枪各1挺，79式步枪35支，子弹5000余发，王八盒子、军刀各3把，望远镜3架，军用地图1张，日军文件1宗。

被打死的日军少佐衣袋里，有一张中将中岗弥高的名片。

打扫完战场，胡百胜下令，打开车头前的汽油桶，点火把鬼子的汽车烧毁。之后，立即分头撤退了。

胡百胜很爱车，并会驾驶。他走了很远，回头望去，远方，燃烧的汽车，浓烟滚滚，烈火熊熊。

4

胡作为听到 79 式步枪，心头跳动了一下。79 式步枪，这不是汉阳造吗？再一想，管他打的啥，反正自己不在现场，又不懂武器。索性睁一只眼闭一只眼，就当打死了日军，不费劲问了。

孙明远也如此这样想。

胡百胜似乎看出他们的心理状态，他点上一支烟，吸了一口道："各位县长，恁们不会是觉得消灭鬼子少了吧？我们中国人都是农民，根本不理解中日战争的意义。抗战双方实力太不平衡，对比太悬殊。我们每打死 1 个日军，一般要牺牲五六个战士，用掉三四千发子弹。"

胡百胜还是很满意的，士兵们都是第一次打仗，牺牲不大。孙明远想，这小子真鬼，知道我想什么。于是赶紧转换话题问："有增援的鬼子吗？"

胡百胜吸了口烟说："这么密集的枪声，据点里的二狗子有命令也不敢出来。孙县长，你的人我带回来了，毫发无损。我们的人都回昌邑了。"

孙明远很受感动。

郝野群说："日军真不抗打。人家胡县长队伍的枪实在是好用。啪啪啪，一梭子扫过去，一通猛追猛打，打得日军们哭爹叫娘。"

胡百胜心想，给你会用吗？

孙明远说："好好好。在胡参座带领下，你们都立大功了，没叫胡县长失望啊。胡参座，弟兄们真让我开心、高兴啊。郝队长，你去安排一下，每个人一个大对虾，一碗红烧肉；每桌弄条大鲅鱼，先劁出籽来单独炖个土豆，其余的炖上；放点韭黄；用猪肉、海米、菠菜弄个汤。反正要弄上八大碗。一会儿开庆功宴，给胡参座、还有众弟兄们庆功，加上接风洗尘。"

郝野群得令而去。胡百胜说："孙县长，现在已经青黄不接了，你哪来的这么多好东西？"

孙明远得意地说："那是，咱这里东西多。你们俩都没种过地，菠菜、韭菜都是冻不死的。为招待你们，我专门打发人去附近村子买的，管够。"

胡作为看了看名片，抽了几口烟，沉思了一会儿说："明远，我们俩联名向沈主席上报，此役，击毙了日军中将中岗弥高。炸毁、烧毁日军运输车 40 余辆，毙伤鬼子汉奸 500 余人，缴获子弹 3 万余发，枪支 300 余支，指挥刀

20把。"

孙明远大嘴一张，有些惊讶。但随即点头表示赞同。

胡百胜想，报就报吧，人家是正规的官员，逻辑上自己仅是个编外的幕僚。他见惯了国军谎报战功的事，可日军在山东也没几个中将啊，济南2个，青岛2个。他们以为日军的中将，像国民党那些少将参议那样都是买的。这个牛吹得有点离谱了。

几个人兴高采烈地一起去看战利品。孙明远摸着重机枪说："老兄，谢谢了，兄弟我就不客气了，回头把机枪摆在村头，架起阵地。"

有了重机枪这么个大家伙，孙明远开心死了，以后就爱谁谁了。

胡作为说："那当然，说定了的事。我们兄弟们之间还能互相抢啊？"

胡百胜很心疼这挺枪，心中埋怨胡作为不该找孙明远借兵。不必想，他们一定不会用。

沈鸿烈迅速发来嘉奖电。已上报军事委员会，为胡作为、孙明远、胡百胜等三人，各申请颁发三等"宝鼎勋章"一枚。

这次，胡百胜算是立了头功。如果有一天，他死去，一定是光荣地死去。

孙明远边敬酒边说："作为兄你的名字不错，你如果姓有，就是有作为，可你姓胡就不好了。"

胡作为说："明远兄，还是你的姓好，是真孙啊。"

在山东人的语境里，"孙"还有傻的意思。几个人哄堂大笑。

他们都很高兴。尤其是孙明远，不仅在沈鸿烈那里直接挂上号了，最意外的是获得了三等"宝鼎勋章"。

沈鸿烈让秘书去报馆，发布战报称：在沈鸿烈主席坚强有力的领导下，鲁中、鲁东国军，组织联合作战兵团，出击敌寇，奋勇杀敌。日前，取得简庄伏击战大捷。是役，取得损毁汽车90余辆，打死打伤敌寇1500余人的战果。山东一带的国军，正坚定不移按照蒋委员长的战略方针，誓死抗战，与日寇在山东战场不断展开决战。

沈鸿烈并未采信击毙中岗弥高的战果。

沈鸿烈毕竟是国民党的高级将领，不是玩小儿科的门外汉。日军在山东高级将领的名字、职务、指挥位置等，他还是大致清楚的。他更明白国民党吹吹拍拍那一套。逻辑上，说歼灭敌军多少，闹不出什么笑话，反正也不好查，还可以鼓舞士气。可贸然说打死一日本中将，肯定会闹出大笑话的。

对沈鸿烈和国民党来说：能证明自己存在，鼓舞抗战士气、人心就行，没人去关心战果的真伪。

重机枪很快被溃兵们看到了。找人一打听，好家伙，原来简庄伏击战是孙明远打的，消灭了40多鬼子，还搞来了这么个大家伙。那伙兵立即刮目相待，主动找来要求收编，高小淞代表孙明远收编了他们。

孙明远设宴款待，让弟兄们好好干，升官发财。然后问高小淞："你准备怎么安置弟兄们？"

高小淞说："让他们跟着我去征粮收税吧。危险性不大，且弟兄都有战斗经验。"

孙明远同意。高小淞把他们分成两队，插入自己的队伍，并让他们的人当队长，自己的人当副队长。

高小淞对队长说："你们有经验，好好训练队伍，准备打鬼子。"

新入伙的溃兵很受感动，纷纷表示一定努力。

郝野群是有功之臣了，每天骂骂咧咧，喝酒吃肉，谁也不放在眼里。

胡作为让人编歌谣给小孩子们唱：小鬼子发高烧，中岗弥高去青岛，保安5旅就是强，打死中岗叫弥高。

简庄一战，胡作为在第17区名声鹊起。陈子舟在驻地设宴，为胡作为、胡百胜庆功。

论起来，陈子舟和胡百胜还是校友，但他们互不相识。胡作为也不含糊，恭敬地呈上一把日军指挥刀，一架望远镜，并谦虚地说："以后，卑职在陈专员领导下，一定倍加努力，扬鞭催马，奋勇当先，杀敌立功，效力党国。"

陈子舟嘴上说：好好。心中却暗骂，这小子真贼，从不给我交粮纳税不说，打仗记功也不向我上报，还弄这些破玩意儿忽悠我。

"宝鼎勋章"是民国政府颁发，蒋委员长亲自批准授予，是发给校官一级的，不容易得到的。陈子舟现在确切地知道了，胡作为根本看不上他，心中暗自憋气。

儿歌的口口相传速度是最快的。日军也听到了，到处找保安5旅报仇，弄得陈子舟天天东闪西躲。

陈子舟也很快就听到了这首歌。心想，胡作为这小子真坏，自己得了嘉奖荣誉，罪名却由我担，让我代他受过。这不是疑兵之计，借刀杀人吗？

胡百胜说："作为哥，你的池子太小了，我的伤也好得差不离了，我要去找中央军去。"胡作为说："百胜，你哥我肯定带不了兵，更打不了仗，你如果走了，队伍可能就散了。"

胡百胜想，因为胡作为的联合思维，才有了鲁中、鲁东联合作战的效应。如果没有这个效应，那枚三等"宝鼎勋章"不可能轻易得到。他出生入死，打了那么多年的仗，从没获得过这么高的荣誉，这次算在黄埔系里有了面子。这么一走，也确实有点欠胡作为的，于是，暂时留了下来。

胡作为启动正规化建设，他套用中央军的薪资制度，重新制定了军饷标准。胡百胜每月500大洋，原丛斐240大洋。各队队长80到135大洋不等，普通士兵每月12块大洋。

胡百胜想，光看军饷的确很高了。他的父亲比较守旧，小富为安，不爱到处跑，在经济上无所发展。日常靠几十亩薄田维持，胡百胜的学费，都是胡养荪提供的。

柏延鸿对原丛斐的薪水有些不满，私下找胡百胜嘟囔过一次，说胡作为厚此薄彼，连沈智华都快100元了，他才135元。胡百胜说：你是我们自己人，薪水是按中校一级来的，作为哥不会让你吃亏的。原丛斐目前还是外人，他和沈智华会的东西，对我们太重要了，太低了会跑路的。

柏延鸿一听自己是中校了，气一下子顺了。他心安神定，请胡百胜喝酒，讲起当年和胡作为一起在济南游荡的往事。

胡百胜知道，中国人本质上都是官迷，只要觉得是光宗耀祖，能拿出去吹牛就行。

对那些收编的土匪、家丁，依旧是老规矩不变。那些人一下子规矩了很多。胡作为既然能打日军，当然能收拾他们。

第九章

1

有人问，牟平靠烟台这么近，为什么打牟平？我们当然知道牟平的汉奸比较多，但有良心的中国人更多！

胶东正饱受鬼子的蹂躏，鬼子汉奸杀人不眨眼。我们自己都不去打，谁会去打呢？我们要杀鬼子，灭汉奸，以眼还眼，以牙还牙。

打下牟平，可以建立至烟台的前沿堡垒，压缩鬼子汉奸的势力空间。

根据统计，青岛虽然被鬼子控制着，但是胶东经济规模还是占山东各根据地的80%，全国抗日根据地的50%。

各根据地发展很快，但是天灾人祸，日军心狠手毒四处扫荡，现在正青黄不接。我们困难，起码还有粮食吃，延安和各根据地困难更多。我们在延安汇报工作时保证过，每年向中央交两万两黄金。

《论持久战》指出，这些根据地将是抗日游击战争最能长期获得支持的场所，是抗日战争的重要堡垒。我们反对流寇主义，以根据地为依托建设人民武装。

要建设什么样的根据地？要建设有强大生存力的根据地，不能被敌人天天打着跑，撵着跑。要放手发动群众，壮大人民武装，大打陷敌于灭顶之灾的人民战争，让胶东根据地立于不败之地。

特委已经成立了黄金工作委员会，我们不仅要自己挖黄金，还要从鬼子汉奸的虎口褫夺黄金。

目前，平度、掖县、黄县、蓬莱，已经连成一片。要根据中央和省委的指示，继续扩大根据地，建立各级抗日政府，减租减息，发展生产。

因为鬼子汉奸的破坏，青岛现在下岗失业的人口据说已经达到54%以上。他们很大一部分是我们鲁东人，他们有技术，懂机器，要设法把他们引入到根据地。要广泛收集器材，建立各种急需的兵工、服装等工业。我们还要不断把根据地向外发展，把胶东变成全国抗日的最前线。

经过甲午海战，各国鬼子的侵略，我们早已经知道仗是怎么打的了。胶东的部队要学会五招：挖沟、射击、拼刺刀、学文化、做群众工作。

要学会挖各种沟，沟就是工事，有了工事就可以隐蔽自己；射击要准，因为我们的兵工厂现在只能修理枪支、复装子弹，我们的弹药宝贵；拼刺刀就是要敢于与鬼子近战。

没有文化的军队是愚蠢的军队，而愚蠢的军队是不能战胜敌人的。我们没有文化就玩不了武器；我们的军队是人民的军队，不做好群众工作，人民就不会拥护我们。我们就是聋子瞎子，就打不了胜仗。

郑耀南奠基了胶东根据地，建立了胶东第一个县政权；他在掖县的沙河，组建了第一支胶东八路军部队，并迅速发展到 4000 多人；他创建了北海银行，发行了北海币。部队整编合并时，他把北海银行、兵工厂、被服厂等都移交给胶东特委。

他的话激励了所有的人。

1946 年，郑耀南病死在延安。把他的一切，奉献给中华民族。

2

爹，爹，醒醒，你醒醒。

昏迷中的刘大麻子仿佛听到了儿子的呼唤。

别忘了你爷爷。刘大麻子呢喃低语。

你爹我炉包做得好，外号就叫刘大香包。全县无人不知，无人不晓。抗日那年，皇军驻咱县的日本人是猪头小队长，他带领了 10 个鬼子，1 个台湾翻译，6 个高丽人，没放一枪就占了县城。

猪头小队长非常喜欢吃咱家做的韭菜炉包，我就设法和他攀上了亲戚，论辈就认他当爹了。

那年胡百胜带人袭击了皇军，皇军死了 39 人，跑了一鬼子叫什么龟田，藏在咱家的柴火垛里，我掩护了他，把他送进县城。

之前，曹二鞋底子任县长，那时咱们这儿土匪横行，鸦片泛滥、赌博成灾。曹二鞋底子组织了"进德会"，试图整顿秩序，他还搞了个 300 多人的自卫队，自任大队长，试图组织抵抗。最终韩复榘不战而逃，他只得跑回到天津，开了一个小饭店，靠烧茶炉为生啊。

伏击战打响的时候，你爷爷正在县公署开大会。伊黑主持，那天日军和省政府命名咱们县为"亲善模范县"，伪县行政公署专员申得勇正在主席台上宣读省政府的嘉奖令。

申得勇杀气腾腾训示，诸位父老乡亲，诸位尊敬的同事，大日本与中国正建立美丽的共荣圈，我们无比豪迈地走进了新时代。我们不要总去想博得社会的喝彩，为了大东亚共荣圈，我们不图虚名，不自说自话，不为自己开脱，更不能东西摇摆、左右迎合。在事关大东亚共荣圈的建设中，所有的人都不能旁观。今后，我们要发出统一明确信号，形成一呼百应的态势。

这时，村子外传来了枪声，还有手榴弹的爆炸声。很快就打完了，我在村外的野地里正想跑，却被胡百胜的枪指着脑袋，吓得我赶紧说：胡司令，胡司令是俺爹，是俺爹，千万别杀我，俺是好人，俺是好人。

胡百胜，抗日英雄啊。那年，他和10多个诸城人，考上青岛的基督教学校。他戴着大红花，骑着大洋马，来高密上火车去青岛，像去美国一样。还在咱家停下，自己一人吃了一锅炉包。

以后，他年年来吃咱的炉包，咱家的炉包又好吃又便宜。

都说胡百胜杀了个日本中将中岗弥高，真厉害啊。

咱村是"爱护村"，不会有仇日排日的问题。于是，日军来了，就把昌邑的周家营给扫了，周屠户在家哭得天昏地暗，神志不清。周家营其实也没有反日的，死得好冤啊。

然后，日军就到处找孙明远。没多久，就在平度把孙明远给弄死了。这事现在不能说，将来再说。

你爹我是三代独苗，咱家比不上大北营的老王家。那老王家有2000多亩良田，他的三个儿子，一个捐款当了国军的将军，一个带人当了建国军的旅长，最后一个是学生，当了八路军。你爷爷为了保住几十亩地还有家财不散，只能让我到处认爹，所以我认了两个干爹，日本干爹猪头小队长，国民党干爹胡百胜。将来，一定让你儿子写进家谱。

不要觉得你爹没骨气。赵保原、吴化文他们还不是叛变来叛变去的？还有，你那—小子好聪明，将来高小毕业后，就送去参军，肯定能当大官。

儿子不住地点头，爹爹爹，俺记住了。刘大麻子终于咽了气。

刘大麻子的儿子和他爹一样，长了个猪头脸，年纪轻轻的就谢了顶。他想起小时候的歌："小鬼子发高烧，中岗弥高去青岛……"

第十章

1

自打进了青岛，伊达顺之助再也没穿过中国人的长袍马褂，而穿上了海军制服。可海军的事，他几乎都不懂，一门心思想穿陆军制服。

潦倒时，伊达顺之助当过日本浪人，后来加入关东军，负责指挥伪李寿山旅团。

由于他在东北不断闯祸，招致关东军的厌烦。七七事变后，他被编入伪满洲国派遣军支队，进入山东东部，以配合日军主力控制山东。

原14师团长土肥原贤二中将出身于老牌的特工组织，他在离开青岛时，曾电嘱其同学日军第12军军长尾高龟藏中将，启用伊达顺之助负责青岛的谍报，但遭到日本海军青岛司令部的反对。海军不是反对伊达顺之助这个人选，而是基于自己的利益，不愿与陆军分享任何政治、经济与军事管理权，况且海军还想自己用伊达顺之助。目前，沿海所有城市的情报大权牢牢地控制在海军手里。

日青岛海军司令部下设海军情报部、海军特务班、海军潮机关。海军潮机关在连云港设立了出张所（派出所）。

因此，伊达顺之助的任命迟迟没有落实。有相当长的一段时间，他指挥李寿山、赵保原部，并自任伪山东省自治军总司令，在掖县、招远、黄县一带活动，企图打通胶东的交通线，并制造了多起惨案。

打通交通线被八路军粉碎，他的势力严重受损，残军败将被强制解散。他本应被追究责任，却被日海军青岛司令部无条件庇护起来。海军专门授意，命其为海军青岛司令部的情报顾问，并负责他从东北带来的兴亚院青岛出张所。青岛海军司令部的理由很简单，陆军反对的人，一定不会出卖海军的利益。

既然他已经正式成为海军的人，陆军自然不好再问了。

日陆军使用的尽管是一战时的装备，却非常好用、实用，枪械制式统一，弹药种类统一，后勤供应简便。海军则基本使用与欧美同时代的装备，却缺乏后续研究资金，质量没法提高。同时，因钢铁质量不行，海军巨舰上的大炮，开不了几炮就要回厂维修。

伊达顺之助家族，对海军发展贡献巨大。日青岛海军司令部一如既往地关照他。

青岛沦陷后，经济领域的利益一直被日本海军严密控制，陆军难以插手。

日本陆战队率先登陆青岛后，立即占领了所有的重要地区和设施，兴亚院青岛出张所随即开始工作。日本陆军 14 师团登陆后，土肥原贤二发现，海军陆战队早封存或占领了全部的码头、铁路、交通、通讯、工厂等设施。陆军不必说，毛都没有捞到，连司令部的驻地都找不到，全部被日海军控制起来。

最后，经日本军部多次协调，青岛日军司令部的大楼，海军陆军一家一半，海军、陆军分派岗哨。一般情况下，陆军不能进海军的地盘，海军不能进陆军的地盘。

日本海陆军的矛盾是长期的、复杂的。为对付脚气病，日本陆军用了 10 多年，想了很多治疗方法，搞了很多药物，花了巨额资金，却总解决不了问题。但是，海军的医生用极其简单的方式——蔬菜与维生素 B 就解决了。这个事把整个陆军搞成了大傻瓜形象，在海军面前总抬不起头来。

陆军一直将苏联列为第一大敌，主张北进。海军则主张先南进，驱逐英、美等国在东亚势力，确立亚洲霸主地位。

对海军来说，苏联欧洲主体部分太远了，打仗只有付出，没有收益。对陆军来说，北进对苏联作战，不必考虑海军是否参与出力，可以集中全国资源，凸显陆军的实力和尊严。

在中国作战，日军以陆军为主体，海军作战规模很小，但参战的范围却很广，包括空战、封锁战、巷战和陆上作战等，占据着不少地盘。

侵入青岛前，陆军即怀疑海军要抛开陆军，独吞胶济线的利益，登陆后，先入为主的海军，又把青岛搞成了中心基地。参谋本部则建议海军基地建在天津，但海军死活不同意。因为天津早被日华北驻屯军占据了，陆军不会出让任何利益给海军。海军如放弃青岛，则在华的工业城市没有任何利益了。日本军部因双方利益攸关一直无法裁定。

在日军军部的压力下，日海军勉强交出了胶济铁路青岛段的管理权。陆军终于完整地控制了胶济铁路。

根据条例，日海军青岛司令部的权限，是山东沿海 92 公里范围内的陆地区域。这是日海军在中国唯一控制的经济发达区，涉及巨大的经济与政治利益，海军当然不可能放弃。所以，日军特务与情报一直是海陆两套体系运作，互不干涉。

双方继续在日本军部交战。陆军认为，这种运作体制很吃亏，在山东的沿海城市，几乎分享不到任何经济利益。海军认为，陆军取得的利益远远大于海军，关东、上海、天津、广州、武汉等工业城市，都是陆军的利益。日本军部又一次犯难。

这次，日海军与陆军终于协调一致，同意以日青岛海军情报机关为主体，重新构建青岛宪兵队，以章丘为界，辖青岛、连云港水上宪兵分队，沧口、芝罘、潍县、张店等宪兵队。

宪兵队同时负责管理各伪警察局。

由海军方面的伊达顺之助以顾问的名义，负责整合整个青岛及鲁东、鲁中部分地区的宪兵队和伪警察机构。

无形之中，日陆军青岛、鲁东的各级特务机关，蜕变为海军的情报分析中心。日陆军对此非常气愤，明令一切涉及青岛市政、特务机关的材料，乃至正在编撰的战史《华北治安战》等，都绝不会出现海军或伊达顺之助的名字，而是以"兴亚院青岛出张所"的名义出现。

看着陆军这么生气，伊达顺之助很开心，反正也拿他没办法。他每天政由己出，忙忙碌碌，四处奔走，以图上上下下交口赞誉。

2

伊达顺之助的故友旧交遍布山东。

在第 21 师团司令部，师团长鹫津钤平正与伊达顺之助交谈。

鹫津钤平身高 1.56 米，伊达顺之助比他稍微高一点，如果不仔细看，是看不出来的。他在鹫津钤平面前，表情自如，从衣袋里摸出烟，擦着火柴，先给鹫津钤平点上，然后自己也点上一支。

鹫津钤平说："我刚接到陆军参谋本部批准，祝贺你正式列入大日本皇军军人序列，授衔大佐。你马上可以穿陆军军装了。"

伊达顺之助一脸奇怪的表情："阁下，难道我以前不算吗？"

鹫津钤平道："当然不算，我们虽是兵民一体化体制，开垦团、驻屯军、高丽及台湾士兵尽管也有全套的服装、武器，但都不能算入帝国军队序列，伤亡也不列入正式战果统计，很多人死后也不能进靖国神社。"

伊达顺之助想，我的部下怎么办？

鹫津钤平似乎看出他的疑惑说："我们人微言轻，连青岛谁说了算都搞不定，就别想其他的了。这就叫各弄各的吧，用中国人的话说：不要把饼子和茄子搅和到一起。我们大日本帝国，从不把底层的上升通道全部封死，而是给活路，给出路，以体现天皇陛下的仁慈。你带领的日本军人，这次都列入大日本皇军序列，至于那些台湾、高丽人的亡灵，可以在靖国神社旁边弄个什么地方祭奠。"

为防止台湾兵在大陆造反，台湾兵约有2万余人派往大陆，以东北为主，而大量被派往南洋作战。侵华日军中有35万余人的高丽人。首破南京，并进行屠杀的是一支3万人组成的"高丽联队"。

伊达顺之助顿开茅塞，他立正低头，"嗨"了一声。他明白，陆军之所以同意给予他授衔，主要是为了提升陆军的地位，而降低海军的威信。他同时也明白，作为非陆军大学出身的"无天组"成员，他的大佐军衔已经基本到头了。

在陆军里，鹫津钤平是少有的支持他的高级将领，他们之间的关系非比寻常。但是因为陆军与海军之间的关系问题，见面次数很少。鹫津钤平直入话题说："你分析一下当前中国人的情况如何？"

在伊达顺之助看来，中国人根本不能算现代人，他们自私浅薄，愚昧无知，欺软怕硬，贪婪无比。他们对社会总想占便宜，而不是付出，给人点好处总要求几十倍、几百倍的回报。他们脑袋上扎着白毛巾，不是义盲，就是睁眼瞎，眼睛看不到两米远。同盟会、国民党的什么"驱逐鞑虏，恢复中华"，在日军看来，根本就不知道其所以然，又是啥意思，是把满族人赶到关东？还是要把国境线划到山海关？

此外，他发现，共产军方面也认识到了这个问题。

在伊达顺之助的意识里，中国人的脑子比日本人慢三圈。

他另外还有点感觉，虽然鲁东人表面看也比较木讷，但是，这地方的人其实都是刁民。日本军队在德国人命名的"毛奇山"上建了个神社，禁止骑马进入，并经常组织仪式祭拜。自此，青岛小孩子们对白痴、精神病，含沙射影地称为"神道"。

他觉得，中国人有的毛病，往往日本人也都有，例如吹牛，再如上级殴打下级，上等人侮辱下等人，文化人奴役文盲，有钱人压榨穷人，城市人歧视农村人。大约200年后，中国人还是比赛谁官大、谁钱多、谁的拳头大，饭馆跑堂的还会被食客侮辱。

日本人尽管有发财的野心，有出人头地的野心，有挟天子以令诸侯的野心，可绝没有当天皇的野心。

日本特务机构普遍认为，中国人其实都是些顺民，如欧洲人喜欢安静，而讨厌狗，上海租界、青岛市区等制定了严厉的法律，禁止城市养狗，并规定华人与狗不得进入公园等场所。这些地方,自此连流浪狗都见不到。

现在的青岛街头,只有日军的土佐犬在满街乱窜,导致狗屎泛滥成灾。日本的狗是用来咬人的,是从来不叫的。

鹫津钤平听着伊达顺之助的介绍,频频点头说:"没准,欧洲人被我们从中国打回去后,没事干,会学着中国农民的样子养狗呢。欧洲人一年到头不洗澡,身体臭烘烘的,天天喷香水,却总炫耀自己是文明人,别人都是野蛮人。我们日本人一定要把这帮蠢货打回原形。"

伊达顺之助说:"蒋介石和国民党这帮蠢货混得也不容易,到现在为止,他们还冒充所谓的中国政府,却并未与帝国正式宣战,还向天皇陛下支付庚子赔款,这说明蒋介石想偏安一隅,做南宋皇帝的梦呢。"

两个人哄堂大笑。鹫津钤平说:"现在早已成立了南京的汪政府,而我们不承认的重庆政府,还为前朝支付赔款。"

在伊达顺之助看来,胶东最容易搞定的是牟平、文登,这里是历代兵营所在地,人群来源复杂,尤其是贺家窑的汉奸,给钱就行。

而鲁中的高密,已经驯化得和台湾差不多了。刘氏家族从安徽流浪过来,发迹后,200多年的潜移默化,基本将高密弄成一流的顺民基地。

"国民党立意、政治主张都不高,不会有什么前途。据说:山东有一万多土豪捐款买了少将参议,跑了五千多,剩下的都给我们服务了。要警惕的是共产军。"沉默了一会儿,伊达顺之助说。

鹫津钤平抽了口烟说:"我完全同意,你怎么看共产军?"

1939年以来,抗日战争便已进入战略相持阶段。日军投入正面战场大多数兵力,是以"大队"为基本计算单位的。

日军在正面战场发动规模最大的几次"会战",投入30个大队左右,约四五万人的仅有几次,多数战役投入兵力只有两三万人,约20个大队以内。

在敌后战场,日军对八路军军分区一级的扫荡作战,投入兵力至少10个大队,这样的作战有上百次之多。而投入30多个大队,五六万以上兵力的扫荡作战,也有约20余次。1941年,日军残暴扫荡晋察冀,用了80多个大队,10多万人。几千人规模的突袭,更是数不胜数。

日本中国派遣军司令部也注意到这个问题。他们向参谋本部报告说:本年度与共产军的作战占七成五,交战的200万敌兵力中,半数以上都是共产军,日军收容的10.9万具敌遗尸中,共产军约占半数,而7.4万的俘虏中,共产军所占的比率,则只有三成五。

参谋本部回电认为，这暴露了重庆军的劣弱性，同时也说明了共产军交战意识的昂扬。

1941年1月20日，百团大战刚结束。东条英机在日本参众两院总结说：重庆敌军抗战之特色为作战非常消极，迄今未进行主力反攻，只有共产军于去年8月在华北进行大规模反攻；与之比较，蒋介石嫡系及旁系军队始终采取守势。

东条英机话音未落，1941年2月，日本内阁书记官长、企划院总裁、伪满洲国总务厅厅长星野植树抛出重磅炸弹称："日本已经不能从满洲和华北获得充分的物资。"

在鹫津铃平和日军高层看来，中国这块肉，被列强多次切割后，已经没有多少油水可榨了。现又被日本与苏俄切割成几段：苏俄正在独吞外蒙古，日本把剩余的切割成伪满、汪伪、"华北政务委员会"与蒙疆联合自治政府。国民党仅剩西南一隅，共产军则主要盘踞华北（山东）的山村。日本陆军正在作战，显然要扩军才正确。以战养战肯定走不通了，裁军自然指向海军头上，联合舰队规模太大，过剩非常严重。于是，日本海军及山本五十六只好找了个替死鬼南洋：海军不仅不能裁军，还要继续扩军。

伊达顺之助知道，鹫津铃平比自己更多地掌握这些动态。

他思维敏捷，逻辑缜密，侃侃而谈，"共产军主要是穷人和文盲构成，一时半会儿不会对我们构成重大威胁。共产军那些人戎马半生没独立干成过一件事。南昌、广州失败了，那些人连部队都不要了，也不知跑到哪儿去了，又藏到哪里去了，谁也找不到谁。这样的部队如果不彻底改造，肯定没有多少战斗力。而新四军是南方游击队改编的，仅万余人，人员太少，属于非野战力量，构不成战役兵团。按照他们的套路、层次、水平，不必说与我们大日本皇军玩，肯定连国民党也玩不了。要小心的是构成野战力量与战役兵团的八路军。"

根据截获的电报和其他方面的情报分析，日本特务机关担心，山东很可能成为共产军的兵源地，胶东成为经济中心。若此实现，大日本皇军将面临相当复杂的局面。

国民党军的密码体系陈旧，日军对国民党军的电文破译程度达到80%，基本掌握了其动态，从而取得战略与战役的主动权。但是对共产军的密码，则无法掌握，他们比苏俄还难对付，换码太快了。

鹫津铃平道："重庆军、共产军的指挥官们都可以忽略不谈，他们普遍老化陈旧，不具备现代战争的知识。共产军早期的暴动、起义，确实是无进退和规划，不是像小孩那样瞎来一气，就是如流寇那样瞎搞一通，处于出生期、幼稚期，没章法也可以理解。他们的部队，现在也确实存在战法陈旧，不懂技术，忽视情报等问题。但现在的问题是，八路军进行了顶层设计，有了高级的立意和政治主张，规划了战略目标。在我们的眼皮子底下，建立了各种所谓的根据地。因此，当前共产军最大的威胁是，能否发展出工业，如果能实现最基本的军事工业基础，对于我们来说，就真的来麻烦了。所以，你的这些判断我都同意。你说一下共产军在鲁东的地下组织如何？"

伊达顺之助说："青岛、芝罘、威海等占领区，国共都没有任何有效的地下组织。我们的大部分情报，共产军知道了也没有什么用，因为他们打不进来，也不敢打。他们又不傻，花很多代价搞些没用的情报，白给估计也不会要的。共产军最关心我们的扫荡时间。重庆军主要关心我们的进攻位置和确切时间，再就是搞暗杀。可暗杀几个人不解决问题，更解决不了力量对比，改变不了帝国的决心和意志。我们主要是防止任何人在工矿搞破坏。再就是，无论共产军，还是重庆军，发报就被定位，然后被捕获，最后基本就在老虎凳、辣椒水、美人计下叛变或交代了，没有任何生存的可能。"

鹫津钤平点头说："但是，共产军也可能改变了方法，他们可能用其他方式工作。一直以来，青岛等地不时发现共产军煽动抗日的传单和小报。当年清朝最精锐的武备都在胶东，使得这里经济基础比较好。根据你的情报，胶东共产军现在已经能仿造迫击炮、机枪和一些重武器了，他们的原料或人才缺乏，导致产量比较低，要防止技术流动到他们那里。同时，要设法找到这些工厂，全力摧毁。"

伊达顺之助想说什么，但是被鹫津钤平摆手制止了。鹫津钤平看了一下手表，喷出一口烟雾说："三浦是我的亲戚，他对打击共产军农业有很多设想，你可以支持他成立一个育种株式会社，专门生产假种子，投放到共产军的根据地，制造粮食绝产和粮荒。此外，我很快就要回东京大本营，今天下午，田中久一中将到达青岛，他会接替我的职务。帝国的事非常复杂，12军像我这样支持你的几乎没有，好自为之吧。"

伊达顺之助明白了，鹫津钤平今天的谈话是向他告别。他感觉，帝国的高层将领调动实在是太频繁了。战区指挥官刚来一年半载，往往还没熟悉情况，就被调走了。但他还是起立道："祝贺阁下荣升！拜托阁下回到日本后，设法给我派一些学地质、搞矿产资源的人过来。中国资源丰富，元素周期表上的东西几乎都有。那些元素，有些我们知道用途，有些还不知道。目前没人负责这个事,我准备成立几个株式会社把这些都管起来,以增加帝国陆军的财富。青岛、胶东既是大日本帝国的资源基地,也是海上交通的命脉,请阁下放心,我一定建立健全相关的帝国法律,让胶东永远成为大日本帝国发光的明珠!"

鹫津铃平叹了口气道:"你的设想非常好,我回到日本一定想办法,现在战事紧啊,帝国需要资源支撑。根据确切的情报,美国一直在逼迫威胁我们,要禁运石油、钢铁等资源,我们大概只有南进,打通印度洋和太平洋的通道这一条路,找到石油、橡胶、钢铁的替补地,否则将会被锁死在东亚。"

伊达顺之助打了个冷战。他立刻觉得,帝国未来的敌人太多了:苏俄、美国、英国……

回到办公室,他摸出烟来,点上吸了一口,琢磨将来如何与田中久一打交道。

3

血色黄昏。

身高只有 1.5 米,枭心鹤貌的田中久一中将,带着通勤大队、电讯中队,用三辆铁甲列车压路,乘坐从济南到青岛的列车,扬威耀武地到来了。

迎接他的是 21 师团参谋长。敬礼后,和他一起进入车站站台的丰田高级指挥车,向日军 21 师团司令部驶去。

根据山东省委的请求,毛泽东令 200 余人的干部分两次开往山东,重组山东八路军。但毛泽东认为,这个配置远远不够,遂又下令 115 师师部与 343 旅的主力,组建东进支队进入山东。

由山东起义武装为基础组成的八路军山东纵队,控制了鲁东、鲁中、鲁南,兵力 4 万余人;第 115 师第 343 旅,第 129 师津浦支队开创了冀鲁边平原根据地,控制了 15 个县的地域,兵力 2 万余人;115 师师部及第 685 团组建的苏鲁豫抗日支队,兵力 8000 人左右。至 1939 年夏天,山东八路军总兵力达 7 万人。但是,武器枪械严重不足。

国民党军兵败如山倒,正全面退出山东。津浦铁路、陇海铁路一线,又是华东、华中、华北的主战场,山东各根据地都需要大量兵力支撑。

山东根据地的战斗空前激烈与残酷。从 1938 年下半年到 1940 年上半年,山东各根据地共进行大小战斗 2000 多次,毙伤俘日军近 2 万名,伪军 2.5 万余名,破坏公路 1.2 万公里,铁路 500 公里,击落敌机 3 架,击毁敌舰 1

艘。这些都给了日军沉重的打击，山东日军面临巨大的压力。

日军要占领的要点太多。因为兵力不足，战争初期都是路过，并不在乎占领穷困与破产的农村。八路军进入华北后，几乎没有压力地就建立了根据地。根据地不断打击日军，迫使日军在华北制定了雄心勃勃的作战计划：1941年，治安区（占领区）达到10%，准治安区（八路游击区）达到60%，未治安区（八路根据地）达到30%。1943年，治安区达到70%，准治安区达到20%，未治安区达到10%。

日军战略与战术目标均很明确。而各地八路军甚至尚没学会战争，很多团以上指挥员不识字，看不了地图，打起仗来尽跑冤枉路，经常到达不了指定的地点，进而贻误战机。各根据地，以及根据地内各部，没学会战略配合与互相支持的协同作战。

因此，抗战日趋艰苦，形势越发严峻。日军进入最猖狂的时期，华北日军达到19万，用于山东的兵力超过10万。八路军各根据地，被日军的"蚕食推进"压缩在很小的区域。冀中根据地全境沦陷，太行山只剩下穷困的山区，不足2.2万平方公里。有的根据地，只剩下一两个县的区域，日军在1942年底前，即在河北、山西、热河、察哈尔等地，超额完成了1943年的作战目标。

日军对山东万人以上扫荡已达9次。山东却根据毛泽东"敌进我退"的战略，创新了"翻边战术"，搅乱了敌治安区，根据地从3.6万平方公里，发展到4.2万平方公里。

田中久一冷漠地看着车窗外的街道，他没有问鲁东的任何情况，而是思考如何与海军打交道。

他到达的当天，日海军驻青岛的航空母舰编队奉命离开港口，前往太平洋海域。

4

晚上，海军司令部举办宴会，为鹫津钤平送行，为田中久一接风。整个宴会，田中久一没有正眼看过伊达顺之助。

席间，鹫津钤平对田中久一密语说：华北治安之癌是共产军，其游击战和地下工作异常巧妙，使我们被迫打了一场不分昼夜、连续不断的战争。这场战争，只有敌对双方，没有明确战线，我们陷入泥潭，是浴血战争。现在，帝国在华北有9个师团和12个旅团的强大兵力被钉死在这里。

田中久一说："鲁东和华北其他地方不一样。胶东都是土八路，没有红军与老八路的底子，应该比较好对付。"

鹫津钤平说："别掉以轻心，胶东的共产军可能比老红军、老八路更顽固，更难以对付。有什么事，可以多问伊达顺之助，他是少有的中国通、山东通。"

田中久一不语。他一直负责安徽的战事，对山东没有什么关注。同时，华北方面军（原驻屯军）参谋部对山东也是没有多少表述的。在日军看来，共产军在山东即使有了七八万人马，也是一些没有训练、缺少实战的"民团"而已，对日军没有丝毫威胁力。而华北方面军参谋部对新四军视如草芥，认为新四军活动的区域，不是山地，就是盐碱地，将会继续溃散。

第二天一早，鹫津钤平直接从青岛飞走。原本他指挥的几个直属联队，被发上火车南下。东南亚战事紧，帝国的可机动兵力纷纷南下。

田中久一到位后，研究了各方面的情报，即刻布置召集联合作战会议，因日本在山东的独立混成旅团，都属于日华北方面军序列，与日 21 师团陆军司令部是平行关系，与日本驻山东的 12 军司令部是代管关系。由于秋山静太郎少将在鲁南扫荡被八路军击毙，故第 5 混成旅团新任旅团长内田铣行郎少将，被专门从烟台请来参加会议。

这次会议，没有让伊达顺之助参加。

自 1938 年 11 月，赵保原背叛日军以后，日军山东管区，对一贯自行其是、不听指挥的伊达顺之助非常厌恶。而赵保原就是伊达顺之助带到胶东的。

最让华北方面军气愤的是，日陆军在占领区，都派有宪兵队或特务机关，设有机关长。唯独青岛是海军的情报顾问负责，且权力之大，超出了陆军的想象。海军的顽固坚持，最终迫使陆军接受了海军主持青岛、胶东的行政、治安、情报等全部工作，把陆军贬为一个配属的野战部队，除了打仗之外没别的事干。在日海军鼎力支持下，伊达顺之助几乎统管了一切行政和情报工作。

眼下的赵保原，被国民党委任为莱阳县长兼暂编 12 师师长后，又与日伪军勾结起来，组成"抗八（路军）联军"，自任总司令，专门攻打胶东的八路军。

根据日军的情报，胶东八路军主力与地方武装约 1 万人的兵力。在距离玲珑金矿 26 公里处有 3 个露天金矿，与日军抢金；腹地有 1 个生产炸药、子弹或维修枪支、迫击炮等的兵工厂，另有 3 个西药厂，5 个军衣被服厂，1 个硫酸厂，6 万多台各类纺车和织布机，年产纺线 1500 多万公斤，织布 600 多万匹。

胶东共产军每年为延安秘密输送不少于 2 万两黄金，折合 80 万块银元。

胶东共产军向山东等其他根据地，大量输送弹药、粮食、布匹和药品等，是整个山东共产军的主要经济来源。

联合作战会议决定，海军航空兵联队负责提供空中支援，报请12军下令：

驻张店日独立混成第10旅团、驻日照的独立混成第6旅团负责切断共产军滨海区、鲁中区与胶东的联系，并截击逃窜出胶东的共产军主力。

日独立混成第5旅团5000人、100余辆汽车从烟台方向，指挥伪牟平混成师团、伪第8集团军等，共约1.5万人，向掖县方向进攻。

青岛海军司令部组织与指挥陆战队1000余人，出动军舰26艘、飞机10架，并协同指挥21师团、第32师团、伪高密混成师团共约3万人，500余辆汽车，从青岛、高密方向，沿着海阳和平度的公路，向胶东根据地进攻。赵保原的伪"抗八联军"等日伪顽军，奉命积极从平度方向配合截击。

这次日伪军依然是带足粮秣弹药，东西并进，分兵合击的套路。在侵华战争中，无论是正面进攻，还是敌后扫荡，日军从没有投入到1∶1的兵力。即使是著名的冀中五一大扫荡，日军投入也不足1∶1。为彻底摧毁胶东根据地的经济建设能力，首次以约4∶1的优势兵力，展开为期45天的拉网式扫荡。

田中久一是日军有名的平衡术专家，他的作战方案一般会让各方满意。海军司令官桑原青根中将觉得海军得到尊重，指示参谋长、陆战队等立即制定作战突击方案，并上报东京海军部，以便出动军舰、飞机。

内田铣行郎少将觉得第5混成旅团得到重视。回到芝罘，即召集作战会议，积极布置落实。

日军12军军长、山东管区司令官土桥一次中将到达青岛坐镇。日派遣军司令官冈村宁次大将看到作战计划，也秘密飞到烟台，实地查看作战部署并予以督战。

冈村宁次对胶东并不陌生。1915年，为编纂日德战争作战史，冈村宁次等人曾到过青岛。他对此次扫荡充满信心。

田中久一问："不过是一个4万多兵力的扫荡，冈村阁下为什么亲自前来？"

土桥一次一本正经地说："据说司令官阁下正在写回忆录，回忆录里有要求部下和士兵戒杀、戒烧、戒淫、戒抢的内容。大概是来找找感觉吧。"

田中久一说："好像司令官阁下还发明了一个治安观察理论，说什么日本兵在街上如能看到中国姑娘，说明治安良好，看不到说明治安差。"

他们不约而同笑了。冈村宁次虚伪得可笑。

1938年底，日军发布《剿共手册》，已将八路军作为主要对手。后华北方面军发布《治安肃正纲要》，基本方针是摧毁八路军各根据地，要立足于打破党政军民的这个有机结合体。

1939年，冈村宁次任11军军长时，还是非常看不起八路军的，认为日军的主要作战对手是黄埔系的军官，不是共产党，更不是4亿中国人。国民党的正规军都打败了，那些土八路军算什么？

冈村宁次的战术还是很聪明的。他策划指挥的冀中大扫荡，让八路军吃了大苦头，装备劣势、经验不足的八路军，根本无法对抗优势火力的日军，战斗惨烈，牺牲悲壮。随后，他分散兵力，多建据点，控制地盘，实现机动化、网格化，将整个冀中变成了人间地狱。

冈村宁次出身破落的武士家庭。田中久一心中有些不满他来蹭名誉，他和土桥一次都属于多田骏体系。多田骏的垮台，让他们痛心疾首。

日军具有火力与机动优势，田中久一不知道进行了多少次类似的扫荡，杀人放火都是标配，每次都是战果辉煌。

在田中久一眼里，国民党军战术老化，黄埔军校训练出来的那些所谓新军人，脑子里也基本没有利用现代技术的思维，打仗往往一拥而上，要不就是一哄而散。红军改编的八路军，武器装备的使用配置非常落后，作战一靠游击，二靠战士们的勇敢。胶东八路军与新四军都只是"民团"，还没形成野战能力。在他眼里，无论国共军队，只要被日军围住，在强大的火力打击下，一定付出巨大的牺牲。

但，这次出乎他的意料。

5

大雨倾盆而下。八路军冒雨轻装转移。日军士兵负载枪支、弹药、粮食等达30多公斤，行军速度很慢。

雨后，日伪军马踏泥泞，继续向根据地行进。

烟台方向的日军，向栖霞进击时，沿途不断遭到小股八路军的袭击，日伪军不断分兵追击，一天前进不到20公里，伪牟平2团夜晚宿营被偷袭，然后被击溃。

青岛方向的日军，在即墨、海阳连续遭到地雷战伏击，10多辆军车被炸毁，好像到处是开枪的八路军。随后，胶济铁路的重要枢纽蓝村段被炸毁，铁路运输被迫中断。

土桥一次急令第 4 野战铁道司令部抢修。驻张店和青岛日军铁道联队，立即从两个方向派出抢修人员，可不知从哪儿跑出了那么多八路军，连续 4 次击退了掩护铁道联队的日军，并趁机破坏了十几段铁路和公路。

青岛的港口，每天都有成千上万吨的煤炭、生铁、食盐、粮食、棉花等战略物资送往日本。这些物资都是日军从华北各地抢来的，仅煤炭每年就要输送 160 万吨，胶济铁路每年获利 6000 余万元，而日本的军队、武器、弹药也从这里源源不断地输往中国各战场。胶济铁路是单线，如铁路中断，对日军的运输线来说是致命的事。

田中久一只得改变作战计划，下令分兵一部保护铁道线与公路线。

八路军尾随日军不断袭扰，不断引诱各路日伪军翻山越岭，钻山沟，走无人区。最后居然走到了日占区和交通线，然后神秘地消失了。

走了一下午，日军士兵坐下休息，精疲力尽无法站起来。与其这么盲目地奔走，真不如被敌人一枪打死。

凌晨，殿后的伪军遭到袭击。最为严重的是东部方向，伪高密第 2 团约 1000 余人被完全包围。这意味着八路军可能对后勤运输部队发起攻击。

日军的后勤供应链是中国军队无法比拟的。日军的甲级师团一般有 400 多辆各种汽车，可以拉上半个月的弹药给养。中国军队没有汽车，只能靠战士自己携带。每个战士带满了，也不过是 3 天的口粮和弹药。

如果摧毁了日军的后勤供应链，日军打仗就和中国军队一样了。

田中久一只得下令分头支援，其中骑兵联队的鬼子约 4000 多人，加上伪高密师团约 2000 多人，冒雨跑了 50 多里山路赶到战场，却在一个山坳地带，被八路军的阻击部队冲得七零八落。

6

这是八路军惯用的围点打援战术。胶东八路军 7 个团，加地方独立营、武工队、游击队等分成 4 路。其中一个主力团，跳到胶济线，以破袭战为主，对沿途的铁路、公路、电线等实施破坏，并攻打沿途较小的据点，包括守卫铁道线的伪高密 1 团。

3 个独立团在民兵配合下，对烟台来犯之敌进行袭扰，并伺机消灭来敌一部。

八路军以两个独立团的兵力，包围了殿后的伪高密 2 团，以两个主力团组成打援部队。

另一个主力团和军区教导团，寻机向深入根据地的日伪军发动骚扰式攻击，力图将敌人驱逐出根据地。

公安警卫部队，负责掩护根据地老乡、伤病员、后勤等转移、隐蔽。

在独立团的打击下，东路伪高密2团被击溃，而增援的日军也陷入被八路军节节抗击之中。

在青岛，田中久一接报获悉，胶东八路军的火力非比寻常，异常猛烈，大大超过他预料。

根据情报，八路军没有多少弹药储备，估计会很快打光库存。可八路军的行动，等于截断扫荡的日军后路，他只得再次下令全军调整部署，用添油战术增援被围的骑兵联队。

胶东八路军利用有利地形，层层设伏，截击增援的日军。日军所到之处，不是踩响地雷，就是炮弹呼啸而降。

阻击战异常激烈，战斗打了两天两夜。日军炮火杀伤力不大，八路军利用地形躲避炮火很巧妙。当不断添油的日军陆续集结后，担任阻击的八路军队伍突然不见了，消失在茫茫夜色之中。

7

此次大扫荡，日军两大扫荡队伍，以"拉网合围"的方式，兵分5路抵达根据地腹地。妄图将八路军压缩在胶东半岛东端，加以歼灭。

反"扫荡"战斗前后历时40余天，日伪军伤亡2600人。八路军并未按日军设想的那样，向滨海区与鲁中移动，而是多以连营为单位，多路出击，分头活动，搞得日伪军头昏眼花。日军妄图决战，却始终抓不到八路军主力。

日军和八路军比宝，日军的法宝是火力，八路军的法宝是两脚油，跑得快。八路军极善运动，轻装便捷，日军大部队重武器多，根本追不上。大多数老百姓，也不知道跑哪儿去了。

八路军尽管也有1门自造的加农炮，但是钢材料跟不上，炮弹奇缺，不到关键攻坚根本舍不得用。反扫荡更不敢用了。八路军的重炮再多，也多不过日本人，便藏了起来。

不幸的是，乳山马石山几千名群众，被日军发现并包围。其中有许多掉队、负伤的八路军战士。

根据地的公安警卫部队有 10 人正路过日军背后，见状挺身而出，他们从包围圈后面出击，突如其来地打乱了日军的部署。整个突围战，130 余名八路军战士壮烈牺牲，230 余名群众被残忍杀害，其余人员顺利突围。

暴跳如雷的日军，放火烧光马石山所有的村庄，杀光所有抓到的民众。

根据地一片火海，尸横遍野，血流成河。沿途树上，到处是民众的头颅，阵阵哭声传来，惨绝人寰。

马石山惨案中，根据地军民伤亡 1000 余人，其中群众伤亡约 900 余人。

由于八路军的装备落后，日军在后方的扫荡作战，每次都是八路军用巨大的牺牲，换取生存的空间。对日军来说，这次以 4∶1 的优势兵力展开的胶东大扫荡，基本可以判定没有什么战果。

贺家窑是胶东的南北分界，日独立步兵第 20 大队负责在此建立阻隔网。土桥一次通过电话，询问包围阻断网的情况。天副正信大佐报告说：鲁东和鲁西平原完全不同，山岳地带张网前进都很困难，包围网薄弱，容易被突破，我军很难接触与捕捉敌军。

天副正信与八路军打了多年交道。1938 年，日华北方面军便确定作战主要对象为共产军，并把华北剿共称为"治安战"或"肃正"。他任日军第 2 混成旅团三大队少佐队副时，一年内，便对察哈尔南部的八路军讨伐作战达 50 余次。他报告当时扫荡时情况说：土匪渐灭，八路军势力却越来越强，他们遇强则退，遇弱便打，剿灭极其困难。所以，共产军势力有所扩大，其根据地建设不断进展，由于没来得及撤退，日军缴获了一台北海银行的印钞机和少量刚出厂的"北海币"。

"北海币"是胶东根据地为了安定市场秩序，扭转金融混乱局面，加强军政建设，抵制日伪的货币。"北海银行"开业后即发行了"北海币"。

"北海币"看似简单，甚至可以说很粗糙，却是当年世界唯一以实物支撑的货币，每发行一元，即存入 50% 等价的粮食、食盐等实物。可以说，"北海币"的出现，甚至改变了世界"金本位"的金融格局。

以实物为支撑的"北海币"币价稳定，发行不久，即把日军、国民党的货币，统统清理出山东各抗日根据地。还发行到了敌占区，成为华北、华中的本位币。

田中久一有制造日军"军用手票"的经验，他立即下令制版并开印伪"北海币"。

"军用手票"，起初是日本政府发放军饷的代货币。后来，逼令各占领区居民兑换"军用手票"。由于"军用手票"发行时，没有保证金作为兑换支持，也没有特定的发行所，所以"军用手票"不能兑换日圆。日军以废除中国"银本位"货币为手段，用这种空头货币，支配、控制与奴役广大占领区。

一个月后，日军精心仿制的"北海币"，运往邻近的胶东游击区，企图用这些伪币换取民众手里的物资。但是，日军发现，"北海币"已经更换了版式，胶东共产党的运作体系，已经迅速地把民众手里的旧版"北海币"换得八九不离十了。新的钞票式样，以及防伪方式，暂时还没任何头绪。

田中久一的头一下子又有点大了。他还没有遇到这样的情况。他不知道，世界上最早的经济战就是在这里发动的。春秋时代，齐国用缟搞垮了鲁国，用鹿阉割了楚国，用破石头换光了各诸侯国的黄金，齐国 8 年未向百姓征税。

苦思许久，他想起鹫津钤平曾经介绍说：伊达顺之助不仅是个中国通，还是个山东通、胶东通。他当时不以为意，甚至有点嗤之以鼻。

他决定，令伊达顺之助当面报告胶东的有关情况。

第十一章

1

日军的大扫荡，发射了过多的弹药，严重污染了环境，导致阴霾连绵不绝。

日海军士兵下船或外出，往往都戴着口罩。田中久一对此嗤之以鼻，战争一定导致环境污染，这么怕死，还是帝国军人吗？但是，海军的人，他没有管辖权。他下令陆军士兵外出，一律不准戴口罩。

日军工兵和炮兵组织工程技术人员，专门研究胶东八路军躲避炮火的战术，均不得要领。他们始终没搞明白为什么这么猛烈的炮火，炸烂了八路军的阻击阵地和工事，却没有对人造成应有的杀伤。日军百思不得其解。

伊达顺之助奉命来到田中久一的办公室，礼毕后，头稍微垂下，笔直地立在那里。

田中久一与其他帝国军人不一样，没有凶悍残忍的外表，他外表和气，一看就是有修养和温文尔雅的人，一点也不让人感觉恐怖。

田中久一抽了口烟说："伊达君，我们可以坦诚交流，不必有任何顾虑。胶东的人民一般是怎么称呼我们呢？"

伊达顺之助立正道："当然称我们为鬼子，称高丽人为棒子、二鬼子，称台湾人为狗子，建国军是二狗子。"

田中久一嘿嘿笑道："你觉得，经过扫荡，胶东共产军现在什么情况？"

伊达顺之助走向沙盘，他从桌面上拿起一把小旗，边插边说："阁下，山东是共产军唯一渗透进入的沿海发达地区。现其控制的村庄约 10128 个，胶东有 8157 个，占 80.5%；胶东约 800 万人口，共产军控制人口 440 余万。山东灌溉地 85 万亩，共产军在胶东控制了约 65 万亩。胶东总面积约 3 万多平方公里，每平方公里不足一个帝国军人，也就是说，在胶东走上一天一夜，可能都看不到 1 个帝国军人。共产军控制区，大致有 5000 余平方公里，其中核心区以山区为主，约 4000 多平方公里。其兵工、黄金、制药、碱、硫酸、甘油、硫黄、铅、铁制品、电池等大部分经济都在这一带。但是具体在哪里，我们不知道；具体怎么运作，我们也不知道。那里山高路陡，我们打进去了，没有补给也只能退出来。"

伊达顺之助一边说，一边观察田中久一的神态。他感觉田中久一被他的话吸引，停顿了一会儿又说："这些年，我一直想打通胶东的交通线，也曾多次派人化装侦查，但共产军每个区域，甚至每个乡、每个村都有不同的出入限制，往往我们还没进去就彻底暴露了。其 3 个主力团、特务团与司令部，经常部署在牟平的观水一带，扼制烟台方向。他们还有约 1000 多平方公里的游击区，有 5 个独立团，并有大量独立营、武工队、游击队、民兵。除重庆军在崂山控制了 100 多平方公里，赵保原等在平度控制一部分乡镇外，其他区域大多与我们、共产军的游击区交叉，可以说没有多少地盘。"

伊达顺之助勾画出胶东的全景图。田中久一基本都知道。八路军主力进入山东后，因高层人事调整迟迟不决，徘徊不前，而各自为战的本土武装却发展极快。

伊达顺之助多次派人深入胶东根据地。以经商为名的到达游击区就被拦截，抗日政府在游击区的要道上，设立了若干市场用于交易，根据地、敌占区的物资都到市场贸易。以探亲访友为名的，会被反复拦截盘问，几个回合因这样或那样的原因被识破，根本进入不了核心区。

游击区各个乡镇，几乎都有独立团武装。但是，武器很差。日军来了就收缩队伍，寻找战机，日军退走，就重新放开队伍。整个游击区，连一个维持会、新民会都没有。

北海银行与合作社，为根据地提供了各种资金、劳动力，可以让更多的青壮年参加八路军。

共产军，出没无定。他们在招远等产金区，到处偷金、买金、抢金。

伊达顺之助如数家珍，给田中久一留下深刻的印象。这些情报太多了，立即对伊达顺之助有另眼看待的感觉。更令他惊讶的是，整个胶东地区有几万眼农业灌溉用井。村村都有抗日小学、扫盲班。他觉得，在胶东战场，似乎是与一群逐渐武装起来的现代人作战。

伊达顺之助的小旗一会儿就插满了沙盘。田中久一看到密密麻麻一片共产军的控制区，层次标志非常清楚。

田中久一吸了口冷气，他感觉心头有些发冷。根据侵华日军的计划，拟将 72.8 万人的日本派遣军，削减到 65 万人。按兵力配置，日军在山东、鲁东兵力最多。中国太大了，仅华北、华东、华中和华南就有 300 多万平方公里，平均 10 平方公里的面积才有约 2.4 个日军，就是开车走上三天三夜，也看不见一个日本人。日军当前的情况是既打不了速决战，也没有力量继续南进。他点头鼓励伊达顺之助说下去。

伊达顺之助接着说："胶东人表面上看着很傻很憨，但实际上非常狡猾，如果说，我们大日本皇军打仗，靠武士道精神，靠纪律和对天皇陛下的忠诚；而蒋介石打仗主要靠将军，所以收买了他的指挥官，就一定可以带走他们的队伍；共产军则是打人民战争，不依赖指挥官的谋略。他们同时强化培养士兵的信仰和勇敢，努力塑造民众对民族的认同和忠诚。因此，胶东这个地方，几乎连女人、小孩子都动员起来了。而逻辑上，这么多人，总会产生优秀的士兵，优秀的指挥官。"

确实如此。为对付扫荡的日伪军，胶东的八路军谋划了很多不同的方案。如根据地有几十台汽车搞运输，但是，日军并没找到。胶东根据地的机器、工厂，大大小小的织布机，若干工厂的工人等，也全部都隐藏起来。

这东西与物资会隐蔽到哪里？为什么转移得这么快？伊达顺之助很清楚地知道，因为地形复杂，日军的地图并不符合实际。胶东很多地方，不要说日军，除了当地的八路军之外，从没有任何一支军队到达过。

他一直要打通交通线，就是为了这个目的。但是日华北方面军根本不听他解释，日12军不断制造事端给他拆台。

伊达顺之助也一直怀疑，胶东的共产军是否在用电话网络传递消息。因为，日军监听到的电台信号很少，胶东共产军也没那么多的电报机，顶多配置到团一级作战单位，除了大扫荡联络频繁外，日常很少使用。他们生产那么多干电池干什么用呢？

如果没有电话网络，日军的动向不可能这么快被他们掌握。人还没到，民兵的地雷恰好就埋上了，好像专门等日本人来一样。然后打枪开炮袭扰。

在伊达顺之助的潜意识里，他宁可相信胶东共产军使用骑兵传递情报，也不愿意相信他们用电话下达作战命令、传递信息和情报。

胶东、青岛一带的日军兵力虽然庞大，但也已超负荷作战。日军每年顶多可以组织两三次大规模扫荡。

这次扫荡，日军青岛司令部的地图明显有问题。胶东是丘陵地带，既不同于山区，也不同于平原。胶东的山头多，公路少，小道多，很多地方不利于机械化作战。日军发现山头上有八路军，好不容易冲上去，八路军不知道又转到哪个山头去了。

胶东八路军的电台不行，日陆军的无线电台其实也不怎么样，电台只配备到大队。虽有步话机，但是通话距离短，通话质量在丘陵地带损失很大；虽有信鸽，但鲁东日军认为不可靠而基本弃之不用。野战时，中队、小队的求救方式，晚上用掷弹筒发信号弹，白天拉防空警报器，看到或听到的日军会从四面八方赶来支援。

日本坦克没有电台，通讯主要靠枪托。步兵用枪托猛敲坦克车，坦克车手打开顶盖问步兵命令，然后坦克根据命令行动。这种方式一直保持到战争结束。飞机倒是有无线电，但是通讯质量差，长期用手语和写字板。通讯系统和美国相比，差距太大。

伪军没有电台，所以，小股日伪军被围后，指挥系统反应很迟钝，很容易被八路军干掉。

这次扫荡，日军除了杀了很多民众，烧了若干民居外，没有其他可圈可点的战果。反而是日军在平度、海阳、牟平等20多个据点被拔掉，八路军的活动区域有所扩大。

听到这里，田中久一似乎有些明白了，难怪八路军的北海币换版那么快。看来，共产军胶东的组织运作与动员体系，已经不亚于甚至高于大日本皇军了。

"你认为我们应如何渗透、破坏他们？"田中久一问道。

伊达顺之助说："我们以前主要是封锁，派一个少佐，带一两个台湾翻译，三五个高丽人，外加200多个皇协军，就可以控制他们出入，封锁他们。但是，他们现在力量有些强大了，这样的兵员配置，对胶东的共产军几乎没任何效力，很可能被他们一口口地吃掉。我们现在的据点，都部署在县城这样最核心的地方，不包含建国军，人员600左右，公路线的重要据点设置50人左右，每个点都可以随时互相支援。战争如旷日持久，以帝国的资源，纵有千兵万马、天兵神将也不够用。我建议：一、广泛制造粮荒；二、积极开辟毒源，推进帝国实行日久的"毒化政策"，让更多的中国人吸毒；三、对未治安区打细菌战、病毒战、生物战。我们济南的1875部队一直研究和生产鼠疫、病毒等，可以用海军或陆军的飞机，对整个山东共产军根据地，实施空中撒播投放，传播伤寒、鼠疫、霍乱、天花等疾病。"

不断制造粮荒是日军持续的战略，根本不必专门部署。日军的三光政策加毁灭粮食，导致治安区每年都有上百万人饿死，而非治安区也会受到饥荒的影响，华北民众度日如年。

日军为牟取利益，1905年即开始在中国东北进行"毒化政策"。1930年，日占领区栽种的罂粟面积有1500余万亩。服用毒品者约有3200万人，仅华北与山东就生产鸦片4792800两。

1931年，东北的吸毒者仅有约3万人，1937年膨胀到81万余人；在南京，三分之一的人被诱迫吸食鸦片、吗啡、海洛因；在北平，每一条大街小巷，都可以看到日本人开设的"白面房子"和鸦片烟馆；广州被日军占领后，新生烟馆1152家。"毒化政策"已变成一种商业行为，田中久一觉得"兴亚院"须加强部署。

日军驻济南的1875部队公开番号为"济南防疫给水部"，又称济南陆军防疫处，负责在华北组织细菌战、生物战等试验。已经用中国战俘、美国战俘等做了几千例各种实验。田中久一觉得，伊达顺之助的方案值得考虑。

1875的法西斯们，在济南、天津等城市，为少年儿童专门开设各种媚日课程。每个孩子年收50大洋，进行所谓先进理念之日本式教育，很多轻信的人，就把孩子送了过去。

除了给中国的少年儿童灌输法西斯教育与奴化教育之外，1875部队准备了各类充足的试验用药品，如避孕药、激素、苏丹红、性药等，用这些孩子进行血腥的试验。因此，济南、北平等地的痴呆儿童也就越来越多了。

北方发生了病毒性流感。日军为强化所谓防疫与安全管理，还在济南、天津等地，对贫民窟多次进行残暴的拉网清理。

冷酷的严冬，便衣队、伪警察等侵入民众房屋，用血腥和暴力，把贫苦民众驱逐出家园。无数的中国人，流离失所，饥寒交迫，大量冻伤、冻死与饿死。

日军生物战部队，趁机进行各个环境条件下的冻死试验。好多人死在火车站的路边，尸体被日军就地焚烧。

"我们在关东一带使用过病毒战，针对中国的民众很有威力，但诺门坎战役针对苏俄军队，似乎作用不大。"田中久一说。

诺门坎战役是日军的心病，这是日军历史上没有过的战争。苏军跨越了半个地球，约1万公里，克服了严重的补给困难，而日军在苏俄碾压式打击下心胆俱裂，完全崩溃。可以说，诺门坎战役几乎让日本军界从上到下重新认识了自己：貌似强大的关东军，没有一个合格的指挥官；外强中干的武士道精神，在苏军强大的火力面前，就像是一群赤裸的原始人，根本没有丝毫支撑力。

这是日军战史的第一次。伊达顺之助说："按照共产军《论持久战》的理论，现在是战略相持阶段，目前，共产军在第一线的大多是旅、团级指挥官。中将一级的指挥官，除罗荣桓等少数经营根据地外，其余的几乎都在延安学习，连最能打仗的彭德怀，好像也没在前线指挥作战。说明他们根本不想在本阶段发动大规模进攻，更不想现在与我们决战，而是通过打群众式的游击战争，不断消耗我们，与我们争地盘。他们发展的什么大生产运动，或许能取得什么工业成就，并为最后决战积蓄力量。"

田中久一说："你说的有一定道理。共产军缺乏电台，群众式的游击战日常以连排为单位，没有高层指挥，行动自由，运用自如，四面开花，让我们很头疼。我们想与共产军决战，但找不到他们的主力。小股共产军像泥鳅，太滑，流窜太快，根本抓不住。"

日军参谋本部根据各方面情况判断，新四军之所以没有参加百团大战，不仅战斗力还没形成，估计指挥权在长江局的王明等人手里；山东的共产军也没有形成一定的战斗力。山东共产军主要是本地自发的抵抗势力起义而成，共产军的地下组织无非是顺应了潮流，然后接管、领导了这些部队。

伊达顺之助说："参谋本部与阁下的判断完全正确。我们抓过一些高级共产军分子，搞出不少有用的情报。"

伊达顺之助曾经专门去南京，与李士群交流过。

李士群介绍，鲍罗廷先是在国民党当顾问，改组了国民党；后来搞黄埔军校，任命了一大批国共的将军。后又创办了莫斯科中山大学。他把王明等人招入学校的唯一考题，是一篇《什么是国民革命》的论文。

李士群说，鲍罗廷另一只脚踏在国民党的船上，他的很多言论对幼稚的共产党打击很大，甚至导致了大量退党。而王明等留苏的共产军，外表似乎很华丽，有留苏的包装，其实可能连小学都没读过。王明等人没做过任何具体工作，没带过兵，更没打过仗。新四军一定会被王明他们给带到沟里去的。

田中久一哈哈大笑起来："李士群可能对共产军有过多的贬义。但是，重庆军最爱吹牛，看看他们的队伍，一大堆军事家，战将如云，却天天吃败仗。我听说，李士群好像也在苏俄训练过？"

伊达顺之助也笑了："李士群在苏俄的秘密警察学校受过专门训练，苏俄在世界各国，培养了一大批专门为苏俄总参谋部、远东情报局工作的谍报人员。他搞来的新四军的情报大都陈旧过时。土肥原贤二将军判断李士群，既不忠于重庆军，也不忠于共产军，还不忠于大日本帝国，而可能是忠于苏俄。土肥原贤二将军告诉我，苏俄与我们目前不是主要矛盾，我们没有人用，只能暂时利用李士群，不必马上除掉他。李士群的情报网贯通国共两党，重庆、延安都有他的眼线，土肥原贤二将军感觉，在重庆等地的眼线似乎很高级。但李士群脱离共产党太久，所以，山东这边的情报他基本是零。"

田中久一知道，强龙压不住地头蛇。因为语言不通，日本人的情报系统其实运作得极差，几乎都处于半聋半哑的状态。根本搞不到任何八路军、新四军动态性情报，只能依赖伪军体系运作。

田中久一问："你怎么看我们与重庆军、共产军的关系？"

伊达顺之助说："用中国人的话说：光脚的不怕穿鞋的。我们是穿皮鞋的，重庆军穿布鞋，共产军是穿草鞋的。我们人口少怕伤亡，我们物资不足怕消耗。重庆军的官员很多富可敌国，每个人都有成千上万亿的财产，军官们大部分都有几个小老婆，如果死了就没人用了。共产军什么都没有，所以他们就什么都不怕了。"

田中久一说："你说得很形象。中国那些赤贫民众，也不会真傻到家的，为官老爷们打仗卖命，保护官老爷的财产。他们只会为自己打仗，共产军可能抓住了这个问题所在，所以，他们千方百计与老百姓融为一体，或者说是打成一片。共产军试图让黎民百姓感觉他们是一家人。这就要求我们的指挥官，顺时而动，顺水推舟。"他停顿了一下，叹了口气说："千军易得，一将难求。去哪儿找那么多卓越的指挥官呢？帝国真正有作战能力的指挥官就那么二三个，青史留名的能有多少？我也不知道。"

他已经感觉到伊达顺之助对自己是真诚的，因为有些事情完全不必告诉自己。而土肥原贤二的资历、能力、军事水平，日军上下无人不晓，他的名字本身，就令田中久一油然起敬，难怪海军与鹫津钤平中将这么重视伊达顺之助。

他一口气数出 20 多个日本将军，大骂这些人是傻瓜、蠢货。他说："帝国的军人多是一根筋，只考虑胜利，不考虑失败。到了我们现在的位置，就不能只考虑战术胜利了，而应多考虑战略。与美国打仗，是一个标准。如果打不赢美国，我们的那些什么名将之花、马来之虎、蒙面将军，最终都是废物垃圾而已。"

因为诺门坎战役的惨败，田中久一的内心，已经对曾经奉若神明的关东军的将领们，予以彻底的否定。和中国打仗取得胜利根本不应算什么事，就像成年人打小孩老太太。与苏联、美国打仗，取得胜利才是第一流的将领。他积极要求去东南亚作战，却被日军军部否定。因此，他把自己定位在三流将领的位置上。

伊达顺之助有些感动。没想到田中久一对自己这么开诚布公、直言不讳。

看到田中久一这么全神贯注，伊达顺之助接着继续说："我专门和李士群讨论过共产军的地下工作，交流分析了获取共产军情报的方法。目前，我们在胶东的情报主要来源，主要靠宪兵队、密报组；宪兵队同时还主管青岛、芝罘市区的反日行为。"

田中久一判断，除东北占领区外，鲁东、鲁中的情报网络应是日军里最好的。伊达顺之助是日军少有的中国通，有大量高密籍的翻译，又熟悉当地的风土人情。

伊达顺之助在中国混迹了太久。他见识广泛，好狠斗勇，认识的各类汉奸众多，足迹几乎遍及大半个中国。

他是实战打出来的。他的中文造诣，他的社会知识和他对中国的了解，令人赞叹。

田中久一沉思了一会儿说："苏俄在国共两面都扶植了一些代埋人。我们要学习苏俄的做法，设法在中国人里多扶植亲日派。我已经认识到，你们宪兵队的效率非常高，做得非常到位，情报很多，我很满意。以后，对皇协军的人事安排，你可以多提意见，协助考察，以防不测。你觉得，胶东共产军的未来趋势会如何？"

伊达顺之助说："共产军根据地的理论，最大的企图是想造东西，不断培养新人与我们作战。但中国大部分地区都是原始的农业区，显然没有什么发展条件。鲁东的历史条件，使得其本身就有大量搞技术的产业工人。再就是青岛工厂多是鲁东的农民工、季节工。重庆军的'焦土抗战'，几乎炸毁了青岛全部的工厂，他们也大都遣散回家。他们很可能形成了新生代的共产军的各种基础。如果他们发展武器维修或制造，就说明，他们在下决心发展一定的军火工业了。"

在田中久一看来，日本在进行一场漫长而没有边际的战争。目前看，中国地域辽阔，人口众多，3 个月灭亡中国，确实是疯子式的速决战理论。即使 10 年、20 年也不见得乐观，甚至可以说是痴人说梦。只能长期准备，蚕食中国，以华制华，甚至准备打 100 年、1000 年。只要能不断消灭中国民众这一共产军的土壤，不断采取方法减少他们的人口，降低他们的工业化潜能，就能达到目的。而共产军的根据地，如果仅仅是为了征粮收税，解决部队的吃穿，则没有多少威胁。如此，孤立无援的延安首脑部，地盘再大也守不住。他播撒的种子也无法落地生根发芽，就会不断丧失力量和基础。

田中久一记起伊达顺之助给过他的一份报告，他看过这个报告，不禁拍案叫绝。报告说：中国人是有劣根性的，他们各扫门前雪，各顾各的生存。尤其是重庆军，派系林立，互不帮助，仗打得也毫无技术性和战术价值。在文化型、技术型的日军面前，国共军队均不堪一击。

日军占领前，鲁东的人民也是如此。没有人去真正关心谁掌握政权。目前，除了商品税，对普通民众只保留重要商品的公卖税、地租等。

日军占领青岛后，其实质控制者日本兴亚院青岛出张所，建议税务局对普通民众征收消费税、人头税、个人所得税，被伊达顺之助给顶了回去。青岛所有的产业都已被日本全面控制住了，大日本帝国只发一点很少的劳资，全部利润都在日本手里。中国人掌管的经济只有不足 5%。可以说，税一点也没少收。如遇非常规情况，可立即对市场全部物资商品等，启动 1~10 倍的"公卖税"。

所以，应继续采取表面上的"怀柔"政策。

田中久一又想起他的死对头藤田茂。这个破落贵族一直以联队长、旅团长、师团长等身份驻在山东，并屡次被破格提拔，多次影响了他的晋升。

藤田茂多次下达"将俘虏在战场上杀掉，算入战果""要以活人作靶子，对士兵进行试胆训练"等训令。他活着的目的似乎只是奸淫掳掠，打仗却一塌糊涂，其部队在山东被围歼人数最多，令田中久一感到不齿。

田中久一拍案而起说："君之一席言，振警愚顽。我们在鲁东打了几百年的仗，屡战屡败。一战后，我们趁机打进来了。白种人怕我们独吞中国利益，向我们施加压力，我们只好被迫退出。现在又好不容易打进来了，绝不能失败而去。你不愧是帝国大有作为的'中国通'。听说你的中国名字叫张宗援，对外自称是张宗昌的弟弟？"

伊达顺之助点头。

因为藤田茂的缘故，田中久一内心，其实对世家与贵族子弟有说不出的厌恶。

2

伊达顺之助走后，田中久一独自在办公室走来走去。

在中国待久了，田中久一感觉日军战术尽管比中国人高明，但是，共产军玩得也不错，这次就让他的优势兵力与火力，发挥不出任何作用。对付重庆军，日军没有问题。但是，对付共产军，日军也没有真正良好的战略。

因为钢铁、石油等方面的限制，日军包括海军在内，军舰、车辆、坦克等装备，均呈现出马力不足、载重量小、装甲薄弱等问题。因为铝材不够，大量飞机是木头制成的，质量极差。

1939 年 5 月 11 日至 9 月 16 日，在中国的"满蒙边境"发生的诺门坎战役中，日军遭到苏军空军、机械化部队立体化、毁灭性打击。

最为严重的是，日陆军派系林立，陆军普遍存在下级抗命上级的风气，并时常引发冲突。诺门坎冲突就是关东军下级军官，不顾日军军部多次指令和警告，主动挑起的冲突。

当时，日军倾巢而出展开攻击。起初，战斗进展顺利。诺门坎战役是苏军必须彻底大换血的标志。

与苏波战争一样，当时，苏军各级将领思维方式老化不堪，他们占据着各级指挥岗位，却每天琢磨着如何腐败；他们拥有最新式的坦克飞机大炮，却考虑用18世纪的骑兵冲锋，根本担当不了高烈度战争条件下的指挥职能。

战争爆发后，苏军开始溃败。朱可夫代表红军首脑部到达前线督查，发现苏军57特别军指挥部居然离前线120公里之遥，与前线没有电报、电话等任何联系，也无人了解前线的任何情况。军长费克连科中将竟然连前线一次也没有去过，辩解称前线找不到构筑指挥部的木料，所以指挥部不能设到前线。

见势不好的斯大林，立即换上年仅40岁的新生代朱可夫将军指挥。朱可夫迅速撤掉并清洗了这帮旧式军官，换上一批年富力强，具有新型技术、战术的师团长。战局立刻发生变化，日军士兵只能靠手雷、燃烧瓶与苏联坦克肉搏。可苏军是步坦协同作战，门军的一路穷追猛打，都是如水入泥，胜利渺茫。

最终，日军被苏军打得满地找牙。其结局与国民党军的什么淞沪保卫战等等一样，惨遭围歼。

因为中国战事进展顺利，日军少壮派冲昏了头脑，他们在参谋本部的个别人支持下，四处出击，试图发动对苏全面战争。

日陆军少壮派很难控制。他们很多出身贵族，傲慢无比，虽然读书很多，但是缺少经验与历练，随时随地会搞乱布局。

由于层层保护伞庇护，少壮派为所欲为。他们乱枪打死了首相犬养毅，并多次刺杀总理大臣、前内阁总理大臣、大藏大臣、陆军教育总监等等，而日本法院无一不是"从宽发落"。

田中久一认为，尽管表面上，中国战事战果辉煌，内在其实是不顺利的：敌后日军均陷入共产军的泥潭；山东共产军一枝独秀，不断发展壮大，基本已将日军挤压到城市、交通线和铁道线上；重庆军迟迟又不投降。

重庆军如果投降了，又会出现什么局面？

日军军部与参谋本部均认为，逼迫重庆军投降，对日军并无根本利益，甚至是破坏性的。重庆军投降了，极大可能是共产军全面接过抗战的大旗，收编不愿意投降的国民党队伍和地盘，与日军长期作战。

多年交战的经验，让他认识到，国民党的部队和清朝军队一样，都是私人性质的军队，收买了一个将领，其所属军队全都跟着跑了。

但是共产军却不是这样的。共产军的体制坚固，任何共产军的将领，都拉不走其指挥的部队，更别说向日本人投降了。

参谋本部研判，共产军是绝对不会投降的。他们会与日本人作战到底。如果共产军接过抗战的大旗，欧美苏等国的援助就会顺利到达他们的手里。同时共产军的整体作战能力、战略水平、战术意志、决心与勇气等等，完全高于重庆国民党军。到时，日本军队可能面临巨大的麻烦。

百团大战后，气急败坏的华北派遣军召集作战会议，拟派飞机轰炸延安共产军的总部，并规划了飞行线路。

田中久一当即表态反对。1938—1939 年，八路军出兵山西，与日军作战以后，日军几乎天天轰炸延安，有时一天多达几次，把延安城炸成了一片瓦砾废墟。现在的延安除了有窑洞外，再无什么值钱的东西，完全是不毛之地了。帝国的炸弹能炸出什么结果？应把对付共产军的兵力全部投向清剿、扫荡八路军华北等根据地，以稳固占领区，保障交通线。

他的意见被完全采纳：空军继续轰炸重庆，对国民党的工业能力进行破坏；陆军兵力主要投向八路军各根据地，对根据地实现杀光、烧光、抢光的"三光政策"，以降低中国人的抗战能力和信心。

他曾经向参谋本部建议，大日本帝国须处心积虑设法降低中国的人口，尤其是要在汉族、满族大中小学校中，培养与扶植亲日势力；要善于利用日本的优势，在亲善共荣区，通过编写中小学课本、报纸、广播，从里到外，从上到下，全面传播灌输人口浪费资源论、人口环境危害论等理论。

但是田中久一的设想，并没引起日中国派遣军司令部、参谋本部的重视。

3

伊达顺之助坐在办公桌前发呆，烟头几乎烧到了手指。

因为官场斗争的残酷性，在田中久一面前，他根本不敢吸烟。

他的家族是累世诸侯。他是过继给了幕府时代的名将、仙台藩的初代藩主"独眼龙"伊达政宗的后人。其义祖父伊达庆邦是继承了仙台藩的第十三代藩主，因参加反对明治维新的军事叛乱失败，他的父亲被迫放弃藩主爵位。

伊达顺之助在少年时代，即在日本杀人越货。后在裙带关系的保护下，先被送往朝鲜，后又流窜到东北。他参与策划的"满蒙独立运动"破坏了日本的战略布局,遂受到日关东军的打压。他转而组织刺杀张作霖。事败后,又被各种保护伞纵容,潜逃到山东。

当年的日本浪人,其实与高丽等国的浪人地位差不了多少。起初,他过得很艰难,甚至食不果腹。后来,一个偶然的机会,他结识了军阀"狗肉将军"张宗昌,成为张宗昌的门客。随后,认其为"义父"。

张宗昌的母亲觉得他们年龄相近,有些不妥。于是,改认为自己的干儿子,并且给他改名为张宗援。

在山东,他用"张宗援"的名字与中国人交往,他穿中国服装,留中国发型,并去过掖县张宗昌的老家,作揖磕头,焚香礼拜,祭奠过"祖宗"。

张宗昌是他在中国的真正起点。有了这个支点,他才脱颖而出。

他在琢磨田中久一这个小矬子,怎么处理好与他的关系。

在知道了伊达顺之助的经历后,田中久一内心有点触动。几天后,他再次把伊达顺之助叫到办公室,至意诚心地谈了自己的意见。

田中久一从《论持久战》开始谈,该书最早的译本是日文,并在日本公开发行过,随后被封杀。日本高层曾经组织人员分析过,感觉延安首脑部具备相当的超前意识。日本迅速引进这篇军事巨著,不仅在知识精英中传播,还让高层偷着学和偷着运用,表明其已经认识到了八路军的巨大存在。

《论持久战》既对日本高层的思维有影响,又对日军高层的战略产生了影响。随着日本越来越陷入战争泥潭,大东亚省以"天才著作、不可否认的重要文献、窥测国共统一战线、抗日中国的动向的宝贵资料"等名义,印发了《毛泽东抗日言论选集》,收进《论持久战》《新民主主义论》等五篇著作全文,打上圆圈"密"供内部学习使用。

满铁调查部是日本最大的经济情报机构,对日本战争决策影响甚大。田中久一看过该部的《中国抗战力调查》《日满华通货膨胀调查》《战时经济调查》等"三大调查"。其中《中国抗战力调查》被日本政府列为"极密"级材料,只印刷了50份。

这份报告认为:一、日本军队所占领的中国沿海地区,大都是资本主义发达的地区。但中国社会经济的基本结构在农村,沿海一带的资本主义还未有机地汇集到中国经济中来。因此,不管怎样控制沿海一带,也不会削弱中国经济。中国的抗战力量产生于大陆内地。二、如果比较一下中国国民党政府和共产党,就可以看出,国民党采取的是允许地主继续统治的政策,而共产党则采取"武装群众"的形式,让农民拿起武器,在改革社会关系上是成功的。中国共产党的农民政策是"减租减息"和"交租交息"双管齐下。"减租减息"是指地主减少佃户的地租和贷款利息;"交租"指交不起地租的农民,由共产党给地主以补偿,"交息"即规定地租的最大量,佃户无正当理由不交地租时,由共产党代为催收。三、战争需要的武器当然不能来自农村。但这对抗战来说是次要的问题,而且现在中国正从美国和英国补充武器。四、根据以上理由,日中事变已经不能用军事手段解决,只能以政治方式来解决。

日中国派遣军司令部表示确实值得一听,提出应该让东京参谋本部和中国各地军司令部也听一听。1940年日本联合舰队在上海也召开了听取《中国抗战力调查》座谈,但好长时间没人发言,因为调查报告的依据和结论很难反驳。

最后,一个其貌不扬的海军将官发言说:主张和美国作战,可以说是不了解美国的实力。美国生产力异常强大,海军官兵的行动也十分敏捷。我是军人,只要陛下一声令下,我也会同美国作战。但是,我们尽最大努力,恐怕也只能打上半年。

集会结束后,田中久一打听,刚才发言的是谁?海军告知,是主张对美投降的国贼山本五十六。

山本五十六曾留学哈佛,当过驻美武官,深知日本国力、军力和人力的不足。在日本海军中,山本五十六是唯一反对加入轴心国,反对日本对外发动侵略战争的高级将领。即使如此,山本五十六仍是最疯狂的战争疯子。作为海军次长,他始终关注中国战局的发展。他积极调动军队输送兵力,指挥海军航空兵在前线进行残酷的轰炸,对中国内陆城市居民区进行非人道的远距离轰炸。

青岛的海军飞机尽管很近,但陆军调动海军的飞机,要通过日本海军部,手续繁琐。济南有日军陆航队,这些飞机的指挥权属于陆军,他可以自由支配。

伊达顺之助提出,此次扫荡,59师团的伊黑大队,配合作战不力,致使铁路交通多处中断,应予以惩处。

日军59师团经常吃人肉,被山东民众称为"兽军",师团长正是藤田茂。田中久一当然明白其中的尔虞我诈,当即拍桌表态同意,要求12军调伊黑大队去鲁南讨伐八路军。他另派部队接防。

田中久一要求伊达顺之助加大对根据地的渗透力度,青岛的特务机关,应建成对华的情报集散地与收集中心之一。伊达顺之助每天都要提供情报,涉及延安的情报或电文,破译后要同步发给第12军、华北方面军,以利于日军决策。

　　日本人都是睚眦必报的。伊黑本人尽管早就调到华中，但是其中的恩怨从无化解。挤走了伊黑大队，伊达顺之助心情舒畅。他看着这个只有 1.5 米的小个子，心领神会，然后"嗨！嗨！嗨！"应着。

　　他甚至有点愉快领命。

第十二章

1

鹫津钤平没有失信。

参谋本部很快就向青岛派来了 20 多名地质学、材料学等专业人员。这些人隶属于兴亚院。

1938 年 12 月 16 日,日本政府成立了管理中国事务的最高机构兴亚院。总裁由首相出任,外务、大藏、陆军和海军大臣分别出任副总裁,最高首脑总务长官由陆军中将柳川平助出任。

伊达顺之助报奏,把南满来的"兴亚院都市计划事务所"与"兴亚院青岛出张所"合并,组成"兴亚院青岛出张所"。除军事外,统管青岛乃至山东政治、经济、文化各项事宜,为日本侵占青岛之最高政治机构。另组成青岛出张所矿山调查部,专门采集胶东、包括黄河口一带的矿山地质情报。

青岛是东北亚最核心的港口。所以,在世界的环球航运图上,上海、香港、青岛均是黄金节点。经日海军奏请,兴亚院青岛出张所直接受命东京帝国的"兴亚院",山东沿海地区的利润依旧归口海军。伊达顺之助知道,这意味着自己的身份、地位均有大幅度提高。

全世界地质学界曾经一致认为,中国是贫油国,是永远找不到石油资源的。所以,日本的调查人员中,缺失石油专业人员。故而,他们只在黄河口附近发现了煤炭资源,而没有发现石油。

伊达顺之助很兴奋,中国地貌优美,幅员广阔,资源更是丰富。仅淄博、兖州的煤矿可供日本开采使用几百年。而黄河口的庞大资源,留着慢慢用吧。

一年多以来,他扩张了"日钢株式会社"的"南日钢"炼钢炉,规划年产铁 22.5 万吨,但产品硅高、硫高,几乎全部不合格。日本技术人员说:一是工人不遵守工艺规则,二是工人技术水平低下。工人则说:一是矿石质量有问题,二是日本技术人员工艺方法不当。

经检查,矿石质量确实存在一些问题,指标不够。总之,谁也扯不清楚。

伊达顺之助召集会议,商讨解决废钢的办法。"南日钢"的技术负责人直抒己见,试生产阶段,有大量废钢铁是正常现象。这些废钢铁,可以用来加固高炉等,增强高炉的结构强度,根本浪费不了。当前主要问题是应增加技术力量,不增加技术人员,恐怕会延缓投产。

因为太平洋战争，日本技术力量早已告罄。现在本土从事生产的人员很多是妇女，很多专业的士兵，甚至也开始征召妇女，不可能再向钢铁业投入人力。伊达顺之助对此心知肚明。

伊达顺之助斩钉截铁地决定，既然废钢铁有用，那就继续生产，早晚会生产出合格产品。

"南日钢"在青岛烟墩山临海的悬崖处附近，还是宪兵队设立的刑场，凡是抗日、反日及可疑人员等，一律在那里执行死刑，随后将尸体抛入海中。民众把烟墩山称为"断头山"。

行刑前，要先对抗日分子游街示众。为防止这些抗日分子呼喊口号，伊达顺之助找来一伙儿日伪军，集思广益，商量如何对抗日分子禁言。后海幸福炮楼的汉奸很有智慧，建议用麻绳或细钢丝勒脖子，就不能说话了；前海光明炮楼的汉奸更聪明，提议直接割断喉管，让人犯不能讲话。

无论是幸福炮楼还是光明炮楼的汉奸，实质都是一无所知与不折不扣的蠢货。他们无非识得几个汉字而已，不要相信他们懂什么技术，会什么方法。

为防止抗日分子游街示众前呼口号，最后日本军医建议，用 1928 年欧美发明的透明胶带封嘴，远处一般看不出来。

他配套兴建了"北日钢"焦炭生产线。日本在青岛兴办工业，钢铁、钢管、兵器、造船、纺织、化工、机车维修等等，无所不包。

早先的胶东铁工厂是中国企业。有 1.5 吨炼钢炉 1 台，日产 70 余吨钢。车床多台，可自行设计生产各种规格的水泵、旋床、铣床、刨床，曾经大量生产过手榴弹、子弹、迫击炮弹等军用物资。

蒋介石的"焦土抗战"命令下达后，胶东铁工厂老板藏起来一些刚进口的德国设备。不幸被日军发现。伊达顺之助下令抓捕并干掉了老板，他用这些设备建立了"东亚重工业株式会社"。

他大力提高管辖区各个"日钢"厂矿电解精炼铜的规模。这些铜可以用于造船、汽车、各种贵重部件、电线、子弹。

这些都是帝国急需的战略物资。日资厂矿野蛮开采生产，严重污染了河流、地下水、植物，在山东制造了大量的疾病村、病毒乡，甚至导致邻近的乡村人口灭绝。

青岛的利益都是日海军的收入。日陆军的利益，几乎只有胶济铁路年6000 余万的运费，以及濒海 92 公里之外的矿产资源、农业产品。

日陆军打仗多，开支大，对当前利益的分配方式极其不满。但是日军军部协调不动海军。海军大臣不会因为陆军大臣、参谋本部的不满，出让海军的利益，他无法向海军交代。且日军关于占领区的条例就是如此规定的。

日军从中国大量掠夺贵金属、粮食、煤、铁、原棉和盐等各种资源。日本虽是海岛，却没有晒盐的沙滩，食用盐只能满足本国需求的1/4。每年从中国掠夺食盐约138万吨，价值7000万银元，导致中国盐荒，价格暴涨。而纺织业完全靠向中国掠夺棉花才能生存。

日本青岛商会的老大是三浦家族。为了扩大陆军的利益，他联手三浦，不断扩大海岛鸦片区的种植面积，向华北、华东等地投放。

他巨资投入三浦公司，联合成立了鲁东育种株式会社，生产了几十万斤假种子，妄图控制中国的种子。不幸的是，仓库被大风暴雨袭击，仓库被毁，全部育种遭到损失。

他策动三浦，密谋布局文物走私，建立了一条完整的走私链条。三浦家族用各种非法手段，将大量珍贵的文物，通过天津、上海和青岛等口岸，运往日本、欧美等地销赃，牟取暴利。

他扶持三浦，大量走私武器给各地的国民党部队，让他们与共产军打仗内耗。

妄自尊大的日军，经常随意拘捕、扣押华人，制造事端。在日军的支持下，积极参与旨在危害中国利益的活动。他们肆意侵犯民众的权利，霸占土地和民房；他们垄断青岛工商业，掠夺经济资源；他们仗势行凶，伤害平民，奸淫妇女。

这些，都给日本陆军带来了滚滚财源。同时，他也学会了在陆海军之间走平衡木。

2

日本胶东铁工厂的零部件损坏有些快，影响了产量产能。伊达顺之助特别关心军火生产，遂派兴亚院的技术人员去查看。

几天后，兴亚院的技术人员回来报告说：全部检测过了，三菱重工的东西就这样，坏了扔掉很正常。

他知道，这是因为军火订单大，可日本材料短缺，工艺粗糙低下，技术不过关。所以，不仅三菱重工，财阀们也一个个都偷工减料，坑害大日本帝国的利益。可这些财阀他又惹不起，好多还是他的亲戚。于是，便挥挥手让技术人员离去。

与中国相比，日本工业化的东西相对还是很多的。日本人的习惯是坏了扔掉。中国东西少，中国工人的习惯是坏了，维修后继续使用。

按照正常操作程序，日本人对这些部件并没有予以重视。于是，胶东铁工厂的零部件被青岛工人搬送到马车、卡车上，送到"南日钢"回炉。

实际上，在运到"南日钢"之前，这些零部件大量被工人用各种手段截留，并偷运到胶东。

而"南日钢"的出炉铁水，之所以有大量残次品，主要是炼铁工人向矿石里添加其他成分的缘故。

中国人的东西，当然不能便宜了日本人。因为日本人残酷的压迫、剥削，青岛工人当然无所不用其极地破坏生产，纺织厂罢工更是常态。

伊达顺之助当然不可能知道幕后的情况。他心头燃烧怒火，誓要找到八路军，摸清胶东根据地的情况。

胶东的三方势力需求并无根本变化：日军要稳定，要资源；国军残部要钱，要粮；八路军要地盘，要势。

八路军的造词专家很多，称其他两方为"敌伪顽"。

1937 年底，日军有 24 个师团，其中 21 个师团在进攻中国。1938 年底，总计 34 个师团，只在本土和朝鲜各留 1 个师团，其余全部用来进攻中国。

侵华日军每天约消耗 400 万美元，折合黄金约 10 万两，960 万块银元，够 1938 年的八路军、新四军几年的军费了。日本为了支付国防开支只好借更多债，日本外币和原料储备日益减少，国内粮荒严重，对主要商品实行配给早已开始。这样，事情就严重起来，日本国内开始有了绝望的呼声。

因为扫荡，晋察冀、太行山等根据地的机要人员，多次出现了叛变与叛逃事件。山东的 115 师等也屡次丢失密码。伊达顺之助感觉共产军是围棋高手。他同时看到，胶东共产军"作势"能力太强了。他们以前还是一帮面朝黄土背朝天，不问世事的农民，现在已迅速地从思想上、文化上、科学上武装起来，进而发展武装到妇女和小孩。

自济南宪兵队策反了八路军冀鲁边区司令员邢仁普以后，他就备感压力。与济南宪兵队相比，青岛宪兵队没有类似的成绩。他只策反过土匪和国民党的残渣余孽，根本没有过策反八路军的案例。

最让他头疼的还是胶东八路的严防死守与神出鬼没，他知道他们在哪儿，也知道他们在干什么，但是就是找不到、抓不着。

对付国民党，他的情报网其实还是有些成效的。军统青岛情报站花了10万大洋，煞费心机地从伪警备队那里搞到了青岛布防图。正兴高采烈地在崂山发报给重庆，被定位抓获。军统特工很快变节，把青岛的潜伏人员全部交代了。

伊达顺之助对国民党军嗤之以鼻，这个世界是靠实力说话的。他下令发报给军统羞辱说：贵军的钱真是多得花不完了，贵军要青岛布防图干什么用？如需要请直接来找我，我保证免费提供。大日本帝国的军队布防是公开的，你们是敢来打，还是敢来炸呢？

伊达顺之助可以想象到戴笠的气恼。

军统就此召集紧急会议，戴笠大发雷霆怒斥，耻辱啊！花了那么多钱，去弄毫无价值的布防图！5万铁血军统精英的抗日工作，就是搞暗杀、搞破坏。

伊达顺之助很快获悉了这个会议。他又一次发报给军统说：靠暗杀几个人，是改变不了战局的。即使搞破坏，你得有人才行啊。青岛的工厂，哪个军统能进得去？不服就来。

军统上下快气疯了。紧急研究对策，结果是又派往青岛一个万能特工，企图恢复青岛的工作。但还未到达青岛市区，即被宪兵队的密报组获知并抓捕。这个人是胡百胜的黄埔同学，没想到被人出卖了。

这样，潜伏在青岛的第二拨军统特工，也被全部抓获，之后全部投降。

不管怎么说，他破坏了整个军统在青岛的地下组织，又重新恢复了与陆军系统的良好关系，并得到12军司令部的认可。

他得意洋洋地穿着陆军服装到处游荡。所有的地盘，无论是海军还是陆军，全部对他开放。他的车横冲直撞，畅行无碍。鲁东人都知道他是一个屠夫。

3

春天，多病的季节。

第一批细菌战武器也到了。这是济南日军1875部队研制并组织生产的天花和鼠疫病毒。

日华北派遣军命令，由田中久一指挥这次军事行动。取得经验后，将投入陆航队，对全部未治安区开展生物战、细菌战。

12军决定，先在两个方向尝试性地投放病毒：胶东、沂蒙山。取得经验后，再向整个山东抗日根据地投放。

4月中旬的一个上午，日军两架中岛G5NL2运输机，一架Ki-57运输机奉命从济南机场起飞。

该型运输机原为日海军研制的攻击机，携带 2000 公斤炸弹时，航程 7000 公里；最大时速 500 公里时，载弹量为 4000 公斤。但试飞后远远达不到海军的要求，所以只产了 6 架，其中 4 架拆除了机炮，改装为运输机。

Ki-57 是在 97 式重轰炸机基础上派生的运输机，运载量 4 吨左右。

投向胶东的是一架满载鼠疫病毒的 Ki-57 运输机。因为沂蒙山区地域辽阔，出动的是两架携带天花病毒的 G5NL2 飞机。飞机沿着房屋、河流等地带盘旋，两小时后，飞离了相关空域。

幸运的是，4 月的东部山区季节风比较大，低空气流对飞行安全形成威胁，日军飞行员不敢降低到标准投放高度，6 吨病毒投放后，大部分被风吹走，所以，这些投放的病毒，没起到什么作用。

6 月 1 日，日军再次出动 3 架 G5NL2、20 架 Ki-57 运输机，对全部八路军山东抗战根据地进行细菌战突击。

日军获悉，细菌战威力并没想象的那么成功。据山东各根据地卫生部门不完全统计，有约 2 万余人感染了鼠疫和天花，死亡 1.2 万余人，发病原因不详。

星期四。这一天是阴历五月初五，也就是中国的端午节。

端午节，是中国人传统的驱鬼节。这一天，似乎是上天赐予中国人的一道永久不坏的闸门。这一天，所有在中国流行的病毒全部自动终止。有史以来，从没有什么流行病毒能越过端午节这道闸门。

没有人知道是怎么回事。

也没有人能说清楚这个事。

严酷的战争正在锤炼这片土地。

4

日军获悉细菌战的战果后，也很奇怪。济南的 1875 部队已经用中国战俘、美军飞行员、民众、儿童等做了几千例试验，从没失败过。面对参谋本部的询问，1875 部队认为，可能胶东八路军从欧美那里搞到　些特效药，并仿制生产，从而控制了病毒蔓延。

但是，各根据地基本都在最落后的地区，山东却有青岛、烟台等沿海城市。胶东根据地因陋就简，科研力不断进步。抗日的烽火，愣是将一群农民锤炼成火炮、弹药、机械、医药等专家。

青岛有丰富的化工、医用、钢铁、机械等工业。化工之父范旭东曾在青岛成立了永裕盐业公司，有制造碱的技术人才及基础。

碱是"化学工业之母"，可以制造一切化工产品。烟台是中国机械钟表的发源地，有发达的钟表业，意味着鲁东拥有精密工业。

胶东根据地修好了青岛等地送来的机器部件，并利用其组建起机床、旋床、铣床、刨床等设备。动力开始是手摇，或用牲口做圆周运动，之后换了柴油动力。

蒋介石的"焦土抗战"，导致大量青岛私营业主破产。其中一些机器设备被胶东根据地收购并利用起来。

最终，胶东根据地变成了生产车间，生产与组装出了各种织布机、缝纫机、机床等设备。开始小批量仿制生产迫击炮、机枪、武器、药品、硝化甘油炸药等急需物资。

没有枪没有炮敌人给我们造，歌当然可以这么豪迈地唱。但缴获只是很少的补充。遭遇战常常突如其来，阻击战惨烈程度往往出人意料，根本没机会打扫战场。小型歼灭战的缴获，不可能满足部队的需要。战争的现实需要大量的枪炮子弹补充部队。

胶东开始研制硫酸的时候，用接触法没有白金，用铅室法没有铅。后来他们弄来几口大瓷缸，做成了制硫酸的塔，用人力拉大风箱烧硫化铁。居然也制成了硫酸。就用这样的方法，先后生产出单、双基无烟火药以及苦味酸、二硝、基萘硝氨炸药、胶质甘油炸药等。

反扫荡刚过，八路军打了一次伏击战，意外俘获了两名德国人。一查，他们是青岛染料公司的工程师。听说来了德国染料工程师，根据地的科学家很兴奋，染料本身就可以爆炸，让他们看一下工厂或许有用。于是，给他们蒙上眼睛，七绕八绕地带他们去看甘油制造厂。

八路军的工厂把德国人吓懵了。炸药甘油还能这样造？他们说：这是世界顶尖的创新啊！如果在德国，肯定是科学院的院士啊。

胶东在八路军序列里，顶多是旅级单位。全国根据地 3 家西药厂全部在胶东。这些药厂处于草创之初，其中新华药厂已经开始仿制生产破伤风、抗毒素、血清和消炎药等药品，但还没有更高的研发能力。

有了药品，就大大提高了受伤战士们的生存率，也提高了根据地人民的生命保障。根据地所有的八路军医生，都免费为民众看病，提供药品。药品，不仅是前线战士们的生命之源，更是根据地民众生存的保证。

胶东八路军方面，鸡蛋当然也不能都放在一个篮子里。

胶东抗战的全部医药家当，被奇妙地安置在相隔200里以上的地域。为了最佳利用原材料，最小的一个厂子设立在海阳游击区。

游击区情况复杂，有日伪、土匪、顽军。很多顽军、土匪是本地的，他们熟悉地形，常常夜晚走小路抢劫。

为阻止敌伪顽抢劫民众，祸害乡里，县大队给各乡民兵发了一些简易的武器和工具，包括老套筒、手榴弹、地雷、铁锹等。

离着最近的日伪军炮楼不足10公里。民兵们利用夜晚的掩护，为这个几十人的小工厂在一个小山坳里挖了个300多平方米的地窖，所有的机器设备可以随时迅速地转移进去。

夏天的黄昏，民兵正在挖地窖。负责警戒的几个民兵，布好了陷阱后，便拿着铁锹，蹲在路旁，准备换班干活。这时，小路走过来几个人影。

人影靠近了。一看俩男一女。一个男的踏上陷阱，一只脚陷入地下。吓得脸都白了。

民兵用土枪指着他们问，干什么的？女的说：走路的，回家去。民兵一听口音不是本地的，便要路条。

拿着铁锨、铁锹的民兵纷纷围过来。男人不老实想拔枪，被民兵用铁锹使劲拍了一下后背，男人被拍后倒地。枪被缴获。

一查，是鲁南过来找刘桂堂部走私黄金的土匪。民兵缴获了2把匣子枪，几颗手榴弹，还有现金银票。土匪被送到区中队。

这个小药厂投入生产后，已经能小批量生产破伤风抗毒素，与针剂溶解后即可使用。

厂房搭建几个类似看瓜地摘果的棚子，几乎露天生产。如日伪偷袭，人员转移后，地窖周围立刻启动已经设置好的雷区。一切都在几分钟内结束。

第一层连环雷区是吓阻敌人的。一般情况下，在没有鬼子的情况下，伪军触发后，就不再冒险前进了。

第二层连环雷区是掩护用的。连环爆炸后掀起的泥土石头，会将地窖洞口掩盖起来。

第三层雷区是自毁用的。地雷在地窖里剧烈爆炸，将炸毁工厂的全部家当，不给敌人留下丝毫东西。

第二层雷区只炸过一次，爆炸后，鬼子看着空荡荡的小山坳，感觉奇怪，土八路在这里埋雷想干吗？

所以，第三层雷区从没爆炸过。因为第二层雷区爆炸后，警卫排会立刻打枪吸引敌人的注意力，保护生产设备的安全。

　　敌伪会跟踪而去。敌人走后，等待一切都安全了，民兵和警卫排的战士就协同排除地雷，工厂可继续生产。

　　八路军无时无刻不面临着敌人的严酷扫荡。分散药厂、分散工人和技术人员，加上不断转移，是保存生产能力的有效手段。

第十三章

1

这是一个寒冷的冬天。

烟台日军第5混成旅团获悉八路军制药厂的位置,遂令牟平1000多日伪军突袭药厂。负责掩护的公安警卫排,分成两股,边打边撤,吸引敌人。其中一股退到海边,再无退路,弹药全部打光,10多个战士砸断了枪支,手挽手并排走进大海。

汉奸和鬼子惊讶地看着这一幕,他们忘记了开枪。冬天的水温条件,无人能活过30分钟。

北风呼啸,刺骨而冰冷的海水淹没了八路军战士。

潮水后退的时候,在残阳的照射下,山峦是那样的明亮,而海面上漂着一片血色。

附近村民在海边收容起7位烈士冻僵的遗体,尸体惨白,有的战士的头颅已经被鱼吃掉。老乡们一边流泪,一边备棺装殓,就近择地安葬了这些勇士。

鲁东各县的汉奸因怕八路军复仇,基本不敢在本地作恶。日本人也发现了胶东汉奸的特点。清乡扫荡时,一般会安排牟平汉奸去打海阳,海阳汉奸去攻平度,平度汉奸去砸牟平。

正在老乡家养病的制药厂女指导员许敬芝,因无力走动,被陈子轩带着人堵在炕头上。

陈子轩问:"干什么的?"

许敬芝道:"我就是这里的。"

陈子轩一听口音,知道许敬芝不是本地人,他逼问许敬芝:"你口音是荣成的,是女八路吧?老实交代,药厂在哪儿?"

所谓的胶辽官话,实在是相差十万八千里。表面上,烟台、威海、大连、营口等说的胶辽官话差不多,其实每个县均有区别。

许敬芝不知道他是谁,但听出了他的牟平口音,于是回道:"八路军司令部不是在你们牟平吗?你一个牟平人,怎么还要问我?"

八路军司令部的驻地一度在牟平的观水,日军虽知道,但很难捕捉战机。小股兵力根本不敢出动偷袭,大股出动八路军就消失得无影无踪。非常巧合的是烟台、牟平平均距离约43公里,对烟台日军形成牵制、威慑之势。

怎么才能消灭八路军司令部？对日军来说，几乎是一道无解的题。

陈子轩恼羞成怒，命令用枪托死命地击打许敬芝。但是，无论怎么打，许敬芝都是一言不发。

汉奸们最后用刺刀挑死了许敬芝，然后割下了她的头颅，挂在海阳县城的入口处。

许敬芝的遗体下，藏有若干份机密文件，还有一套设备制造示意图。这些文件和图纸，被鲜血染红。

一门三忠烈。许敬芝的父亲许栋才牺牲时年仅 37 岁，许敬芝和妹妹牺牲时均仅 18 岁。

自从生产了破伤风抗毒素之后，前线战士的生存率大大提高。所以，制药厂是战士的生命线。战士们、老乡与民兵们，都像爱护自己的生命一样，保护着这些工厂。

为加强对制药厂的保护，独立团派来了一个精锐的警卫排。但是，制药厂的职工一直处于愤怒状态，生产能力大幅度降低。有 3 个工厂女干部护送药品去掖县的卫生所，路过县城门口，看到了许敬芝血淋淋的头颅，差点晕死过去。她们回来后，就不停地哭。工人们纷纷要求警卫排为指导员报仇。

2

警卫排不敢擅动。连长用电话报告独立团首长。

1938 年 8 月，胶东根据地的北海区，率先开设电报电话的经营，电话线路为党政机关部队传递信息，有的线路也对民众开放营业。至 1941 年，埋下的电话线路长约数百公里，使用干电池组。很多时候，胶东的军政机关和部队，就是利用这些有效的电话网络联系，进行紧急部署。

女同志体力不行，胶东的妇女从不下地干活。八路军也建立了保护妇女的传统。根据地的妇女，主要做后勤与支前工作。前线没有一个女兵，基本都从事后勤、通讯、医疗、教育等工作。

日军抓住八路军女兵，会使用各种酷刑与兽性手段。有一次反扫荡，为掩护 20 多个女兵撤退，独立团一个排，完全暴露在日军的炮火下。战士们决不后退，壮烈牺牲。

贺家窑离县城很近，是个重要据点，伪警察局派有 100 余人的警备队防守。独立团决定，以一营 500 人的兵力攻打贺家窑，调陈子轩前来保家，以一营的兵力设点阻援。

腊月二十九，大雪纷飞。

胶东是著名的"雪窝子"。独立团冒着严寒大雪，包围了贺家窑。

所有的武器都投放到贺家窑。3门迫击炮，携带了10多发炮弹，10多门掷弹筒，1挺92式重机枪。

集合的时候，机炮连的战士开玩笑道："连长，这是要不过了吧？"

连长说："同志们，为了保卫根据地，保卫制药厂和兵工厂，为了给牺牲的烈士和老乡们报仇，上级命令我们，去贺家窑串串门，给汉奸们拜年。不要吝惜子弹和炮火。这次，我们要彻底打服这些汉奸，必须要他们血债血偿。"

这些迫击炮与炮弹是军区军工部刚配给的。1939年，胶东兵工厂月产即达迫击炮4门，炮弹300余发，但是配给胶东各团的基本是零，几乎都优先送到山东、江苏等根据地。

上午，战斗旋风般打响。

监听电话的侦察兵报告，牟平敌军已经出动。团长命令切断敌人的电话联系。

五六发炮弹响过后，伪警备队立刻乱了套。和八路军打了这么多年的交道，哪见过这样的攻城阵势？

八路军用炸药包炸开了围墙。冲锋号吹起，战士们踩着积雪，发起排山倒海般的攻击，伪警备队弃守而逃，途中被围，大部投降。陈老太爷的宅子，守卫森严，机枪吐出火舌，疯狂扫射进攻的八路军。

八路军炮手的2发掷弹筒打出，院墙的机枪被炸飞，房子被轰了两个大窟窿。

陈老太爷并不怕八路军，他找八路军理论问，为什么打老百姓的家？

八路军说：我们哪知道是谁的家？你家的机枪不开火打我们八路军，我们八路军绝对不会开火打你家，要不这个镇这么多人，怎么偏打你们家呢？

因雷公庙密报有功，陈子轩的爬升速度很快。他现在身任伪县长兼伪牟平1团团长。他带来了700多人救援老巢，企图为老巢保驾护航。

在离贺家窑三公里的洼地，他中了埋伏。打了　个多小时，总算冲到贺家窑。

八路军边打边撤。然后无影无踪。他下令停止追击。

整个贺家窑面目全非，到处冒烟起火。伪公所的大小仓库，全部被八路军组织民兵搬空，粮食全部分给了穷人。

陈太太的腿被炸伤，在一边哭天喊地。小妈赵雯红吓得直打哆嗦。陈老太爷有气无力地站在门口，哆哆嗦嗦地说："儿子，这大过年的，这帮穷鬼成心不让我们过好这个年啊！这个仇一定要报啊！"

陈子轩说："爹，恁老人家放心，我一定要为贺家窑的父老乡亲们报仇！这是血海深仇啊！"

这时，突然传来密集的炮弹爆炸声，独立团杀了个回马枪，再次进攻贺家窑，掷弹筒、重机枪也密集地响起。

他立刻组织反击。但独立团在贺家窑还隐蔽了一个连，从东头废窑洞里直接杀了出来。

八路军炮火不行，类似的战术反复用。攻克济南时，也用了一次。

然后，没有然后了，陈子轩带着队伍，一路狂逃而去。

他边跑边琢磨，怎么八路军来了这么多人？火力咋这么猛？

沿途，独立团故技重演，用密集的火力，再次截住了敌军的退路。

这次，陈子轩就算是跑掉了鞋，也真的跑不掉了。

他真的跑掉了鞋。被前堵后追给围在雪地里。

伪牟平1团就这样被打垮了。

3

八路军撤离贺家窑的时候，购买了全部的纺车和织布机，愿意去根据地的工人，也跟着去了根据地。

3天后。在贩石屹豁口，八路军召开了公审大会，公开审判了陈子轩等10多个铁杆汉奸，并将这些为害已久的汉奸公开处决。

一时间，刊登这一消息的八路军小报《烽火》供不应求。县城的大街小巷，贴满了这张小报。陈老太爷一口气没上来，半夜被活活气死。

八路军攻打贺家窑，消灭了伪牟平1团，有力地震慑了胶东的大小汉奸。原来有派兵驻守家乡的伪军，吓得纷纷撤了点，家里的枪再猛，也猛不过八路军的炮啊。谁让你在家里用机枪扫射八路军的？八路军不打你打谁啊？

贺家窑之战，说明八路军局部火力，已经超过了当地伪军。在日军兵力严重不足的情况下，田中久一下令，为加强各地伪军的火力配置，青岛21师团指挥的伪高密师团，增发5门迫击炮，10门掷弹筒、6挺重机枪，15挺歪把子机枪；为第5混成旅团指挥的伪牟平师团，增发6门迫击炮、12门掷弹筒、7挺重机枪、18挺歪把子机枪，以加强交通运输线和据点的保护能力，提升伪军战斗力。

这个也算是平衡术吧。可以堵住第5混成旅团那些说三道四的嘴。

贺家窑之战，震慑了日伪顽。以后，敌人基本不敢以团级为单位，进攻扫荡根据地，极大地减少了敌扫荡的周期。

但是，由于物资极度缺乏，战场缴获根本不可能弥补弹药消耗。而全国各抗日根据地，经过鬼子的反复扫荡加之天灾，民众根本揭不开锅。山东军区要求，胶东尽可能地调拨银元、粮食、弹药、武器等，支援华北、苏北等根据地。

一直到大反攻前，独立团再没打过这么奢侈的仗。

因为东南亚战争，日军兵力匮乏，大批日军从山东调离，新接防的部队，要不老弱病残，要不年少无力，且没有作战经验，训练也不够。

日军平均身高只有1.55米。此时，日本兵应征入伍的身高限制已经从1.50米，放宽到1.46米。年龄放宽到16~60岁。田中久一下令，青岛宪兵队迅速召集全部60岁以下的男性无业侨民，进行军事化训练，并分段补充到日军部队。

不久，田中久一被调走。日独立第5混成旅团部使换防到青岛，旅团长内田银之助少将全面负责起青岛、胶东的防务。

第十四章

1

八路军攻打贺家窑时，胡作为给弟兄们放了假。他和胡百胜、陈子舟一起团聚，喝了三天大酒，然后带着沈智华，坐着火车悄悄去了张店看龙灯。

胡百胜和原丛斐去青岛踩点，顺便搞些枪支弹药。陈子舟则待在家里，烧着无烟炭抚琴读书。

噩耗终于传到第 17 区。陈子舟带着人回家奔丧，他哭晕在坟头。

他老娘的伤还没好，她哭丧着脸，抽泣着说："儿子，哭有啥用啊。日本人当时来找过你，让你为他们干事。你爹没答应，现在你弟弟也死了。这是你爹临死前留给你的信，是张长官写给你的。只有日本人，才能为咱家报仇啊！"

陈子舟看完信，一言不发，把信装到口袋里。

这个家算是败了。办完丧事，陈太太逼迫赵雯红走人。陈子舟劝不住，只得给了赵雯红 200 块大洋，让她另寻地方安家。

赵雯红想起当窑姐的时候，有个相好叫钱一帆。他原是鲁南孙百万手下的土匪，后来洗手不干了，在胶县那边开了个大车店。他本来想接赵雯红从良，却被陈老太爷抢了先。陈家势力在牟平太大，钱一帆无力强迫。

反正也不能在这里待。赵雯红打定主意，实在不行，就去青岛开个酒铺。遂收拾了细软，要了个车，奔胶西而去。

陈子舟回去后，第二天就潜去青岛。他拿着信，找到伊达顺之助。他投降日军的后果，就是带着日伪军，围住了胡作为。

陈子舟随即对胡作为喊话。

日伪军一枪未放，胡作为就带着队伍投降了。

现在，胡作为可以堂而皇之地进昌邑城了，他再也不必躲躲闪闪地征粮收税了。

还没坐稳屁股，伊达顺之助就打来电报，要在青岛召见他。并要请他在莱阳路的日本别墅，喝清酒，吃日本料理。

命令由日军通讯官先传给陈子舟，让他一起陪同去青岛。陈子舟有点不敢相信。胡作为的命这么好？沈鸿烈倒了，胡作为叛变了，马上又找到日本人当靠山？

但传达命令的是日本人，还带着台湾翻译官。他只能信。

他知道伊达顺之助的权势。可胡作为算啥人物？能得到他的青睐？

他让随从们带着几大箱礼品与胡作为、胡百胜等一行人，登上了去青岛的火车。

胡作为是空手去的。

陈子舟觉得还是自己想得周到。他正襟危坐在包厢里，随从们待在外面。路上他与胡作为、胡百胜东拉西扯，大谈当年在欧洲的往事。

他谈了伊达顺之助和父亲的关系，谈了写给他的信。他要让胡作为感觉，一切都在自己的掌握之中。他胡作为是沾了自己的光，才上了伊达顺之助这个杆子。

胡作为根本看不起头脑简单的陈子舟，他始终装作谦恭地听，一言不发。

胡百胜更是耷拉着肩膀，阴着脸。他真的后悔死了，应该早离开胡作为才对。

要不是胡作为听到日本人来了筛了糠，他早跑得没影了。胡作为一听到陈子舟喊话，腿直接就软了，站不起来了，话都哆嗦了。

胡百胜打讨那么多年的仗，还是第一次看到有人吓瘫了。裤裆里滴答滴答地流，俺，这不是被吓尿裤子了吗？

这个软骨头！平常看咋那么有精气神呢？他也不好自己跑，更不能带着人跑，只好跟着投降了。

他知道胡作为认识伊达顺之助后跑不跑都没关系。反正日本人需要人。

快到青岛时，伪铁路警察和日本兵过来查票，并检查他们的身份证，搜查了他们的皮包和行李。

火车鸣笛后，慢吞吞地停了下来。

车站上，有迎接他们的翻译官，便直接过了检查站，他们坐上了日军派来的指挥车。随从马弁们，把东西搬上车后，被命令在火车站等候。

很快，车就到了风光如画的莱阳路。

伊达顺之助家附近的门口，停着一辆黑色的奔驰轿车，几个人在车旁边站着。

陈子舟看到一个干练的、穿西装的年轻人。他看到胡作为一行人卜车，连忙迎上前去，脱帽点头说："胡县长，我们胡老板让我在这里等您，给您送来一点物品。"

陈子舟想，原来，有人专门给胡作为准备礼品来了。

胡作为说："兄弟们辛苦了，东西给我，然后回去吧。"

年轻人从车上搬下来两个玻璃盒子。胡作林送来的礼品一目了然："大黄鱼"4根，"小黄鱼"20根，明清古董2个。

"大黄鱼"是5市两标准重，"小黄鱼"是1市两标准重，亮灿灿的。1两黄金折合30块大洋。

中国人都知道伊达顺之助们的喜好。不光伊达顺之助，凡是人，谁不喜欢金子呢？

陈子舟感觉，这些金条有点晃眼。

他暗骂胡作为城府很深。与胡作为相比，他似乎是一个未开化的土包子。

胡作为和胡百胜接过礼品，然后他们一起进入伊达顺之助的家。

日本哨兵显然认识那台日本车子，所以并没阻挡。

伊达顺之助身着日本武士服装，留了一撮卫生胡。他示意身边的女人收起礼品，然后赞叹说："胡旅长，老朋友，真是英气逼人，不减当年啊。"

他根本没理会陈子舟和胡百胜。

"感谢张长官。"胡作为边行日本鞠躬礼边答，"我与张长官多年未见，张长官风采依然，做事还是那么坚决果断。"

伊达顺之助哈哈大笑，示意他们入座。

陈子舟这才明白，敢情他们原来就认识。幸亏自己老成持重，没与胡作为说什么过头的话。

宴会随即开始。两个日本艺伎伺候酒局。

伊达顺之助祝酒后，就说了自己的想法。他考虑，让胡作为任牟平第1旅团长，利用自己的特长对付共产党。

伊达顺之助为什么不派自己，而派胡作为，陈子舟不知道啥原因。官场多年习惯，使得他没有丝毫表露。他连声附和并举杯说："祝贺胡老弟了。牟平是我的老家，以后还要请多加照应，多加照应。"

胡作为很生气，心中暗骂，狗日的，叫我去？你咋不去？

胡作为琢磨，牟平现在是八路军胶东司令部的所在地，天天生死决斗。我去当旅团长，我有多少人？谁听我的？两天还不把我给玩死了？

但是，派一个牟平人去指挥当地的伪军，风险太大。伊达顺之助不会冒这样的风险。他太了解自私自利的中国人了。赵保原虽是东北伪满军体系，但他是蓬莱人，亲戚朋友太多，东一句，西一句，就背叛皇军了。赵保原背叛皇军的惨痛教训，伊达顺之助念念不忘，耿耿于怀。

胡作为老谋深算，嘴上应道："张长官，恁不是外人。我其实是文人，在日本留学未果，本想随父经商，不料误入政途。指挥打仗是外行，搞搞县政还行。这个张长官都是知道的。不如让我继续管理昌邑，如果觉得我行，把潍县和坊子划给我管也可以。"

他说的也算是实话。这些日子，胡作为除了征粮收税，确实再无战果，地盘、人马并无大规模扩张。

他派人征粮收税，时常敲大户，吸各种骨髓，够吃够喝，天天玩得很愉快。很快，他就把沈智华发展成为姨太太。

沈智华开始是向陈子舟通风报信的，胡百胜的到来，就是她泄的密。被征服后，即帮胡作为打听情报。于是，胡作为得知简庄伏击战之后，省政府和战区为第4游击支队专门增加了1000人的军饷。但是都被陈子舟截留了。

他既不能告，也不能问。告了等于翻脸，问了也等于翻脸。如扳不倒陈子舟，白费心机；扳倒了，自己干不上，再换个坏种，还不如陈子舟呢。

沈智华给他培养了几个电报员，还从督查区机要室搞来了两部报废的发报机，原丛斐修好后留作备用。再是给他生了儿子。

最后，上了狗肉。吃完饭，就是茶道。

喝茶之所以在日本发展出神叨的"茶道"，完全因为茶叶当年只有中国才产。茶叶运到日本的过程艰难，海上风浪经常导致停航，甚至打翻运输的货船。所以，茶叶运到了日本就很昂贵了。

茶叶虽有，可普通日本人连大米都吃不起，他们更喝不起茶了，就把大麦炒焦当茶喝，再穷一点的日本人，就炒糊玉米喝。日军士兵每天配发3克清茶，能喝一天。

所以，在日本人看来，中国人喝茶的方式完全是暴殄天物。一番茶道下来，陈子舟、胡百胜坐得非常难受，不停地擦汗。

胡作为倒是很自在，尽管他好久没这样跪坐了，但是还是很适用。在日本待了两年，他心猿意马，日语没学好，可日本的各种歪门邪道，倒学得人模狗样儿。

他用日语嘟囔着，夸奖为他倒茶的艺伎。

陈子舟道："可以让百胜老弟去，他是黄埔毕业的，文武全才啊。"

陈子舟的目的很明确，拆散二胡联盟，二胡的兵力虽少，但是装备不错。胡作为布局好，胡百胜会打仗，且打过日本人，名声在外，战斗力比较强，始终对自己有威胁。

这个主意，伊达顺之助觉得不错，调离了胡百胜，如同软禁了胡作为，同样是一个调虎离山。

胡作为也觉得不错，可以伺机扩张胡氏家族的地盘。

胡百胜一直没说话。他感觉伊达顺之助有点面熟，可想不起在哪儿见过。

该告别了，伊达顺之助把他们送到门口说：你们中国人的官都是买来的，但是我提议你们当旅长团长的时候，没收过你们一分钱。不仅如此，我还将调拨大量的款项和武器给你们。不要辜负我的希望啊。

陈子舟与胡作为连声说：一定为皇军效命，绝不辜负张长官的信任和嘱托。

他们出门后，沿着海边向火车站溜达。这里是日军的炮艇和鱼雷艇基地，日军摩托车巡逻队不时穿过。

2

伊达顺之助的决定让陈子舟、胡作为皆大欢喜。

日军在中国分为四个互不隶属的大体系：中国派遣军、关东军、台湾军（第十方面军）、海军大臣管理中国方面的舰队。

日军青岛方面的指挥体系一样林立、复杂。日12军主管山东全部军务以及江苏、安徽各一部作战。日独立第5混成旅团部理论上归属华北方面军，是青岛的日军司令部；逻辑上归日12军指挥；现实中，21师团高于青岛日军司令部，所以，直接就取代了青岛日军司令部。

在日21师团司令部设立后，为避免指挥权交叉矛盾，日独立第5混成旅团主动搬到烟台。田中久一的离任，意味着野战指挥权已经归位第5混成旅团。

此前，田中久一和青岛日海军司令部商定，在青岛日军司令部管辖区域内，宪兵队对各个系统的伪军任命，有适度的考察权和建议权。海军当然同意，因为伊达顺之助是海军的人。而日军第5混成旅团，继承了这个方法。

经内田银之助批准，报日华北方面军司令部，陈子舟加封中将，任伪高密师团长，驻地昌邑；胡百胜加封少将，任伪牟平混成师团1旅团旅团长，驻地乳山。

日青岛陆军司令部、伪山东省政府命令，胡作为加封少将，任伪昌邑兼高密行署专员，伪山东特务4旅副旅长兼3团团长。

胡作为虽没得到潍县，却多了高密。伊达顺之助说：你当年在那里打过皇军车队, 要去消除影响, 恢复秩序。

伪山东特务4旅隶属于伪警察系统。张店以南, 隶属日本青岛宪兵队指挥, 胡作为这个职务, 可以牵制陈子舟, 顺便还打击恶心了张步云。

伊达顺之助恨不得对张步云食肉寝皮。张步云的背叛, 最终摧毁了他的信誉, 险些第二次成为陆军的通缉犯。他连续派了几批杀手去刺杀张步云, 都是损兵折将。张步云躲在阴岛, 听从伪山东警察厅的调遣, 从不去青岛。

这么多年, 伊达顺之助算是第一次插手了日军第5混成旅团的人事。伪牟平师团的人事考察权、建议权, 以前完全掌握在第5旅团手里。

胡百胜要去上任了。伊达顺之助单独找他谈话, 并特批给他三八大盖600条, 92式重机枪6挺, 96式轻机枪15挺, 89式掷弹筒9门, 以及各种弹药等。

伊达顺之助说: "满意吗? 胡将军, 你的火力相当于皇军的1个大队了。你有3个团, 可以适度分配一下。"

胡百胜想, 这不是在骗我吗? 日军步兵大队 (步兵营) 有机枪中队、炮兵中队, 配备12挺92式重机枪, 2门92式70毫米步兵炮。轻机枪、掷弹筒都算不上火力。

这点火力, 肯定不如鬼子的一个中队的火力。

他嘴上却连声道谢说: "张长官, 能否考虑给我几门迫击炮? "

日军并不指望伪军打仗, 而是依靠发展和扩大伪军搞治安。日军同时害怕伪军发生哗变, 如火力强大, 难以弹压, 这时就可能涉及脑袋的问题了。但战局的剧烈演变, 又不断逼迫日军给伪军改善装备, 因为鬼子不断抽调侵华兵力, 可机动的兵力, 已经枯竭了。

伊达顺之助想了一会儿说: "好吧, 为了支持你, 我上报司令部, 额外给你调拨11式曲射步兵炮6门, 94式轻迫击炮4门, 各两个基数的炮弹。"

11式曲射步兵炮, 是日军大队支援火力, 射程1700米, 属于日军淘汰武器。94式轻迫击炮是联队支援火力, 射程3800米。使用的都是榴弹。

有总比没有强。八路军的轻机枪根本打不到1000米, 很难与他对抗了。

胡百胜心里还是比较满意的, 因为伪军的武器质量确实不怎么样, 大都是国民党溃退时的武器, 很多连老式的汉阳造都不如。

胡百胜觉得, 可以用迫击炮、轻重机枪、掷弹筒等组织一个火力营。伪牟平1旅团的火力, 肯定超过胶东八路军的全部火力。

胶东八路军各团虽然都有几门迫击炮, 可是炮弹极其缺乏, 不遇到重大敌情，根本舍不得用。皖南事变，新四军几被全歼。延安首脑部电令山东军区，其所属的苏北八路军立即南下，重建新四军。

此前，新四军以小型游击战为主。至此，新四军得以脱胎换骨，涅槃重生，形成了运动战能力。

3

牟平是伪牟平师团部所在地，后换防到芝罘。伪牟平第1旅团负责海阳、乳山全部和即墨一部。

胡作为叮嘱胡百胜，一定注意安全，并让他挑选50人护驾上任，以装门面。这些人配备了清一色的匣子枪，10支冲锋枪，又给了他4000块袁大头。老刀牌、三炮台高级香烟各300条。

因为烟叶产量极低，高级香烟一直是紧俏物资，只提供给前线日军。胡作林费了好大的劲，才从青岛整来。

胡作为抽了一口烟，谈笑自若道："百胜啊，我们没前朝李卫的命，买不了大官当。我们都是自己人。说实话，如果我们这些人都玩不了日本人，还有谁能玩日本人？应该说没有多少人了。我的家当你都知道，能给你的都可以给你。我另外还有点税源保障，需要钱的话，可以随时打发人来取。这些陪你去上任的人，都是自己人，靠得住。你要向下安插一些人当排长、连长、营长甚至团长。你到了以后，即给我发回来30人，那20人你留下当嫡系用。"

胡百胜很奇怪："为啥要发回来呢？"

胡作为说："我是让他们熟悉一下道路，我们好用这些人随时保持联系。这个世道什么事没有？"

有电台但不用。胡百胜明白了他的心机。

高密与乳山之间的伪军和伪政权，不是一个指挥与管理系统。除日本人外，没有电话联系。

日本人为限制中国人，控制了全部无线电系统。在城市，通讯邮电等表面归属日国有系统，实际上隶属于日军的特务机关。各个伪军系统与伪政府系统等的无线电联系，一律通过日军通讯联队的各个分队。

没有人会傻到去找日本人发电报。日本人更不会傻到为中国人发电报。

自1941年沈鸿烈去职后，胡作为完全没有了后台支撑，他越来越低调。胡百胜原来在军统有几条线，他得了"宝鼎勋章"后，军统派人找来了，让他掩护军统青岛站新任站长王玺至青岛。

王玺是武汉分校5期的同学，一直负责上海工作。王玺到后，胡作为请吃饭，期间讲述破获共产党上海第二特科的事。

顾顺章叛变后，中共特科残余分子全部逃窜。共产党领导人王明又至死不悟地组建第二特科。王明指定留苏出身的李竹声为临时中央政治局委员，博古指定其为中共上海中央执行局书记。李竹声不慎被捕，随即供出了一同留苏的上海中央局组织部长盛忠亮。

盛忠亮也很快变节。他们不仅供出了中共在上海地下组织的全部人员、两部大功率电台、密码等，最奇妙的还供出反围剿失败后，中央红军刚发来的兵力情况、突围线路和计划，还有苏区的一部大功率电台的隐藏位置和密码等。红军首脑部，在明知道突围兵力、计划、线路已经彻底暴露的情况下，还执迷不悟地带着红军去钻口袋。这样，中央军沿着突围线路，在湘江给红军支了一口大锅，把中央红军包了饺子。

惨烈的湘江战役，8万红军牺牲了5万。

红军到达延安前，顶峰时不到20万人，并没多少兵力。却有三种主张、三种路线与多种心态：

第一种是王明路线，不分青红皂白，一心想打大城市，搞城市革命。最终，不仅没给红军带来丝毫利益，反而成了国军的义务情报员，导致艰苦发展起来的红军主力几近覆没。

第二种是流寇主义，像没头的苍蝇一样到处流窜。张国焘带着红四方面军，从鄂豫皖苏区开始四处流动，最后，不顾中央劝阻，执意要越过1500公里的沙漠与无人区，接受国际援助，致使全军覆没。

第三种是建立农村根据地，以农村包围城市。

几个人边吃边说，笑了半天。平心而论，这些主张，他们认为都不行。国民党这么强大，共产党太弱小了，根本动摇不了国民党的基础，更颠覆不了国民政府的政权。

王玺的事，胡作为做得很巧妙。

当他知道胡百胜要掩护王玺去青岛的时间，便与原丛斐策划，由原丛斐向青岛当伪密报组的老乡泄密。日伪警察假装临时检查，在进城的小路上，堵住了王玺。此事瞒住了胡百胜，没有丝毫破绽。

胡百胜心中多有猜测，不断犯嘀咕。他说不明白这个事，便失去了军统的信任，和重庆方面也失去了联系。

胡作为出卖王玺，主要是为了自己家族的利益。伊达顺之助已经几次威胁过胡作林，如果胡作为再不投降，就没收胡家的全部产业，甚至诛灭九族。

当时，胡作林对伊达顺之助说：因为胡作为一贯随意乱来，老胡家与他早已脱离了一切关系，包括与胡养荪的父子关系，此事诸城人人皆知。伊达顺之助派人去查，果然如此。胡作林知道伊达顺之助想要什么，直接用金条摆平了他。此事本已过去，只是随口告诉了胡作为派来的人而已。

但胡作为害怕伊达顺之助任性乱来。他太了解日本人了，日本人表面谦虚恭敬，其实是全世界最不讲规矩的人种。日本对敌国，历来都是偷袭，不宣而战。

胡作为又谈了自己对胶东根据地的分析。他承认胶东八路军虽有些本事，但目前传说的都太过神话，什么生产迫击炮、炮弹、弹药、药品等等。他是学化学的，坚决不相信能在胶东制造出什么硝化甘油炸药。如果造炸药那么简单，他胡作为早就制造了。

胡百胜当然也不相信这些传说。如果不是日军入侵，他就从事科技工作了。对共产党胶东的很多传奇，他嗤之以鼻。

与胡作为共事以来，他感觉到这个堂兄的弱点。无论胡作为的水平多高，思维多广阔深奥，其本质完全软弱胆小，做事放不开手脚。

胡百胜如期向高密派回了30人。

他给胡作为准备了100条枪，6000余发子弹，并写了封信，向胡作为说明自己眼下的处境，要求胡作为再给三五千块大洋，以备不时之需。

剩下的人员，临时编成了旅部警卫排。

4

自17区的国民党垮台后，八路军滨海军区就进入了昌邑。

为了保存自己实力，胡作为带着人直接去了高密。他是特务团，不是作战团，以维持社会治安为主。

陈子舟拿他没法，只能独立面对八路军的压力。谁叫自己没有伊达顺之助这样的靠山呢？只得与八路军死缠烂打。八路军滨海军区基础本来就很好，发展得很快。在昌邑独立营等不断打击下，只得退守到昌邑城，以及几个重要的据点。

胡作为的特务团其实也就不到1个营的警察。其中一个连，被他安排几个心腹带领接管了昌邑县城。他给原丛斐留了 10 个人的警卫班，1 部电台，规定好了联络方式。胡作为只接受报告，不发送电报。一切指示，他会通过电话，让昌邑县的代县长记录好后交给原丛斐。

原丛斐以副司令的名义，带着 3 大队 100 多人，继续打着第 4 游击支队的旗号活动，但是不得收税、打劫，后勤保障由他按月从昌邑调拨。

胡作为交代说：不必招兵买马，这些家丁便宜，一个月仨瓜俩枣就够了。

原丛斐说："请旅座放心，我也不是打仗的料。我知道怎么做，日军来了加挂膏药旗，日军走后只挂青天白日旗。"

胡作为满意地点头。

汪伪的旗子，在青天白日旗上方加上了一块三角布条，写着"和平反共建国"，普通民众是看不出来的。伪"和平建国军"除了服装的颜色是狗屎黄，与"国民革命军"青黄色不同之外，两者其他几乎一模一样，帽徽什么的都不用换。

胡作为上任高密的路上，沈智华边逗着孩子边吟诵郑板桥的诗。

"纸花如雪满天飞，娇女秋千打四围。五色罗裙飞摆动，好将蝴蝶斗春归。"

他心中有点怅然。

沈智华身材高挑，眉眼如画，文房四艺，无一不通，是民国才女。也正对胡作为的胃口。

沈智华说："高密已经有了蟋蟀节，你胡县长这么喜欢郑板桥的诗，上任后何不办个风筝节？"

胡作为没当回事，他打哈哈说："风筝自古就是给女人玩的。我胡作为只好你啊。"

沈智华笑道："哟，胡县长，都啥世道了。连日本人都来了，无所谓是好男风还是好女风了吧。"

胡作为说："也是啊。可办节要花银子。"

沈智华细声细气说："这还不简单，收税啊。"

胡作为眼睛一亮，真是个好主意。

胡作为很清楚，历代王朝的皇帝与官僚们，从不做财政设计，他们不知道每年需要多少钱粮，又用来干什么。只知道要修园子了，加人头税；修房子了，加田丁税。用收税填满自己无止境的欲望，根本不考虑其他。国民政府自然继承了这些特点。

县财政局长报告说：日军与汉奸政权是分税制的。所有的矿产资源、工厂企业等属于日本人。税收起初四六分成，后来因为伪军的增加，改为五五开。对广大农村，日军只要粮食。财政局长汇报时说：县财政，主要支付公务员、警备队的工资。

税务局长汇报说：高密主要靠土地税收入，营业税、牌照税可忽略不计。整个华北的汉奸政权，就靠吸天津、青岛的血过日子。青岛最惨，分税后，还要被山东的汉奸再吸一次血。青岛经济占全山东的 70%，有大量财政盈余。胶东的财政也有不少的盈余，但是，胶东主要是共产党控制的，汉奸政权拿不到多少。其他地方财政早已亏空与破产了。华北汉奸政权没钱了就开印准备票，然后物价通胀。伪省政府历来都是向青岛借钱，有借无还。

他上任第一件事，就是了解清楚税的情况。知道了开辟税源的点在哪儿。然后，是赶走申得勇。

申得勇觉得没地方可去，痛不欲生，死活不走。他找到日军顾问宫本求情，为其在高密谋个闲差，哪怕是管理赌博业、烟馆业也行。宫本来找胡作为商量，胡作为心如坚石，誓死不同意。他也想从高密兴旺发达的赌博业、烟馆业牟取利益。申得勇留在这里，他手下那么多人，肯定会碍手碍脚，乃至兴妖作怪。于是，他派柏延鸿带着特务团，兴师动众地告诉申得勇，再不走就拿他下大狱，要不抄了他的家。

宫本为了安全，通常住在中转站。胡作为日语流利，很快就搞定了他。胡作为天天找宫本喝酒吃饭，宫本是下关人，胡百胜去过下关。两个人的关系越来越紧密。宫本不仅不管了，反而逼迫申得勇快快滚蛋。

胡作为知道，日本人无情无义无信无耻。

不得已，申得勇找干儿子周会玩想办法，却到处找不到。警察局说去济南开会去了，还要去日本搞中日亲善武术表演，不定什么时候回来。他思前想后，索性投奔崂山的青岛保安旅算了。那里有个法学堂的同窗，他认得很多汉字，可以当执法官。

该着申得勇厄运连连。他坐着马车，带着表妹等去崂山，黄昏在胶西的大车店停下来准备休息。他的吆喝声，不巧被赵雯红听到。

赵雯红看到大门口的申得勇和继母，差点昏了过去。真是冤家路窄。

她关上门，在房间里哭哭啼啼。钱一帆忙完回来，问为啥哭。赵雯红哭丧着脸，说起以前的事。钱一帆雷霆大发，土匪的性子一下而起。他在饭中下了迷药，迷翻了申得勇等一干人等，半夜用大车拉到野狼岗，割下申得勇的头，喂了野狼。

钱一帆清理申得勇的东西，才知道，自己发了大财。100多根小黄鱼，几箱子大洋。赵雯红真是他的酒色财气。有了这么多的资本，还要大车店干什么？他打发人去高密，把赵雯红的继母卖给了慰安所。然后连夜去青岛，坐火车奔济南而去。

申得勇的随从逃回高密，他的死讯被迅速传开，深受其害的高密这些天鞭炮齐鸣，民众兴高采烈，载歌载舞。故事越编越奇，钱一帆被传为身怀绝技，刀枪不入的大侠。

胡作为开始整顿官场和税收秩序。他很快就意识到，周会玩是天生的人才。

他把周会玩、刘大蛤蟆等人招来开会，表扬道："你们几个不愧是炉包给撸出来的，非常能干。"然后部署了大烟馆、妓院、赌馆等抽成办法。

周会玩受宠若惊，心领神会。

胡作为语重心长地叮嘱周会玩，要搞好"风筝节"，不负高密人民的嘱托。周会玩废寝忘食，夜以继日地开始组织"风筝节"。

秋季一个爽朗的日子，首届轰轰烈烈的"中日友好风筝节"终于拉开了帷幕。

开幕式上，宫本致辞指出，日本有飞机，中国有风筝。有了日本的大东亚共荣圈的保护，中国人可以兴高采烈地永远玩风筝了。

胡作为强调，风筝是老祖宗的遗产，是中华民族的宝贵财富，是现代飞机鼻祖。今天，我们兴办了万紫千红总是春的"风筝节"，就是不忘老祖宗的嘱托，是继承和发扬传统文化，是"中日亲善"的里程碑，是大东亚共荣圈的创举。他的话，精彩纷呈，为老祖宗赢得了满堂喝彩。

陈子舟也被请来，连续看了三天大戏，吕剧、山东梆子等戏班子的演出奇妙无比。他心潮澎湃，思绪万千。

胡作为天天宴请他。陈子舟说："老弟啊，愚兄现在人手增加，手头紧了，能否调拨点资金和粮食呢？"

胡作为想，这老小子想榨油啊。以前他贪占第4游击支队的军饷，一毛不出不说，还经常要钱要粮，企图多吃多占。他抽了口烟说："老兄啊，我也是初来乍到，还没有什么收入啊。您比我过得舒坦，日军给您军饷，委员长每个月也发给您曲线救国费，您先撑几天，容我筹款筹粮进贡。"

陈子舟知道这小子贼滑，听这口气要钱要粮可能没戏，就只管喝酒吃菜，闭口不言此事了。

胡作为琢磨，可以学沈鸿烈在青岛盖房子的经验发财。他下令在县行署旁边，开发了一批各式各样的房子。可青岛有大型工业，需要大量的工人。高密是个传统的农业型县城，只有消费型的农民，无人买得起房屋，因此房子没有市场，成为"死城"。高密人私下叫"鬼城"。

胡作为找了几套像样的房子，改造装修后，把伪县行署搬入进去，又设立了招待所。他索性把剩余的房子用于出租，刘大头用来扩大慰安所、窑子铺和大烟馆等无烟工业。

日兴亚院组织世界各国专家学者考察团，在伊达顺之助陪同下，饶有兴趣地考察了高密各行各业。

世界各国专家学者不谋而合地称赞，在大日本皇军的英明领导下，伪高密县行署大力推动建设改造工程，为低端人口提供了免费的住宅保障，成为中日亲善的典型范例。

伊达顺之助在高密召开现场交流会，邀请了各地的贤达名流到会交流。他代表大日本帝国，授予胡作为"中日亲善，王道乐土，支那之星，光辉典范"的锦旗。

期间，他在胡作为的陪同下，多次兴致盎然去慰安所进行慰问。

宫本也得到了提拔。在高密，他天南地北，四处游荡，充耳不闻，昏昏欲睡，然后就从少佐提拔到中佐。再然后，他被调到山西阳泉打游击队去了。

临行前，胡作为饯行，俩人东拉西扯，胡吃海喝，话如泉涌。之后，宫本把自己的妹妹宫本春菜、表妹河村花梨托付给胡作为照顾。

他再也没有回来。在娘子关一次扫荡作战中，宫本被彭德怀的队伍打死。

小孩子天天哭闹，让胡作为感觉很不方便。他给了沈智华 1000 大洋说：这里的水质不好，对小孩子危害很大，我也没办法处理。你回张店老家，盖几间好房子，暂时住那里，专职看护孩子。并叮嘱，为了安全，不要对外与任何人交流他的情况。

沈智华当然不知道水质的好坏，但知道与日本人相处的巨大风险。胡作为到任后，先让人在井水里加石灰，弄得水很难喝。日常吃的粮食蔬菜肉类等，都是打发人去平度、昌邑等地采购。为了孩子，她毫不犹豫地同意了。

自此，他每个月都要坐火车去张店住上几天。沈智华又给他生了两个孩子。

胡百胜上任后的第一件事,是去芝罘的师部,向师长任群贤报到,并请示任务。

任群贤原在鲁南国民党部队任职。他的汉奸队伍基本构成是鲁南的投降国军、胶东各地的痞子、贺家窑的铁杆汉奸团。

礼毕。任群贤示意他落座后说:也没啥任务,大家一起去吃烤鸭,为他接风洗尘。

任群贤又瘦又高,皮肤很白,一口莱芜腔。他说:"胶东这个地方,要什么有什么,黄金、宝石、矿产就不说了,大泽山的葡萄、烟台的苹果、莱阳的梨也不说了,这是地道的海参、鲍鱼、鱼翅和燕窝,来尝一尝。"

推杯换盏,烟雾腾腾,胡百胜连续喝了3碗。

胡百胜说:"听说,胶东的烤鸭是祖传的,后来进了大清国的宫廷。"

任群贤说:"烤鸭是鲁菜这错不了,谁弄的就不知道了。华北第8集团军的人马来胶东后,芝罘就有人做烤鸭了。胶东一带爱吃鸡,认为鸡的营养大,不怎么吃鸭子。老弟是黄埔生,仗打得好,对吃也有研究啊。"

胡百胜说:"谢谢师座抬爱,我去了乳山后,要注意什么?"

任群贤说:"胶东这一带,到处是八路军。晚上不要带队伍出门;白天不要单独出门。土八路军行踪诡秘,而百姓们个个又都像土八路。"

胡百胜一愣。他知道任群贤说话的分量。要不一个堂堂的师长,怎么能这样说呢?

任群贤继续说:"我是莱芜的,你是诸城的。怎么说也是老乡,我们再喝一杯。"

胡百胜端碗一饮而尽道:"古有琅琊诸葛氏,今有莱芜任师座。我愿为师座效犬马之劳。"

伪牟平师团参谋长秦守明说:"胡旅长,八路军的玩法亘古通今,闻所未闻。八路军到哪儿都是先建根据地和抗日政府,进行所谓的组织抗捐抗税,减租减息,划分敌我界限,清洗敌对势力,树立抗战信心,实行全民抗战。我们在这里争地盘,很难争过他们。"

任群贤叹息一声说:"自古至今,皇上或者衙门都是征税征粮,免征点税款就是最大的天恩浩荡了。老百姓都是自生自灭,从没有人关心过他们的存在,更不要说组织他们生产了。八路军这一手,史无前例。我们现在正处于这个多变的时期，有些问题我理解，有些问题我理解不了。我们要地盘干什么用呢？去帮老百姓生产？自治或者是独立？都做不到。所以，我们不要地盘，我们只要兵。地盘都是日本人的，他们负责占，负责守，我们只管治安。要知道，一切战争打起来都很容易，如何收摊则是个大难题。日本人一直想打速决战，可现在不就收不了摊了？”

胡百胜一脸疑惑。秦守明说：“师座的意思是，我们和八路军作战，也存在如何收摊的问题。刚才师座说：胶东到处都是八路军。八路军主要是用围困据点的方式来反蚕食，再不是小股袭击，即使失败也不伤筋动骨，也伤不了元气。说明他们是能打能收。我们主动进攻他们时，也要考虑如何收摊结束。”

看胡百胜似乎还是不懂，任群贤说：“我们扫荡八路军时，会暴露出最薄弱的部分，这个部分很容易被八路军吃掉。如八路军不停地骚扰我们的据点，我们只能天天和他们周旋。这不就是下不了班，收不了摊吗？”

这些黑话和暗示听得胡百胜云山雾罩。他琢磨了一会儿说：“请师座放心，我保证不打吃亏的仗。”

任群贤哈哈大笑，连声说好。他喝完后将碗翻过来说：“滴酒不漏吧？防区与兄弟们的安全，就拜托老弟了。”

随后，胡百胜单独敬奉了 1000 大洋。此外，还送了 100 条香烟，让任群贤犒劳弟兄们。

任群贤欣然笑纳。

6

胡百胜的处境有点难。

他想调驻乳山的团长任自己的副旅长，任命原团副为团长，自己再派个团副过去，任群贤不同意；他想任命调整一个营长，团长不同意；他想安排个连长，可没人接茬。

这根本不是他能指挥的队伍，说是旅团，也就是不到 4000 人。而旁边不远伪华北第 8 集团军更惨，说是一个军，其实只有 2 个团，开始有 4000 余人，被八路军打得剩下不到 3000 人。

他比较反感伪军们烧杀抢掠。都是乡里乡亲的，出去弄点钱，搞点吃的喝的也就算了。但现实中，他要天天派人出去打仗。

这不符合他的理念。他是军人，从来没想过投敌当汉奸，一个堂堂的黄埔生，校长的忠实门徒，混到现在，不知怎么就混成汉奸了。尽管校长命令可以大力"曲线救国"。他胡百胜"曲线救国"当然可以，但也不能在老窝附近，这么明目张胆地弄啊。他胡百胜还是要脸面的。

这些日子，他到处走动，防区的情况差不多看明白了。所谓的国军，几乎都是赵保原那号的。国军给个团长，就当国军；日军给个旅长就当伪军。天天叛变来叛变去的。

但胶东的八路军，从无一个排级，甚至班级单位叛变。

胡百胜觉得，从军事角度看，胶东半岛的回旋余地并不大，艾山、牙山、昆嵛山、大泽山、崂山等都不算高大宽广，且整个胶东，都是当地民众组成的八路军武装，没有任何红军主力改编的八路军。他倒真有点佩服胶东的八路军了。

胶东八路军并没有经过专业化军事训练，又没有多少物质基础，且装备极差，但能把民众发动起来，占了5000平方公里那么大的地盘，司令部公开摆在牟平观水，与鬼子眼瞪眼地对峙，并和日军打成了僵局。

日军打也不是，不打也不是，左右为难。

再看看整个山东，日军除了占领了城市、铁路线、重要的公路之外，原野、山区、村庄几乎都是八路军的天下了。人家是怎么管理军队的呢？

他先清理队伍。让各团统计抽大烟的军官、士兵。统计结果约有400多人，他命令发放军饷遣返，没地方去的一律送到贺家窑养精蓄锐抽大烟去。

7

日军调拨的装备弹药早到了。伊达顺之助对胡百胜上任很重视，报青岛日军司令部，日军辎重联队向芝罘运送军火物资时，由专门车辆送达到乳山。

但是，他没有人。他在这里没亲戚、没朋友，自然也招不到兵马。那些装备只能暂时放在仓库里。

伪华北第8集团军最早的底子是东北军，后来，加入了河北伪军。他们用尽办法也招不到兵，只能从其他地方补充。这帮匪徒坏透气了，他们举着五色旗，杀人放火、强奸妇女，无恶不作。

当地老百姓，天天盼望着八路军把河北匪帮打出胶东。

伪华北第8集团军有机炮营，10挺92式重机枪，6门迫击炮。装备好、位置好，加上训练有素、战斗力较强，八路军每次出击，伪军都得到日军的及时增援。

几次打不掉伪华北第 8 集团军，八路军只好撤围，另外想办法。

怎么才能建立起他的火力营呢？胡百胜看着手里的各团团长、营长、连长名单，天天都在琢磨这个事。他决定召集开一次作战会。各团团长带着参谋长按时到达。

驻海阳的伪牟平 1 团报告说：秋收的时候，民兵把地雷埋在据点、县城周围，根本不敢出门。

胡百胜纳闷道："民兵埋地雷的时候，你们 1000 多号人是吃素的？为什么不开枪？"

伪团长陈有利答："不开枪，民兵的地雷只封锁一周左右。开了枪，就难说了，民兵里三层外三层地埋雷，两个月也出不了门，弟兄们还吃不吃饭，还活不活了？"

民兵的地雷很怪，日军的探测器根本探不出来，后来才知道，民兵用石头自造石雷。

胡百胜好奇，民兵的地雷有这么凶悍吗？

陈有利说："报告旅座，恁去海阳看看就知道了。"

海阳既有八路军的山区根据地，也有沿海地带的敌占区、游击区。陈有利说：游击区有一个女民兵很厉害，会埋雷，体力好，跑得快，她身背三八大盖，枪法还好。这样的女民兵，日军总想抓就是找不到。汉奸除了不要命了，没敢真去抓的。

胡百胜知道，陈有利是陈子轩的本家叔叔。在陈子轩被镇压后，陈有利招兵有功，被任群贤提拔上来。

乳山报告说：八路军独立团活动频繁，请求派两个营的兵力支援。

胡百胜苦笑无语。他无兵可派。乳山县所属的牙山地区，现在是八路军抗大分校的所在地。1941 年被胶东八路军打下后，成为胶东根据地的腹地之一。

日军不是没打过牙山，每年都要讨伐几次。马石山惨案就发生在牙山地区。但是，每次都是打下来，没给养站，被迫走了。

日军每次扫荡，八路军都不计代价掩护老百姓撤退，八路军就不断受到老百姓的爱戴。

莱阳西部与即墨交界伪 3 团报告，人力不足，要求收缩防区。

团长是高小淞。黑黑的，一对山羊眼。他虽没见过，但是名字早就知道。也知道，在孙明远阵亡后不久，高小淞在妖人的蛊惑下，带着他的人加入了伪牟平师团。

他盯着高小淞，眼睛带着笑。

即墨总共有10多个鬼子，其余的都是伪军，要不就是翻牌的国民党军。这些国民党军又奸又滑又坏，鬼子来了就挂上膏药旗，鬼子扫荡就开路，鬼子走后就挂上青天白日旗。

然后，每个团长都谈了对战局的分析，对胶东八路军的认识。

崂山有约600余人的国民党青岛保安旅，崂山西面是青岛，被鬼子控制。东面、北面是即墨，几乎都是共产党的游击区。

国民党本来控制着整个青岛，日军打进来时，炸掉工厂、军舰、要塞，一枪未发跑了个精光，鬼影都不见一个。现在，各县都是打着国军招牌的残兵败将。

莱阳的赵保原正极力收编他们，扩大地盘。赵保原已经发展为胶东最大的一支顽军，约有8000余人。

八路军在游击区都有武工队、区中队，县里有县大队（独立营），白天夜晚，把伪军折腾得不敢出门。

这些八路军虽然是地方部队，但是组织体系严密。打仗时，连长牺牲，任何战士都可以出来指挥。不似国军，指挥官牺牲，全场崩溃。

按照他手下的团长们分析，日军一直寻找胶东八路军主力决战。八路军却是你打你的，我打我的，基本不与日军主力照面。小股部队东一撮，西一伙地天天骚扰日伪军，今天打一个伪警察所，明天打一个碉堡，后天打一个运输队。就这么零打碎敲，一年下来，毙伤上万日伪军，搅得日伪没一点脾气。胶东八路军不仅生存下来，还充实了粮仓、钱袋子、经济支柱。

为限制八路军活动，日军被迫改变了布局，主要区域增派了日军兵力，重要据点全部派有日军机枪射手。

这也给八路军制造了更多的战机。

他在昌邑时，就听到胶东八路军的很多传说。难道那些传说是真的？

在他看来，胶东八路军占点地盘是次要的，地盘毕竟可以去打去抢。但是，如果有了一定的工业能力，那就可怕了。

这样一分析，让他第一次认识了胶东八路军，让他感到惊奇。

胡百胜认真听着各团长的陈述。最后，做了总结性发言："诸位弟兄，本人不才，蒙皇军与诸位弟兄们的抬爱，就任此位，以后还要仰仗大家的继续支持。本人一会儿备薄酒款待。"

各团长齐声说："感谢旅座。"

大家落座后，酒宴开始。胡百胜说："本人上任，是光杆司令一个，仰靠各位弟兄们的支持。这次也没给弟兄们带什么见面礼，只带了三八大盖300支，子弹3000发，大洋3000块。一会儿，我让军需官平均发给每团。大家干一杯！"

各团长热烈鼓掌，高喊旅座万岁，干杯！

胡百胜见状继续道："诸位回去后，每团即选50人过来，1团给我点兵油子，但是不要超过25岁；2团给我点青壮小伙儿，不要超过22岁，3团也给我点十八九的。这些人都要有点墨水。不要排骨队的，要体力好。他们的枪，你们也留下。我要用这些人，组织一个警卫连，警戒旅部。大家为齐心协力，再干一杯。"

各团长纷纷表示：没问题，明天回去，后天安排，最迟大后天晚上，人就可以到。然后一起干杯。

胡百胜说："有什么要求，诸位该说说，该提提，只要我胡百胜能做到的，我就一定帮助。干杯！"

他一饮而尽。

他敬酒后，各团长随后敬酒。大家热热闹闹，皆大欢喜。

单独敬酒的时候，他拉着高小淞耳语了几句："高团长，我们算是老朋友了，以后在一个锅里吃饭，还望多支持啊。"

高小淞说："职下仰望旅座栽培，多多提拔。"

胡百胜说："我单独再给你100条三八大盖，4000发子弹。千万不要对别人说。"

高小淞点头，表示感谢。

胶东人喝酒的座位、习惯都是西洋式的。

后来，胡百胜才知道，他的枪算是白给了。各团团长把大部分枪支都给卖了，变现了，现大洋可以盖瓦房，娶姨太太用。

枪，爱谁要谁要，给钱就卖。

8

各团派来的人很快就报到了。胡百胜把警卫排编入，很快就组建了火力营，并开始训练。

日军并没有给伪牟平混成师团类似机炮营等编制。他奶奶的，胡百胜干脆就命名为教导团特务营。

成立教导团的报告打到了师部。

任群贤琢磨了一会儿：教导团，教导团，当然属临时编成，不必向日军请示了，反正是给他招兵买马。

任群贤立刻批示同意，军饷不管，要胡百胜自己设法解决，并且给教导团派了个参谋长。

胡百胜想，参谋长派就派吧，反正就这么点儿人。

一个旅的人马，他实际可指挥动用的就是这100多号人。

任忠义，是任群贤的侄子。被派到教导团任副团长兼参谋长。

胡百胜让任忠义抓紧时间招兵买马，并限其一个月先招到200人。胡百胜说：日军的军官都很年轻，不像我们，一干就是一辈子。多弄点年轻的，年轻人体力好，学东西快。

任忠义在东北军混过，东北军溃散后，他被从东北派遣到山东。再后来，带着一个连，投奔了任群贤。

任忠义爽快地答应了。

人没有，日军安排的任务还繁多。

周一、周二下乡征粮；周三、周四监工修炮楼碉堡；周五、周六公路警戒；周日监督民工挖沟防八路军。

他每天闷闷不乐，郁郁寡欢。

自从打完简庄伏击战后，他就再也没有与鬼子照过面。那时好歹也算是国军，家乡父老都知道他在打鬼子，连省政府、委员长都予以嘉奖。因此，他的小日子过得也滋润，心情也舒畅。

他不能说八斗之才，但也算是才思敏捷。可现在，一夜之间，成了汉奸伪军。他有点埋怨胡作为。

当时，胡作为雄心勃勃，弟兄们卖力征税。胡作为给弟兄们发的饷不仅高还及时。现在这日子过得，要钱没有，要粮没有，要兵也没有。

在昌邑，还有部电报机，原丛斐接收各类信息后，会很快告诉他国内国际情况。现在倒好了，鬼子严密地控制了各类无线电通讯、广播。胡百胜来到乳山后，自己鼓捣弄了两个矿石收音机，却只能收听日本人办的青岛、烟台广播电台。

日本那些搞新闻的人，天天不是宣传大东亚圣战，就是东进南进，再不就是扫荡共产党，无所不能地大吹大播。

当前，日本人的处境他能感觉到一些。日军不断给皇协军的武器系统升级，如果战局顺利，日军不可能这样做。而日军最大的弱点就是严重缺乏人力资源。

但实际情况到底如何？他不知道。他看的都是敌伪报纸，小道消息又不可全信，胶东八路军的小报，他几乎天天看，也不敢全部相信，只能做一些猜想与推断。

他打发人去青岛和烟台采购收音机，以获得更多的信息。

1938 年 2 月，伪华北临时政府令各日军占领省份，恢复"春秋上丁两祭"和孔子诞辰祭祀。把"提倡孔孟学说，贯彻王道主义"作为指导教育的纲领，规定低年级必须读孝经，高年级和中学要读四书。

日本开始实行所谓的"对华新政策"，与汪精卫政府装疯卖傻地玩起了"交还租界""撤废治外法权"。日伪之间还签订了所谓协定，规定"日本国政府应承认中华民国迅速收回北京公使馆区域行政"。

小日本的手段眼花缭乱，把英国、法国等玩得晕头转向。反正租界没有了，为拉拢蒋介石，英国只得公开宣布放弃在中国的租界特权，但香港等除外。

为稳定收回各租界的公务员队伍，汪伪政权任命胡兰成为伪行政院法制局长，颁布了异想天开的《政府组织法》，明确规定各种福利、高薪、接班等制度。

北平的伪政权，虽表面与汪伪政权合并，实际上各行其是。他们牢牢控制天津、青岛，以及山东、河北、山西、河南等地的行政大权。为了媚日，他们与日本签署了协议，把日占区的矿山、资源等大量免费送给日本。

尽管欧洲正在打仗，依然不妨碍各地的官员俊杰，把大量财产变现转移到国外，主要目的地是美国和瑞士。

为进一步加强与汪精卫的实质分离，在日军的支持下，伪"华北政务委员会"煞有介事地制定了公务员法、警察法、法官法、教师法等，对苦力们，则弄了车夫脚夫法。

汪伪的舆论鼓吹中国人均收入名列世界第一，是日本的 10 倍，美国的 20 倍，英国的 30 倍。

华北大汉奸王克敏大肆鼓吹法律面前人人平等，分化、欺骗、愚弄民众。

欧美有良心的报刊辛辣地写道，人类历史上，为出卖民族和国家的利益、资源，法西斯分子居然以法律的形式，把同一种群固化为所谓的公务员和苦力等等。为了瓜分 99% 的财政收入与资源，不管 90% 以上的民众的死活，任意欺凌并把广大中国人民排斥在任何利益分配之外。这些历史的罪人，还恬不知耻地自称是世界最好的法治或法统。只有中国的汉奸们,才会如此明火执仗,暴戾恣睢,在光天化日之下,赤裸裸地进行反人类勾当。

为对抗世界的舆论压力,汪精卫政府,授意发动了一轮轮中日亲善的宣传攻势。于是,张爱玲等人粉墨登场,他们在报刊上大力弘扬日本的优等民族和文化,他们赤裸裸地写道:"同西洋同中国现代的文明比起来,我还是情愿日本的文明的。"

伪华北教育总署持续推动奴化教育。新课本美化日军侵略中国,宣传是日军帮助了中国收回列强租界等等,粉饰"大东亚共荣圈",论证大东亚圣战决战的胜利。绍兴汉奸周作人亲自担任了伪作家协会主席。

孔府电贺汪精卫政府成立三周年称:尤因我主席遵守国父遗教,收回各租界及治外法权,国际地位从此增高,得与世界列强并驱并驾,旋转乾坤之功,实为前所未有。

南京发生了西施豆腐案。一舞女买了一车豆腐没包好,与菜市场老板发生了纠纷,遂去法院打官司告状,法院判决舞女败诉,宣布其为失信人。舞女不服,到上海找《清乡门报》记者申诉,一时间骂街如潮。

汪伪上海高等法院就此指出,对生效裁判和法官扣各种帽子,显然是和文明唱反调。汪伪司法院也出声强调,既要舞姿美,也要心灵美。拒不执行生效裁判确定的义务,又用泼妇骂街方式攻击神圣的、至高无上的中华民国法官,已经违反了法律,号召民众要当大日本皇军共荣圈和中华民国的顺民良民,坚决不做暴民。

汪伪《中华日报》连篇累牍发布评论指出,法强则国强,亘古不变。法律必须被信仰,任何人都没有凌驾于法律之上的特权,蔑视法律、挑战法治底线。并发表社论称:要不断清乡清共,建立一个完善的、良好的政治体制,稳固的政治制度,防止各种事件的发生,防止不尊重法律的历史悲剧重演。

汉奸们无耻谰言,混淆是非。日战区歌舞升平,大东亚一片繁荣。日军在南京江宁,成立了"中国派遣军特务教育队"。汉奸们随即启动了继承和发扬爱国主义的运动,名扬四海的陈歌辛一口气谱写了《大东亚民族团结进行曲》《神鹫歌》等作品,一时间,神风特攻队队歌传遍了世界。

江宁秦桧博物馆启动,展示了秦桧的生平事迹,堪称爱国先驱,时代楷模。

南京的汉奸,无不热烈欢呼,备受鼓舞。

第十五章

1

金秋。

第 5 混成旅团向平度方向派了日军一个机枪中队，一个骑兵中队。并命胡百胜指挥伪牟平旅团主力，到掖县何家乡附近集结。

胡百胜本计划秋收征粮。接到日军命令后，他计算了一下兵力，决定乳山团只留下一个连防御县城，其余集中 2 个营到旅部集合；另令海阳团长陈有利带 2 个营，立即出发到集结地。

沿着青烟公路，日伪设有很多的碉堡，是日军插进胶东根据地中心的一把刀。这条约 150 里的路，伪军走了 3 天。

到达集结地，收拢队伍后，他见过日军带队的少佐。胡百胜才知道作战目标，要突击大泽山一带东葛家村。日军已经查明，东葛家村有八路军地下医院，正规名称叫胶东军区第 1 卫生所。每天都有上百号伤病员在这里养病。

因为药品匮乏，伤病员恢复得比较慢。尽管卫生所克服困难，自制了很多中药药剂和医疗器材，可远远不能满足需要。

这里离最近的日伪军据点只有 13 公里。日伪军多次突袭行动未果，时常伴有激烈的战斗。等日伪军到达后，伤病员、老乡等早就转移得无影无踪了。日军怀疑当地伪军有泄密嫌疑。这次，日军决定，远距离投入 1000 余兵力，将东葛家村一带围了个水泄不通。

他下达作战命令，立即兵分 2 路，包围东葛家村。日军少佐礼毕而去。

日伪军的马队开进很快。但是过了山岗，就遭到八路军的阻击。

起初是地雷爆炸，然后是猛烈的枪声、手榴弹的爆炸声。

正规八路军的地雷，多用硝化甘油炸药制成，声音响亮，威力巨大。

日独立混成旅团一线部队所辖的机枪中队，与日军驮／挽马制（甲种）师团的编制一样，有 12 挺重机枪，骑兵中队配备 6 门掷弹筒、一挺重机枪。

日军轻重机枪率先开火，胡百胜随即下令他的特务营从两翼开火，给步兵留出冲锋的通道。刹那间，日伪的轻重机枪、掷弹筒、迫击炮一起响起，猛烈的火力把汉奸团长吓了一大跳。

他们没想到胡百胜有这么好的火力。

陈有利问："旅座，这是谁的部队，重机枪咋这么多？"

胡百胜很得意，他骑在马上，手持望远镜，不远处炮声轰鸣，硝烟弥漫，子弹呼啸。过了一会儿道："这是旅部刚组建的特务营。"

八路军方面，只有行署公安局的一个警卫连，都是轻武器。日伪军实在是人多，火力又太猛，打了十几分钟，就冲破了八路军的阻击阵地。

八路军只能交替掩护，边打边撤。

日伪军分兵两路一路追击八路军，一路蜂拥入村里。

胡百胜没有进村，而是去察看八路军的阻击阵地。他看到八路军的工事做得很简单，但是地形选得很聪明，非常有利。他想，难怪八路军的武器比较差，阻击战打得那么好。

他不进村子，而是蹲在八路军的阵地上抽烟，用望远镜观察四下情况。

村子里的人都没来得及跑。日伪军遂开始挨家挨户地搜查，但搜了好长时间什么也没有搜到。难道是情报有误？胡百胜与日军少佐嘀咕。

伪军累死累活在村子里喊了好几个小时的话。日伪军抓了50多名男女老幼。分别拷打逼问，惨叫声不绝。凶残的鬼子少佐用指挥刀连杀了10多个老乡，鬼子兵抓到了个八九岁的孩子，连打带骂，最后，把小孩子砍成两段，用刺刀剜出心脏。但终无所获。

老百姓没有哭泣的喊叫的，现场一片沉寂。

天快黑了。因惧怕与八路军夜战，日伪军只得带着大批抢劫的粮食、物资撤退。

返回的路上，日伪军不断遭到八路军和民兵的袭扰。伪军惊慌失措，胡百胜下令加快撤退的速度。

仗算是打完了。但是，他的旅团部却被八路军给端了。

2

胡百胜在乳山城留守的兵力太少，只有2挺机枪。八路军独立团夜晚攻击了这里。

仗一开打，八路军的迫击炮就发射了。留守的伪军听到炮响，知道来者不善。

乳山是个年轻的集镇，只有2个炮楼支撑东西防守，基本无险可守。留守的伪军连长挥手一枪击毙了日军顾问，接着一枪击毙了汉奸翻译，然后命令弃城逃走。

八路军顺利攻进了城。

按照伪军的逻辑，日军顾问肯定是被八路军击毙的。如果日军顾问活着，第一，伪军肯定不敢投降、逃跑，而是必须死守。第二，如守城失败，要不伤亡投降，要不日军会把责任推给伪军。到时还不知道会有多少伪军被军法处置。而杀掉日军顾问，战败的责任自然就变成日本人的了。

台湾翻译、高丽人也经常坏伪军的事。尤其是各国的翻译，他们掌握着话语权，该翻译的不翻，不该翻译的又瞎翻一气。台湾翻译尤其坏，胶东中下级的伪军，经常因此被日军责骂、体罚，严重时会丢掉性命。

高丽人一般都会几句日语、汉语，有事也会直接往伪军头上推。这是伪军们用多少血的教训换来的经验。

类似的情况下，他们往往都会被伪军打黑枪一起杀死。

胡百胜的炮楼被八路军炸掉，弹药库、药品等被八路军搬个精光，粮仓被打开，分给了贫苦民众。

老百姓传言，八路军先派了侦察兵进城去看了有多少日军，有多少火力点。然后再派人进城问日军和伪军要军火，日军不答应，八路军就攻城了。于是，八路军三进山城的故事越传越神。

3

上午 7 点，秦守明打来电话，让胡百胜即刻出发到芝罘的师部开会。

胡百胜不敢耽误，带着马弁催马加鞭。到了师部，任群贤一看到他，即当着日军顾问的面，连骂带比划，连抽了他 4 个大嘴巴。

任群贤说："牟平师团的兵，都是我辛苦招来并训练的，不是你胡百胜的。我不允许你这么用兵，蒙受严重损失。"

日本人走后，任群贤递给他一支烟，语重心长地说："老弟，你还想活不想活了？我以前和你说过收摊的问题，也说过我们会暴露自己的弱点。为日军卖命，要多留点心眼。突袭八路军，又不是大扫荡，你派几个营去就行了，你去干吗？"

胡百胜问："如果人少了，到达不了作战位置呢？"

任群贤答："到达集结地点应不难。到达后，让日军指挥不就完了？无论胜败，都是日军的责任。"

胡百胜说："可命令是让我指挥啊。"

任群贤说："我知道你老弟打仗精明，可是其他方面有点飚。命令是命令，执行是执行。到达集结地后，你找个理由交出指挥权就是了。现在是日本人的天下，你要指挥权干什么用呢？老弟，不是我说你，这次算你命大，打到了东葛家村。如果打了败仗了，损失了我的人马是小事，可是日军会不会因此而处罚你啊？"

胡百胜恍然大悟，连声称谢。他终于明白了任群贤为什么会混到师团长了。别看这老小子只读过私塾，没多少文化，但是老谋深算。完全是实打实地玩出来的。他想，这几个耳光挨得真是一点都不冤。

任群贤继续说："刚才是说我们自己的性命。日本人从不把任何人的性命当回事。其实丢失人马也不是小事，没兵了，谁会把我们当盘菜？我们不是胶东人，在这里不好招兵的。"

秦守明接着道，官场的人喜欢把事情复杂化，然后从中渔利，出事后如要查起来需一层层地抽丝剥茧，很难查明白。八路军没受过官场训练，他们最擅长的是简化局势。他们做事像下棋，把每盘棋都很快简化成为残局。这次，你吃的亏可以如此形容："你出兵算拱卒，远距离奔袭像跳马，围住八路军医院算炮打。八路军正常应进兵、别马腿、出车打你埋伏。但八路军没那么麻烦，直接将你的军，端了你的老窝。你还没明白，就结束残局了。用师座的话说：收不了摊了吧？"

胡百胜真是心服口服，醍醐灌顶。然后，他又进贡了1000块大洋，让任群贤和秦守明笑纳。

看见白花花的大洋，任群贤的眼睛立刻亮了。他依然笑纳，请胡百胜吃烤鸭，为他压惊。并令军需处处长调拨给胡百胜200条长短枪，以及一些弹药和药品，作为东葛家村的战斗补充。

日军给的武器，任群贤也不能都卖了。他总要装装样子，用一些破枪糊弄一下的。要不日军那里也不好交代。

他有了恐慌感。

胶东八路军的眼睛，始终密切地盯着日伪军的动向。当胡百胜的大队人马一出动，八路军也就知道了，甚至可能知道他去哪儿，要去干什么。故而，胡百胜的队伍还没到达掖县，八路军就切断了电话线，夜晚发动了奇袭。

即使胡百胜知道了八路军打他的老巢，也来不及救援了。

胶东八路军攻打重要据点时，特别考究时间。他们卡的时间很准，都是论分论秒计算好的，如打不下就迅速撤离，绝不拖泥带水。

因为鲁东敌伪势力的重要据点，互相支援的时间基本都在 30 分钟左右，一旦被敌人纠缠上，很难脱离战场。所以八路军集中也快，分散也快。

打伏击战一般不如攻打据点缴获丰盛。但是，八路军攻坚火力不足，为避免过大的伤亡，八路军以打伏击为主。

日军大宗物资，押运部队多，措施严密，八路军没有重武器，很少对日军大队人马打伏击战。敌占区与游击区的八路军，日常是分散的。鲁东荒地多，八路军战士都有开荒的任务，他们日常开荒，然后交给当地抗日政权。他们发动群众，军训操练，农忙时帮助老乡抢收庄稼。只有打仗才集中。一般只打敌伪百八十号的小股势力，没啥丰富的缴获。

胡百胜的枪械库，只存了几条破枪、老枪，但弹药很多。可因为连续多日下雨，伪军管理不善，弹药受潮无法正常使用。八路军遂用受潮的弹药，炸掉了所有的岗楼炮楼，还有伪牟平第 1 旅团部驻地。

缴获的枪，还是可以修复的。八路军战士叹息，可惜了这些宝贵的弹药，要不可以装备一个营使用。

最近的伪华北第 8 集团军，本可以 20 分钟内赶到，但他们却隔岸观火，见死不救。胡百胜欲哭无泪。

伪华北第 8 军不仅是胶东人民的一大祸害，也是伪牟平师团的一大劲敌。任群贤认为自己是汪伪系的"中央军"，举青天白日旗。举五色旗的伪第 8 集团军认为他们装备不行。两股伪军互相瞧不起，伪军之间的冲突成了常态化，经常擦枪走火。任群贤骂他们，吹牛天花乱坠，打仗贪生怕死，领功横抢硬夺，做事趁火打劫。

胡百胜去师部面陈。任群贤令胡百胜打报告，提议伪华北第 8 集团军换防到即墨，伪牟平第 1 旅团 3 团换防至乳山西北。

任群贤指示，如日军第 5 混成旅团批准，伪第 8 集团军如按兵不动，可以通敌罪状告他们。

任群贤说："根据我的情报，第 8 集团军在大量向胶东八路军走私军火、药品等物资，一枚炮弹就卖一根金条，暴利啊。"

秦守明说："全国的八路军收购炮弹就这个价格，要不也没人会卖给他们。日军情报说：八路军同时在积极发展军火和药品工业，但是进展不大，唯独胶东八路军有人力、海上、陆地、工业等得天独厚的条件。"

胡百胜说："整体上，毛泽东的人民战争，就是依靠集体主义的力量，来弥补中国人文化、科学、技术、装备等不足。如八路军妄想依靠大刀、长矛、拳头战胜日本人，算是傻到家了，他们肯定会穷则思变的。"

4

后来，胡百胜才知道，那一天他确实围住了胶东军区第 1 卫生所，当时，有 300 多八路军的伤病员陷在包围圈里。

日伪军来势太快，伤病员根本来不及向外转移，只能被迅速地转到了地洞内。为对付日军灵敏的狼狗搜寻地洞口，群众没事了，就用辣椒面拌上烟梗末在村子里到处撒，让日军的狼狗心惊肉跳，失去嗅觉。

八路军在大泽山一带，建立了卫生所、疗养所，涉及了 40 多个村子。

这里家家户户几乎都有地洞。有的村子，一般在 20 多个地方挖了比较大的地洞，最长的有 500 多米，可以住上几十个伤员。为了确保安全，洞跟洞之间没有任何联接，以防止一个洞的伤病员暴露了，牵扯别的洞的安全。

还有的村子地下医院是迷宫式地道，有很多的入口，都在老乡家里，每家都有地洞口。地洞可以设在任何地方：鸡窝、锅底下、井口等，这些不起眼的小地方，就是通向地下医院的通道。如遇到敌人扫荡，伤病员可根据敌人的情况，在警卫连的掩护下迅速撤离。

警卫连属于公安局，不是一线作战部队，没有几条枪，火力都很差，阻击敌人时，警卫部队伤亡往往较大。

胡百胜问打探回来的掖县汉奸："八路军怎么做手术？"

掖县汉奸答："据说都在地上，地下时有震动，不能做。"

乳山的密报组长华旺报告，乳山寨镇小管村，藏有胶东军区总医院，也称第 4 卫生所。

按照惯例，胡百胜对所辖区域的汉奸军警组织均有指挥权。他轻描淡写道："华组长，我给你一个营，你带着去打下来如何？"

华旺一听这语气，琢磨了半天，他哪敢去，只得说："我是密报组，只负责向您报告。"

胡百胜冷冷地说："你们密报组应对芝罘宪兵队负责，有关八路军的情况不必向我报告，以防泄密。如日军的命令下来，我就派你带一个连去打八路军。"

1907 年的《海牙陆战法规和惯例公约》规定，禁止以任何手段攻击或轰击不设防的城镇、村庄、住所和建筑物；在包围和轰击中，应采取一切必要的措施,尽可能保全专用于宗教、艺术、科学和慈善事业的建筑物,历史纪念物,医院和病者、伤者的集中场所,但以当时不作军事用途为条件。

胡百胜曾学过这些公约。除苏联外,二战所有的交战国都签署了《海牙陆战法规和惯例公约》。八路军完全人道主义化,有优待俘虏传统,从未主动攻击过日军伤兵车队、医院,乃至日本妇女、浪人的住宅。但是,日军签署了所有的海牙与日内瓦公约,却从不承认公约遵守公约,并公然使用违禁武器,杀害战俘,毫无底线。

不仅如此,日军对负伤的伪军也很残酷,伪军受伤基本得不到救治。看到胡百胜暧昧的语气,华旺心中没底,不知这个老兵油子想什么。

高小淞的老婆死了,华旺的妹妹华娇,给高小淞当了填房。华旺找高小淞商量对策。高小淞说:大舅哥,别天天瞎琢磨了,我们是兵痞,虽然都不愿与八路军打仗,可也都是杀人不眨眼的主,你可千万不能乱整,以免得罪了他。华旺当然怕死,终没敢向芝罘宪兵分队报告。

高小淞怕华旺惹事,遂给了他一把二胡,一个口琴,让他没事练音乐去。

在胶东民众看来,日伪军是无恶不作;国民党军赵保原等是无端作恶;只有八路军才无私无畏地帮助他们。

八路军有信仰,民众也就有了信仰。胶东民众同仇敌忾,至死不屈。他们八路军侠骨柔肠,赤胆忠心,所以势力越搞越大。

这一切,深深触动着胡百胜。胡百胜想,我虽是汉奸,但还是要点脸面的,不能有攻击医院,杀害伤员的恶名。

他对八路军的印象也就完全变了。以前,在黄埔的时候,他觉得共产党那套主张虽有激情,却非常幼稚。后来的印象,就是一群衣着褴褛,被中央军追着打的红军部队。现在,这支队伍,在抗战烈火的锤炼下,已经完全变成具有钢铁意志、战术灵活、情报准确的技术型军队。

之前,他总感觉国军好像缺了点什么。现在似乎有了确定的答案:八路军打的是超大集群作战,这个超大集群就是"人民"。

国军与日军一样,整合的"官学产媒",都是上流社会的资源。共产党动员的工农联盟,是底层社会资源。

现在,八路军像老母鸡,在山东下了这么多的蛋,建立这么多根据地,肯定有建成一定工业能力的根据地。这对日伪来说,可能就是致命的了。胡百胜不曾料到的是,战争不断加快科技传播速度,全国各根据地的军民,通过在战争中学习战争,不断汲取了科学与技术的知识,几乎都能维修、生产一些武器弹药了。

相比胶东根据地的军民，他与胡作为貌似掌握了科学知识，占着这么好的地盘，却狗占马槽，碌碌无为。

胡百胜不断被震撼。但他已进入深渊，无法自拔。

5

高小淞打电话请示，即墨修复好了文庙，要召开大典。县长请他赏光参加。胡百胜说：军务在身去不了。即墨不完全属于我们的防区，建议他也不要参加。他感觉到高小淞很失望。

鲁东没有多少尊孔元素，所以原即墨文庙很小。在德国入侵时完全毁坏，自此再无人理睬。汉奸以修复文庙为名，大肆敛财，搜刮民脂民膏。

伪第8集团军很快接到换防命令，正常的话应一周内交接完毕，但其按兵束甲，不与伪牟平旅团交接。

他们是在等待伪华北绥靖军的命令。

伪第8集团军其实只有2个团的编制，虽由日军第5旅团统一指挥，但换防应通知伪华北治安总署下令执行。现实中，日军并不把任何汉奸机构放在眼里。故而日军没有通知伪华北治安督办。

没有命令，伪第8集团军当然不敢随便动。

任群贤列举了伪第8集团军几大罪状：第一，蛮干，历来不服从第5混成旅团的作战指挥及调遣；第二，该部鸦片泛滥，精神状态萎靡不振；第三，查获其3次向胶东八路军走私军火，有通共嫌疑。

任群贤让各相关人员署名，报给第5混成旅团。

日军为了自身经济利益，并不禁止伪军吸鸦片，也不反对向地方军阀、国民党走私军火。但是，向八路军走私军火则是逆天大罪了。内田银之助少将闻报怒不可遏，遂请求日军第12军司令部，以通共嫌疑查办第8集团军司令徐贯一。

徐贯一被撤职查办，心灰意冷地离开鲁东。在回北平的路上，被离心离德的部下打跑。他亲自带来的那帮河北土匪，不仅抢劫了他的行李，还劫走了他的六姨太。

胡百胜与伪华北治安军打斗正酣，八路军敌工部早已派出联络人员，开始做瓦解伪第8集团军上层工作，目的就是为了搞到紧缺的药品、军火和物资。

八路军敌工部的王一民是招远人。18 岁时在师范辍学参加了八路军，19 岁回家乡动员老父亲拿出积蓄，购买枪支弹药，拉起招远县抗日独立大队。他杀伪灭寇，身经百战，威震敌胆。1941 年反扫荡，反蚕食，他带领武工队，连续铲除了 3 个区的伪政权，消灭 9 个乡的伪办事处。

为了对付王一民，日伪军连烧了王一民家 8 间屋子，甚至还示威性地派飞机轰炸未烧毁的房屋。

伪牟平第 1 旅团的防区得到收缩。任群贤与胡百胜的换防计得以成功。

高小淞换防到位后的第二周，胡百胜以北进的名义，将旅团部等迁到高小淞处。这说得通，因为他的旅团部靠共产党根据地更近了。

胡百胜见面时说：以后打电话说事要谨慎，日本人肯定会对电话进行监控，和地方汉奸交往要矜持。日本人心怀叵测，生怕伪军与地方汉奸交往过密、合流。

高小淞顿开茅塞，幡然醒悟。

第十六章

1

换防之后，胡百胜即开始排兵布阵。

日本士兵的训练相当残酷。日本人的训练场，新兵经常会被打骂。为了取乐，老兵让新兵们互相厮打、扇耳光、学狗叫，竟有熬不住训练被练死的。

日本人无比贪婪。一个准尉的月薪 120 元，但还打着"减食训练"的幌子，贪污克扣士兵的口粮、福利和待遇。随着日军战争环境的恶化，不仅肉没了，吃的菜也逐渐变成了各种菜汤。日军上等兵月薪 10.24 元，而普通士兵的 8 元月薪，还要被强制 3 元的储蓄，至少买 5 元的"公债"，几乎盘剥为零工资。鬼子士兵只能依靠扫荡，"挣外快"来补充营养和收入。

他兵力不足，也讨厌日本人。索性令分散在各据点的日军集中起来，组成一个作战小队，与一个连的伪军驻守县城。他则与两个日军顾问，根据乳山和海阳的地形特点，沿着交通线部署了一个狭长的凹型阵法。

这是个口袋。

他让高小淞后撤了 3 公里，把营地设在一片开阔地。

开阔地距山区根据地 6 公里，地形一目了然。其余的按点设置，大据点 3 个，每点两个营。小据点若干，每点三五十人，顶多设置 50 人，但最低设有 2 挺机枪。

他在自己的山头设立了电话观察哨，架设了可以随时机动的炮兵阵地。可以对 3 公里的目标，实施炮火攻击。

现在的炮兵有效的距离与杀伤力，已足以威慑任何对手。八路军诡计多端，不会傻乎乎让战士去白送死的。

以前，根据日军的命令，伪军分散使用兵力，到处设立碉堡、岗哨盘查，经常被八路军端掉。胡百胜废弃了全部的孤立碉堡，并严禁向类似的碉堡派兵。

除了旅团部外，其余大点与小点，每周流动一次。每次可变化一个连。这样，他强行打乱了伪军的编制。

几轮下来，他就重组了各团。他的铁桶阵，因没有孤立的碉堡，避免了与八路军天天交战，保住了不少伪军的性命。八路军的武器顶多有 1000 来米的射程，无可奈何，只能绕开他的口袋，以免被吸住。

任群贤看了他的铁桶阵，连声说好。胡百胜说："师座，这个铁桶阵是为了自保。"

任群贤说："好，能自保就行。我早就告诉你，白天不要单独出门，晚上不要带队伍出门，就是为了自保啊。八路军都是本地人，他们算是保卫自己的家园，保卫父母孩子，所以他们才会有纪律。我们是当兵吃饭，脑袋拴在腰上。吃饭的家什没了，钱再多也白费。别看中央军那些将军，天天牛皮哄哄，高瞻远瞩的，实则恶习难改，不是土鳖就是草包，真打起仗来连自保也做不到。"

胡百胜说："自古的将军多是花钱买的、捐的，或者根据利益分配来的。然后自吹自擂或雇一帮人为自己讴功颂德。军人是个职业，主要看战功。看打过什么仗，消灭过多少敌人，不看顶子的颜色。"

任群贤自嘲道："至理名言啊，一将功成万骨枯啊。流血的是士兵，受益的是将军。将军们的顶子都是士兵的鲜血染红的。历史是比较出来的，将军是杀敌出来的，我们则是投降出来的。"

高小淞添油加醋道："简庄伏击战，打仗的是士兵，立功得勋章的是县长。我们也是炮灰啊。"

胡百胜笑。还好，这仗他是上阵了的，并打死了鬼子的机枪兵。

秦守明说："有战争历史以来，也没多少真正能打仗的将军。古代是拼脑子拼人，现在又加上拼钢铁。没打过列强，算什么将军？中央军那些将军今天被封为名将，明天被授予勋章，后天加官进爵，可他们到底打过谁？英国、法国、德国、美国、苏俄？与日本人干都连吃败仗，却个个自封为常胜将军。"

高小淞浑水摸鱼："都是钱在作怪。我以前查案子时，看过日本特务机关的一个调查报告，清末的官员李鸿章、盛宣怀等人，都有几千万两银子。"

秦守明说："1939 年 10 月，日本特务机关也有个秘密报告称：委员长有资产 6639 万，宋美龄有 3094 万，宋子文有 5230 万，孔祥熙有 5214 万。他们都是民国大富豪，他们的钱都存在国外。当官不赚钱，请我也不来，有了权要多弄钱才对。"

任群贤说："钱存哪儿都无所谓，古人称钱是流水，现在叫资本。无论是什么，本身是没有家，哪里有利润就会流到哪儿，这很正常。流到日本可以叫普度众生，流到美国、欧洲可以叫解放全世界。"

众人哄笑，任群贤接着说："四大家族可不是白说的，中国就是几个家族的事，哪个家族不是富可敌国？国家都是他们的，弄点钱算什么？不要妒忌。说起打仗，东北军倒是打过老毛子，可被人打得屁滚尿流。美国谁能打得了？将来非称霸不可。"

任群贤、秦守明都是军人世家，也是兵油子出身，是同进退的关系。他们很了解军队的实际问题，明白症结所在，清楚士兵卖命是为了钱。扫荡前，都是封官许愿，先给士兵发钱。

胡百胜想，中央军对地方军阀是势力消灭为主，收编为辅，从国家统一的角度，这个思维肯定正确。但是抗战时期，不区分情况，急于求成，必导致地方军阀、各种势力无路可走，甚至愤而投敌，帮日军打中央军。黄埔系最大的问题就是排除异己，容不得不同出身的人。他们当年大约受排挤日久，对中央军心怀不满，如今到自己这里来发泄了。

他笑而不语，心中对这些简练的话甚是佩服。自从他上次被打耳光之后，他们的关系反而有些亲密起来，很多话都敢说了。

他请任忠义安排好酒菜，叫高小凇带着几个营长，陪任群贤喝酒吃饭。然后，任忠义大谈军饷不够。

任群贤连比划带吆喝，爽快答应，按人头实际加拨军饷。

为避免出事，胡百胜把两个日军顾问安排在最安全的据点，负责训练每周到来的士兵，尤其是炮手。

任群贤玩过迫击炮，打炮奇准，外号任三炮。他专门看了炮兵训练，表示满意。现在打仗主要靠炮火。没炮兵，步兵就会沦为靶子炮灰。

任群贤当年任保安团团长，在鲁西协同中央军作战时，几乎被中央军坑死。中央军、沈鸿烈、于学忠以及各杂牌军之间抢地盘、夺利益，互相排挤，致使山东地方的杂牌与保安武装处境雪上加霜，连军饷也无人提供。

鲁西作战失败，国民党军退出山东。他纠集一批溃兵被日军围住，人困马乏，弹尽粮绝，被迫投降，然后被发到鲁东守交通线。重庆对山东其他"曲线救国军"都发有军饷，唯独伪牟平师团没有军饷。

因此，任群贤对中央军是切齿痛恨。他说：中央军那些货，都是自作聪明的主，尤其是黄埔一期的，除了瞎指挥，克扣军饷之外，纯粹狗屁不通。架设个炮兵阵地，都能找个很快被日军干掉的地方。不信给一期的黄埔军 30 万军队，1500 门大炮，让他们去攻打济南、太原的日军，肯定打两年也打不下来，说不定日军的炮弹都能打入黄埔军的炮管中，因为这些—货们构筑的炮兵阵地，就明显不行嘛。

胡百胜说："日军只要集结到 20 万人，国军基本一触即溃。八路军虽顶不住，但有纠缠能力。"

秦守明说："别以为师座没有什么雄心壮志，师座最是要当岳飞的。"

任群贤摆摆手道，那时候太年轻，不懂事啊。俺爹说过，岳飞有啥可当的？自古以来写书的大部分是一文不名的书生，没什么阅历和知识。有阅历的人写史，往往又隐藏了最核心的东西。历史都是现实政治需要的解读，所以，读书要学会分析。假设《说岳》的描述都是真实的，可宋朝的时候，国是谁的？你们说谁爱国谁不爱国？谁忠君谁不忠君？坚贞与威武不屈的都是死人，活人都可能背叛。无论世界风云如何变化，任何社会都会有主战派、主和派、投降派和逍遥派。所以，谋害岳飞，应该是以皇帝为代表的势力，甚至可以说是举国上下各种算盘、利益折中与平衡的结果。皇帝和满朝文武的路线图都指向了维护稳定、和谈、不折腾、收税吃饭。只有岳飞的路线图是打仗，收复什么国土。可朝廷不是他岳飞开的，更不是他能说了算的。

大宋朝的皇帝，有那么多土地，那么大的版图，根本不差几百里、几千里地的。而这些地，又不是皇帝出生从娘胎里带来的，他也不知道地契是谁的，边境线到底在哪儿。皇帝的如意算盘是打输了会丢更多的地，赔上更多的金银财宝、女人，甚至是皇位和脑袋，而和平了，则可以保住现有的一切。太监们的小九九是无论谁来当皇上，都要吃饭，都要伺候。满朝文武琢磨的是如打赢了，自己不见得有更多的功名利禄，但如果打输了，一切荣华富贵都会成为过眼云烟。连皇上都不知道土地是谁的，岳飞怎么就会知道呢？

因此，秦桧杀岳飞的时候，没有任何大臣找皇帝为他说好话或者求情。如果有人找皇帝说：蛮夷都是狼子野心，狼心狗肺，无耻无信无义之徒，真杀了岳飞，万一生变，谁会出来为朝廷卖命打仗呢？要知道，整个宋朝就没仨俩能打仗的人，所以，皇帝一定是首先考虑保命的。但，就是没人出来说这个事。干掉岳飞后，没有部队的可以瓜分他的几十万精兵；没有地盘的，可以分割他的地盘；没有钱的，可以劫掠他的军饷；没有粮草基地的，可以分享他的粮草基地；没有官当的，可以到他收复的地盘当官。岳飞当时有多条路可以走，第一条是自立为王，第二条是支持皇帝的和谈路线，第三条路是投降。但他的收复国土的雄心壮志，却是自寻烦恼，自取灭亡。

任群贤的话如雷轰顶，他无情而血淋淋的分析，让胡百胜心头一阵颤抖。真是出身决定了基础，任群贤有个见多识广与头脑发达的爹啊。老百姓的孩子在官场混，如果搞明白官场的事，估计也差不多快死了。皇帝要防范的不仅仅是外敌，还要防止出现兵变、太监或后宫乱政、大臣结党营私、老百姓造反哗变等等。任群贤不仅要对付八路军，还要防范日军暗算，内部叛变。胡百胜想，难怪这小子看护自己的权力那么死，他实在是已经把历史看透了。于是，胡百胜岔开话题说:"师座,恁也太会损人了。日军的炮打进黄埔军的炮管?准头不也太邪乎点儿了?黄埔生再不济,给 1000 多门大炮,还打不下济南、太原?"

任群贤说:"日军占领济南,我们的杂牌标兵韩复榘弃守而逃,未遭任何抵抗。日军进攻太原,我们的杂牌榜样阎锡山和傅作义守了 4 天。现在的济南、太原并没多少日军,虽都是三面环山,碉堡林立,防守严密,济南从地形来说更难打一些。1500 门大炮,比 1938 年日军的火炮总数还要多约 300 门。尽管日军战力强悍,进攻这些城市,我这个杂牌打,用 500 门炮,1 个月也就差不多了。"

于是,大家都笑个不停。任群贤虽然外号叫任三炮,也只玩过迫击炮,杂牌军根本没重炮。但是黄埔系的各种毛病,包括那套金刚不坏,百毒不侵,骄横轻敌,天下第一的思维流行甚广,确实也加剧了国军的派系矛盾。

胡百胜认为,国军主要是火力不行,因此才挡不住日军,其余的都不应是难点。任群贤却认为,苏联的援助物资早起到作用了,否则国军支撑不到现在。例如苏联仅大炮就援助了 1500 门,现在的火炮数量接近甚至超过了日军。戴安澜之所以能打,是因为任何一个日军师团的火力都比第 200 师差很多。问题在于,国军的指挥体系是否适用装备的变化?士兵能否用好这些装备?中央军的脑子,不是浆糊熬出来的,就是灌满了羊油,那帮肥头大耳还是大刀长矛式的思维,根本指挥不了现代化的军队。

他们又笑个不停。任群贤显然与伊达顺之助也聊过这些,他的思维让胡百胜刮目相看,感觉不服不行。

任群贤非伊达顺之助体系的人马,伊达顺之助对他只能是利益诱惑,表面上很尊重。伊达顺之助请任群贤吃饭的时候说:甲午战争的时候,中日差距不算很大,但是清王朝晚期是各个利益集团拼凑的,朝廷的八旗军都是旧式的,思维固化,没有文化,不会使用火器,根本打不过太平军。打仗的时候,朝廷无兵可用,只能利用汉族各地的地主武装集团。湘军和淮军都是庞大的兵勇队伍,靠着精锐的洋枪洋炮保持自己的利益和位置,一旦没了兵,李鸿章也好,曾国藩也罢,都会失去自己的位置与政治版图,关键时刻他们不会为朝廷卖死力气。因此,与大日本帝国作战,就不断出现打仗 — 逃跑 — 谈判 — 丧权辱国的恶性循环。

任群贤说:日军分析过国民党的来龙去脉。孙中山当年看清楚国民党的问题所在,知道国民党不改变颜色,难成大业,遂提出"联俄、联共、扶助工农"的主张,以改善国民党孤立的国际环境,用共产党革命的血液,更换国民党的黑金血液，壮大国民党的肌体。但扶助工农还是高高在上的思路，把工农当成弱势群体，比不上共产党紧紧依靠人民和人民打成一片的思路，所以，民众对国民党并非完全支持。孙中山去世后，蒋介石发动"四一二"政变，彻底改变了孙中山的路线。

胡百胜想，这帮人的脑子都很好使，所以，他们的脑袋还顶在肩膀上。国民党的倒行逆施，导致国家更加落后。到了今天，国军与日军的差距更是全方位的。除了火炮的数量，还有火炮质量与射击精度。苏联援助的大炮到位后，根本拉不到战场上。口径越大的炮就越重，日军 105 榴弹炮射程 10 余公里，战斗全重 1.75 吨。苏式 122 榴弹炮射程、口径与杀伤力更大，全重 2.45 吨，需要更大的动力才能机动。欧洲战场已经全面机械化了，而中国军队连可以拉车、驮炮的挽马都没有。即使费力到了战场，炮手如都是文盲，不懂物理，不懂数学，基本看不懂标尺、坐标、地图，无法瞄准和校正，不能发挥作用。

中国是节俭型的小农经济，为节省成本，一亩三分地历来都是用牛精耕细作，用轿子或独轮车代步，无任何优良品种的马匹。西方则用马耕地，马车代步运输，干活与骑乘均有良马。挽马的特点就是肌肉发达，性格沉稳，拉力一点儿都不输于牛，速度至少是牛的 4 倍，而且更通人性。日本本无良马，他们的东洋马，都是从欧洲或阿拉伯引进的。

日军顾问和翻译官流动性很快，现在几乎半年就一换。日军高层曾经特别考量过，为避免日伪军个人间建立亲密的关系，必须加快日军顾问、翻译官的流动。这段时间，他带着新来的日军顾问和台湾翻译，不断去各团轮流巡查，一方面宣扬自己的新阵法，一方面与各团长们联络感情。

胶东天天有战事，唯独他这边平安。两个日军顾问轮流跟着他巡查，天天吃肥丢瘦，扊金溺银，美不胜收。胡百胜则扯旗放炮，让他们写报告，要枪要炮，增加军饷。他们也经常上报胡百胜作战勇猛，打得八路军销声匿迹。喝起酒来，日军顾问总竖着大拇指夸，"胡桑，大大的优秀"。

没有青岛日军司令部的命令，八路军经常活动的地方，任群贤从不下令去，胡百胜更不主动派兵去。他的兵都怕死，关键时候根本顶不上去。青岛日军来了命令，一定是大扫荡，八路军早找不到了。

任忠义不停地招募士兵。很快就招募了 1000 多人。华北伪第 8 集团军发生内讧，有一个连带枪投奔过来。

他很满意。任忠义手舞足蹈地接任了旅团参谋长。

这样，他把教导团牢牢地控制在自己的手里。

2

任群贤去青岛日军司令部开作战会议，日军参谋长分析了东葛家村一役，对作战过程基本满意。

一段时间以来，伪军 1000 人左右的队伍，根本不敢深入根据地腹地。胡百胜带领这 1000 多人，顺利突入了根据地的核心区域，并且包围了东葛家村，击溃了八路军的警卫部队。尽管没有最后取得战果，但是表现了出色的实战能力。

日军青岛司令部考虑，让胡百胜接任伪牟平师团长。

受日军青岛司令部的委派，伊达顺之助决定，利用去张店出差回来的时机，与胡百胜密谈一次。

任群贤电话命令他，尽快赶到高密日军中转站待命。

胡百胜即刻让昌邑带来的心腹，驾着马车先行出发，向胡作为通报，并给他带去了大量海鲜和土特产。

第二天，胡百胜带着 10 多个随从，打马扬鞭，两天跑了约 140 公里，晚上到达高密。他先去找胡作为。

胡作为已经在高密县行署门口等着他。然后把他接进行署招待所坐定。随从们被行署秘书长柏延鸿带走，他们在另外的地方休息、吃饭。

喝完茶，胡作为带他去堂子泡澡。

澡堂子是一间 20 多平方米的屋子，很干净。一进门，换上拖板鞋没走几步，就进了热气腾腾的大池子。

池子是洋灰的，很精致。胡百胜闻出有一股轻微的石灰的味道。他脱掉衣服，挂在衣架上，进了池子才发现，进来伺候局子的，不是堂子里常见的搓背小哥。

之前，他遇到各地堂子里修脚、搓背的，一般都是扬州人。扬州男人细致周到，说话文雅低语，修脚搓背麻利，受到全国各地堂子客的欢迎。

语言在中国要不就是触景生情，要不就是约定俗成。清朝时代，堂子既是大清国皇帝祭天、祭神之所，还是妓院的俗称，又是京师戏班丌堂会的泛指。在民间的约定俗成里，就是澡堂子。

两个端着水果盘子，迈着小碎步，身穿和服的日本女人走了进来。尽管久经风月场，胡百胜也没见过这样的东洋景，甚至想都没想过。胡作为用日语嘟囔了几句，两个日本女人开始脱衣下水，并分别给他们搓身。

伺候胡百胜洗澡的女人，纤细貌美娇小，感觉也就是 20 岁出头。她用葫芦瓢，在胡百胜身上轻轻地泼水。

她一边轻轻地泼，一边轻巧地搓着胡百胜的身体。

力道刚好。胡百胜身体有点发硬。

胡作为哈哈一笑说："百胜啊，这个堂子刚建起来没多久，是给我自己专用的。你千万不要不自然啊。这些日本小娘儿们是下关人，是我刚弄来的。"

胡百胜知道，他在日本认识很多人，也知道普通日本人非常穷，每年都有成千上万的日本女人出国卖春。

胡作为接着说："日本人爱泡澡，他们的澡堂子与我们不同，男女是混浴的。所以，她们是不会害羞的，你也千万不要害羞。"

胡百胜想，男女自古授受不亲。这些日本人，真他奶奶的什么洋相都能出。

洗完后，女人小心地给他们的要紧处捂上毛巾，又伺候他们吃了几个水果。隔壁就是县行署招待所，穿好衣服后，胡作为带着他去用餐。

胡作为边走边说："百胜，伺候我的这个日本娘儿们叫宫本春菜，你的那个叫河村花梨。就叫她们春菜、花梨吧。日本人的名字都很怪，以前，除了贵族，平民没有姓氏，只有名字。后来变了，都有了姓氏。我在日本玩的时候，遇到个人叫'那妓男'，他以职业为姓。你的那个回头可以带走。你那里条件差，我明天让人做个大木桶，你带回去用就可以了。日本女人伺候男人最好了。"

胡百胜说："哥，这哪行啊。我那里是军队，是前线。"

胡作为说："前线怕什么！你老婆在家里照顾爹娘、看孩子，顾不上你。这些日本娘儿们，权当是窑姐，能玩就行了。男人还有不拈花惹草的？如果有人问起，就说是日本人赏给你的。反正没人敢找日本人问，还可以抬高你的身价。"

他们之间，几乎不谈女人，不谈钱，却可以分享女人，分享钱。胡百胜心头顿时涌起一股暖流。

吃饭的时候，春菜和花梨面带微笑，跪坐着默默地添酒。

她们个头都不高，似乎都是罗圈腿。

电灯忽忽悠悠闪着，伪县行署的电力线是从火车站接过来的，那里有一台小型发电机。

留声机飘出萎靡的音乐。女人扭起淫荡的腰肢，并嗲嗲地哼起歌。

胡作为说：环境很重要。有了环境，语言很快就通了。

女人都是认命的，跟了你，就沾上了你。胡作为似乎呢喃自语。

俩人边吃边谈，几乎谈了一夜。

胡作为上任后，即对高密、昌邑的烟馆、赌博、窑子等传统产业进行了清理，进行了产业化升级。

"中日友好风筝节"让日本人和高密城大佬们喜笑颜开，眉飞色舞。胡作为通过此事，又发现了周会玩的组织才能。

胡作为亲笔题词："大中至正，国而忘家"。周会玩急忙裱好，撕下了申得勇的字，挂在厅堂。

周会玩去哪儿都带着高大英武的副官。那副官趾高气昂，指手画脚。有一天，不知为何双方吵起来，还当着胡作为的面，打了周会玩一记耳光。周会玩受了委屈，还不敢说话。胡作为不知缘故，非常不爽，劈头盖脸地骂过去说：再这样就弄死你。那副官吓得直哆嗦。以后，在公众场合，那副官稍微收敛了点。

刘大头请胡作为喝酒。刘大头随口说：周会玩当年在青岛和洋人搏斗，那鸟被洋人打烂了，结婚后，只能搔老婆、咬老婆，他早有断袖之癖了。

胡作为一闻千悟。他叮嘱刘大头，经常提醒周会玩保持形象。刘大头心领神会。

周会玩虽然怕副官，但对刘大蛤蟆还是颐指气使。刘大蛤蟆到处建炮楼。他在城西建了一个"炮楼胡同"，做到村村有炮楼，户户筑堡垒。

为防范抗日活动，刘大蛤蟆下令不准用洋火，不准用煤油灯，关闭各固定的铁匠铺，禁卖菜刀。把整个高密的夜晚，弄成了无人区。伊达顺之助随之整成了"高密经验"，在日占区推广。

胡作为让周会玩把毒品交易链做到青岛、济南、天津、北平等地，并利用炉包店的隐蔽性，在青岛建立地下贩毒、烟馆和赌博网络，牟取暴利。

周会玩、刘大头等利用各种同学及经济联系，建立起横跨鲁东与鲁中庞大并高效运行的经济体、销售网络、情报网络。

胡作为财产暴增，周会玩与刘大蛤蟆他们也大发横财。

汪伪政府成立后，一直积极推动竞技体育，宣扬中华国粹。太极大师、太极操的创始人、国民党元老褚民谊，不辞辛苦地兼任了汪伪全国武术协会会长、汪伪全国体育协会会长。

与其他历代"武术家"不一样，褚民谊还是有点本事的。他觉得武术太难看，动作太少，就从欧美找来了体操、芭蕾舞教练，把前滚翻、后滚翻、前后空翻等动作糅入了武艺。一时间，武术被他整得千姿百态。他独创了太极棍和太极球，出版过《国术源流考》《太极操》等武术专著，名噪一时，享誉"武林"。

可无论怎么使劲，武术的动作，还是不如体操、芭蕾和京戏优美，打起架来依然是王八拳。褚民谊不管那一套，1930年，他任全国国术比赛裁判长，进一步引导武术潮流，与假誉驰声的"武术家"马良并称为"南褚北马"。

褚民谊的武术，是一个"神话"，一个传说：一个活龙活现的骗局。他积极推动媚日武术，不断发动各地"武术家"们去东京媚日表演。山东伪政府省长马良、欺世钓誉"武术教育家"许禹等热烈响应。

平、津、冀等14个武术馆，在北平中山公园召开比武大会，前三天，选拔出125人，第四天选定29人，组成"中国武术队"。由马良第四次带队赴日表演。

"武术家"吴斌、宝林、王侠女等在比赛中脱颖而出。虚誉欺人的《武源》杂志，刊登了他们所谓的赴日途中在轮船上合影留念。

同期的《武源》杂志，以殖民地式的妄想力，刊登了女侠王侠女，徒手搏击50多个壮汉，手撕20多个匪徒，火车站救弱女的光辉事迹。

周会玩的长拳也参与了表演，列伪警察系统第一。因为山东没武术馆，时任伪华北政务委员会委员的马良决定，派周会玩代表天津武术馆去东京，为天皇表演长拳。

表演完毕，"武术家"牛大海，在《亲善协商报》发表殖民地式狂想般"见闻"称：马良老省长对天皇说：您（你）们的再试试。天皇不得不伸出大拇指称赞说：我们的不行，还是让你们中国（继续表演）。

周会玩为高密赢得了荣誉，胡作为心情舒畅。他召集全县党政军以及特务团大会，周会玩介绍了先进经验，过硬作风。当他谈到自己的长拳表演完后，东京现场的观众，爆发出一片热烈的掌声，欢呼声此起彼伏，胡作为表扬了周会玩，奖励了一套豪华住房，20根金条。号召全县向周会玩学习，做到胜不骄，败不馁，鞠躬尽瘁，死而后已。

主席台下的汉奸们，长时间热烈鼓掌。他们一个个挺起了胸膛，仿佛吐出了在日寇铁蹄蹂躏下郁积多年的闷气。

胡百胜笑道："作为哥，练五练六的那群人吹起牛来简直是不要命了。当然，冷兵器时代，中国摔跤、一部分兵器还是有点用的。"

胡作为也笑："我当然知道，武术的拳头是用来说的，不是用来打的。他们是年纪越大，体力越好，越能打。我肏他奶奶的，马良这王八蛋还能见到天皇，还与天皇对话、握手,牛大海还能在一旁听。我不过是凿壁借光、借水行舟,利用这个事的影响,弄我们自己的事而已。"

胡百胜呵呵一笑:"再过几年,褚民谊首创的太极棍、太极球、太极操什么的,可能会变成孙膑拳那样的东西了。武术真的是源远流长。"

按史书记载,孙膑是个不能动的残疾人。但武林却有孙膑拳、孙膑腿。太极棍、太极球、太极操肯定也会被煽风点火之人,弄得惊井扪天,起伏跌宕。

胡作为哈哈大笑说:"这很正常。我们没什么科学素养。我们是殖民地。上流社会的人,其实总被外国人欺负。我们的精英面目好像高自骄大,外表似乎骄侈暴佚,内心其实极度卑陋龌龊。都是精神胜利法而已。"

和日军打了这么多年,全中国能一次刺杀4个鬼子以上的就一个人,是胶东八路军的战斗英雄任常伦。1944年,年仅23岁的任常伦,在一次战斗中刺杀了5个鬼子后,不幸被流弹击中,壮烈殉国,八路军命名他生前的连队为"任常伦连"。

以战士的名字命名连队,普天之下不会超过三两个。这简直是登峰造极的荣誉。

胡百胜也笑。大刀会、红枪会的总会,几乎都处于孔孟之道的核心区域,是民国初年成立的教门武装,或者叫秘密社会。他们每天念咒画符,操练刀枪,不亦乐乎。日本侵华后,最后几乎都投降或与日本人合作了,而世界的荒诞,莫过于此。

胡作为认为,太平洋战争爆发以来,日军开局很顺,但是随后军火、物资、兵力,全都后继无力。美国的参战,导致战局急剧改变。日本看来必败无疑。

他曾派原丛斐带着钱款、黄鱼和大洋等到南京,通过同学和故友关系,与丁默邨、李士群等有过接触。李士群判断,中国本土的实力派,还是蒋介石和国民党。斯大林并不光看意识形态,也是讲实力的,他可以为了苏联利益与魔鬼合作。苏联并不看好中共,也不给中共任何军事、经济援助。

国民党以留洋的博士为主,代表了政府,中共多是农民军。全世界的援华物资等,都给了国民党。八路军只能自己动手,丰衣足食。

对重庆方面,胡作为也做了安排。

他在留日补习日语期间,认识了同是补习学校的同学霍达来。最后他们都没考过日语关,成双结对地在日本浪迹,钱花光后,胡作为被逼回家,而霍达来被家族送到法国勤工俭学。

抗战开始,从没摸过枪的霍达来回国。在欧美同学会庞大的裙带关系扶植下，当了战区少将政治部副主任，后来又在军事委员会，捐了个设计委员会中将参议。这个设计委员会隶属政治部，本是安排客卿及闲员的机构。因为其吹牛敛财，招致政治部主任陈诚的厌恶，而被排挤出去。

霍达来很快便加入CC系。这下子，真得心应手了，他负责中统局的"党员调查网"（党员通讯网），是国民党中央组织部用来监视其内部人员的系统。

CC系是陈立夫、陈果夫的缩写。抗战前，青岛地方行政已被CC系实际控制，不断给沈鸿烈使绊子。为对抗CC系压迫，"焦土抗战"开始，沈鸿烈把崂山抗战交给了即墨人控制掌握。以即墨人为主体"青保"，始终坚持抗战，绝无背叛。

在昌潍一带，胡作为以原丛斐的名义，负责中统的情报站，运转良好，情报可靠，已经取得了中统的信任。

对胶东共产党，胡作为认为，共产党与国民党资源无法相比，且国际关系、人力资源差距太大。

胡百胜因为情报与接触范围的局限，他的看法基本限于山东八路军。

他知道，胡作为对共产党这个词比较敏感，尽量用八路军取代。

他最恐惧的是胶东八路军的动员力。这个问题他已经深刻地感受到了。他认为，胶东八路军的动员力非常恐怖，与他以前学过的、知道的完全不一样。

他突袭的东葛家村，藏有胶东八路军300多名伤病员。日军拷打了50多个村民，杀害了10多个村民，最终一无所获。这说明，胶东八路军已经和民众结为一体了。民众宁可牺牲自己，也要掩护他们。

胡百胜分析，1940年底，山东八路军已经设立了70多个县级政府，现在最少也要有80多个县。抗战已经让延安成为了八路军的政治指导中心，目前正在建设山东的兵源与经济中心。

胶东每年提供给各根据地大量粮食物资。招远是全国第一个年产万两黄金的县，也是亚洲最大的金矿，历史悠久。本来日本人全部控制了生产，后来，共产党也参与争夺。据日军抓获的共产党供认，共产党建立了挖黄金的部队，还建立了通往延安的秘密"黄金运输线"。

他判断，目前，八路军不会考虑向海边发展，因为沿海周旋余地太小，又有日军军舰威胁。八路军主要分割日伪据点，打通胶济铁路两线，企图把胶东、滨海区与鲁南连成一片。

此外，关于胶东八路军的许多传说，如生产西药、硫酸、炸药、迫击炮、炮弹、轻重机枪等大都是真实的。仅乳山一带，胶东八路军建设了3个兵工厂。他们的经济能力、军事实力，以及对日伪军的威慑力，已实在不容小视。

按照胡作为的一贯理解，工业文明打败农业文明是不可颠覆的真理。所以，农业文明必败于一切工业文明。

他意识到，根据胡百胜的分析，当前胶东八路军与日伪军对抗程度表明，起码其动员力、生产力，已经达到一定标准。

胡作为沉默了许久。

胡作为告诉他，伊达顺之助前几天路经高密，曾与他密谈过，拟调任群贤任胶东陆海联防司令，提拔胡百胜担任伪牟平师团长。

胡作为按照日军规定，在伊达顺之助的必经之路上，部署了警备队、狼狗队，出动特务团、警察局，对车站、铁路、公路进行了封锁。折腾完了，也累得快虚脱了。然后，请他吃狗肉，送给了伊达顺之助 20 根小黄鱼。

伊达顺之助连吃带拿很满意。尤其是高密的狗肉，都是杂交的肉狗，肉香得很。他让胡作为再给他弄几条，他好带回青岛招待海军司令官阁下。

胡作为说：明天下午，伊达顺之助要和他谈谈话，建议他不要接这个活。胡百胜也心知肚明。以他的条件，无法指挥任群贤带来的鲁南部队。

胡作为给他一些共产党文件，让他找时间看。

胡百胜带来了一套胶东中小学课本，统称《国防教科书》，也让他看。

4

第二天中午，细雨霏霏。

伊达顺之助到了。并于下午在日军驻高密的运输中转站，会见了胡百胜。伊达顺之助脸依然白净，他身着大佐军服，腰挎指挥刀，精神百倍。胡百胜感觉他胖了许多。

太平洋战争爆发后，伊达顺之助便策动成立了日本陆军军管会，吞并了青岛全部的欧美企业。其中，英美颐中烟草公司改为"大日本军管理颐中烟草公司青岛事务所"。不仅为前线日军大量生产卷烟，还用最先进的印刷机，印刷各种伪钞、假钞与日本"军用手票"。从"大日本军管理颐中烟草公司青岛事务所"流出的伪钞、假钞难以识别，不断冲击中国各地经济，民众惨遭无端的剥夺。他为陆军牟取了巨大的利益，终于受到陆军彻底的信任。

他建立了老鼠市场，伪市政府强迫居民交纳活老鼠，秘密供做细菌战试验。鼠价上涨到一元多一只。

他建立伪捐献市场，青岛市民一次就向日本海军"献纳"飞机32架，现金100万余元；青岛兴发股份有限公司献金15万元。

他建立了伪市民献铜委员会，半个月就搜刮民铜200余万斤。

他成立了伪青岛市剿共委员会、伪华北妇女协会青岛分会，在高密组建了最大的慰安所。

他建立了伪劳动力外销市场，成千上万的输日奴工，由青岛转运日本北海道昭和矿业所。

他关闭了青岛师范学校，抓捕各种地下学习会、读书会。他成立了伪青岛、烟台广播电台，宣传大东亚圣战，中日亲善。伪剿共委员会、伪华北妇女协会天天组织活动，要求民众守法，建立法律高于一切的行动指南。

伊达顺之助开心地看着这一幕幕。日本真是太阳的国度，太阳风暴袭击了中国，制造了各种昏眩症，把中国人整得全蒙圈了。法大还是权大？对日本占领区来说，中国已经是日本的了，日本人当然就是法。对汉奸来说，他们的话就是法律，而法就是权，所以一定是法大。对日本人来说，当然是天皇最大，没有任何人、任何事可以背离天皇的意志。对美国人来说，逻辑上当然是选民最大，选民可以让任何人下台回家。

八路军针锋相对，提出人民的利益高于一切。

日本人大都像小本生意人，精于谋算。这几年，鲁东战事繁重，日伪军平均每天与八路军交战2次，每次平均伤亡5人。

因为八路军缺乏弹药，打仗主要靠近战。原来在50米附近开枪，打五六发子弹后，猛扔手榴弹，充分利用手榴弹的杀伤力，然后冲锋拼刺刀。现在，八路军作战更加近距离了，射击距离一般在10~20米处。八路军开了一排枪后，也不甩手榴弹了，直接冲上去拼刺刀。这说明，随着战争的进程，八路军的弹药来源依然困难，但是，体力与拼刺刀技术，已经不怕日本人了。而日本人的体力、技术都呈下降的趋势。

八路军越打越油，缠斗能力特别强，连排战术也已超越日军，早甩日军不知几条街了。他们没日没夜地折腾日伪军，日伪军与八路军的战斗看不到尽头，折磨死人。日伪汉奸几乎被熬成了精神病，意志处于崩溃边缘。

胡百胜想，八路军的战术水平是拿生命换来的。日军的野战部队愣被整成了治安军、武装警察。这简直逼疯了日军高层，使得日伪军面临军需、人员、情报等多重压力。

相比，胡百胜的队伍损失很少，日军顾问不断给他上报战功。青岛日军司令部觉得这伙伪军战斗力很强。

胡百胜呈上 20 根"小黄鱼"做见面礼。伊达顺之助笑眯眯地收下。夸奖了胡百胜几句后，伊达顺之助直截了当地说："任群贤将军要任烟台海陆联防司令官，你是否考虑接任牟平的师团长，那样，我们就可以经常见面了，以共同发展王道乐土。"

胡百胜言辞谨慎地说："大佐阁下，任将军是个很有经验的指挥官，他摧锋陷坚，具有蹈厉之志，忠于皇军。我是参谋出身，没有带过这么多兵，指挥经验不足，肯定不能胜任。"

伊达顺之助点头。他知道国民党军的参谋和日本军队不一样。日本军队的参谋对下级单位具备相当的发号施令权，国民党军则不具备。

胡百胜继续强调了武器困难等问题，以目前的装备无法与胶东八路军对抗。他建议任群贤兼任师团长，自己绝对无条件地服从指挥，任何时候，与胶东八路军作战，肯定确保冲锋在前。

伊达顺之助说起八路军的作战能力，真的有些佩服。八路军的游击队 3 发子弹就敢打伏击，5 发子弹就敢打攻坚。

胡百胜说：游击队主要打几十人的小据点，战术很单一：就是围困战、蘑菇战、地雷战、骚扰战等并用。游击队、民兵先清理周围的地形，用地雷围困据点道路以断绝吃用。如方便，八路军会安排神枪手用冷枪狙击水井区，日伪军露头就打，以切断水源。据点如得到小股增援，则很容易被监视支援的八路军主力吃掉，如得到日军大股增援，游击队就暂时撤围，增援走后，游击队再围住据点。这样循环往复地折磨。如被围据点得不到增援，半个月内或者投降或者逃跑或者被游击队拿下。无论八路军还是游击队，从未组织过敢死队硬拼。这样八路军与游击队伤亡很小。

伊达顺之助说：这还算战术单一？有无对付的办法？胡百胜说：只有增加兵力，或者进行大扫荡。

伊达顺之助摇头。野战也好，与八路军作战也罢，都不是他的事。他负责内部人事安全，他推荐的胡百胜，与八路军作战没丢过据点，让他感觉很有面子，表示武器不是问题，他让胡百胜回去写个报告，请示后即可给予调拨。

伊达顺之助："胡桑，三浦株式会社有大量武器，我可以让他半价卖给你。"

胡百胜说："张长官，我是军人，没有收入来源啊。"

伊达顺之助说："你可以卖给赵保原，让他打共产党。"

胡百胜说："张长官，我是军人，不是商人。"

伊达顺之助笑。又和他聊了一会儿。胡百胜感觉时间很晚了，就告辞离去。

他走后，伊达顺之助也离开中转站前往青岛。

胡百胜回到了招待所。继续看胡作为给的文件。这些文件是日军扫荡各根据地缴获的。伊达顺之助知道胡作为是"三姓家奴"，让他帮助研究。胡作为看完后，犹豫了半天，前思后想，最后，顾头不顾尾地写了一些看法，并交给了伊达顺之助。

胡百胜看到，这些文件不少涉及了共产党延安整风的问题。1942 年，抗战形势严峻，中共后面开始整风。通过这些文件，他才明白，原来共产党也是有山头的。之前，他以为共产党是铁板一块。当年，鄂豫皖苏区红第四军、红二十五军，在曾中生等领导下发展迅速。1930 年，不知是谁把张国焘弄去了。张国焘枪毙了曾中生、许继慎等排以上干部达 2500 多人，凡有初中以上文化的干部都要审查，很快搞垮了鄂豫皖苏区。红四方面军被迫跑到川陕，在川陕又被打到了草地。最后，在红军最需要人的时候，不幸全军覆灭了。

当年，胡百胜看过缴获的红军文件，张国焘说，"由农民游击战争包围大城市之割据观念，其成功的可能性微小"。说明张国焘在大城市占不了的情况下，认为农村根据地是不行的，只能玩游击主义、流寇主义了。

江西苏区把中央军屡次打得丢盔卸甲，但是从上海和莫斯科去了一帮人指挥，也很快把根据地折腾光了，红一方面军也被迫长征。

而新四军主力，果然又被王明等人的瞎指挥给葬送了。抗日形势如此严峻，新四军却被王明们折腾得天天搞窝里斗。

名将高敬亭，率先打响了新四军抗日的第一枪。他横戈跃马，坚守住一大片鄂豫皖根据地，却被要求交给国民党。他杀身救国，仅 1 年的时间，先后同日伪军作战 90 余次，毙伤日军 1700 余人、伪军 600 余人，俘敌 400 余人。他是新四军独一无二、能征善战的高级将领。王明那帮二混子，居然在蒋介石支持下杀害了高敬亭。

胡百胜琢磨，山东八路军之所以顺天应人，可能与没有王明这帮人瞎折腾有关。如果王明们来搞山东，八路军很快就会被折腾光了。

这些问题，在共产党的语境里叫"28 个半布尔什维克"。他想，原来共军与国军有很多是一样的啊，也是存在很多思想与矛盾的。而国军何止是"28 个半布尔什维克"的问题。

他原来一直以为，自己之所以发展不好，提拔很慢，主要是因为瞻前顾后，放不开手脚。现在明白了，他生存在一群传统作业的封建军队中。愚昧加愚蠢，根本容纳不了任何不同的思维。

坚不可摧的黄埔系，天天吹来吹去的。无非是认识几个汉字，经过三五个月的学习训练，没有实战，打不了胶东八路军这样的仗。

在抗战的相持阶段，国民党军萎缩在后方，日军不进攻，基本无所作为。日军如进攻，根本守不住。而胶东八路军把敌后变成了前方，每天都在急风骤雨地发动游击战、蘑菇战、袭扰战，搞得敌占区鸡犬不宁。

5

胡作为翻看了一夜的《国防教科书》。山东根据地实行小学六年制，胶东学校一般分初级、中级和高级三段，每一级六册。

国语课本几乎全是抗日、救亡、民主、团结的内容。初小算术之类的教材，也凸显强烈的军事色彩。如生铁 1 磅，铸手榴弹 1 枚，兵工厂某次买进生铁 2 吨 340 磅，可铸手榴弹几枚？一个营 450 人，每人背 5 个手榴弹，共可背多少？

给壮年、老年人开设的扫盲班，用《冬学课本》。"上冬学，求知识，救中国。"再往下是《打倒汪精卫》《建设新胶东》《帮助八路军作战》《掩护病号》《为什么要实行民主》等课文。

连赵保原都有专门一节课。教科书上历数了赵保原投降日寇、杀害民众、强奸妇女的滔天大罪。

他觉得，幸亏没在胶东，否则很可能给他编上一课，把他描述成十恶不赦之徒，然后到处传播。震天铄地的八路军，在重新塑造新人。将来这些孩子长大了，那还了得。

胡作为安排人做了一个严丝合缝的大木桶。胡作为说：桶是柏木的，绝不漏水。胡百胜又在高密待了两天。与胡作为泡茶、喝酒、搓澡，交换自己的想法。

天下没有不散的宴席。第 3 天，他骑着日本大洋马，花梨手摇纸扇，坐在漂亮的德式三驾马车里。胡作为另外派来拉货的马车，载着木桶，还有 500 多条香烟，600 多坛美酒，然后上路了。

胡作为把他送到公路。几辆马车，沿着公路迅疾奔走，煞是威风。勤务兵挥着长鞭，卖力地吆喝着马。

花梨跟着去了乳山。胡百胜去了芝罘到任群贤处，当面报告去高密会见伊达顺之助的情况。

任群贤几乎每周都去青岛参加会议，并与伊达顺之助见面。他已经从其他渠道知道胡百胜谢绝了任命，而无条件地选择支持、服从自己，很是高兴。那个什么烟台海陆联防司令官，无非是个空名，谁也不会听他的。

真是知人知面不知心。胡百胜这么牢靠、义气。任群贤也就放心了。自此，便把胡百胜视为知己。任群贤拿出 10 根"小黄鱼"递给他道："听说老弟娶了个日本太太，这个算是老兄我的一点贺礼吧。"

胡百胜想，这孙子，知道的消息也快。他推辞了一番后，心安理得地收下。他敬礼保证，对任群贤效忠到底。

胡百胜从马车上卸下 100 条高级香烟、100 坛美酒，让人搬到任群贤的家里。

任群贤随后安排大吃大喝。胡百胜说："师座，咱们这样喝法，会喝坏了军纪，喝坏了胃的。"

任群贤大笑。然后说："今晚，你在这里住一夜，晚上我们一起烟花风月。"

秦守明说："胡旅长，日本人派你来的时候说是黄埔的出身，会打仗，并特批了一堆武器。师座知道日本人派你来是为了削权、架空他的。没想到你这个人这么牢固可靠。兄弟我也认你了。"

伪牟平师团有个小洋楼，是任群贤的招待所。可以吃，可以住，还有女人来伺候。

第十七章

1

胡百胜扩大了队伍，需要武器。任群贤调拨了一批武器弹药，虽然质量不怎么样，但是有总比没有强。随即，伊达顺之助调拨的重机枪、迫击炮、掷弹筒也到了。

胡百胜只留下了年轻力壮、文化程度高的伪军，用这些武器，充实了火力营，包括两个机枪连，一个炮兵连。现在，伪牟平1旅团的火力基本接近日军一个大队了。其余的人员，经过训练，均分到各团。养兵是很费钱的，这些兵的资质太差，对他没什么大作用。

由于这些兵都是经过训练，又带枪分配给各团，各团长们都很高兴。自古以来，有了枪还怕没钱吗？

以后，凡是日军组织的扫荡，胡百胜都命令火力营出动一个机枪连和炮兵连配合。他自己参与的行动，则火力营全部出动。

2

胡百胜让人在旅部办公室一侧，用原木搭建了个100多平米的房子。

木屋很厚，很暖和。有卧室2间，厨房、客厅、办公间均有，窗户很多，都贴着窗户纸。冬天，可用贺家窑的无烟炭取暖。

房间布局按照花梨设计搞的，胡百胜觉得陈设有些土，他做的改进就是建了个瓷砖厕所，用管线通向200米外的化粪池。

房间内的一切都是日本样式。花梨每天都在门口迎接他，鞠躬道辛苦后，给他脱鞋、更衣。

勤务兵会在隔壁旅部的茶炉烧水，然后，花梨会打开胶皮管子的阀门，水会流入严严实实的大木桶里。

然后，他与花梨泡澡，消磨时光，其乐无穷。

大木桶热浪滚滚，他和花梨坐进去正好。花梨皮肤白皙，小手软软的，摩挲的力道也好。

他经常在大木桶里，把花梨捏得欲仙欲死，千呼万唤。

他的手，力道也正好。

茶炉是美国的汽油桶改造的,烧的是贺家窑的无烟炭。胡百胜要求每个连都配一个这样的茶炉,用来烧开水喝。据点则配一个黄铜大茶壶。

他喝的水就是花梨用铜壶烧的。开水,自古就是上等人喝水泡茶用的,下等人买不起燃料,是没钱享用这些的。开水灭菌,减少疾病,可以保障健康。

他还照葫芦画瓢,给每个团长都发了个大柏木桶。

伪旅团部翻译官是台湾人,他的太太也在日本待过很久,没事就来与花梨讲中国话。花梨本来就会几句汉语,她笃实好学,进步神速。

"樱花啊!樱花啊! 暮春时节天将晓,霞光照眼花英笑,万里长空白云起,美丽芬芳任风飘。去看花……"

花梨一边哼哼唧唧,一边匍匐着给他穿上木板鞋。

胡百胜知道她又在唱《樱花》。

日本女人其实更疯。在确定自己怀孕以后,花梨写信从日本叫来了两个堂妹。一个叫阿信,另一个叫静香。

花梨决定,姊妹三人一起服侍他。胡百胜的小日子,越过越滋润。

在中国,算是大忌。但是,日本文化对这些事是无所谓的。

在日本,蓄妾制从来就没死过,尤其是被工业化压榨、盘剥的贫苦农民,女孩子给男人当妾是最寻常的事。

1872 年,明治政府首次给予女性就学机会,外交官、启蒙思想家和教育家森有礼在《妻妾论》中,严厉批判了日本的蓄妾制度,使得日本开始实行一夫一妻制。但是,1920 年疯狂的军国主义,再次恢复武士家族制度,蓄妾制再度兴起。

3

几乎在一夜之间,胡百胜有了 3 个日本妻妾。他似乎春风得意,生活万紫千红,也吸引了伪军们羡慕的眼光。

根据各种情报来源,八路军胶东地区的"黄金部队",越搞越大。他们除了挖黄金,买黄金,到日军控制的金矿抢黄金之外,还专门组建机要交通,在部队掩护下向延安等地输送黄金。

机要交通是八路军最神秘的部门。他们只负责最重要的人员、文件、物资传输,没有任何横向关系。没有人知道他们隶属于哪儿,又是谁负责指挥。

1941 年冬天的夜晚,一支运送黄金的八路军部队正在宿营。突然,日军悄悄悄地沿着"黄金运输线"追寻到他们。负责外围警戒的9名战士，迅速从背后冲向敌人，他们拉响了身上的手榴弹，壮烈牺牲，为被围的战友炸开一条血路。

胶东根据地认为，可能电台的通讯密码遭破译，"黄金运输线"因此暴露。于是，迅速更换了电台密码，改变了"黄金运输线"路线。

新的"黄金运输线"在哪儿？敌伪并不知道。但是，金矿在掖县、招远、蓬莱和栖霞等地的地理位置不会改变。尤其是栖霞，靠着乳山最近。

在乳山期间，胡百胜截获了不少走私到青岛的黄金。但是，他是第二道岗，黄金已经被过了一遍水。第一道水在栖霞。

去招远当然最好。但是招远是日军直接控制的地盘，他无法进入。

他打电话把高小淞叫到家里。两个人打开一坛美酒，旁边还放着一瓶葡萄酒，两人言定，全部喝掉。

花梨有了身孕，按日本的习惯，暂时不能陪侍了。阿信和静香，穿着一红一白的和服，抿嘴微笑，跪在一旁烫酒、倒酒、上菜。

胡百胜也不是等闲之辈，之前，他给了花梨20根"小黄鱼"，让她先回日本置房子、生孩子。

没想到3个多月后，花梨又回来了。

她拿着黄金，回日本下关后，买了一片地，盖了20多间房子，用不了的就做旅馆。还让打仗负伤、已经腿残的哥哥去了东京，开了个百货卖场。

胡百胜琢磨，花梨是不是怕钱都给了她俩妹妹，就着急回来了？

日本女人真没见过这样的喝酒方式，觉得他们太有男子汉的豪情了，是真正的男人。

高小淞放低杯子，碰了一下胡百胜的杯子，一口气就喝了一碗说："旅座，不服不行，恁真有办法，从哪儿搞这么多的好酒啊？"

民国以来，烟酒就被经济专家、法学家们，按照日本模式开始"公卖"了。所谓"公卖"，就是在烟酒的原价上，再加上20%或40%不等的税。日本侵入山东后，"公卖"更狠了，税更高了，酒也更贵了，普通民众根本买不起，抽不起，喝不起。

胡百胜让阿信拿来50条哈德门香烟说："葡萄酒是任师座送的，白酒和烟是我哥给的。这些烟，还有50坛酒，一会儿你都拿走。"

烟台的葡萄有鸡蛋那般大小，是世间罕见的品种，所以烟台葡萄酒才驰名。后来，小鬼子为防八路军，将几公里的葡萄架子全部摧毁，导致了这一世界仅有的葡萄品种灭绝。

高小淞说："旅座，那我就不客气了。"

日伪军包围孙明远时，高小淞正带着一哨人马，在莱阳征粮收税，与赵保原杀得难分难解。而孙明远最信任的郝野群，正是出卖孙明远驻地的元凶。

当时，郝野群请假未归。来自烟台的日伪军，包围了孙明远驻地。鬼子火力强悍，硝烟滚滚，孙明远慌忙组织反击。

孙明远的队伍，军事素养很差，从来不按规定放出警戒哨。鬼子开炮后，这才发现被围。

由于缺乏训练，孙明远的重机枪打了不到200发子弹就卡壳了。轻机枪瞎打一气，枪管打红后，居然不知道要换枪管，最后终于打坏了。

孙明远左冲右突就是冲不出去。一颗流弹穿过他的胸膛。他的队伍失去了指挥，200多人牺牲，300多人被俘。

从小，他与郝野群一起读私塾，郝野群属高密界。孙明远的奶奶有洁癖，从不让郝野群进门。

周会玩与郝野群沾亲带故，论起来郝野群是他的表姨夫。简庄伏击战，高密汉奸负有重大责任。周会玩去郝野群家送钱送物，封官许愿，还送给他一个日本慰安妇。郝野群动了心思，卖身投靠。日军很快就掌握了孙明远的驻地。

高小淞红着眼对部下说：郝野群这个王八蛋，能卖主求荣，就能对我们背信弃义。这个道理，还要解释吗？他当然不仅是为了给孙明远报仇，而是防止自己被干掉。

高小淞带着人，化装在郝野群家附近溜达了一周，终于等到机会。大夏天，郝野群带着相好的小寡妇回家，被高小淞围住了，小寡妇吓瘫了，一顿乱刀上去，郝野群被乱刀剁成肉泥。

孙明远死后，沈鸿烈迟迟未任命莱阳县长。高小淞也就与国民党失去了联系，一下子失去了存在的基础。他托人去青岛保安旅谈判，争取并入青岛保安旅，最低，他希望给个招牌。

鲁东行辕主任卢斌被内讧杀死后，CC系的青岛市政府秘书长李先良接任。根本看不起高小淞这个小警察，为平衡各派势力，他不仅一口回绝了他的要求，竟然推荐赵保原接任了县长。

面对赵保原的追杀，高小淞实在走投无路，只好投靠了伪牟平师团。被编入伪牟平1旅团，看护即墨到烟台的交通线。

高小淞投敌，让国民党丧失了地盘，八路军地盘却扩大，李先良心有余悸。

遂安排人找八路军谈判，要求军令政令统一。八路军代表说太好了，统一好啊，大家都搅在一起吃饭，国民党有钱，我们有打下的地盘。欢迎国民党进来。不过，胶东根据地的县长都是老百姓选举出来的，所有的事，都和老百姓商量着办，包括处决汉奸，都要征求老百姓的同意。国民党要参与选举才行。

国民党代表说：农民选啥，他们又不识字，没有民主意识。八路军说：农民是不识字，可我们有豆子，可以用豆子投票。

国民党从来不把农民当人看，要求农民6个豆子算一票，八路军也答应了。国民党代表喜不自胜，要求立即安排选举。在国军看来，八路军的大脑很简单，很容易就被玩了。因为八路军的服装都是作坊产的粗布，还不如很多农民的新年衣服，而国军的服装全都是机织细布。结果让他们大失所望，国民党候选人全部斗鸡眼，一豆没得，连地主的票也没有。

八路军的纲领摆在明处：根据地实行无条件免费教育，免费为民众治病；实行减租减息，年景不好甚至帮助农民给地主交租交息；北海银行为公私合营，长期提供低息贷款给民众发展生产；合作社帮助抗属、孤寡老人生产，帮助农民销售产品，支撑拥军拥抗，八路军规定，不仅不向农民征用任何土地，每3个战士为一组，年均须开荒1亩地，并无条件交给当地村里；根据地不断扩大工业基础，发展纺织、服装、鞋帽等工业，繁荣了广大农村。

国民党除了征粮征税，还能为民众提供什么？农民发言说：好不容易赶走了这帮混账王八蛋，决不能再让国民党回来了。

八路军实行的是国家资本主义的混合型经济，公有制是指生产资料公有，非个人财产共有。对农民的土地，八路军则认为是归农民所有，不是国家所有。因为地球上任何农民个体的存在，远早于任何国家的存在。

八路军的武装割据精髓，已经深刻地影响了革命战争的进程。八路军无论到哪里，都是先建立政府，发动群众，组织生产。经历过敌占区、国统区和根据地的民众，把政府、经济和社会环境等一比较，自然知道谁好谁坏了。

延安首脑部称：根据地一没有贪官污吏，二没有土豪劣绅，三没有赌博，四没有娼妓，五没有小老婆，六没有叫化子，七没有结党营私之徒，八没有萎靡不振之气，九没有人吃摩擦饭，十没有人发国难财。

驻延安的美军观察组说：这里不存在铺张粉饰和礼节俗套，没有乞丐，也没有令人绝望的贫困现象，人们的衣着和生活都很俭朴，人与人之间的关系是坦诚、直率和友好的。这里也没有贴身保镖、宪兵和重庆官僚阶层的哗众取宠与夸夸其谈。

李先良既失了面子，又丢了里子。之前，八路军与国民党军曾有联合，但合作后常出尔反尔，屡屡背叛，八路军多次被出卖。

胡百胜知道高小淞的这些情况。他就任后，任群贤克扣军费，只能勉强满足各团，旅部军饷只能纸上空谈。高小淞送给他的黄鱼最多，对他忠诚不渝，确保了他的军饷不必绞尽脑汁，东补西凑。高小淞这小子，兵油子出身，又当过警察，弄钱的手段很多，肯定知道去哪儿找走私的金子。

他对高小淞谈了与伪牟平第 2 旅团部换防，派他到栖霞去查走私金子的想法，"这个肯定一要任师座同意，二要日军同意。一般来说：师座同意了，日军那边问题就不会太大"。

高小淞问："第 2 旅团会同意吗？"

胡百胜道："应该问题不大，栖霞共产党多，风险大，第 2 旅团捞得也差不多了。"

高小淞说："旅座，共产党多，风险大，这话说到点子上了。恁对八路军有啥看法？"

胡百胜隐藏了自己的真实想法说："八路军虽然比较勇敢顽强，但是武器什么的总体还是不行。他们攻击日军一个班的据点，肯定还是要投入三五百人，牺牲巨大。我们这个小小的旅部，加上你的团，总共不到 1600 人，武器装备尽管不怎么样，他们不是也拿我们没办法？"

高小淞端起碗，敬了胡百胜一下，大口喝掉说："他们不行，我们对他们又有什么办法？可以说：也毫无办法。我个人觉得，八路军与日军现在是势均力敌，谁也打不了谁。"

胡百胜一愣，闷了会儿说："可以肝胆相照，谈谈你的看法。"

高小淞的看法与他有相同之处。高小淞认为，日军在中国作战，基本是现代人打原始人。中国的钢铁、机械、化工等工业都不行。清朝的洋务运动的残余果实，经过民国的不断折腾，几乎全部葬送。

国民党就知道收税。战争爆发前，青岛生铁税为 1.28 元／吨，战争爆发后，达到 90 元／吨，工业酒精税额增加了 169 倍。

战争爆发伊始，日资开始撤出国统区。1939 年，全国的钢产量急剧下降到了不足 1000 吨。重庆 18 家铁厂 14 家倒闭，剩下的 4 家钢厂，最后也只留下 3 家。北洋军阀时期能产炮钢、枪管钢，经过民国的大折腾，全都不能产了。

青岛貌似发展得很好，有各类大型工业企业。30 多万人创造的产能，占据了全国经济的 3%。但沈鸿烈主要是弄了点砖头、洋灰和房子，这些与打仗毫无关系。

上海经济发达，占全国产能的 66%，但国共离上海都太远，对抗战没有什么作用；北平除了王爷的鸟、公子的蝈蝈、平民的狗老三样之外，没有任何产能；天津虽然发达，占全国产能的 7%，但八路军距离太远，蓟县都进不去；武汉，八路军的手也伸不到；西安离延安倒是近，可西安 1936 年才建立了西京电厂，不知道发电了没有。

胶东有青岛、烟台，自身也具备一定的工业产能。青岛虽三面环海，可到处是小路，谁也防不住物资出境与走私。因此，胶东八路军有积蓄工业基础的条件，而他们也一直在培植打仗的基础和条件。

胶东各个矿区都很大，山路崎岖难走。日本人从西面挖，八路军就组织人从东面挖。日本人大队人马围剿，八路军就跑掉了。日本人一走，八路军又回来了。而且，八路军还从矿工手里收购散金，并经常组织行动，打劫日本人的运金车队，阻截日军的给养。

现阶段，日军对八路军其实也毫无办法，双方陷入僵持阶段。

高小淞感觉，随着时间的发展，胶东八路军已经越来越危险了，他们在不断出击日军。八路军尽管装备极差，但在不断提高。他们的优点也很多。如他们善于利用地形做掩护，日军被他们绕晕了头。再如他们的群众基础好，民众支持他们。另外他们开始有文化，守纪律，不怕死，保密工作好。

高小淞说："我们知道他们有黄金部队，有秘密的'黄金运输线'，我们知道路线吗？他们有叛变的吗？有带着黄金逃跑的？这么多年了，没有听说一起事件。"

胡百胜心中赞叹，没想到，高小淞的头脑这么灵光，到底是警察出身，分析能力真好。

他不断点头。胶东搞黄金、运黄金的八路军确实非常忠诚，从无投降日军的事件，也很难抓到活口。

高小淞继续说："胶东人与你们诸城人、我们临淄人不太一样。胶东人的装是其内的。他们这一带富得流油，吃得好，穿得好，又有文化。他们根本看不起日本人，也看不起我们，从不让我们过胶莱河开荒，更不与我们一起谋事。他们也从不玩换帖、拜把子、结义金兰那套把戏，但绝少背叛朋友。如果不是在青岛混过，我也不会知道他们的真实想法。"

胡百胜故意说："那咋办？难道我们不去了不成？"

高小淞说："当然还是要去的。那么多白花花的银子，我们不去弄，留给谁去捞啊？俗话说：剿匪不能剿光，抓贼不能抓光。都弄光了，我们也就没事干了。我计算过，如查获走私的黄金，可以扣留五分之一，这样，走私的还有50%的利润。扣下金子后，我们就给走私犯发放通行关防，等于向我们买了个特别通行证。其余的留给走私犯，以免以后无人走私黄金了。最重要的是，我们要防止与八路军之间的冲突，我们可不能成为八路军的死敌、死对头，要不终会被八路军给彻底玩死的。我们只管弄走私到青岛的黄金。青岛方向的黄金走私，一部分是刘桂堂和日本人合谋走私，一部分是金矿的工头。肯定和八路军无关。"

胡百胜说："但刘桂堂和日本人走私的黄金，全部没收。反正他们也不敢告，就是打起仗来，我们也不怕。"

高小淞说："有恁撑着，我怕谁啊？他们如果找人求情呢？"

胡百胜说："先扣押了再说。至于求情，我看他们不敢找人。另外要看谁来求了。伊达顺之助那样的，全部返还，刘桂堂那样的返还一半。"

高小淞说："行，就这么办。"

日军的黄金大部分走向龙口或烟台，从那运往日本。八路军经常伏击日伪的运金车队。也伏击由龙口、烟台去玲珑金矿的运输车，缴获了大量车辆、物资。

玲珑金矿的日军开始走私时很隐蔽，发展到现在几乎是半公开的了，但尚不敢武装押运。刘桂堂也在大量走私黄金。

这些走私给了高小淞可乘之机。高小淞的办法，是民国警察的套路，只管发财，不管抓贼，不问是非。通行关防一发，不仅没有了是非，还是一个广告。以后，越来越多的黄金走私，会主动寻找通行关防的庇护。

胡百胜觉得高小淞除了军事不行之外，心机很重，方法老道，懂得很多。他说："就这么办。我们开门见山和任师座说分成方式。"

两人又喝了一碗。阿信和静香在一旁唱歌、舞蹈。

送走高小淞后，晚上，泡完大木桶，胡百胜和两个日本小妾扭在一起。

4

胡百胜和高小淞一起骑马去了芝罘，当面向任群贤报告了自己的想法，现在海水群飞，弄钱才是第一位的。他说了分配方式，给师部4、他的旅与高小淞团各3。

胡百胜想，给你多少算多少，你又不在现场，肯定不知道，更不可能看到。

胡百胜的鬼胎，高小淞当然是一眼洞穿的。

任群贤当即支持了胡百胜的换防设想。他以伪牟平2旅团与八路军作战过多，需要休整的名义，向日军青岛司令部打了报告。很快得到批准。

胡百胜投敌以来，八路军多次与其交战，攻击过他的据点。伪牟平1旅团的火力猛，胡百胜经验老道，其火力营大多是蛮勇的鲁南兵，他给伪军发饷又高又及时，伪军甚是卖命。在八路军眼里，胡百胜已成为伪军中的头等杀手。

胡百胜的到来，引起八路军的重视，并严密观察他的动向。

根据胡百胜的命令，高小淞沿着通往青岛方向的道路布防。

栖霞通往青岛方向的主要道路有3条，第一条是公路，另外2条是地图上没标识的羊肠小道。

羊肠小道分立于双顶山的东西两侧。

高小淞在去青岛的公路据点，部署了一个连，做例行检查。在去福山的公路也放了一个连。其余的部队分为两部分，部署于接近出山道路的十分之一处。无论是谁，发现有检查卡，想退出都来不及了。

胡百胜的旅团部和火力营、警卫连，则部署在中段。如果有八路军攻击，则用火力营迅速支援，施以炮火攻击。

他觉得这样的部署，八路军能看得懂。他是想发点横财，不是专门为了与八路军作对。

八路军当然看得懂。

八路军一看这阵势，知道胡百胜有拦路抢劫的意思。这些小路，平常民众、商人、游击队、八路军都使用。之前伪2旅团从不设防，胡百胜的布防，遂成为八路军的拦路虎。

八路军决定，发动破路行动，打击盘踞在青岛、福山公路据点的伪军。

先是民兵在据点四周埋雷，两个据点的伪军根本不敢外出，出门就挨炸。接着是在公路埋雷，打击过路的日伪军。炸毁了福山到栖霞的2辆卡车，炸死炸伤10多个鬼子汉奸。

任群贤打电话提醒胡作为，要注意烟台方向的道路安全。

胡百胜说："老兄，怂让第2旅团前置一下位置不就完了。我这里实在分不开身。"

任群贤同意了。可第2旅团不干。

第2旅团在电话里说：我们在那里好好的，从没有八路军敢活动，怎么地盘到了胡百胜的手里，就来了那么多八路军呢？

任群贤觉得不好回答。他琢磨半天，还是逼迫胡百胜调一个营，前去戒备福山方向的公路。

胡百胜找来高小淞商议对策，他说："按照八路军的实力，我们的任何一个营，都是给八路军塞牙缝的。"

高小淞说："那给他们再配上一个机枪连如何？"

胡百胜想了想，觉得也只有这样。遂用电话向任群贤报告了部署。

八路军成功地调动了胡百胜，并让胡百胜开始瞎折腾。

5

八路军的侦察员监听了电话，准备发动闪击。

青岛方向的据点，有 2 挺轻机枪，离胡百胜太近。胡百胜半个小时内就可以赶到。

福山方向的据点，胡百胜赶到需要四五个小时的时间。民兵撤掉地雷阵，在敌人到达的当天晚上，发动了奇袭。

枪声一响，伪军死命地开枪。伪军营长急忙打电话报告胡百胜，要求支援。

伪军开枪后，八路军的枪声停下来了。伪军停下来，八路军的枪声又响起来。

双方就这样反复折腾。

胡百胜也奇怪。八路军打据点一般都先切断电话线，这次怎么没切断呢？由于是晚上，他怕八路军有埋伏，就没敢动。

八路军又打枪又吹哨子，闹腾了一宿。第二天早晨，突然消失了。

第二天下午，再打电话去福山方向的据点，电话怎么也打不通。他知道，八路军切断了电话线。

他让高小淞收缩防守阵地，留守据点。他和任忠义带着火力营和警卫连，前往福山方向的据点支援。

到达福山方向的据点之后，他才知道，八路军闹了一夜，仅仅是切断了电话线，然后不断打枪，没有发动攻击。

他问驻守据点的伪营长："以前第 2 旅团是怎么守据点的？"

伪营长是高小淞的嫡系，所以一点也不回避地应道："旅座，估计他们和八路军有默契吧。第 2 旅团那点兵力，又没火力，如没默契早被八路军吃掉了。"

这些据点对根据地没什么威胁，八路军重点打击有威胁的据点。所以，伪军和八路军的默契，就是伪军不下乡扫荡，八路军不端掉沿路据点。因为端掉了，八路军也守不住，日伪军还会再回来。胡百胜考虑，可能自己打破了这些默契。他让营长安排通讯兵，火速抢修电话线路。晚上和各营长、连长、排长一起喝酒吃饭。并给连排长们各发了2条烟。

吃完饭之后，他下令任忠义驻扎在这里，代替他指挥该守备营、机枪连。并留下一个掷弹筒班。

他交代任忠义，目前投入这个方向的火力，八路军根本不可能打得动。但是，千万不要出击，与八路军展开野战，只利用有利的防守阵地，对八路军进行火力压制。

然后，就返回青岛方向的据点。

黄金还没弄到，他已经被八路军折腾得很累。

6

八路军似乎并没有放过胡百胜。晚上10点，八路军也开始攻击他的据点。

暗夜中，胡百胜立刻组织机枪、掷弹筒，向打枪的方向射击。

八路军的子弹似乎打到围墙上。胡百胜仔细听着枪声，分析火力的强弱，听着听着，觉得有点不太对劲。

这是什么枪打出的声音？大多数轻重机枪射击声如刮风，子弹出膛像缝纫机或打字机，但伴有强大的呼啸。他听到的射击声像匣子枪或步枪，还有点像苏式转盘机枪。八路军好像没命地射击，又不发起攻击，他感觉不太像八路军的风格。

他想，八路军的弹药，是不是也太多了点？用匣子枪、步枪、机枪攻击据点，无异于开玩笑。

八路军攻打据点，一般先进入有利的攻击位置，发动攻击时，有炮的八路军先打几发炮弹，施以威慑。没炮的，则用机枪压住据点的火力，然后派人携带炸药包，炸开据点一角，发起冲锋。

八路军没榴弹炮和加农炮，迫击炮是野战用来打机枪阵地的。用迫击炮打据点，主要是吓唬没经验的伪军而已。有日军的据点，根本不怕八路军的迫击炮。

八路军不仅打他，也同时攻打福山方向的据点。万一八路军是诱惑他出击呢？他下令伪军就地向打枪的方向还击，不要出击。

任群贤打来电话询问情况，他说 2 个据点同时遭到八路军的攻击。

任群贤问："是否需要支援？"

他回答："粮草弹药足够。暂时不要。"

第二天，任群贤与日军顾问小田研究了战况后，向日军青岛司令部上报战果称：昨夜伪牟平 1 旅团，在他的有力领导下，击退了八路军的多次攻击，总击毙八路军 200 余人，缴获枪械若干云云。

日军青岛司令部通电嘉奖。

八路军折腾了一天，胡百胜疲惫不堪，日军司令部嘉奖了两次。

第 2 天晚上，八路军又开始攻击。

胡百胜觉得这样下去，没完没了。他立即组织炮火急促射击。然后下令一个排的伪军出击。

有几个伪军不小心踩中了地雷，被炸得哭爹叫娘。很快就冲到八路军的阵地。却发现阵地没有人。

伪军们拎回来几个破油桶，里面有一堆爆竹皮。

胡百胜几乎气炸了肺。他查看了一下墙上弹孔，发现是一片片黑糊糊的沙子。

一定是铁砂子枪打的。连想也不用想，肯定是游击队和民兵干的。

他和高小淞对视了一会儿，然后俩人开始疯狂地笑起来。闹了两夜，原来不是与八路军打仗，而是民兵在拿他们逗闷。

八路军确实不可能如此消耗。在民兵和胡百胜逗乐的时候，独立团已经移动到了海阳。所以，八路军很快就让胡百胜笑不出来了。

中午，利用吃饭的时机，独立团包围了伪警察特务连在山冈路北的大炮楼。这个警察炮楼比较弱，只有一挺轻机枪，3 个日本机枪射手。

歪把子机枪的弱点是不能换枪管，200 来发子弹打出后，必须进行冷却，因此就有射击间隙。八路军的作战原则是保存自己、消灭敌人。爆破组利用射击间隙迅速冲上去，用炸药包一下子炸开了炮楼火力的死角。接着大队人马冲进去，打死了 3 个日军机枪手，100 多伪警察投降了。

八路军清点战果，发现枪支只有 40 余条。审问了伪警察营长才明白，日军规定，伪警察只有出警、出勤才能佩枪。

战士们纷纷笑骂，小日本这帮孙子，怕汉奸叛变，还不给二狗子们全套发枪啊。

距警察炮楼 20 里内，分别有伪海阳团 2 个营。日军顾问肛门强接到炮楼的求援电话，立即命令陈有利前去支援。接到命令后，陈有利打电话向胡百胜请示，但是电话被切断，已无法与胡百胜取得联系。

肛门强是矿物专家。他原是三菱矿业派驻玲珑金矿的工程师，被龟头直树排挤，只好到海阳当日军顾问。

警察的炮楼位置很好，非常难攻，是日军顾问逼民工修的，修建过程死伤好几十个民工。竣工之日，恰好土桥一次鲁东视察，他看过炮楼的位置、土建结构后，给予了高度评价，还给几个出主意的和建炮楼的汉奸发放了奖金。

炮楼本来最少应配备两挺机枪，以交替射击。肛门强不懂武器，只安排了一挺机枪。

肛门强心如火焚，威逼陈有利即令从两个方向前往支援。陈有利和肛门强带的那个营，遭到八路军独立团的伏击，陈有利与肛门强见势不妙，只带着少数几个随从，脱离战场，狼狈逃窜。

600 多伪军被歼，损失惨重。

胡百胜去海阳查看，对陈有利勃然大怒道："肛门强的指挥你也敢听？海阳警察的死活与我们和平建国军有何关系？"

陈有利大气都不敢喘。胡百胜命令，把陈有利看押起来，等候任群贤的处置。

他要玩一下陈有利。

派驻各县所谓的日军顾问，名义上可以统揽一方行政、经济、军事等一切事宜。实际上，日军顾问虽然有军衔，很多不是搞军事的出身，而是搞行政、经济等的事务人员。所以，正常情况下，他们一般不直接下达作战命令，而是请示上一级日军并督战。

在日占领区，一般的县级单位，日军根据不同的情况，派一个少佐，或只带一个翻译官，或带着一个小队。这些日军顾问所指挥的日本兵里，又有不少高丽人、台湾翻译等。

日军顾问所带的少量士兵，逻辑上由伪军指挥，实际上，伪军把日本兵当作太上皇，一般不敢让他们站岗，也不敢派他们打仗。

这些情况，只有伪军高层分得清，普通伪军与民众一样，分不清楚日军顾问的职权范围。常常出现这样或那样的误解。

只有在最重要的资源区等，日军才派出大股驻军。

1939 年 2 月，日军勾结汉奸刘桂堂部侵入玲珑金矿与三菱矿业公司，合作成立了"山东金矿开发组合招远矿业所"。掠走黄金 16.5 吨（52.8 万两）、白银 38.45 吨、铜 6226 吨，还有大量的硫等矿产物资。日军占领了玲珑金矿后，对胶东所有的小金矿统统都看不上眼了。

军国主义不仅是崇尚武力和军事扩张，将穷兵黩武和侵略扩张作为立国之本，也是军民一体化制度。一切资源，都被军阀、财阀、门阀独裁控制与支配。

日军在玲珑金矿，部署了一个机枪中队，一个步兵中队，约 360 余人。玲珑金矿最高指挥官，是日本三菱公司招远矿业所经理龟头直树，还是个地形专家，他依托有利地形，组建了防守阵地。日军修筑了七座炮楼，设立三道岗哨，架起了三道电网和铁蒺藜，矿外四周，布满了刘桂堂的据点。

日军这两个中队的火力，远远超过了整个胶东八路军的火力。加上日军有充足的增援时间，没有火炮，根本无法攻击日军阵地，更别说打进去了。所以，玲珑金矿尽管距根据地咫尺之遥，就是打不下来。

八路军的困难，主要在于火力的薄弱。因此，每次攻坚战，都要付出巨大的牺牲。

而日军主力，基本都集中在大城市区域，方便补给，利于集中，以便开展规模性扫荡。在青岛周边，通常有 2 万多日军主力。

7

这次，胡百胜算是被八路军给玩惨了。八路军独立团，真真假假，虚虚实实，不露声色，打遍了他所有的防区，消灭他 600 余人，全身而退。战术、智谋、战斗力高下立判，他胡百胜确实不是八路军的对手。何况，从传统道德看，人家八路军还占了个民族的"义"字，占据着道德的制高点。

怎么向日军报告呢？

高小淞并没当回事，之前的败仗多了去了，胜败乃兵家常事，没什么好担忧的。他说："我看，这个事不能完全怪陈团长，我们应制定作战方案，给八路军点颜色看。"

胡百胜说："啥颜色？日军这么久都不扫荡八路军了，我们去给八路军哪门子颜色看？"胡百胜看他不服气，便教训他道："小淞，不是我怂。你和八路军打了这么多年的仗，抓到过一个八路军没有？"

高小淞道："别说抓到，活的都没看到过几个。看到的，几乎都是战死的八路军。"

胡百胜说："我们看不到他们，找不到他们。但是，八路军对我们了如指掌。上次，我出动扫荡八路军的医院，他们后脚就端了我的乳山的旅部。你觉得这是为什么？"

上次远距离攻击八路军医院，他没让高小淞出战，是有意保存自己的实力。高小淞说："莫非八路军在我们内部安插了眼线？"

乳山旅团部被端掉，极大地触动了胡百胜。起初，他本以为内部有人向八路军通风报信，他为这个事想了三天三夜。

他曾反复地看过胶东根据地的公民誓约：不当汉奸顺民，不当伪军官兵，不参加伪组织；不给敌人汉奸办事，不给敌人汉奸送粮食、送钱、送礼物，不买敌人的货物，不使敌伪钞票；爱护抗日军队；保守军事资财秘密，服从抗日民主政府法令。

他最后的结论是，八路军不让老百姓给日伪办事，肯定是以身作则，不与他这样的伪军做任何沟通的。当然，这存在胶东八路军看不起伪军的缘故，最主要的是在八路军看来，伪军和国民党军意志普遍不坚定，缺乏纪律约束，会反复叛变，导致这样或那样的失败。

八路军肯定会建设"灰色地带"，但伪军再次叛变的风险与后果也极大，胶东八路军要保命，不会随便去策动伪军反正，把自己的身家性命置于危险之中。

胡百胜说："不要把事情想得那么神秘。八路军有没有眼线，我也不知道。打仗的时候，眼线、情报这些事，说重要很重要，说不重要一点也不重要。日军不是掌握了八路军野战医院的情报吗？可我们抓到一个受伤的八路军吗？招远的玲珑金矿的位置、碉堡、据点都是公开的，八路军没火力能打下来吗？战场情况瞬息万变，掌握了情报，有了情报，还要会用才行。没有正确的命令，一样失败，并不是所有的人都会打仗。历史到现在，真正会打仗的人，也不过几个。这一点，八路军比我们明白多了。"

大部分情报是公开的。德军突袭苏联前夕，德国人向中国使馆武官桂永清透露了进攻日期。被传到重庆，闹得沸沸扬扬，估计连重庆扫大街的都知道。

正在进行的太平洋战争，美军和日军的夺岛战役，双方根本没有任何情报。日军没船下不了海，美军也不敢派情报人员送死。美军登岛后，如遭到抵抗，立即调动军舰、飞机和大炮轰击，把丛林里隐蔽的日本据点、暗堡打成一片火海。对负隅顽抗，誓死不降的日军，美军甚至出动推土机，将他们活埋在坑道里，根本没人知道里面有多少日军。

高小淞豁然顿悟道: "也是，我当过警察。中统、军统确实都没什么鸟用。日军的宪兵队、密保组就是捣捣乱，搞点不痛不痒的破坏，监视内部还管点用。谁不知道胶东有八路军？静态情报真有什么大用，胶东八路军早被消灭了。可八路军打的是人民战争，我们每天去市场买多少东西，吃的什么，大致够多少人吃，算一算就知道了，这些都是公开的情报。八路军当然一目了然。"

胡百胜说: "我觉得，八路军的电子系统可能很高明。当年，我们接过通报，全部更换电报密码。后来才知道，红军过乌江时，毛泽东指挥的中央红军，有非常强的无线电能力。红军电台假冒蒋介石发出密电，成功调动两支我们追剿的主力脱离战斗区域，轻松地渡过乌江。我一直怀疑八路军偷听我们的电话，可我们的兵都没有什么文化，打不准枪炮，不会看地图，更搞不了密码这套东西。"

高小淞想，冒充蒋介石的电台，这得多厉害。因为电报员之间，发报手法互相都很熟悉，一听就知道是谁发的。

高小淞说: "八路军的侦察兵也很猛，专打意想不到的仗。他们体力好，啥仗都敢打，啥舌头都能抓。相比，你们蒋校长就迷信特务，喜欢弄三俩一伙的特务。东厂西厂的特务，自古就是吓唬官员的，打仗就不顶用了。"

红军起家时，武器靠国民党军起义而来。老八路的武器靠红军改编而来。胶东八路军的武器没有来源。这就迫使他们必须自己制造，或从敌人那里抢夺。八路军第一挺马克沁重机枪，是从吴佩孚家的地下室一口棺材里发现的，算是八路军借的。1941 年，胶东八路军营级地位才有了第一挺轻机枪，是八路军一个小战士混进鬼子队伍，待了半个月成为了机枪手，然后当了逃兵顺便带走了。

都说鲁东人不会偷，不会骗人。可这算偷算骗吗？

高小淞这些年，天天应付八路军的侦察员。八路军的体系很怪异。连有侦察班，营有侦察排，团有侦察连。长短枪都有，神枪手云集。

八路军的侦察员，已经成体系化了。部队的叫侦察兵，游击队和公安局叫侦察员。他告诉胡百胜，游击区有一些十几岁的小孩，常常三五成群出动，爬杆子剪电线、贴标语撒传单、传消息搞破坏。可这些孩子们算侦察员不？

八路军的侦察员胆大心细，无孔不入。任群贤打电话说: 现在八路军的活动频繁，气焰越来越嚣张了。他们有混进我们的队伍卷走枪支弹药的，有放火烧营房仓库的，有锄奸灭敌的。要加倍小心。

华旺报告说: 不知日军哪根筋坏了，在驿道附近建了一个 2 层楼的孤立据点，派驻了一小队鬼子兵。配备 1 挺 92 式重机枪，3 个掷弹筒。八路军的侦察兵把附近的狗处置掉后，然后不知怎么着，一下子混进去了 20 多人，一通乱打，最后，还能抢走日军的重机枪。

第 2 旅团的人说：文登的八路军更狠。他们牵着狼狗，穿上日军的军装，大白天接管了据点，一把火把炮楼烧了。两天后，日军又抓来老百姓，企图重建炮楼。八路军乘黑夜潜入炮楼附近埋伏下来，早上，来监督修炮楼的日伪军，遭到十面埋伏的八路军的迎头痛击，全部被歼。

日伪军怕得要死，恨得要命，没一点脾气。汉奸们形容，八路军，夜猫子，两脚泡，跑得快。

日军也经常化装成八路军活动，可要不被识破，要不无战果。所以，日军就很赖皮，打不过了，就放毒气弹、瓦斯弹。

日伪军出动后走到哪里，留守的部队是多少，八路军基本一清二楚。

敌人的动态大部分是公开的。扫荡要有准备时间，要调集粮秣弹药，到处征集骡马运输车辆。胶东根据地不断推动正规化建设，八路军非常重视动态情报工作与分析。

根据地各级党委有统战部（社会部），负责敌占区的统战与情报工作。行政有公安局，负责根据地、游击区的敌情、情报、锄奸、反特等工作。重点打击各种特务机关：宪兵队、密报组（特高支部）、宣抚班（新民会）、便衣队等。各军分区的参谋处有情报科负责汇总敌军动向；政治部有锄奸科、敌工科，负责军队的反渗透、保卫与瓦解敌军等工作。八路军依靠人民，建立了遍布胶东的情报站、观察哨，有条件的地区，还架设了敌情电话网络。

不同的体系，确保了情报准确和情报人员的安全。对八路军来说，一切都是为了战场服务。什么情报，也没有搞来枪支弹药、药品和物资重要。没这些，八路军就打不了仗，就没有根据地，没有八路军存在的可能。

因为战场情报分析及时准确，胶东八路军从没吃过大亏。日军被闹得心烦意乱，悬赏抓八路军的侦察员，可就是抓不着。

打仗这营生，从不看是谁，更不问是谁，能把对方打趴下就行。

凡是投降的伪军，几乎都是被八路军打趴下，然后，被优待了。很多伪军多次被俘虏教育后释放。这严重瓦解了伪军的士气，这其中，肯定有为八路军做事的人。

与八路军的游击战、运动战对阵，日伪军基本就是瞎子。只能靠拉网扫荡的方式寻找八路军，并企图以瞎马临池的方法歼灭八路军。

胡百胜苦口婆心地说："小淞，你要加强队伍训练，我们的目的是自保。日军 1940 年对胶东八路军发动扫荡有几十次，1942 年有 10 多次，1943 年只有几次。然后再无任何扫荡，这说明日本人没钱了，没兵了。在占领区的策略是维持为主，非作战为主。我赞同你的不与八路军直接对抗的策略。我们的策略是，因为警察不足，我们暂代警察的职能，顺便查办向青岛走私黄金的案件。这样，没什么毛病和口实。"

他决定去一趟芝罘，当面向任群贤请示。

任群贤早已胸有成竹。他告诉胡百胜，已经与小田顾问商量过了，以未经请示的名义撸了陈有利；以肛门强越级指挥，强行用兵的名义，请求青岛日军司令部处置；高小淞勇猛果断，只身带队出击，建议升为副旅长兼伪 2 团团长；任忠义指挥得当，任伪 3 团团长；伪 3 团、伪教导团、警卫连作战勇猛，忠心可嘉，连续打退八路军 3 夜 50 多次进攻，共打死打伤八路军 500 余人，缴获枪械子弹若干。

姜还是老的辣。胡百胜深感佩服，连声称高。

很快，日军青岛司令部批准了任群贤的请示，并送来 10 万元"日军手票"予以嘉奖。在新任命的日军顾问到达后，肛门强即被押到芝罘宪兵分队，予以军法处置。

刚发了奖金的土桥一次感觉丢了面子，勃然大怒。他下令将那几个刚获奖的汉奸砍头示众。这下堵塞了日伪信息沟通渠道，再也没有汉奸敢为日军出主意了。

陈有利关在羁押室里，尽管心中不快，可小命总算是保住了。

任忠义接任了伪 3 团团长的职务，心情超爽。他立即给胡百胜送了 20 根"小黄鱼"。

胡百胜笑纳。他想，肏他奶奶的，难怪贺家窑那帮龟孙子，争先恐后当汉奸呢，胶东的金子是真多啊。

最重要的是，他现在已经完全控制两个团了。

他指示任忠义，另行安排驻守营区，集中兵力，把守好栖霞至青岛、福山方向的公路。不必再理会栖霞至青岛其他交通线。

高小淞不愿意去 2 团。他交代高小淞，应立即去，私下控制好 3 团，这样我们就控制两个团了。高小淞豁然开悟，愉快上任，并调整部署，在海阳拦截、查办走私至青岛方向的黄金。

之后，胡百胜把旅团部、教导团、警卫连都调回乳山县城。把那小队日军调往公路据点。

他打电话让人从羁押室接来了陈有利。然后，大摆筵席，为任忠义和高小淞庆功。

任群贤闻讯后，也坐着"尼桑"指挥车赶来了。他的伪牟平师团，有一个运输队，一辆日产"尼桑"指挥车，4辆94式卡车。

胡百胜请任群贤上座，其余人等按照职务等级落座。陈有利坐在最下首。

胡百胜对陈有利说："老兄，不是我说你，这次要不是任师座英明果断，保了你老兄的性命，现在你已经上了断头台，只能看我们喝酒吧？"

任群贤含笑不语，陈有利连声称是。

胡百胜转头又对任群贤说："师座，老陈也不容易啊，这次算是上了日军顾问的洋当。忠义一走，旅部正好没参谋长，师座，怎看叫老陈接如何？"

任群贤顺水推舟道："你负责打报告，我负责批，上校官衔不降。"

真是大悲大喜，雨过天晴。陈有利听后，立即站起，举起一碗酒一口而下，接着扑通一下就跪下去，磕了3个响头，眼泪汪汪道："谢谢师座，谢谢师座。"

任群贤也把手里的酒干掉道："快起来，快起来，都是自家兄弟，愚兄肯定是要左思右想设法保的，哪能真看着你受苦遭罪，充耳不闻呢？在本师团，没有那本书。"

胡百胜转了一下脖子，正好对着陈有利，汤水不漏地说："各位兄弟，趁今天师座在座，我就撂下一句话，请各位仔细琢磨琢磨，觉得我说的对不对。以后，对日军的指示、命令，要想想是否对我们师团有利，要想想是否对我们自己有利。如果没有利，没有好处，听他的干吗？去他妈的日军顾问！我们损失了600多个弟兄，几百条枪！八路军攻击警察特务连的炮楼，和我们有什么关系？警察的炮楼有日军罩着呢！我们有自己的任务，能自保就不错了。"

伪军官们捂着肚子笑。

不知不觉，他巧妙地把所有的责任都推到日军的头上，陈有利暗自责怪自己的莽撞。

任忠义一口气喝完碗里的酒说："旅座，不是我捧恁啊！恁的话字字珠玑，都是金玉良言。我们是谁？我们是和平建国军啊！专门协助日本皇军的。人家日本皇军都没动，我们又算哪根葱？充什么大头？"

任忠义说完，任群贤热烈鼓掌。他要求伪1旅团，尽快招兵买马，他负责调拨武器装备。

任忠义高呼："感谢师座抬爱！为了本次栖霞保卫战的胜利，干杯！"

一会儿光景，五六坛酒就被干掉了。接着换上葡萄酒。

任群贤感觉时间差不多了，摇摇晃晃地起身说："各位尊敬的老弟，吃了亏的，不必垂头丧气，下次就有了经验。打了胜仗的，也不要骄傲，洋洋自得。总之，栖霞大捷，值得祝贺！今天借百胜老弟的灯红酒绿，外加珍品佳肴，我刚才看了一下，该来的都来了，不该来的一个也没叫。"众人狂笑。任群贤的眼睛四下溜达，接着说："在座的有酒徒，有酒鬼，有酒仙，还有……"

伪团长们一个个起身接口道：师座是酒仙，我是酒囊饭袋；师座是酒神，俺是酒囊饭包；师座是酒仙，我是饭囊酒瓮；师座是酒神，俺是花天酒地……

然后，哄堂大笑，最后全体干杯。

任群贤提议干杯的时刻，等于酒足饭饱，宴会要结束了。

胡百胜让任忠义、陈有利陪同去休息，并叮嘱找几个上等的窑姐。

陪同任群贤休息的时候，陈有利送给任群贤10根"小黄鱼"，感谢任群贤的厚爱。

第二天，任群贤走后，刚到达旅部办公室，陈有利拿出30根"小黄鱼"，举在头顶上，扑通跪下，连磕了3个响头。

他在宴会上对胡百胜没有任何表示，就是为了留在这个时候表示。

胡百胜连忙扶起他，收下"小黄鱼"，放在桌子上。

县官不如现管，这是真理。胡百胜不动议，他和任群贤的关系再好也白搭。

当官不发财，请我也不来。只要保持着这个位置，继续发财当然没有任何问题。

胡百胜说："有利兄啊，你我都是自家兄弟。怎么说：你也是读书人，又当了这么多年的官，怎么就这么糊涂呢？贺家窑是你的老窝，兵有的是。摔倒不要紧，会很快爬起来的。我还有教导团的番号呢，你尽快去招兵买马，东山再起。"

陈有利道："感谢旅座！请旅座放心，一个月内，我保证找来1000号人。"

胡百胜说："就这么定了，如果你一个月招到1000号人，我保证教导团团长位置就归你。"

陈有利道："是，一定完成旅座布置的任务。"

胡百胜说："牟平的八路军很多。要仔细甄别，千万别招进八路军的侦察员来。"

陈有利说："旅座放心，咱在胶东只要招来的队伍，肯定都是铁杆的。咱从不要来历不明的人。"

八路军的侦察员，让他们如惊弓之鸟。胶东的汉奸，除了地痞流氓，往往是不可理喻的地主，认为自己在减租减息吃了大亏，他们很难回心转意。

在胡百胜的心里，教导团归教导团，火力营与警卫连一定是他自己亲自控制的。

第十八章

1

以美军陆航队重型轰炸机空袭九州岛为开端,美国飞机开始空袭日本本土。

1944年6月15日,68架B-29式"超级空中堡垒"轰炸机,从成都起飞,向日本最大的钢铁生产基地八幡制铁所投下了首批炸弹。

B-29作战半径2800公里,它以约563公里的时速,从11000米的高空,携弹4吨出击。

轰炸日本本土,严重受飞机航程影响。每次作战起飞前,所有海军、陆航队的飞行员均被告知,因为航程的原因,他们可能无法返回基地。

对飞行员来说,起飞就意味着牺牲。但是,飞行员义无反顾,从无怕死不飞的案例。

但B-29从中国境内只发动了20次空袭,其战果微乎其微。10万美军的消费,给各地带来极大的压力。四川负担了7个机场、基地等建设,云南、四川还要承担美军驻华的经费等。其月耗费从10亿元迅速增长到了200亿元(法币)。一名美军的开支,相当于500名中国士兵。云南省政府主席龙云电告蒋介石,入春以来,每日猪羊不算,菜牛每日须30条,鸡千余只,鸡蛋数千枚。现在农村耕牛被其买净,延至盘县(贵州)。

二战,启动了现代科技的电门。雷达、火控、电子计算机等技术,开始进入实用,技术水平不断提高。

日空军报告,B-29飞行高度实在太高,自卫能力强大,技术水平超出日本航空兵与防空兵的想象。日本本土的地面雷达太次,根本没有预警力。其近卫师团所属两个所谓的高炮联队,射程不够,打不到美军飞机。日军飞机无雷达,变成了靶子,甚至还没飞到作战高度,就凌空解体。所以,对B-29没有丝毫威胁,而美军根本不派护航机群。

B-29借助星光与日本广播电台的频率导航,到达九州岛上空。炸弹呼啸落下,一枚炸弹直接命中了八幡制铁所,顿时燃起熊熊大火。

日军青岛司令部专门组建了防空兵。因为侵华日军没有配备雷达,只能使用一战时探测飞机的方法,广泛使用铁锅,建立防空站。

防空站不允许伪军进入。日军在很多高地架起了铁锅,在铁锅的中间钻了大洞，头夹在 2 个铁锅中间，贴着大洞竖起耳朵，倾听天空有无飞机经过。

看着日军故作神秘而又呆头呆脑的样子，胡百胜感觉好笑。日本飞机质量低劣，即使听到了、发现了美国飞机，也无对抗手段和措施。最让他服气的是八路军的神枪手，用步枪打下过好几架日本飞机。

八路军弹药不足，就培养了很多神枪手。他们埋伏在各种地方。使用的都是最好的三八大盖，射程远，杀伤力大。冷枪冷弹，弹无虚发。

夜晚，小股八路军经常攻击、骚扰薄弱的防空站。日军火力无法发挥作用。山顶上，疏忽大意的日军，便成了八路军盘中餐。

他不关心这些，而是催促陈有利招兵买马。有了兵，你陈有利就可以狐假虎威，高视阔步了。

陈有利果然卖力。不到一个月，就招来了 1000 多号人。胡百胜令他尽快训练人马。他从各团抽调人手，来教导团任职。

伪连长升副营，伪副连长升正连……陈有利任伪教导团团长。

胡百胜又从警卫连抽人，派到各团。

通过一轮轮人员编组、调整，他算是彻底洗好了牌，从上到下全面控制了伪 1 旅团。

同时，胡百胜放水养鱼的模式，果然也见了成效。

自栖霞公路放水后，大量走私黄金被海阳的高小淞查获。第一个月，他就收获"大黄鱼" 20 根。

钱真的很好弄。以前他在昌邑，为党国效劳，发的是国难财。现在他在乳山，当汉奸，发的依然是战争财、国难财。

风水轮流转，转来转去，离不开一个"钱"字。

哼着小曲，回到家。阿信和静香听到开门声，迅疾来到门口，阿信低眉顺眼地给他脱鞋，静香颔首低眉地给他更衣。

胡百胜想，这些小娘们，是怎么训练出来的？

花梨挺着大肚子，坐在榻榻米上，凝望着他。

他笑了笑。

他被阿信扶进了大木桶，泡在温暖的水里，似乎陷入梦乡。

梦乡里，花梨弹起了筑紫琵琶，他隐约听到花梨在唱，"夜半荒城声寂静，月光淡淡明。昔日高楼赏花人，今日无踪影。玉阶朱墙何处寻，碎瓦漫枯藤。明月永恒最多情，夜夜到荒城"。

荒城，荒城一定很黄。那声音，凄婉迷惘。

在荒城的梦幻中，阿信泼下的热水从头而下。静香的两只小手，在轻轻抚摸着他的身躯，温暖如夏日的烈火，他的身体渐渐地硬起来了。

静香轻轻地笑。

阿信说："来吧。"

花梨唱。

静香静。

一切随之平静。

花梨也弄好了饭，阿信把酒盅斟满，他边吃边喝。

他对花梨说："还有几天就要生了，明天，你就去烟台的医院吧。"

花梨温顺地点头，内心充满感激。在日本，她是上不起医院的。

胡百胜边喝边说："抗日抗日，你们三个是真抗我日。"

她们不懂这些黑话，只是抿嘴轻笑。

他又问了东京百货卖场的收入情况。然后对花梨说："你哥哥没什么文化，肯定不是经商的料。阿信读过书，能算计，还精明，也许是经商的好材料。以后回到日本，就把卖场交给她经营吧。"

花梨温顺地点头。

静香问："那我呢？"

胡百胜把她一把搂过来，摸着她的脸蛋说："你读书少，哪有阿信会打算，你和花梨就在家伺候我，让阿信赚钱给你花。"

说完，端起杯子喝掉。

自他发现阿信有点文化后，就开始注意从各方面训练阿信了。

日本式的微笑，很甜很甜。

几天后，花梨给他生了个混血，是个儿子。

2

滨海军区的八路军驱羊赶虎，向诸城一带发展，并深入胡氏家族的传统区域。

为防患于未然，胡百胜把诸城老家的产业、土地全都卖了。专门派人请胡作林帮忙，在青岛的金口路一带，买了个小楼，把父母、老婆、孩子、弟弟胡百榜等都秘密地安排到了青岛。

安置是安置了，但是，生活来源就是个问题了。

胡作林说：青岛的工厂虽不到200家，能发展起来的都是上千人的大工厂，没资本根本就弄不成什么事。百榜尽管是国立青岛大学毕业，可在家闲散惯了，估计也不是经商的料。他建议先弄个酱园，让胡百榜经营。

可胡作林看错了，胡百榜是个实实在在经商的料。

胡百榜在青岛的同学、旧友很多，酱园发展很快。酱园不仅生产咸菜，还按照德国标准，生产出香肠、红肠。由于便于存放，有钱人就大量购买，以应对不时出现的食品匮乏危机，所以，市场供不应求。一年内，他又筹资建了百邦药厂，不仅生产清凉油，还能生产磺胺药、破伤风等化学药。

胡作林闻之，立即向药厂入了大股。他暗自赞叹，真是人不可貌相。胡百榜年纪轻轻，看似吊儿郎当，却是个经商奇才。他与胡百威又合伙成立了洋行，专营进出口业务，兼营榨油业，门市经营五金器材、西药杂货、化工原料、科学仪器，出口油脂以及各种土特产。

3

胡作为从高密派人捎信，让他火速赶往高密会合，然后一起去青岛。

正好烟台有一个高丽联队的摩托化运输队路过，胡百胜带着翻译官，与日军顾问一同找到中队长，没费几句口水，就顺利挤上了车。

原来，胡百榜与胡作林摊上事了。

胡百榜的一个合伙的同学，是中共地下党成员，他根据组织的指示，把工厂生产的磺胺药、破伤风，大量囤积在郊区，并利用地下交通线，送到山东各抗日根据地。

胡百榜、胡作林日常只管收钱，哪考虑过药品卖给谁。

交通线在诸城不慎被日军查获。日军根据线索，展开大搜捕。胡百榜的同学闻讯逃跑，还抄写走了制药的配方和工艺。

找不到正主，胡百榜、胡作林便被日军宪兵队逮捕。胡作为约他一起去青岛，找伊达顺之助捞人。

到达高密，两人商量后，觉得问题不大。胡百榜、胡作林肯定不是共产党成员，和共产党也没有什么联系，药品属于被他人私下偷卖给八路军，他们没有通共嫌疑。

伊达顺之助当然也知道这些。

青岛不断发生破坏活动，让他头疼。日军两条海轮被劫持，日本船长船员被杀死，几万布匹和食糖下落不明。四方机厂发生 3 万枚炮弹报废事件，迫使日军当局停止生产，破坏人员逃窜。

连续的疲劳审问，几乎把胡百榜与胡作林致残。除了胡说八道，从胡百榜与胡作林嘴里，没撬出丝毫有用的东西。

伊达顺之助相信，他们确实不知道，知道了肯定会交代的，他虽然没抓获几个共产党，还没有遇到过一个不交代的中国人。这个世界，没有几个人能忍受了皮肉之苦，共产军尽管坚强，毕竟也不是铁打的。何况伊达顺之助还有美人计。

他不想轻易放过胡作为与胡百胜。

果然，胡作为和胡百胜带来了亮灿灿的黄金。20 多根"小黄鱼"，刺得伊达顺之助的眼睛生疼。

他暗笑，中国这帮老财主，果然道行高深，生财有道。

他收下了这些"小黄鱼"，并分成了三份说："这一份多的，是给大日本皇军青岛海军司令官阁下的，这一份是给第五混成旅团司令官阁下的，我小小的留一点。"

日本贵族与高层之间互相贿赂，都是公开的。胡作为在日本混过，当然知道这个秘密。

然后，伊达顺之助笑眯眯地问胡作为："听说：你娶了个日本太太？她在高密生活习惯吗？"

胡作为点头道："习惯，太习惯了。谢谢张长官挂念。"

伊达顺之助转头又问胡百胜："听说：你娶了 3 房日本太太？她们很好吧？"

胡百胜心想，妈的，他知道的可真多。

他脸上却挂着笑，声音很低地说："张长官，是 1 房。那俩是她的妹妹，在日本生活得不太好，来找她的。"

日本文化对认干爹、找女人，这些中国人认为是事的事，并不当回事。日本人对汉奸的政策一直是拉拢与怀柔的，要钱给钱，要女人给女人，包括日本女人。但目前战争的进展，使得日本贵族生活都很困难了，普通日本人更不必说了。东京人均日蔬菜配给不到 100 克。

1940 年以后，在东京许多人家的米谷保存量，降到平常的一半以下。日本政府采取了每次出售限制在二升以下的办法。

东条英机公开批评日本人浪费问题，晚上多次去东京街头的垃圾箱检查翻看，有无浪费现象，成为民间和舆论的笑料。伊达顺之助想，那姐俩不到中国，大概只能去婆罗洲当妓女，要不给日军当慰安妇了。

他高兴地大笑道："你们中国人都是喜欢妻妾成群的。你胡将军娶上几个日本女人，没有什么不好的。这说明，你们、我们之间的友好。王道乐土，发财有理。但是要同心协力，带着我一起发财。"

两人连连点头称是，胡作为说："以后一定常来看望张长官，寻求指导。"

伊达顺之助满意地点点头。

他的亲祖父伊达宗城是宇和岛藩藩主，曾任日本大藏卿，是最坚定的海权派，并一手强大了日本海军。他被封为华族的侯爵，拥有巨大的特权。

1871 年 6 月，伊达宗城曾与李鸿章主谈并签署了《中日修好条规》。他的身体里，继承并流动着对金钱如饥似渴而又贪婪无比的血液。

伊达顺之助安排好宴席，让人从宪兵队接来了胡百榜、胡作林。看着他们头破血流的惨样，不必问，老虎凳、辣椒水、电椅都尝过了。

十几个妖艳的日本歌姬也来助兴。

胡作为厉声道："不是我说你俩，做生意、交朋友也不瞪起眼来，看看，吃亏了不是？还不谢谢张长官。"

胡百榜、胡作林有气无力地连声道谢。他们实在撑不下去了，伊达顺之助只得示意他们先走。

胡作为说："张长官按月从洋行里抽三成利润。"

伊达顺之助微笑摆手道："不不不，我只要大黄鱼和小黄鱼。"

胡百榜、胡作林强忍着疼痛连连点头，狼狈而去。他们四个人心里都明白，这次如果不是伊达顺之助想讹钱，还不定会出现什么情况。

胡百胜听花梨说过，现在，日本人的生活已经极其困难了。他估计，日本人现在内外交困，不知道那些日本贵族过的什么日子，但是，缺钱是肯定的。

胡作为解释说："我以前问过我哥，那人好像挺老实的，和日本皇军很投机，经常帮助日本公司做试验。"

伊达顺之助说："胡桑，这个你就不懂了。任何所谓地下情报人员，往往是多面人，他们与谁都交往，也可能真心为我们出过力，甚至多头牟取利益。"

席间，胡百胜与胡作为都说缺枪缺炮。伊达顺之助只答应胡作为拨付 3 挺重机枪等要求。

他对胡作为说："警察厅的特务团，是警察的摇篮。以训练警察、防爆为主，配备 3 挺重机枪，已经很特殊了。"他扭头对胡百胜说："军是军，警是警，我立足于抓总，你重点是打仗，他负责社会管理。"

胡百胜说："我以前在中央军时，我们师长和副师长都有后台，谁也不服谁。参谋长在他们之间左右逢源，搬弄是非。你如果把参谋长当成地下情报员，把师长当成一个党派，副师长当成一个党派，或者他们各代表一个国家，就明白是怎么回事了。"

伊达顺之助称善。他就是吃过这样的亏，多次遭到日本陆军惩治。

日伪县政府机构职权分明，其所属伪警察局（署），除设有密报组、户籍课、侦缉课、派出所外，还下设警备队，对城门守候盘查。

除专门的派出所外，日伪所有的据点都派有盘查的伪警察。

胡作为说："我一定把八路军挡在高密之外。"

未来，如果伊达顺之助还活着，他将看到，八路军解放了包括烟台、威海等所有的日军据点，除了青岛，就是没能打下鲁中一个小小的高密。

至于胡百胜旅团的武器装备，都是伊达顺之助批准拨付的，这次，他只答应给300多条长短枪，一部分弹药。其余的要求都被否定。他说："胡桑，胶东没有一个建国军的旅团超过你的装备，要满足。"

胡百胜想，他奶奶的，华北绥靖军的第8集团军的火力就比我强。

4

胡作为在青岛待了两天，顺便去看望了胡百胜的爹娘。

胡作林有轿车。他们没有用，一早便各自叫上黄包车，换上便装去了胡百胜的家。

金口路是高档居住区，各色高级人等均有，鬼子汉奸等几无滋事寻衅。

胡百胜父母住在一个米黄色的小楼，有七八个房间，还有厨房、供暖的锅炉，两个厕所都有坐便器。

尤其是自来水和下水道，太方便了。胡百胜非常满意。

胡作为也感觉好。他琢磨着，可以照此办理，把两房老婆和孩子都送到青岛。

进了门，胡作为叔婶亲热地叫着，然后送上见面礼。他给叔送了2条烟，2瓶酒；给婶子送了2个1两重的小元宝；给胡百胜的孩子，送了200块大洋的学费。

叔婶很高兴，和他唠家常。

胡百胜把老婆拉到一旁的屋子里说："青岛人都知道百榜是做生意的,你嘱咐爹妈等千万不要对邻居提及我的名字,还有关于我的什么事。"

他老婆说:"我知道。你不是反复说过吗?"

"我不在家,把孩子弄好。"

"放心吧,学习好着呢。"

他亲了老婆一口。老婆说:"猴急什么,晚上吧。爹娘、作为哥都在呢。"

因瞒天过海计成功,他老婆并不知道胡百胜与花梨等人的闲事。

胡百胜他爹娘,以为这哥俩还是抗日的国民党保安旅呢。非常惊讶他们怎么敢闯进青岛。

胡百胜胡乱支吾了几句。胡作为说:"叔、婶,我们又没带枪,又没有钱,脸上也没记号。我们是普通百姓,到哪儿还不是悉听尊便。"

叔和婶一想,也是。

胡百胜问爹娘,住得是否还习惯。他爹说:床太软,还是住火炕习惯。

中午,胡百胜陪着爹娘、老婆孩子一起吃饭。

胡百胜一再叮嘱说:"爹,任何人问起,都说和我早断了关系。"

他爹说:"放心吧,我和你娘都懂。作为爹不是也和作为断了关系吗?"

医生说:胡作林与胡百榜都是皮外伤,几天就会好。胡作为感觉问题不大,于是,先回了高密。

胡百胜想多陪爹娘和孩子几日,便在家里住下。他们约定,过几天去找胡作为,交流对时局的看法。

胡作为走后,胡百胜没事就去街头溜达。狭窄的街头到处是难民、乞丐。他去了中学附近的大鲍岛东山,那里有一个天文台。

以前他常来这里。山南侧是富人区,北侧是平民区。山头四周,被难民的窝棚环绕着。越过一排排别墅洋楼的红瓦屋脊,是湛蓝的天,无垠的大海。他的旁边站着一个衣着西装的人,戴着一副金边眼镜,消瘦而沉默的目光凝视着远方。

胡百胜递给他一支烟,搭讪道:"这么闲?不用上班?"

那人接过烟,在指甲上弹了弹,指了指身后,那巨大的大圆球在阳光下闪着光:"我就在这里上班。"

胡百胜说:"搞天文的?科学家啊。青岛人管这个地方叫马蛋子山。很多人不知道是干啥的。你应该会看相吧?"

那人笑道:"天文、历法,在古代是御用的,但也是前卫的。我们普通中国人讲的什么天人感应，是儒家神话皇权的意志。普通人自然觉得天文学很神秘了。国外的星相学，在科学昌盛后，基本沦为吉普赛人专用了。"

拜占庭时代以来，斯拉夫民族就是被贩卖的奴隶，而吉普赛人是流浪的民族，地位远不如斯拉夫人。

胡百胜说："是这样。世界各国的皇权、宗教，自古就垄断天下所有疑难与困惑的解释权，以便根据自己的需要解释世界、天文、历法。"

那人点头道："天文学正在不断科学化，天体力学、天体物理学等正急剧影响着我们的世界。先生是学什么的？"

胡百胜说："我以前在这儿附近读中学，后来在私立青岛大学读工科，再后来在武汉学了点地理和政治。"

那人说："说起地理，上古我们一定有奇妙的地理学，要不无法行军和打仗，要不也解释不了姜太公怎么会从东海之滨，跑到两千里之外的渭水垂钓的问题。青岛天文台是我国现代天文学的开端，我们从西洋买回来了最好的天文望远镜和照相仪。现在还处于模仿洋人的阶段，除了观测天文、气象、地震外，还建设了中国人的第一座地磁观测室。以前我们靠自己的努力，开创了我国第一套时间服务系统，现代太阳黑子观测和研究。目前我们的地图都不准确，我们脚下的土地，可以成为海拔原点，用来测量我们国土所有的山峦和土地，但现在全部被日本海军占了，中国人什么也干不了。要不我可以请你去看一下望远镜，看看白昼下的星空。天文学与地理学不太一样。我们看事物的目光，是一种远景，而在你学地理的看来，可能是一种迷雾。如光由太阳到达地球约八分钟，即地球跟太阳的距离为八光分。"

看胡百胜不解，那人接着说："我们所处的银河系的直径约十万光年。假设按每秒 60 万里的速度，将需要十万年的时间才能穿越。太阳系运行速度约为每秒 500 里，围绕银河系旋转一次的周期约为两亿年。"

胡百胜听得痴迷。那人继续道："你可以假设太阳系是一条船，正沿着银河系乘风破浪，而地球是船上的船员；你也可以假设银河系是一条船，在宇宙中急流勇进，而太阳系是船上的船员；你还可以假设宇宙是一条船，向着我们不知道的地方和方向高歌猛进，而银河系是这条船上的船员。我们第一步要问的是，太阳系这两亿年的绕行是要去哪里？是带领我们上升，还是领着我们下滑？我们自己又要去哪里？从这个角度看，人类目前对自然所有的改变，都是无足挂齿的，所有的历史都是暂时的，甚至是虚幻的。总之，我们的世界充满了谜团，要研究这些假设，需要漫长的时间，恐怕我们是看不到了。"

胡百胜听得都傻了。过了好久才问："这，这，还有人性吗？"

那人扶了扶眼镜笑道："在永无止境的宇宙面前，人性是渺小的。人性这个东西，虽各有看法，可在我看来，人这个物种，其实一半是魔，一半是神。平衡了就是人。神性压过了魔性，人间便是天堂。魔性压过神性，人间就是地狱。

孙中山先生说：中国是盘散沙。我们知道有不团结和各种地域歧视的含义。而政治是一个容器，自古至今，没有一个容器能把中华民族凝结起来，后果是我们不断遭到入侵、屠杀。孙中山先生也没有找到容器。所以，北伐战争最终也失败了。

鸦片战争以来，中华民族不断挨打，屡战屡败，一直到现在国土沦陷，国破家亡。

在我们的正前方是唐岛，南宋和金朝发生了人类历史上第一次火器海战。南宋三十一年，山东人李宝指挥 120 条战船，3000 火箭弓箭手，迎击金朝 600 条战船，7 万水兵，大战之后，唯金朝舰队司令、浙东道水军都统制苏保衡只身逃脱，金朝舰队全军覆没。

在我们的左侧前方，是琅琊台。琅琊台是我国历史上第一个天文台。琅琊台与海上的灵山岛、斋堂岛正好构成了一个奇妙的三角形，灵山岛是每天日出的一个日出点，斋堂岛则恰好是一个日落点，这些点，构成了最标准的中国时间。

按文字记载，汉民族起步就是农业文明，以前是冷兵器战争，我们有数不清的发明，有冶炼技术的品种、质量、数量等优势，弥补其他不足。到了宋朝，随着我们的技术流失和扩散，汉族的各种优势不复存在。朝廷和各级官员的意志薄弱，再加上几千年形成的牲口、马匹的质量与数量的劣势扩大，最终，我们先进的农业文明，近亿人口，居然打不过只有几十万人口的游牧民族、狩猎民族。历史上，女真族、蒙古族均打败过我们。最可怜的是，仅有十万八万的女真后裔辫子军，居然控制了汉族 276 年。

这些问题可以追溯到先秦。胸怀远大的汉朝，虽然局部解决了轻骑兵马匹匮乏的难题，取得了对匈奴战争的胜利，却没最终全面解决马匹的劣势问题，所谓成也萧何，败也萧何。

自古以来，马匹的优劣关系到军队、民用动力的强弱甚至生死。历代王朝，只有隋朝考虑过解决动力不足问题，于是，隋炀帝修建了大运河。但隋炀帝也被骂了 1000 多年。

我们古代以来建设的城市都是胡同、小胡同、死胡同，不似欧洲，是笔直的大道，适合骑兵和车辆奔跑。我们历来打仗，只能靠动员大量民工，靠人拉肩抗堆积战争物资，不仅效率极低，还导致大量不必要的伤亡。

科学与技术是两个种类，但又互相包容，彼此不分离。科学要有原理。工科是解决问题，不一定需要原理。

继续向左边看，是徐家麦岛。传说是徐福率三千童男童女东渡寻仙出发之地。皇帝与贵族们想长生不老，于是，方士们到处找药，顺便发展了航海技术；术士们刻苦炼丹，顺便发明了火药。这些都被外夷所用，却招致自己屡屡失败。成吉思汗的铁骑之所以能横扫天下，不在于他的骑兵有多厉害，而主要是利用了汉族火药、冶炼、兵器等技术的威力，形成了压倒性优势。而我们只能自欺欺人，认为我们用文化同化了外夷，实则纯正的血统都发生了变异，被外夷所同化了。

崇祯十年，宋应星出版了《天工开物》。该书详细总结了有史以来各种农作物和工业原料的种类、产地、生产技术和工艺装备，以及一些生产组织经验。宋应星是世界上第一个科学地论述锌和铜锌合金（黄铜）的科学家。

在清朝统治200年之后，这本书已经彻底从中国消失了，连知道这本书的人都没有了。洋务运动结束之后，在日本发现了这本书，有人去国外的图书馆查，发现这本书居然在英、俄、德、日、法等国有各种译本或全译本。

我们历来是重视自然经济，最终扼杀了科学，而侵略者同样是为了自己的需要扼杀科学。可以告诉你的是，为了压制中国科学，日本人把我们的天文台划给海军了。

现在世界上所有的标准，几乎都是外国人制定的。因此，我们这些人注定应该算是历史的丑角，对民族没有什么贡献。

科学是真正普世的，世间一切皆难逃物理学的定义，不会背离物理学的逻辑。经典物理学认为，有作用力，就有反作用力。根据这个原理，美国的富裕发展是有道理的，美国有那么多石油、煤炭、黄金等资源，还有科学家、发明家去提升工业实力，这些都可以称为是作用力。

胡百胜觉得，这个人的思维好锐利。说得他晕晕乎乎，又振聋发聩，他有些消化不了。人性、神性和魔性让他昏眩，无法释怀。他都不知道是怎么离开的，如同喝醉了一样，摇摇摆摆地走下山头。

晚上，胡百胜去了弟弟的洋行。

因为事多，胡百榜日常就住在洋行里。所以，这次出事，日本人只搜查了工厂、洋行。他父母和嫂子等都不知道。

洋行里有厨房、饭厅和雅间。胡作林专门请来做饭的厨子，还有专门陪酒的上海交际花。胡百胜知道，去年，青岛各处舞场奉令歇业，这些人没地方去，就自办了场子。他示意漂亮的交际花们先出去。他与胡百榜、胡作林低声聊了起来。

胡百榜说："以前和同学出去，经常能看到街头有人刷抗日标语，现在看起来，好像是有意安排好的。"

胡百榜以前和同学外出，经常遇到三三两两的小孩边走路，边吃地瓜。他们时常咬一口，便在墙上擦几下，然后继续走路，后面不远处，有小孩跟进贴上标语。看来八路军的协作精神，从儿童就抓起了。

胡作林说："我就没遇到过。"

胡百胜沉默了一会儿，问了俩人的经营情况，然后，又问了他俩对时局的看法。

胡作林说："东西倒好卖，就是利润低。青岛现在被日本人整得，和监狱差不多了，每个大路口都有检查站，全城设立30多个检查站，收费、搜身、查良民证，过年、娶亲都不许放鞭炮。日本人把市场的一切都公卖了，物价飞涨，超过1937年7月7日前4倍以上，营业税一律按1944年度税额8倍征收。"

胡百榜说："买一斤猪肉有消费、增值、印花、城建和屠宰税等几十种税，日本鬼子真黑，简直是疯了，伪政府按原额20倍征收地租。真是吃葡萄都不吐核。"

胡百胜看着他，岔开话题说："你们注意到没有？咱山东这个地方很怪，虽然山东军阀这么多，但都是跟着别人混。鲁东这个地方更是怪异，自古他们也不爱当兵。清朝练军时招不到兵，北洋水师待遇那么好，也没人去；大帅吴佩孚是蓬莱人，他的声势再怎么浩大，也招不到鲁东兵。吴佩孚只能当直隶军阀；张宗昌、于学忠都是鲁东人，也没招到几个人，只能跟奉系军阀混。都说好男不当兵，可为什么现在的鲁东人，都争先恐后地当八路军呢？"

俩人眼瞪眼地听着，感觉很迷惑，不知道他为什么要讲这些。胡百胜接着说："鲁东这个地方人体力好，历来不屑于群殴，而是单打独斗。清朝和英德日打仗，他们连热闹也不看，无一参与。我原来也想不通，后来终于搞明白了。原来，在他们眼里，清朝、民国、洋人们都是坏人，大清或民国无论谁掌握权力，老百姓都只有纳税的份，而无丝毫其他权力。所以，谁来干都一样，老百姓没有必要去卖命。他们认为只有八路军才是好人、自己人。所以鲁东的好男人都去当八路军了。"

胡作林虽没读过新学，但是读过私塾，他觉得非常有道理，便说："青岛经常有那边过来的人。都说八路军和人民水乳交融，为民众办了很多好事。我还看过八路军的小报，那个《三大纪律八项注意》，谁看了谁服。"

胡百胜说："我当年如果不是跟错了作为哥，也可能跟着八路军打鬼子了。八路军唯一的缺点是不能发财，而国军发财是公开的。你俩现在被日军给抓了、关了、打了，如果日本人不是为了讹钱，可能早把你俩给杀了。这也算是不幸中的万幸。现在你俩已经有了参加八路军的资本了。我觉得，百榜要迅速联系上那个逃跑的同学，通过他介绍，你们带着点钱、技术，真心实意地参加八路军去。"

胡百榜不解道："有危险，顶多离开青岛就是了，参加八路军干什么？"

胡百胜道："时局变化很快。离开青岛，你又能去哪儿？你没看到，日本人像是疯了一样，税收增加得这么离谱，说明他们快完了，疯掉了。国民党靠不靠谱，我以前觉得靠谱，现在不知道了。可我们家的人，还没有给八路军干事的人。你俩再不参加，我们家的人就再也没机会了。如参加八路军，要和鲁东人那样，决不能有丝毫左顾右盼的心理，半途而废。"

胡作林问："这里的生意怎么办？"

胡百胜说："那还不简单，让作铭哥从诸城过来接上。工厂的技术、工人、渠道、人际关系都还在嘛，耽误不了多少事的。老家里还有什么东西？无非是2000多亩地而已。让你回去种地，当农民，你愿意吗？"

胡百榜当然摇头，胡百胜继续说："肯定不愿意吧？你们在青岛待了这么久，还不知道现在的城里人是歧视农民的？农民没技术，没文化，当然会被歧视。别再考虑去当农民了。如果和平了，我们中国会走工业化路吧？鸦片战争表明，狩猎民族、游牧民族和我们的农业社会都已走到尽头。地主和落后的农业，就变成生产力发展的阻力了，成为社会发展的一个矛盾。按照作为哥以前给我的解释，就是生产关系和生产力的改变，必然带来了社会基础的更新换代。谁来干都要消灭地主，把农民改造成为工业社会的人。实在没必要再用土财主的那套办法死守那点地了，统统卖了，卖不了的就送给亲戚朋友种算了。"

这是胡作为曾经给他的解释，虽然有很多矛盾之处。但在胡百胜看来，美国之所以成为美国，主要是打了两次土地战争。第一次是消灭了土著地主与农民，也就是印第安人，抢到美国。第二次是南北战争，消灭了白人奴隶主，也就是贵族地主和农民。林肯搞了个《宅地法》，重新分配了土地，进而刺激了资本主义的迅速发展。

胡百胜继续说："美洲是玉米、甘薯、花生、土豆、红辣椒和番茄等农业作物的原产地，印第安人是最主要的种植者。从元朝开始的海禁，并未阻挡住民间粮食作物自发的大规模引进。明朝以来人口的发展，主要得益于玉米、地瓜、土豆等作物的引进和普及，导致农业迅速增产，确保了人口增长需要。中国早晚要走资本主义道路，最终形成工业化模式。这就需要彻底打破任何个体农民与土地的利益捆绑，解放生产力。否则，永远摆脱不了农业社会落后状态。"

胡百榜还是坚持说："那些地多值钱啊，怎么说不要就不要了呢？"

胡百胜说："完了完了，亏你还念过大学，学过物理，咱爹的钱算是花到黑影里去了。咱们中国人没科学知识，很容易被人给忽悠死。我们如果造不出大型军舰和舰炮，那些地再好、再肥沃，就是再卉上几万年，也提高不了三斤两斤的产量。你还要这些土地干什么？指望用这些地发财？报纸上不是说：1936年以来，家有150万亩良田的孔府，收不上租子，都快揭不开锅了吗？"

孔府的良田约有1000平方公里，遍及山东、江苏、河南、安徽等省份，算是世界上数一数二的大地主了。其农田比曲阜县的区域略大，比藤县面积略小点。这些土地，一部分属于历代皇帝御赐，一部分是累年强行圈占，只有少量来自廉价购买。有这么多家产羁绊，每逢改朝换代，孔府上下都是顺天从人、献表称臣。

尽管孔府的佃户时常抗租、造反，却总能被孔府及时镇压，几乎不伤及孔府的皮毛。

进入近代后，因为战争、水灾、蝗灾、旱灾，进口粮食在本土的价格战，导致种地赔钱，根本收不上租子。孔府度日如年，濒临破产的边缘。

曲阜向南60里，就是藤县，中间隔着邹城。曲阜出了孔圣人，滕州出了墨翟。曲阜向北不到100里，是八百里水泊梁山。世界的阴阳对称真的不假。

可以说：孔府是农业社会的缩影。

胡百榜怅然道："看来农民的时代过去了。"

这一下，没人再坚持了。

胡作林更关心军舰、大炮和粮食的关系，他问："百胜，军舰、大炮与粮食增产有什么关系？"

胡百胜说："作为哥是学化学的，他没有告诉过你？有一种能大幅度提高粮食产量的东西叫合成氨。一战的时候，用来做炸药，现在还可以用来当肥料。只有生产舰用钢板、舰炮的高温高压技术，才能大批生产合成氨。南京曾经引进欧洲设备生产过一星半点儿，但被日本人给拆了，拉到日本去了。我们靠个人体力、勤劳辛苦的传统方式种地，只能穷死、饿死。"

胡作林种过几天地。惊讶地问："合成氨这么神？"

胡百胜说："那当然。山东小麦亩产基本在 50 斤上下，我们县的小麦不到 100 多斤。鲁东地势高，不怕淹，农民自古就爱搞水浇地，灌溉面积搞了那么多，高产也过不了 200 斤。无论自己干，还是雇长工、租给佃户干拼死拼活也增加不了三斤两斤的。有了合成氨就不一样了，亩产最少也要提高到 500 斤，比什么都管用。"

农业中国早已展现出惊人的贫困。全国 18 亿亩农田，多是涝洼地、山地、旱地、盐碱地等，水浇地比例太少。胡百榜说："就种地的效果来说：这个合成氨真神。咱们中国就吃亏在什么也不懂上了。"

胡百胜说："毛泽东发明了一个词，叫'中产阶级'。按照毛泽东和共产党的说法，作林哥是地主或资本家出身，咱俩是自耕农或小资产阶级出身。我们有发展的欲望，有余钱有余粮，可更多的是保守、惰性和落后性。我们中国如果每个县城都能炼钢，哪怕都是废钢，也说明工业化爬坡到一半了。如果能生产大型军舰钢板，说明我们的工业化差不多了，剩下的都是好日子了。"

胡百榜说："西洋人的现代物理、化学发展确实很快，我们的农业从土地开始说，水利、肥料、机械等基础水平等都在 2000 年前。将来如果和平了，我就去搞钢板研究。"

胡百胜问他："你既然去研究钢板了，还要地干什么呢？"

当年，胡养荪逼迫胡作为离家出走，胡作林经过了全部过程。他年轻就随父亲闯荡，饱经世故。他说："百胜，你说得对，我赞成。日本人已经疯了，留下说不定会把我们给折腾死。我爹不在家，我就说了算。咱们老胡家在诸城也算是个有模有样的人家，虽然我看不懂应走哪条路救国，可也不能天天胆战心惊，时时提心吊胆。像我们这样的人家，不能都去弄钱，总要有人做点其他事的。"

当有了切肤之痛时，复仇或者说救亡，就变成了每个人自己的事了。

胡百胜拿出 20 根"大黄鱼"道："这是我资助你们的一点本钱。你们去安置好家里的事，如果不够，你们俩再添点，越快越好，然后投奔八路军去吧。再就是，去了之后，不要与家里人有任何联系了。"

他们当然懂，不联系家人，是为了给家里人避灾。胡作林说："你和作为怎么办？"

胡百胜说："作为哥早有退路，日军垮台后，他可以算曲线救国，继续给蒋校长做事。我当然也可以走曲线救国的路，但是，军人哪有天天叛变来叛变去的？我另外找了条退路，就是去日本。不过，眼下这些事，都不要对任何人包括对作为哥说。"

胡百榜说："明白。"

胡百胜补充道："作为哥顾虑多，一说你俩就去不成了。回头由我告诉他。"

胡百榜问："哥，我们这也算是投机吧？"

胡百胜道："八路军那么困难，你们放弃了优厚的物质生活条件，去参加八路军，怎么能算投机呢？作为哥才算，共产党合法的时候，他参加了。非法的时候，他叛变了。"他叹了口气，"当然，我也算投机，投机投机，当了汉奸。"

胡作林说："那你别干了就是了。"

胡百胜道："我不干汉奸了还能干什么？我得罪那么多人，还不被人给扒皮吃了？投奔八路军吧，我罪恶深重只能走一步，看一步。"

正事谈完后，胡百胜示意他们，叫进来那几个交际花，他与她们赋诗饮酒，寻欢作乐。

胡作林与胡百榜的心思都很多，根本没心情附庸风雅。

胡百榜很快就知道了地下党的同学在什么地方，于是加紧联系。这时，胡作铭也到了。

在诸城，胡作铭与胡百榜关系最好。没事就在一起谈古论今。他早年跟随父亲在外闯荡，早当够了农民，而喜欢大城市生活。那点田地其实就是胡家身份的摆设，一年到头也弄不出几两银子来，老胡家不差这点钱。别人都在外面混事，唯独他守着巴掌大的地方，过着繁琐无聊的日子，撑着所谓的门面。爷爷奶奶也不在了，家里有什么可看的？他只是不敢违背父亲的看家之命。

胡作铭早就听大哥说：抗战开始，刘半城把万亩良田，一下子送了人，自己不知去向。八路军已经从南北两侧，渗入诸城。因为胡作为、胡百胜的缘故，老胡家在村子里抬不起头来。有了胡作林的话，胡作铭什么都不顾了，急三火四地收拾好东西，坐着胡作林派去的小轿车，领着老婆孩子来到青岛。

胡作铭不知道胡百胜在青岛。他帮哥俩紧张地收拾行装，采购物品，运往城阳的隐蔽点。

当胡作铭知道他们要去解放区时，却不干了。他私下找胡作林提出，你胡作林那么一大把年纪了，都要去解放区。我比你小不了两岁，也要去参加八路军。

胡作林只得说："如果有人问我去哪里了，就说去上海散心去了。现在情况不明，我们先去安置好了，再通知你如何？"

胡家在上海有产业，这么说很合理。胡作铭同意了。

几天后，胡百榜带着对日本鬼子的仇恨，带着一部分解放区急需的药品，和胡作林一起去了根据地。

青岛没有城墙。日军为防八路军，向商户逼捐逼款，总额达到 80 余万元。强逼民众出工，每天无偿出工的农民万人以上，大量农田被毁。挖了条 16 公里长、宽 5 米、深 4 米的壕沟，美其名为"惠民壕"，青岛人称为"毁民壕"。但到处是花钱就可以买通的山路、小路、海路。

第十九章

1

　　胡百胜安排好一切，目睹他们离开青岛。然后，带着随从坐火车到了高密。

　　见到胡作为，他便哭丧着脸说："哥，没想到，他哥俩真有问题，他们真的可能是地下党。"

　　胡作为像被电击了似的，腾地一下站起来道："乱语胡言，怎么可能啊！"

　　胡百胜说："哥，你不会去日军那里告密吧？"

　　胡作为脸色都变了。他慢吞吞地坐下，叹息道："如果是真的，也算是人各有志吧。我再坏，也不会坏到去揭发自己亲兄弟吧？"

　　胡百胜说："那就好，我也没揭发。你若觉得应该揭发告密，我就陪你去。"

　　胡作为说："怎么会是这样呢？"

　　胡百胜说："他俩已经跑了，去沂蒙山了，留下封信给我。我怕出事，就烧了。人各有志，你刚不是说了吗？"

　　胡作为逐渐冷静下来。他当然知道，日本人快完了。他不是也通过中统，找好了"曲线救国"的退路了吗？可胡作林经了半辈子的商，有花不完的钱。他除了会应付打点各种人之外，并没有什么政治观点，怎么会参加共产党呢？

　　他不停地抽烟，他实在想不通，虽然他实质上并不很关心胡作林的去向。

　　封建社会的反动官僚，都是道貌岸然的，他们在给自己的儿孙普遍弄了几百亿、几千亿的赃款外，自我标榜廉洁的事例，就是不给哥哥、弟弟、侄子、外甥什么的开后门，办事。

　　祖父母的牌位，都在宗祠祖庙里。中国传统的农业社会，分家过日子后，除了父母之外，等于中断了各种纽带的关系。剩下点血缘，所维系的亲情只有象征意义。胡养荪与其他儿子虽没分家，但是与胡作为中断了父子关系。

　　这次去青岛营救胡作林与胡百榜，出钱的主要是胡百胜。胡作为起步阶段，欠胡作林的太多，如果换成他三哥胡作业，就可想而知了。

　　胡百胜他爹还没给他们分家，胡百胜要承担老大的义务。

　　胡作为回来后，就学着胡百胜的方法，分头把老婆、沈智华以及孩子们，先后都送到了青岛。反正她们也互相不认识，甚至不知道彼此的存在。胡作为把她们安排在不同的地方，并让这些人改换了籍贯和姓名。

　　在亮亮堂堂的县行署招待所，他与胡百胜吃茶喝酒，旁边有春菜和美女伺候。

当胡作为知道，胡百胜又从日本弄来俩小娘们后，暗赞这小子头脑灵光。他也弄来了几个。但到底叫来几个，他没有对胡百胜说。

他指着身穿蓝色旗袍，坐着倒水的女人说："这是贱内野津桥子，东京大学法律系毕业，出身贵族，头脑清楚，聪明伶俐，冷静果断，中英文俱佳，目前帮我处理行政、财政等事宜。一会儿让她给你介绍介绍日本的情况。"

日本女人大多是袖珍型的。这个女人还挺高，漂亮文雅，皮肤白皙。她微笑起立，向胡百胜鞠躬。

胡百胜以前听说过，日本贵族大都受过良好的中文教育，语言流利，书写标准。日本的公文，以及较为正式的场合，基本使用书面式的中文。

国家那么穷，老百姓都卖儿卖女了，可当官的却个个都有十个八个小老婆。

胡百胜忙说："见过嫂子。"

日本人不行了，连春菜都明白。但是，很多日本人心中是不服气的，很多日本军人是誓要血战到底的，春菜唯一的族弟也去了缅甸打仗。但太平洋战争进展表明，日军已经接近完蛋了。他们龟缩在东南亚、太平洋各岛屿，遭到美军越岛式、地毯式火力无情的打击。

在美国猛烈的爆炸声和刺耳的空袭警报声中，日本人迎来了 1945 年的新年。

日本人因为穷，所以很节俭地办工业，各种产业也就极差，甚至构不成规模与体系生产，三分之二以上都是作坊式的小工厂，所以，在精确与高爆轰炸对日本工业打击不大的情况下，美军又发动了燃烧弹攻击。

与日本相比，美军更加技术型、规模型。他们对东京的消防进行了分析：在 500 余平方公里的城区，只有不到 10000 名消防队员、1000 余部消防车。救火车被限制只能用两个小时的汽油，消防设施简单得可怜。一旦被点燃，东京火势将无法控制。

美军指挥官下令，所有的 B-29 都卸下枪炮，这样可使每架飞机比平时多挂载 65% 的炸弹，达到 7 吨以上。

3 月 9 日黄昏，美军出动 333 架 B-29 轰炸机，携带 2000 吨燃烧弹，从北马里亚纳群岛起飞，直逼东京商业区下町。炸弹投下后，凶猛燃烧的大火，让 25 万座建筑物付之一炬。

10 天之内，美机共投下了近 1 万吨燃烧弹。袭击了名古屋、大阪、神户等城市，炸毁了飞机厂、造船中心等设施。

美军忽然不炸了,日本人不知道美国佬的燃烧弹都用光了。还在那儿积极部署防空,等着美国飞机炸呢。

这些情况,有些是野津桥子听了新闻广播,有些是她听日军的内部分析。欺下瞒上、虚报战功是日军的老传统。大轰炸是事实,再也捂不住了。一贯封锁与制造假新闻的日本媒体,也被迫进行了报道。

从成都起飞的美国飞机,在轰炸日本本土时,经常路过胶东,发生过各种事故。美军飞行员跳伞后,有的不幸牺牲,也有的被八路军、游击队、民兵、老百姓所营救,并掩护从路上或海上逃走。

花梨的哥哥在东京轰炸中被炸死。花梨哭红了眼。

日军顾问换得很快。新任日军顾问井下一,带着高丽翻译,动辄要他出动兵力,搜捕美军飞行员,都被他推三阻四地支应出去。次数多了,他都懒得看井下一一眼。

胡百胜说:苏联人在欧洲打到哪儿,将军们都为自己立块碑。美国是最爱惜士兵生命的国家,会把士兵的遗骸运回国内安葬。日军弃尸问题已经相当严重了,与美国相比日本太不珍惜自己士兵的生命了。这对信奉神道教的日军士气打击非常大。井下一琢磨,胡百胜的意见确实正确。抓到几个美军飞行员决定不了战争双方的对比,改变不了胜负结局,还要分散兵力,很容易被八路军袭击。他如果非要搜捕,胡百胜这个老油条,肯定会让他带队去,出了事他还要负责,万一负伤,很可能被日军处理掉。

因燃料困难,井下一的办公室已经不点煤油灯,而使用蜡烛或麻油了。井下一点上灯后,对胡百胜说:"我们大日本帝国开始抵制英美货了。"

日本人真是死要面子,胡百胜哭笑不得。于是,他们和翻译官一起喝酒吃肉。喝到一定程度,井下一会忘乎所以,嚎啕大哭。

井下一根据青岛日军司令部的命令,组织了大批人修筑抗登陆作战工事。胡百胜看到他在那里穷折腾,便开玩笑说:"干吗这么费力气?美国人只要花 1 小时 2 分钟,就能摧毁这些破烂。"

高丽翻译官白善烨说:"井下太君很奇怪,问你怎么算出这么精确的时间?"

胡百胜说:"当然了,他们会先哈哈大笑 1 小时,然后用 2 分钟时间的炮火,把它打个稀巴烂。"

井下一听了白善烨的翻译,也无奈地笑了。太平洋岛屿战,日军的一切工事与防御,都是豆腐渣。日军大肆吹嘘的地下工事、坑道工事,因为构不成作战体系，被美军用炸弹、燃烧弹、火焰喷射器等连炸带烧，毁得一干二净。

间岛特设队是关东军组建的高丽部队，专门对付抗日联军的，*1944* 年调往华北。白善烨的弟弟在那儿当兵，他刚从北京看弟弟回来。

他弟弟说：间岛特设队越过长城线，进入遍地八路军，已经化为赤色海洋的华北。密云当地虽驻有日军一个小队，却难出城一步，完全是困守状态。谁都珍惜自己的生命，就连日本指挥官也在考虑怎样才能活着回去。结论是行动时要注意绝对不危害到百姓。

二战确实显示了各国的实力与国情。在工业国，将军并不算什么大官。在农业国，将军还是如几千年的神灵一般受人尊重。

井下一是中佐。日军中下层官兵，对伪军的"将军"还是很尊敬的。井下一并非纯军人，而是有点新潮的小知识分子，三十多岁，年龄有点偏大。入伍前，是中学数学教师。上任后，跟着胡百胜积玉堆金，捡了不少小便宜。日子久了，便不与胡百胜的意见相违。

唯一让胡百胜心疼的是，他投资建设在东京的百货商店，被美军炸弹化为乌有。

胡百胜点上烟说："现在打仗就是堆钢铁、堆人了。日本人造了 *5* 万多架飞机，德国造了 *11* 万架飞机、*7* 万辆坦克，这就够吓人的了。可美国一家就造了 *30* 万架飞机、*10* 万辆坦克，制造与改装的航空母舰快 *200* 艘了。真是太恐怖了。谁知道美国还是全民皆兵的国家，不费吹灰之力就建起 *1000* 多万人的部队，根本不用进行军训，拉上去就能打仗。美国的后备飞行员还有几十万，吓死人了。"

胡作为端酒碰杯说："苏联也不是善茬，造了 *16* 万架飞机，大炮坦克不计其数。可我们选 *1* 个飞行员都很难。"

胡百胜说："能打仗就行。英国造出了 *200* 多万吨的冰航母，真有想象力。如果赶上第二次世界大战，战争还不知到哪一年才能结束。"

胡作为说："相对欧洲战场，中日战争是幼稚战争，是原始战争，没打多少炮弹和子弹。列强都是狠货啊，我们脱光了也赶不上。他们都是国家不惜血本地投入，英国研制出喷气式战斗机，德国研制出 *V-2* 火箭，美国最狠，还不知道会弄出什么新式大家伙。日本啥也没有，对科学几乎不投入，他们的企业都是私营的，就知道吃西洋人剩下的。"

胡百胜说："山东八路军的地盘这么大，山东牺牲可能也最大。"

胡作为说："山东八路军也挺狠，他们基本占领了山东。八路军一方面按照

《论持久战》的腔调批判唯武器论，制造舆论，打击对手，鼓舞士气，一方面又死命地发展兵工厂，提高武器性能，增强战斗力。而鲁东远离中原，有史以来几乎没有参与过战争。这次算是赶上了。国民政府估计抗战死亡约 3000 万人口，我们山东处于最前线，估计要牺牲 700 万左右。"

二战对立的双方，战术水平、防御力与进攻力都在不断提高。武器弹药的消耗量越来越多。欧洲战场，平均两吨弹药才能打死一人。

美军海军在太平洋的铁血推进，打得日本毫无还手之力。苏德的坦克在欧洲无情对射，不计代价成本，伤亡惨重。欧美与苏联的装备剽悍，火力的强度、密度与凶猛，让他们震惊不已。胡百胜内心真实地感到，中国的抗战，尽管无比残酷，就战争烈度来说，不过是人类战争史上的小儿科。日本的人口不足与装备劣势，必然会导致彻底失败。

春菜想起了宫本，她的族弟还不知道下落，不知死活，不由得抽泣起来。野津桥子用日语数落了她几句，春菜立刻停止了抽泣。是的，哭并没有什么用。

胡百胜想，有文化和没文化真的不一样，野津桥子面对日本的失败，表现得异常冷静。他对胡作为说："日本的失败是时间问题了，日本人不仅坏，还愚蠢，貌似是世界经济第 6 强国，其实手里没有多少打人的装备，比美国、苏俄差太远。居然敢四处树敌，八面出击，不死才怪呢。"

胡作为没回答这些问题，转头对他说："我已经和霍达来将军沟通好了，将来，可以按照曲线救国的规矩，与党国抗战大业对接。"

他实质上已经负责中统情报工作了，但他没有告诉胡百胜。

胡百胜笑道："下一步棋怎么走，我也不知道，反正已经是汉奸了，就这么当下去吧。"

胡作为听到他似乎有点情绪，便说："百胜，你不是在抱怨哥吧？我也不想当汉奸的。"

胡百胜说："说到哪儿去了，作为哥，我怎么会抱怨你呢？我现在有吃有喝，有女人，还有财发。"他顿了顿，又说："我们算什么汉奸？不用说得太远。从秦桧那年到现在，啥时缺过汉奸呢？无论谁管理中国，都很难除掉汉奸的。再怎么改头换面，本质上都是商人，谁不是为了银子活着呢？都是在那儿玩点石成金。皇上把持了所有赚钱的行业。官员发国难财，军人发战争财，教会收十一捐，食品交诵经税，和尚道士收香火钱。"

胡作为说："十一捐是什么？"

胡百胜说："就是挣 10 元钱，给教会 1 块钱，多给也可以，神甫不反对。"

胡作为大笑："真是天下乌鸦一般黑。提倡要别人去执行，自己却做不到。所以，很多事一定要反着想。"

胡百胜道："我们也不是傻瓜。就算是傻瓜也混到了今天。我们盘算局势，无论估算得多么细致精确，都是为了自己的小算盘。我们其实都患了'诸葛病'，患得患失，最终一事无成。只有圣人，才会艰苦朴素，勤俭节约，身体力行，公而忘私，做自己提倡的事，然后才可能成功。"

胡作为觉得是这样。他们都是精致的利己主义者，精于计算，最后与商人无区别，从不做赔本的买卖。胡作为说："艰苦朴素，勤俭节约，身体力行，公而忘私这些词好像都是毛泽东发明的吧？你不会被赤化了吧？"

胡百胜说："我也不知道谁发明的，共产党的小报、课本都这么写。回头给你再找一些看看。"

胡作为说："日占区的课本提倡亡国主义，国统区的课本在搞奴隶主义，共产党的课本在折腾造反精神、集体主义、英雄主义。不过，毛泽东确实很有创造性。"

胡百胜说："我觉得他前无古人，后无来者，算是独一无二的军事家。我计算过他独创的军事术语、战略战术等概念，大概最少有几十个、几百个吧。他的这些术语深入浅出，通俗易懂。"

毛泽东1935年说过的一段话对胡作为很震撼。毛泽东说：大土豪、大劣绅、大军阀、大官僚、大买办们的主意早就打定了。他们过去和现在仍然在说：革命（不论什么革命）总比帝国主义坏。他们组成了一个卖国贼营垒，在他们面前没有什么当不当亡国奴的问题，他们已经撤去了民族的界线，他们的利益同帝国主义的利益是不可分离的……这一卖国贼营垒是中国人民的死敌。假如没有这一群卖国贼……帝国主义是不可能放肆到这步田地的。

共产党领导的革命，是底层革命，而平民反抗暴力与不平等的革命，在西方具有天然的正义性。即使站在革命的对立面，西方也不会有人公开反对，而是设法进行歪曲。《矛盾论》发表后，震惊了整个日本。1940年日本科学家坂田提出中性介子会很快地衰变为一对光子的预言。1942年，他首先提出了两种介子理论。他公开宣传《矛盾论》和《实践论》"对于科学研究也必然是强有力的武器"。

之前，从没有人用这么简练明了的语言，阐述自然、社会与人类的各种矛盾关系，并把这些矛盾进行归纳与科学的总结。与胶东八路军作战，胡百胜收获了大量的共产党报纸、出版物。所以，八路军在战场上、政治上、经济上都彻底打服了他。

抗战确实按照《论持久战》预想那样打的。胡百胜感觉，这篇文章，精彩绝伦，无出其右，预言了整个二战的起始与终结的全部进程。毛泽东也预言了斯大林格勒保卫战是整个二战的转折点，当时全世界包括斯大林还在那里发懵，并不知道斯大林格勒会战的真正意义。

在胡百胜看来，毛泽东是发明家。创立了共产党的组织体系，发明了一切从实际出发，理论联系实际，群众路线，统一战线的理论体系；独创了共产党的独立自主，自力更生，实事求是的思维；举世无双地提出人类历史最多的军事战略与战术，包括最多的军事术语如持久战、歼灭战、集中优势兵力、围点打援等；发明了武装斗争与人民战争的理论；此外，还发明了大量通俗易懂、由浅入深的成语。

最气人的是，毛泽东的战略战术，都是阳谋。他公开告诉一切人，包括敌人，抗日战争的策略，打什么样的山地游击战。而敌人还学不会。八路军把围点打援的古老战法，发挥到了极致，敌如不援助就吃点，敌如援助就包饺子打援。

一切文明的光辉，在于璀璨的发明与不朽的创造。一个没有发明与创造的人种，必然会被历史的滚滚车轮所碾压、所淘汰、所抛弃。

胡百胜觉得，如果西安事变，蒋校长真被张学良给废了，战争的演变，也可能更有利于中国。

胡作为说："这可能算是一种感召力吧？"

胡百胜说："我都这么看八路军了，你想想，国军那些人，还有其他人，比我聪明的、有脑子的多了去了，他们会怎么看？怎么想？"

不管怎么说，日本人算是彻底完了。全世界反法西斯联盟，要求其无条件投降。小日本退出世界的竞技舞台，已经按秒来计算了。

两人喝酒。春菜斟酒。胡百胜已经感觉到了野津桥子的霸气与泼悍，示意敬酒。野津桥子微笑摆手。

胡作为对她说："他是我弟弟，让你吃你就吃，让你喝你就喝。你是受过高等教育的，和春菜她们不一样。"

野津桥子抿嘴喝掉，脸红红地说："女人喝酒不文明。"

胡作为说："哪那么多文明不文明的，欧洲、美国的女人不也喝酒吗？你们日本其实还是学我们那一套，男尊女卑啊。"

胡百胜笑道："哥，眼下多弄点钱是真的。要不，你也养不活那么多家口。

我那边的副旅长高小淞人不错，头脑清楚，比较忠诚，办事牢靠。如果我不干了，将来可以叫他带着人马，跟你混。"

胡作为的记忆好，马上问："就是孙明远的那个参谋长吧？你咋不想干了？"

胡百胜说："厌倦。小日本快完蛋了。我也不想再改换门庭了。我是军人，天天叛变来叛变去的，没有啥意思。战争一结束，我就出国。我的旅现约有4000多人，已经被我完全掌握，火力在汉奸伪军里属于一流。到时和高小淞一起交给你。"

自古英雄出少年。胡百胜除了厌倦，其实还有怕。他看到，八路军胶东的指挥员，差不多都是20岁出头。各分区司令员、县长、团长、政委们也多是20来岁。他们血气方刚，先计后战，攻无不克。

相比，他老了，太老了。

1945年2月，胶东八路军的这群娃娃将军，集中了5个团又5个营的兵力，在5万余游击队、民兵和群众的配合下，对奸掳烧杀的伪顽赵保原部发起万第战役。

战斗从除夕夜开始，打了8天。赵保原部被切段围歼，共毙伤伪顽匪1万余人。赵保原带领残部逃窜。此役，扫清了切入根据地，威胁胶东军民的祸患之一，缴获大批枪支、弹药、粮食和其他军用物资。日军眼睁睁地看着，没有下令支援。因为胶东日伪早已筋疲力尽，陷入盛极必衰之态。

万第是一个小镇子，尽管不算坚固，但赵保原部的武器远比他的好，作战效能也高。这对胡百胜的震撼也是难以形容的，因为战役规模太大了，这是胶东八路军前所未有的。

胶东八路军已经长成了巨人、智人了。他知道，以后，无论谁都难以阻挡灵活善变的八路军了。

游击队、民兵指南攻北，能征敢战。面对这样的八路军和民众，未来，日军一定守不住胶东。他与胡作为盘算，如日本战败，他们的队伍就守住高密，将来如国共合作或生变，都有可以打的牌。

他仅仅看到了胶东，没有意识到，时间在向全国的八路军转换。

赵保原残部企图与任群贤合作，被断然拒绝。再企图向高密逃窜，于胶莱河，遭陈子舟与胡作为的联合阻击。

赵保原尽管作战很彪悍，但也太反复无常了。他先当东北军，后投降日军，再加入国民党军。接着主动找到八路军，宣称要联合对日作战，继而反目，组织抗八联军，专门攻打八路军。所以，无人敢与赵保原合作。

胡作为道："也好，霍达来已答应给我弄个番号，我再催一催。对了，花梨和孩子怎么样？都好吧？反正你小子钱够多了，没必要再当兵卖命了。"

胡百胜半开玩笑似的说："有作为哥的帮衬，花梨和孩子都很好，阿信也怀孕了，等美国鬼子炸完日本鬼子，我就让她们回日本。"

胡作为哈哈大笑。野津桥子也笑了。

胡百胜解下腰上的手枪，递给野津桥子说："嫂子，你别光笑。这枪是美国的勃朗宁，速度快，威力大。我哥政治灵光，但军事不好，胆子还小，根本不应该在兵荒马乱时从军从政。你拿着它，好好练一下枪法，用以防身。必要时，可以击毙任何威胁你们的人。"

野津桥子嗨了一声。然后，拿起枪，握在手里。看样子，一点也不陌生。

确实如此。在军国主义的统治下，不仅日本的男女儿童从小要练习射击、拼刺刀等技术，连军妓都常年进行体能训练。

胡作为赞道："百胜，你考虑得真周到。那个姓陈的软硬兼施找我好几次了，但是，也不必大惊小怪。官场上，到了他那个地位，一般不会撕破脸面的。"

胡百胜笑："作为哥，你真幼稚。现在是抢地盘、拼资源的年代，早已无所谓脸面了。他早就想灭了我们。不过，现在他还不敢太所行无忌，因为我离他的老窝太近了，随时可以给他灭了门。"

后来，野津桥子果然击毙了陈子舟，为胡作为抢到了优势与支配地位。

2

胡百胜当然知道，沈智华盗窃陈子舟电台的事。临行前，他问胡作为有无多余的电台。胡作为琢磨了一下，连两个电报员、手摇发电机等一起给了他。

胡百胜要求电报员，发挥好侦查作用，每天都要接收国内外的资讯报他。

回到乳山，胡百胜就找来了高小淞，沟通了自己的想法，并要求他控制好两个团的人马。

胡百胜说：如日本按照盟军的要求，无条件投降，日军大都集中在青岛。烟台、威海一线，日军兵力薄弱，伪军没啥战斗力，肯定会被胶东八路军拿下。

但是，靠近青岛那边，还有国军的青岛保安旅挡着，他们虽没多少人，八路军也不会冒破坏国共关系的风险，去攻打青岛保安旅。这样，高密也就有了守住的条件。

日军已经露出撤退的迹象。先是日军家眷、侨民等，从烟台、威海等地纷纷撤到青岛，后是各县的日军顾问、日军士兵等向烟台和威海集中。

高小淞表态说："请旅座放心，我一定按照您的命令办。"

任群贤打来电话告诉他，青岛日军司令部现在根本不接电话，并询问在这个情况下如何应对。

仗打到这个时候，日军早已丧失了作战的勇气。1944年7月，美国大兵盖伊·加保顿在班赛岛作战中，靠"嘴炮"攻势，一人就俘虏了1500个日本兵。

胡百胜说："师座，现在还接啥电话，接不接的都没什么意义了。日本人马上就完了。他们的命令，我们也可以完全不用理会了。同时，我们也应该自保，收缩防线了。"

任群贤同意。

以前，怕日军监听电话，伪军高层有事都是当面说。现在好了，这套都免了。

胡百胜在防区的每个据点，都留了很少几个人，并交代，为了保命，可以随时撤离，随时逃跑，随时投降。他把队伍全部收缩到海阳与即墨交界处，以便见机行事，并视情况向青岛或高密方向逃窜。

任群贤学着他的方法，带着伪师团部、伪2旅主力，也悄悄地向胡百胜方向靠拢。秦守明估计，他肯定是患了日本投降的恐惧症，想抱团取暖。

胡百胜发电报给高密，通知自己的旅部地址。

高密很快就来信了，还给他送来了一个身着红色旗袍的女人。

他扫了一眼，觉得这女人和野津桥子很像。

信是以野津桥子的名义写的，并有胡作为的签字。野津桥子先请他放心，自己一定全力为胡作为服务。她说：当前困难，日本贵族供给体系已经全面解体，自己的家庭本来就不算太好，现在濒临破产。野津优纪子是我的妹妹，东京大学医科和社会学双博士，会中英法三国语言。她在上海有一段时间了，在日本医院当医生，现在正在疏散。于是，来到山东。

野津桥子觉得，胡作为那边地方太小，不好安置，经与胡作为商议，让野津优纪子到海阳，请胡百胜设法予以安置，并给一条明路。

胡百胜想，日本人办事真正式，日本在上海的医院肯定是野战医院。上海人多精明，正常的上海人，谁会去日本人的医院看病啊？眼下的日本人，如惊弓之鸟，到处寻找活路，日军失踪的士兵也越来越多。

不过，野津桥子这个小日本娘儿们的心机真的是多。估计她也是考虑鸡蛋不能放在一个篮子里，免得姊妹俩吊死在一棵树上。为减轻危机，就把妹妹甩到他这里来。

当时，看到野津桥子的眼神，他就估计到了，胡作为一辈子也摆脱不了她的控制了。

女人一旦有了文化也很可怕。

3

1944 年，胶东八路军即不断拔除各种中小据点，扩大解放区，展开战略反攻，至当年 9 月，把根据地连成了一片。

1945 年 4 月 7 日，主和派铃木贯太郎组阁新政府。7 月 12 日，天皇日本外相（外交部长）给驻苏联大使发了一个紧急电报，要求转达天皇关于结束战争的意图。

7 月 26 日，中美英三国发表波茨坦公告，促令日本立即无条件投降。日本政府发表声明，对公告"不予理会"。

8 月 6 日和 9 日，美国先后在日本广岛和长崎投下原子弹，两地共死伤 20 多万人。

8 月 8 日，苏联政府正式声明加入波茨坦公告，宣布对日作战。

延安首脑部 8 月 9 日发布《对日寇的最后一战》的命令指出，"八路军、新四军及其他人民军队，应在一切可能条件下，对于一切不愿投降的侵略者及其走狗实行广泛的进攻，歼灭这些敌人的力量，夺取其武器和资财，猛烈地扩大解放区，缩小沦陷区"。

原子弹在广岛、长崎爆炸后，苏联接着出兵狂扫关东军。1945 年 8 月 10 日，英、美两国通过中立国瑞士收到了日本政府已经接受《波茨坦宣言》的通告，西方媒体随即进行了播报。

延安首脑部的命令，随着电波传遍了全世界。

根据命令，全国的八路军、新四军展开了敌后大反攻。

整个山东的日军都是守势，无心恋战。他们在等待天皇的最后裁定。

1940 年，日本海军拥有战舰 254 艘，总吨位 106.8 万吨。太平洋战争爆发后，总吨位急剧增加到 193 万吨。1945 年，日本只剩下战舰 168 艘，总吨位约 32 万吨。

日本海军早已成为空壳。在中国大陆沿海，包括海军征用的民船约 192 艘，总计 1.9 万吨。其中，军舰 3 艘、驱潜艇 6 艘、小型潜艇 2 艘。日本青岛海

军的舰艇，只剩下没有什么战斗力的小型艇了。

日军第 5 独立混成旅团已编入 43 军序列，管辖鲁东防区。日 12 军新编第 12 独立警备队，队长泷本一磨少将，受日青岛司令部节制，并管辖坊子防区。

联席会议开了两天，青岛日陆军海军同样分歧严重。因为日本海军已无存在的意义，心灰意冷的日青岛海军司令，因病请长假回了日本。留守负责的是青岛海军参谋长冈部中佐。

冈部说："青岛海军认为，太平洋战争虽然失败，而对华战争没有失败，所以不能投降缴械，建议把码头、仓库、军器及飞机材料等，一并破坏或是沉入海底。对青岛的工厂，要彻底炸毁。"

青岛的自来水历来被洋人控制，到底喝什么样的水，老百姓也不知道，反正到目前还没死。青岛海军还准备联系上海、广州等日海军，利用日本人控制自来水厂的便利条件，用管线输送巨量毒品，对青岛等沿海城市用水投毒。他们目前已经与 1875 部队进行了沟通。

日海军的疯狂，让长野荣二在座等人深感震惊。

长野荣二曾任关东军第 74 联队联队长，在诺门坎战役身负重伤，险些丧命。

在诺门坎战役，长野荣二的联队进攻时终于用上了坦克。日本军部非常心痛这些宝贝铁疙瘩，为防止被苏军歼灭，下令让坦克在步兵后面跟着，如发现战事不利，马上掉头逃跑，以避免坦克集团全军覆没。

这期间，日军还动用了臭名昭著的七三一部队，秘密向哈拉哈河投放了鼠疫、鼻疽等烈性传染病菌，由于苏蒙军的饮用水来自后方铺设的输水管，没有造成伤亡。日军虽三令五申不准饮用河水，但还是有不少士兵偷喝了河水，成了细菌战的牺牲品。

日苏休战，长野荣二被天皇授予"勋一等旭日大绶章"。好不容易养好伤，被派到第 5 独立混成旅团任旅团长。

战场的现状和前途摆在那儿。德国如此强大，已被苏美联军彻底摧毁。日本的技术装备，都是德国人吃剩下、玩烂的东西。且本土被美国炸烂，关东和朝鲜被苏联打烂。

长野荣二是陆军将领中少数主降派。因为苏军已经出兵，诺门坎的教训，还历历在目，念兹在兹。主战派的"玉碎"计划，最终是放弃本土，保护天皇进入关东，做最后的垂死挣扎。华北方面军来电征询他的意见时，被他毫不客气地拒绝，并予以切齿痛骂。

这帮混蛋简直疯了。长野荣二险些忘了，诺门坎战役前，他也是这样的疯子。

他与泷本一磨进行了沟通，两人都认为没法打下去了，应服从天皇的御前会议。青岛海军一帮初出茅庐、低层次的军官，到了现在居然还是如此傲慢，并无比蔑视陆军。长野荣二少将顿感五雷轰顶，内心无比愤怒。

他走到这个自以为是的海军中佐面前，制止了他喋喋不休的发言，连抽了这个混蛋2个大嘴巴说："在东京军部，海军主降，陆军主战。在青岛，陆军主降，海军主战。你的口气和阿南惟几阁下一模一样，你简直是我们陆军的衣钵传人。你有什么资格蔑视天皇陛下旨意？"

在海军眼里，陆军都是大傻瓜。太平洋战争，日海军的牛皮战报震天响，可实际战果微乎其微。按照日海军的战报，美国海军已经被消灭几次了。可同样爱吹的陆军却上当了，认为美国已经没了航母，又没有前线机场，攻击日军占领的岛屿不是白来送死吗？于是，命令部队放弃既设阵地，跑到菲律宾海滩上打靶。结果几十万日军，成了美国舰载机的活靶子。

瓜岛战役中，日17军各级指挥官，对美军的兵力判断一直有误，层层谎报敌情和战果，诱使海军不断吃亏上当。最初上报美军进攻人数不会超过2000人，后来又改为3000人，再后来又换成1000人。实际进攻的美军有16000人。该役，日海军损失飞机892架、飞行员2362人。日海军为了节省开支，从不救援飞行员，飞行员死亡率达到了百分之百。

在东京军部，陆军和海军因军情、战报互相欺骗，多次发生争执，陆军与海军大臣互相对骂了半个小时。

中佐被打后，继续妄言忘语地申辩，并伴有对陆军风言风语的嘲讽。长野荣二也不埋睬，回到座位上抽烟。

又听了一会儿，泷本一磨也耐不住了，他站起来，大步走到那个小军官面前，边骂边狠抽耳光："混蛋，你胆敢抗拒天皇的旨意！我们是军人，当然不怕死！你想过没有，100多万人的眷属和孩子，还有那么多侨民，有多少人要从青岛走？到时，中国老百姓会饶了他们？还没到青岛，可能就被全部杀死或活埋了。"

那个冈部满嘴是血。最后被抽瘫在地上，然后被拖出会场，全场鸦雀无声。

会议继续进行。伊达顺之助表态，兴亚院青岛出张所、宪兵队无条件地执行天皇的御前会议决定。最后确定，青岛日伪军政机关须严格执行天皇御旨。

会后，泷本一磨去威海召集会议，部署日军第12独立警备队的任务。此刻，日军基本已被分割在胶东的各个据点，65大队大队长柴山茂大尉奉命从烟台机场，乘坐一架教练机前往威海。

由于日军导航系统太差，飞机飞行高度很低，速度很慢。八路军战士看到日本飞机在自己头顶，就顺手打了一枪。不承想命中油箱。这架倒霉的木头飞机油耗光后，迫降在沙滩上，柴山茂与飞行员逃跑未遂，当了俘虏。柴山茂兼任烟台警备司令，是被俘的最高级别的日本军官。

4

不知为什么，自从来到胶东后，胡百胜总是前怕狼，后怕虎，不知谁在盯着他，恐慌感越来越厉害。

他的思维非常保守，军人的本色，也让他对政治一知半解，兴趣不大。当年，在武汉的时候，共产党在湖北已经有了较为广泛的影响，当时，黄埔武汉分校的学员，大都对政治、局势非常关注，每天都有各种讨论。他则从来不参加讨论，显得特立独行，甚至有些怪僻。

他和那些同学的不同之处，就是读过大学，学过工科。在他看来，国共各自宣传的主张，都没工业化思路，因而都将不成气候。

中国虽有南北差别，也有南北近似之处。湖北这个地方，地盘那么大，人口与山东相比又那么少，就武汉一个赚钱的地方，其余几乎都是不毛之地，比山东最穷困的地区还要困难10倍。湖北的山区，全家6口穿1条裤子的比比皆是，谁出门谁穿。

他觉得，世界的工业化正蓬勃发展，中国正处于被淘汰的状态，很多人却天天装得聪明伶俐，富裕无比。

他这一辈子，始终处于彷徨、苦恼的状态。而日本女人天生的乐观性，支撑着心力交瘁的胡百胜。

他的累，主要还是内心。

美丽的野津优纪子，同样教养优越，细心善察，心机多变，思维敏捷，知识广泛。她的到来，自然成为这些下关女人的主宰。

没几天下来，她就和她们论明白高低贵贱，等级尊卑，反客为主，把那仨女人收拾得规规矩矩，服服帖帖。

房子已经变了。在海阳，他已经来不及搞日本式的房子了。他的居所，是高小淞从当地财主那里借的。

警卫连把大木桶也给拉来了。

现在的规矩，只有野津优纪子能与胡百胜一起泡大木桶。花梨、阿信、静香都是等她与胡百胜泡完后，她们再一个个地进去泡。

胡百胜想，野津优纪子的泼悍，一点也不比她姐姐差。日本的等级制度是厉害，日本的教育，让贵族与平民有天然的区别。

很快，野津优纪子也顺便主宰了胡百胜。

她建议胡百胜，日本现在已经很安全了，可以先让花梨和阿信回日本，去做些铺垫性工作。

胡百胜同意。他觉得，好像是这样，时间确实有些急迫了。日本已经被炸得差不多了，估计美国人不会再狂轰滥炸了。可以考虑让她们先回日本了，以给自己准备条后路。

即使判断错误，有点风险也没什么。他给了花梨和阿信各 20 根"小黄鱼"，10 个小元宝，让她们收拾东西，交代她们回到日本后，先安心住下。日本投降后，等到时机差不多了，可以选址在下关、大阪和东京开办几个商场。

他说："我估计，物价会大崩溃，房产会大降价。这个时候，就可以做事了，但千万别买地种粮食。农村现在都处于破产的边缘，我们再也不能回去当农民了。阿信跟着我学了不少东西，以阿信的文化水平，开个店，做点事应足够了。"

这些黄金，在日本肯定可以当富豪了。花梨听不太懂，阿信似懂非懂，自信满满地嗨了一声。她的肚子越来越大了。

以前，野津优纪子家的土地很多，但在工业化进程中几乎全部变现。她说："土地确实不要买。战后，日本会像以往那样发生大清算。至于怎么清算我不知道，但是清算贵族和华族的战败责任是肯定的。我们日本是门阀与贵族的混合体，很容易导致战争。"

日本的门阀拥有工业，贵族拥有土地，他们是日本发动侵略战争的导火索。胡百胜看了她一眼说："你总是打岔，说这些，她们肯定云山雾罩。"然后对花梨说："你们俩互相照顾好，看好孩子，等我过去。"

野津优纪子娇滴滴地捂着嘴笑。

阿信说："我想好了，回去后开个店，名字就叫二百伴。"

胡百胜笑："二百伴？还不如叫二百五好听点。"

他大步流星而去，问任群贤借车去青岛。

5

任群贤听说他要把老婆送回日本，就给了他一辆 94 型卡车，可以拉着行李，带着他的警卫排。

任群贤说："本来可以给你指挥车用，但是，师团部迁到这里后，很快就没有油了。你到青岛后，最好买点油回来。要不，我们开拔的时候，汽车都就丢在这儿了。"

胡百胜想，我买油给你用？天下还有这本书？任群贤和那帮农民军阀一样，真是没一点谱儿。早干什么去了，时间这么充足，去烟台拉 10 车油的工夫都有，他嘴上却说："师座，我到青岛看看能不能搞到油，如能买到，一定买一车回来。"

花梨和阿信穿着和服，抱着孩子坐在驾驶室，他和野津优纪子、静香坐在卡车的车厢里。静香很沉默。野津优纪子一路欢歌笑语，胡百胜不断示意她安静。

到了青岛，他直接去找胡作铭，请他帮助买两张去日本的邮轮头等舱票。

青岛每天都有去日本的船只。虽然要去日本的人很多，胡作铭还是花高价搞到两张当天的头等舱票。然后，用他的奔驰轿车开路，把胡百胜他们送往客运码头的贵宾室。

野津优纪子坐在奔驰的副驾驶。胡百胜他们四个挤在后排，胡百胜抱着不满周岁的儿子，又亲又看。

花梨、阿信与胡百胜约定好在日本、中国的联系方式。到达后，即给他拍电报，如电报不通就写信。

登船的时间到了。随着滚滚的人流，花梨、阿信抱着他的儿子上了火轮。他真有些舍不得儿子。

阿信的肚子也很大了，她会给自己生个什么呢？

凉爽的海风吹拂，涛声阵阵，汽笛嘶鸣，火轮浓烟滚滚。他和野津优纪子、静香，站在空旷的航运码头上，神情黯淡地目睹他们离去。

野津优纪子站在凉爽的码头，向火轮招手，她自然、潇洒、亲切。

船越走越远，直到影子消失。

送走花梨和阿信后，司机把胡百胜他们拉到中山路，胡作铭请他们吃饭。

胡作铭让秘书等把随从们安置在另外的地方，他陪着胡百胜与两个日本女人坐在雅间。

坐定之后，开始劝酒。

胡百胜说："作铭哥，这个雅间的家具不错啊，好像都是红木的。"

胡作铭说："百胜，你可是真识货啊。不愧是走南闯北，打过拳，压过腿的。这个酒店是青岛最好的，家具都是降香黄檀，俗称海南黄花梨，要长1000多年才能成材呢。"

胡百胜噗嗤一声笑出来道："哥，真有你的。你到了青岛，别的不知道如何，吹牛的本事可是见长啊。你们做生意的除了吹，就是骗。你当我还是乡巴佬、老巴子？以为我没文化，不识货吧？什么1000多年？你数数这个桌子面的年轮，有200年没有？"

胡作铭愣了，他看了一下桌面，自罚一杯道："我确实没鼓捣过南方的木头，光听别人这么说。"

胡百胜笑道："光听别人说怎么行？木头有年轮，一年加一个圈。"

席间，胡作铭说："百胜，青岛的一个朋友，有一批粮食什么的要运到胶东贩卖，你是否可以帮忙呢？"

胡百胜问是啥？胡作铭吞吞吐吐，左支右绌。

胡百胜很不耐烦道："二哥，你放心，只要不是大烟，就是军火、药品又如何？现在日本人还有心思查这些啊？"

胡作铭说："看你说的，肯定不是大烟。胶东没几个抽大烟的。"

胡百胜一想，也是，抽大烟与吸老海风靡中国，不断领导新潮流，可胶东确实没有几家大烟馆。遂给了他一打通行证道："估计用不了几天了，快点用。日本人在青岛到烟台之间设立了30多个检查站，主要是捞钱，注意安全。我回去的路上，沿途会请各地关照，我的军需品要过境。"

胡作铭要给他钱。他谢绝道："二哥，弟弟我看不上那点钱。留着自己用吧。"

胡作铭端杯笑骂道："你这汉奸官干得，厉害了。"然后，开始敬日本女人，"两位弟妹，愚兄敬你们一杯。"

野津优纪子笑盈盈地说："二哥呀，不是我要纠正您啊，您哪有两位弟妹？应该就一位吧？"

胡百胜在一旁不吱声。

胡作铭不知就里，他厚道地笑起来，连声道："喝，喝。"

野津优纪子也喝了。然后回敬道："小女子，也就是弟妹，敬您一杯。"

胡作铭还是莫名其妙，但他不露声色地笑道："谢谢弟妹，同饮。"

野津优纪子对静香亲切地说："静香,你也够辛苦的,喝一杯吧。"

静香顺从地端起杯子,抿嘴喝掉。

胡百胜想,这个女人真厉害,这才来了几天,就后发制人,完成了后宫乱政的进程。现在,他胡百胜家已经改朝换代了,野津优纪子变成老大了。

野津优纪子端起杯,她弯了下腰,甜美地对胡百胜说："将军真是辛苦了,一路鞍马劳顿,纵横东西,贯通南北,响彻云霄。刚送走了花梨,又来了黄花梨,闻了一路花香野草。看来,搞不好还要再送走一个。幸亏还有小女子我不计前嫌,一意孤行地跟着将军。小女子借二哥的酒,真心实意地敬将军一杯。"

胡百胜越发喜爱这女人,她真是文采飞扬,心机多变。他端起杯,故意点头哈腰道："谢谢野津太君子。干杯。"

野津优纪子低头抿嘴偷偷地笑,她的眼睛是那样的亮。

胡作铭看着这场景,心中好笑。

吃完饭,胡百胜只点了一个使双枪的马弁罗勇豪跟他走,其余的随从都留给了胡作铭。交代他们协助把东西押运到胶东。路上如遇到任何阻拦,不管是中国人还是日本人,可直接开枪击毙,就地正法。

这些随从全是他的亲信和嫡系,他们配备有 10 把冲锋枪,其余的全是清一色的 20 响匣子枪。这些人最少的也跟了他 6 年,几乎都是胡作铭当年招募来的,因此对他很客气。

胡百胜对他们说："办好了,胡老板有奖,每人 3 块大洋,他不给,我给。"

随从立正应道："是,请旅座和胡老板放心。"

胡百胜不露声色就限制了胡作铭支出的费用。

胡作铭高兴坏了,连声道："没问题,没问题。这点小意思,我先给。弟兄们辛苦。"

他坐着胡作铭的奔驰,返回海阳。因为没地儿加油,胡作铭的车屁股后面,总拉着一桶油。所以,满车的汽油味。罗勇豪第一次坐轿车,心情兴奋,东张西望,心里当然惦记着那 3 块不属于他的大洋。

胡百胜在后面左拥右抱,野津优纪子安静地趴在他身上。

沿途,一片寂静。空荡荡的公路上没有一个人影。过了海阳,基本是八路军的天下。

表面的平静,挡不住暗流滚滚。

1945 年 7 月,胶东根据地已经展开大反攻,根据地的军民,拔除了周边所有的大小据点,已逐步推进到威海、烟台等城市周围。

他知道胡作铭可能运送了什么违禁品，他万万没想到，胡作铭一鸣惊人。青岛的工人，拆除了日本兵工厂的关键生产设备，胡作铭进行了周密的策划，买下后运往了胶东。

这一次，胡作铭一气运了6卡车的设备，连车都留给了胶东根据地。

胡百胜派的车到后也没油了，干脆也卖给了根据地。买货的人都穿便装，也不知道是干什么的。这些人没为难这些伪军，给了1000块大洋，让他们走人。司机说："价格倒是公道，但是害怕出事。"胡百胜的随从们说："怕什么，就说没油了，开不回了，就这样了。有胡旅座呢，不必怕。"

然后他们把钱给分了。后面，果然屁事没有，连问都没问的。

眼下很多日本工厂，全乱套了。大多数工厂，日本人鬼影也找不到一个。就是有，也没几个敢去折腾中国工人的了。日本人见到工人，全是点头哈腰，一脸谄媚的笑。

为防止日伪投降前炸毁设备，青岛的日资工厂，也自发性地成立护厂队。满大街的传单，提示可就地处决破坏工厂的日军与汉奸。

日军侵略的时候，蒋介石发动的"焦土抗战"，让成千上万的青岛工人下岗了。现在日军终于被打败了，牢记教训的青岛工人，决不能再让日军发动"焦土投降"。

在胶东军民的打击下，1944年伊始，日军已经人心溃散，都知道日本不行了。饥饿的日军官兵，甚至偷偷用武器换取粮食，出现了逃兵、降兵。胡百胜最近一年的任务之一，是寻找日军失踪的士兵。

日军失踪的士兵其实就是逃兵。1943年以后，华北日军都处于吃不饱状态。胶东民众的坚壁清野，使得饥饿的日军士兵到处找粮食。他们有的被八路军俘虏，有的投奔了八路军，最惨的是饿晕后，被野狗、野狼什么的吃掉。

八路军有日本工农学校山东分校，用阶级、民主、平等给他们洗脑。然后派他们对日军展开强大的心理战、宣传战。1942年，被优待改造后的战俘，建立了"在华日人反战同盟胶东支部"，他们先后办了两期机枪射击训练班，训练出八路军160多名机枪射手。

八路军第一次抓到日本兵布谷后，老乡们高兴坏了，派人抬了头猪去慰问部队。由于部队一直在转移，几个老乡抬着猪到处追，碰到别的部队，说啥也不给，追了三天，才追到抓鬼子的部队。

八路军抓的第二个鬼子叫小林清，反扫荡陷入包围企图逃跑时，被八路军战士用石头砸晕。小林清受过日军的洗脑教育，认为伏击偷袭都不道德。他刚当俘虏的时候，根本看不起一身破烂的八路，破鞋子、破袜子、破军装、骑破马、拿破枪。

八路军战士说："你敢说日军不偷袭、不伏击八路军？打正规战，我们八路军没子弹武器，只能和你们日军玩石头，比速度，打冷枪。"

经过艰苦的战争，日军士兵早已觉得八路军不同于土匪、民团了，而是一支纪律严格的军队，心理上已经有些害怕八路军了。小林清想，八路军会躲炮弹这一招，就应服气。而日军确实也经常组织偷袭、伏击。再说，八路军玩石头就把我给俘虏了，还是说明人家厉害啊。后来，他被送到延安学习，他本身就是破产的农民，一番阶级仇、血泪恨的教育，自然就加入了日共。他回来后，带领反战同盟，冒着枪林弹雨，开展反战宣传。他是个机枪射手，反扫荡时，用机枪扫射起鬼子毫不含糊。

这个时候，小林清才知道，胶东八路军有很多聪明的技术人员，他们在长期的山地战中取得了丰富经验，他们吃透了各种炮火的射击角度，摸准了日军炮兵战术、射击时间，而独创了反斜面战术。一切炮火都是有射击距离、射击角度的，八路军选择躲避的角度，是炮火死角，且不好观察修正炮火弹道，因此就大大降低了日军炮火效能，减少了八路军战士的牺牲。

反斜面工事都是提前修好的。八路军经常在不大的山头，修建绕山的工事，敌人进攻就开枪、扔手榴弹。敌人开炮前，就退守山头背面。就这样反复拉锯，沂蒙山有一个连的八路军，利用充足的弹药，不断消耗敌人，长期固守山头，打得日军怀疑人生。

随着战争的进展，日军判断，美军可能在山东沿海开展登陆作战。为演练反登陆作战，山东日军下令各部，学习八路军的游击战。

游击战靠运动。运动战是游击战的规模化延伸。胶东的日军，不用汽车，开动两腿，轻装进入深山密林，找八路军作战。轻装后，日本人跑得其实也不慢。可游击战胜利的前提是革命战争、群众战争与人民战争，山东咋可能有支持日军的广大人民呢？

日军的游击战作战模式，只能给八路军送战果，八路军对小股敌军穷追不舍，猛追猛打。

日军的游击战很快被八路军粉碎，并被八路军分割在各个据点。

发展到了现在，全体日本军人都在等待天皇宣布投降，根本没有人去考虑其他任何事了。

因为电话不畅，一大早，师部的马弁紧急通知胡百胜去开会。他没想到，师团部又移位了，与他更近了。

见到任群贤，他立正敬礼。任群贤请他坐下，秦守明给他递过茶来。

任群贤叹气说："日本人投降是几天的事了。"

胡百胜说："可能要按分按秒计算了。这几天，我就琢磨，美国人炸了原子弹，苏联又出兵关东。或许日本人之前还有什么底牌，这下子彻底干净了。"

任群贤盯着他说："我们怎么办？"

胡百胜说："师座，恁先摆好菜，然后把高小淞叫过来，我们边吃边聊。"

任群贤同意。打发马弁叫高小淞，然后让副官安排酒菜。

高小淞很快就到了。

胡百胜说："我觉得这样好不好，明天一早先集合队伍，告诉大家，愿意留下的跟我们继续干，不愿留下的，每人发军饷，可以回家。"

高小淞先表态说："我看是个办法，其实，逃兵越来越多了。"

任群贤很诧异，一双鹰眼盯着他。

胡百胜说："师座，日本人完了，这是不争的事实了。日本当前和中国抗战前期一样，现在也分为两派，海军是投降派，陆军是决战派。别看日本陆军大臣阿南惟几忽悠本土决战，永不投降，甚至可能在策划政变，都解决不了任何问题。我知道恁比较实在，没给自己准备什么退路。我们现在这点人，其实顶多凑个旅。很多兵本来就是骗来的、抓来的、绑来的、强逼来的，我们经常欠饷，还让人家卖命，实在不该。所以，让人家回家没什么错。中统已经报请军委会，按照曲线救国的办法，给了高密我堂兄胡作为一个保安旅的番号，以防止八路军染指鲁中。估计现在已经批下来了。留下的，我们可以带到高密，还可以继续干。"

任群贤问："日本的投降派和决战派、阿南惟几策划政变的事，有点石破天惊，炸出我一身汗。你怎么知道的？"

胡百胜说："胡作为给了我一部英国产的电台。电报员每天都帮我收集各大通讯社的新闻，如美联社、法新社、路透社、塔斯社等。不过电报员的外语水平不行，只能囫囵吞枣，马马虎虎看吧。"

然后，他介绍了胡作为，并让随从回去拿相关的电文。

高小淞说："我们都是溃兵、败兵、乱兵，本来也没什么军纪，到了高密，万一有人无法无天，或明火执仗，惹出事端，到时无法收拾。另外，高密离旅座的老家那么近，真发生了问题，旅座还不被村里人给骂死。"

真是惊世骇俗。任群贤一听到他有电台，还能弄到曲线救国的指标，顿感惊起梁尘。

他想，胡百胜是真人不露相，高人啊。他的眼睛亮了。难怪这小子这么逍遥，还去青岛送老婆孩子回日本，原来早考虑好了退路。如果自己今天不找他，这小子到时肯定带着高小淞溜号了。

任群贤很清楚，蒋介石到处在拉曲线救国的队伍。但他是杂牌，小心翼翼地混到现在，在正统国民党那边不挂号。既无背景，又无关系往来，除了死心塌地给日本人卖命之外，去哪儿搞到什么"曲线救国"的番号呢？

日军也早看明白了他这一点，才会用他。

胡百胜说："师座，我为什么知道恁没搞到番号呢？如果恁有了番号，一定是收缩防线死守烟台，命我等死守威海了。"任群贤点头。胡百胜真是成算在心，什么事都能想到前头。胡百胜接着说："日军宣布投降前，我们可即刻开拔到高密。不过老兄，恁的师座干不成了，看来只能委屈一下当旅长了。"

任群贤想，那也行啊，总算有个着落。他说："旅长还是老弟你来当，打仗你比我在行，我给你当副手就行了。"

胡百胜说："我肯定不行。根据党国的规矩，到时让高密报人选，由党国定吧。"

高小淞想，这两个人在互相试探底线。胡百胜如不干了，逻辑上这官一定是俺高小淞的。

任群贤说："今后，生是党国的人，死是党国的鬼。老弟，你怎么说，我怎么听。"

这些人都是人精。这些套话虚话，以前也经常说，什么时候说都一点也不拗口。

胡百胜说："还是老兄恁说了算。"

秦守明开始先敬酒。他祝贺师座、旅座开始转运，自己一定保证跟到底。干杯！

众人开始猛喝，一气喝了三坛。

任群贤高呼："为蒋委员长干杯！为党国胜利干杯！"

秦守明高呼道："蒋委员长万岁！党国万岁！"

喝着喝着，胡百胜醉了。他摇摇晃晃地站起来说："今天，我们算是喝了一场牛魔王大战孙悟空，也不知道被芭蕉扇吹到哪儿了。我提议，让我们共同高呼，汉奸万岁！"

日本马上彻底完了。他胡百胜也彻底堕入汉奸的深渊，在胡氏的家谱上，永世不得翻身。他仿佛醉了。

秦守明说："既然这样，师座，威海、烟台还有我们2个营的人，我弟弟还在烟台。另外，还有各个据点的留守人员，不如都撤回来吧。不怕死的汉奸多得是，让八路军消灭他们去吧。没必要再让自己的弟兄们去送死吧？"

胡百胜说："日本还有谁能有信心守住胶东？"

众人不语。高小淞醉醺醺地说："打仗凭实力。八路军如打下胶东，也算是天经地义，无可厚非。我们的实力肯定挡不住。他们在这里毕竟与日军、还有我们这些人打了8年，不知道死了多少人呢。至于我们，能活下来，没被八路军弄成傻瓜，也算是高手了。"

"言之有理。"任群贤说。他立即让秦守明打电话通知烟台、威海等据点马上撤离。

胡百胜低声说："师座，高密那边没那么多职务分配。这个事要绝对保密，对谁也不例外。"

任群贤道："这个我明白，就我们几个人知道。"

任群贤琢磨了一夜，觉得只能按照胡百胜的办法，依计行事了。

第二天一早，伪军集合完毕。任群贤开始讲话，他说："战争快结束了，大家来去自由，愿意留下的，跟着我任群贤继续干。愿意回家的，领军饷走人。只要大家不骂我只是为自己升官发财，我就谢天谢地了。"

他讲完后，伪牟平师团的人马，呼啦一下而散。他的队伍只剩下1000多号人。

胡百胜打招呼给高小淞，让其控制的两三团的主要人马都不要来。所以走的都是40岁以上的老兵。现在留下的4000多人马，2/3以上都是他的人马。

散伙了。任群贤想。

最让任群贤伤心的，他的所谓嫡系大部分都跑了，连任忠义、陈有利等旅团长们也溜号了。

胡百胜要的就是这个效果。要不以后胡作为、高小淞都难以约束这些老兵痞。其实，如果任群贤的势力仍在的话，他能否约束住这个老兵油子，也是问题。

任忠义的离职，给了胡百胜可趁时机，他即刻派嫡系接管了2团。他把2

团与教导团合并，火力营划给了高小淞。

任群贤按照级别，给要走的旅长，每人 1000 块大洋，团长 800 块，营长 500 块，连长 200 块，排长 50 块。

任群贤这个心疼啊。虽然回收的枪支弹药可以卖掉，弥补发放遣散费的损失。而任群贤之所以能聚集一些人，还是有他的江湖套路一面的。

任群贤，民国造就的兵匪一体化的典型怪物。

7

陈有利临行前，告诉胡百胜，陈子舟一直让他去当师团参谋长，但他觉得别扭，因为论辈分，陈子舟毕竟是侄子辈。

胡百胜假装不知就里道："有利，咱们是兄弟。目前的情况，最好是各走各的，说不定还有互相帮助的机会。否则都挤在一起，就可能死在一起了。你也别空手去，免得被人看不起。你带 200 人，我给你 2 挺机枪，20 把短枪，180 条三八大盖，5000 发子弹，1000 块大洋，你看够吗？"

陈有利几乎喜极而泣地说："旅座，太够了。真没有想到，你这么讲义气啊。"

胡百胜问："还有什么需要我办的？高密我熟呢，亲戚朋友很多。"

陈有利说："不用了，谢谢旅座。旅座在高密那里有什么事，尽管告诉俺，不用客气，保证办好。"

胡百胜连声说好。有事一定找他。

胡百胜把高小淞叫来，当面交代说："你把队伍集合起来，让有利挑人，枪要好的，别让有利心里不舒服，去了还被人瞧不起。"

高小淞说："行，一切按旅座的调遣。"

陈有利说："一切听旅座的，人就不必挑了。我绝对相信小淞兄。"

胡百胜说："另外，找几个高密的，贴心一点的，有利一口牟平话，开始肯定不方便。"

高小淞的团没有高密人。他琢磨了一下，胡百胜的警卫连不是有吗？他嘴上应道："保证让有利兄满意。请旅座放心，我全部照办。"

胡百胜拱手道："有利，去了之后，什么事都可能发生。遇到突发事情，千万三思而后行。我就不给你送行了，我们有时间一定高密见。"

陈有利满口答应，告辞而去。

高小凇觉得，胡百胜真是个讲义气的人。第一，他没背弃任群贤；第二，他给胡作为整编了一支比较可靠的队伍；第三，他帮高小凇、陈有利安排了退路；第四，他放大多数伪军回家了；第五，他这次算是整编队伍，没收任何人的钱。

他另外感觉，胡百胜真是可惜了。如果当年不是胡作为被日伪吓瘫了，吓尿裤子了，胡百胜这样的人，肯定不会当汉奸的。他顾全了胡作为，牺牲了自己。

可形势比人强啊。跟错了人，不仅胡百胜，他高小凇不也一样是当汉奸的命吗？

胡百胜写了封信，把警卫连长叫来，叫他找 10 个高密人，连人带枪一起送到高小凇那儿去。

他对那 10 个嫡系反复叮嘱到了高密要注意的事项。到高密后，信必须交给胡作为本人手里。

胡百胜同时发报通知了胡作为。他又埋下了一个钉子。

第二十章

1

回到家，静香就开始忙活。她先是把热水接送到大木桶里，然后，小心地伺候胡百胜与野津优纪子泡澡。

野津优纪子舒服地呻吟着，她一遍遍地亲吻着胡百胜。

他很惬意，任凭野津优纪子拥抱抚弄。

胡百胜琢磨，这个小日本娘儿们和花梨、阿信、静香是不同。花梨姊妹文化低，所以淳朴、被动，这娘们文化高，享受、纵情、主动。

静香用葫芦瓢不停地给他们浇水。

野津优纪子尖叫。

她似乎变成了一条长廊，一个甬道，狭窄而柔软。

胡百胜低语呢喃："小鬼子，你怎么这么矮。"

他忽然觉得，自己咋这么暧昧而缠绵。

她完全不知道他说什么，她已经昏眩了。

她内心里，奔流着最疯狂的呐喊，声音仿佛四处呼啸，身体似乎飘动，飘动，向着天空，向着星空。

她不停地飞，高了一点，又高了一点。

梦幻中，她的汗，像珠子四溢，浸满了空间，那迷漫的水。

可她为什么不提出回日本去呢？胡百胜想。

日本上流社会，也有少数反对武力吞并中国的势力存在。在他们看来，中国太大，根本吞不下去，要长期施以文化吞并，才有可能成功。海军则认为，把日本这个工业国的国力，都耗在没有石油资源的中国，而中国又是一个农业国，如果失败，得不偿失。还不如投在石油资源丰富的东南亚。

二战中的日本女人，普遍没有什么价值观、是非观。无论上流社会还是底层社会，女人仅仅是男人的工具。只是在被迫来中国后，野津桥子发现中国人与日本人有很大的不同。

由于抗战的巨大影响，中国妇女在一轮轮解放运动中挣扎、冲击。这些运动，野津桥子都有真实的对比和感受。在广阔的土地上，中国妇女在冲击最后的封建藩篱。

尽管，这藩篱，还很结实，还有很多层。

其次，是中国男人。

因为历史上地域狭小，土地荒凉，物产奇缺，历来吃不饱饭，导致了日本的男人们普遍营养不良，进而影响了身体发育，越长越矮小。

二战期间，成年日本男人普遍在 1.4~1.63 米之间，不仅太矮，还形象丑陋，内在浅薄，贪婪吝啬。

相比，日本女人身材很高。

在日本女人看来，胡作为、胡百胜都是身材魁梧、相貌堂堂的男人。他们虽然好色，但在她们看来，这不算什么毛病。起码，在野津桥子看来，胡作为无论是喝起酒，还是花起钱来，都是豪情万丈的。

而且，他们很少打骂女人。日本男人一天不打骂女人，就活着难受。

她帮助胡作为管理财务。胡作为手里的钱，多得惊人。她把这些感受告诉了野津优纪子，并分享了自己的内心幸福与身体愉悦。

一千多年来，日本政府，一直致力于有计划地改变遗传基因，改良日本人种的工程。

这，在日本上流社会，是公开的秘密。

因此，胡作为、胡百胜便成为她们猎取经济利益，改造人种而选中的种马。

所以，野津优纪子利用胡百胜的心理，驱走了花梨和阿信。她们已经为日本人改善人种做了贡献，胡百胜给她们的钱，可以生活几辈子了。

他高大务实，他的钱可通神，他力大无比。遇到了一个这么好的男人，理所当然地要独霸他。

2

8 月 13 日，根据胡百胜和任群贤等人的策划，伪牟平师团下令，14 日上午部队防务调动，集合出发。

各团都在传播一个消息。抗战马上结束，日本无条件投降。本师团已被改编为国民革命军高密保安旅，并换防到高密，接受日伪投降。

马上从伪军到国军了，伪军们被弄得一愣一愣的。刚从威海、烟台到达的那两个营几乎没有走的，全要干国民革命军了。

吃完早饭，任群贤就来到麦场。操场上，青天白日旗上的"和平反共建国"的三角布条也不见了。

队伍集合完毕，黑压压的人群，现场嘈杂。

任群贤清了清嗓子，开始大声讲话："弟兄们，经过 8 年的艰苦抗战，我们中国人马上就取得胜利了。本师官兵，一贯秉持'忠义救国'的原则，旗帜鲜明地走'曲线救国'的道路，我们牢记蒋委员长的嘱托，肩负党国赋予的使命，不负民众的信任，坚持在日本占领区保护民众。本师军纪严明，作战勇敢，意志坚定，因此，本师已被整编为国民革命军高密保安旅。并即刻开拔，解放被日寇侵略占领的高密县城。"

高小淞带着伪军们高呼：解放高密！驱逐日寇！打倒汉奸！

任群贤一挥手，大声命令："弟兄们，我命令，向着高密，开拔！"

这个时候，他还不知道保安旅的正式番号，以及会给自己什么角色。混乱的官场与军界，一贯是投机性居上的，使得他具备强大的政治冒险性。

8 月 14 日。日本政府照会美国、英国、苏联、中国四国政府，宣布接受旨在敦促日本法西斯立即投降的《波茨坦公告》。西方媒体立即予以播报。

沿途，任群贤不断收到各县密报组的报告。

胡百胜让电台连续工作，他不断收到电台送来的情报。资讯显示，7 月 1 日至 8 月 13 日的 45 天，日军攻陷国民党军浙江、福建、江西等 17 座县城。八路军却在全面大反攻。山东，日军完全是溃败之势。

国军那些大捷，一直让他非常疑惑。第 3 次长沙会战，号称歼敌 10 多万，却一个俘虏都没抓到，连青岛保安旅都了俘虏，并有投诚日军 50 多人。8 年抗战，八路军抓了约 7000 多俘虏，是国军的 6 倍以上。

1944 年，在美国的援助下，国军的装备已经超过日军。为破坏美军、阻遏美军轰炸，日本发起旨在占领中国美军机场，打通中国东北到东南亚大陆交通线的豫湘桂战役。该战役被日军命名为"1 号作战"。

日军作战尚未开始，第一战区司令长官蒋鼎文、副司令长官汤恩伯等闻报后，畏敌退缩，国军主力望风而逃。

日军很难俘虏。八路军要打多少仗，打死多少鬼子，才能抓获这么多俘虏。

中原民众对国民党绝望至极，丧失了最后的信任。

伪军大队人马举着青天白日旗，他们边走边唱，大刀向鬼子们的头上砍去，29 军的弟兄们，抗战的一天来到了，抗战的一天来到了！

这歌虽然人人都会唱，可无论是国军还是伪军，都没有唱歌的传统。唱得让人感觉七上八下，七颠八倒，造成听觉污染。

大白天的忽然冒出了一支高举青天白日旗的国军，但是，服装颜色还是伪军的。吓了沿途的老百姓一大跳，连正在据点周围埋雷的游击队、民兵也懵了。

难道这些国军是天上掉下来的？地上冒出来的？要不怎么出来的？一级报一级，一直报到独立营。

营长也吓了一大跳，惊出了一头汗。独立营周围除了少量的日军外，只有伪华北治安军、伪和平建国军、伪警察特务连，没听说有其他的部队啊。这帮国民党军是怎么来的？难道是空降的？

独立营正根据部署准备协助主力打县城。营长一边派出侦察兵，一边琢磨了半天，觉得有可能是伪军化装的。他们不会是向青岛逃跑吧？

他用电话向军分区报告。军分区认为他判断得比较正确，认为也可能是国民党收编的伪军，来捣乱、抢桃子的。要密切注意他们的动向。

因步兵行军速度太慢，胡百胜让高小淞严控部队行军速度，防止中埋伏。并让火力营、野津优纪子和静香跟随高小淞走。

野津优纪子问他要枪防身。他迟疑了一下，让副官找来一把狗牌撸子，并给了她一盒子弹说："小鬼子，千万小心用，别走了火，伤了静香我可不答应啊。"

野津优纪子吓了一跳道："将军，你胡思乱想什么呢？"

他摸了一下野津优纪子的脸蛋说："千万小心啊，子弹是不认人的。"

他对打前卫的秦守明交代了几句，然后脱离了前卫营，携两个自行车排，一个骑兵排先行走了。

他不放心胡作为。如遇到陈子舟威逼，他准会再次吓尿裤子。

100 多公里的道路，步兵日行军速度约 40 公里左右，3 天以内肯定可以赶到；自行车时速约 10 公里，约 1 天内赶到；骑兵均速要两天。

骑步兵的速度，比汉朝的军队强不了多少，都是远古速度。

3

高密。胡作为和野津桥子在焦急地等胡百胜。

胡作为的办公桌冲着门，野津桥子坐在门口右侧，脸对着他。春菜老实地站在她身后。

陈子舟带领一个团，已经移师到高密。找他谈了好几次，让他交出特务团、昌邑和高密的县行署。

他问陈子舟："为什么？依据呢？"

陈子舟说："日本人快完了，我根据授权要调整相关的人事。"

他笑着问："谁的授权？是日军还是国民政府？"

陈子舟不回答。

他当然知道陈子舟来自韩复榘体系,冷笑说:"我知道你拿不到授权,你没什么能耐。"

所以,他置之不理。

中统局的电报刚到,发来军事委员会给予的番号。

他当然也不能告诉陈子舟。为抢占胜利果实,远在重庆的国民政府军事委员会,正在紧锣密鼓地整合各地伪和平建国军、伪汉奸政权。伪第三方面军司令吴化文已被调往山东,所部已被正式收编为第五路军。胡作为也被任命为第五路军高密保安旅少将旅长。

但是,眼下的关键时刻,不知所以然的陈子舟,要武力解决他了。

于是,陈子舟和陈有利带领一个团,包围了县行署。没费一枪一弹,即解决了县行署的卫兵。

他大模大样地冲进了胡作为的办公室,门口留有两个卫兵把守。陈子舟阴阳怪气地说:"胡作为,这是我的参谋长,现在开始,由他来接替你的职务。"

胡作为问:"为什么?"

陈子舟说:"你屡屡抗拒上峰命令,拒不服从指挥,现在,我要逮捕你。"

胡作为说:"这我就不懂了。你的高密师团与我特务3团、高密、昌邑县行署,没有任何从属关系吧?"

陈子舟道:"你多次违抗军令,拒不提供军费粮饷,是事实吧?"

胡作为道:"你是正规军,你的军饷供应在日军那里,我的税款粮食交给我的上峰莱潍道,与你并无瓜葛。"

陈子舟质问道:"莱潍道有明确的手令让你给我粮款,你抗拒不给。况且,你也从没上缴过莱潍道。"

胡作为说:"给不给莱潍道是一回事,莱潍道的手令合不合规制是另外一回事。莱潍道的手令是擅权、越权,不成体统,我怎么可能执行?你是干过地方官的,难道不清楚吗?"

陈子舟咬牙切齿道:"胡作为,我知道你铁嘴铜牙。我今天就是要解决了你。"

胡作为说:"你解决我?你的母亲孩子,在我弟胡百胜的地盘上吧?你也不怕给灭了门?"

陈子舟笑了:"我就知道你有这一招。告诉你吧,我把母亲、家属早转移到青岛了。青岛那么大,让胡百胜找去吧!"

胡作为扬了一下手里的纸道:"军事委员会刚委任我为第五路军少将旅长。你愿意合作,我可以给你个位置。"

陈子舟愣了一下,然后冷笑道:"军事委员会?日军还没有投降。什么军事委员会,我今天解决了你,你还是个屁旅长。"

说着,他就要拔枪。

两声枪响。

像受到强烈的掌击,两颗子弹击中了他的后背。陈子舟叫了一声,扭过身子。他死死地看着后面不到两米之外的地方。

他不相信。一个女人。正是野津桥子,拿着枪指着他。

接着,野津桥子又开了两枪。

陈子舟重重地摔倒在地。他的胸膛和背部都炸开了花。

陈有利要拔枪,野津桥子的枪口转而指向他。门口2个卫兵冲了进来。野津桥子冷静地对他道:"你大概就是陈有利将军吧?我早就知道你。陈子舟企图刺杀党国要员,被中统情报人员识破,当场击毙。"

陈有利先是一愣,然后问道:"你是谁?你怎么知道我?"

野津桥子说:"我还知道你刚来不久,带着200个人,2挺轻机枪,20把短枪。对吧?"

陈有利点头称是,心中好惊异,是不是他来到的消息,日本人知道了?他纳闷地问:"你是日本人吧?"

野津桥子从抽屉里拿出胡百胜拍来的电报,还有一沓亲笔信,递给陈有利道:"你看,这是胡将军给胡县长的电报和亲笔信。"陈有利看到信中对他的评价,都是溢美之词。野津桥子继续说:"是的,我是日本人。全世界都知道,我们日本已经完了。想必你也知道了。广播电台说:天皇陛下明天颁布投降诏书。识时务的,就让你的队伍放下枪,离开县行署。你也可以看一下胡县长手里的电报,国民政府已下达了相关任命。胡百胜将军马上也会赶到。你可以跟着胡县长、胡将军继续干。"

胡百胜的名头果然有用,陈有利马上平静下来。他没想到这个小娘儿们还真是日本人。他走到胡作为面前,拿过电报扫了一眼。忽然感觉一块大石头,从心头落下来。然后,他对那俩士兵说:"你们去门口站着,没我的命令,谁也不准进来。"

小兵们应了一声,站在门口。

胡作为的手还在那里哆嗦。此刻,他的腿早软了。陈子舟狗急跳墙,野津桥子砰然开枪，吓得他根本站不起来，说不出话。裤子也尿了，湿了座椅，淌了一地。

正在外面等候的伪高密1团团长刘山堂，听到枪声随即冲了进来。

他惊恐地看着血泊里的陈子舟，问陈有利："参座，师座怎么了？"

陈有利说："刘团长，师座刚才一时起意，企图刺杀正与日军谈判接管高密的国军将领，被日军识破，当场击毙。"

刘山堂问："谁是国军将领？谁是日军？"

陈有利说："胡县长是国军第5路军高密曲线救国旅少将旅长。日军就是你身后的那两位。"

陈有利这么乱七八糟地说，刘山堂听着很懵。他看了一眼胡作为，又看了看身后的两位女人。春菜在那里哆嗦，野津桥子冲他微笑，手里握着勃朗宁手枪，眼里透出一股杀气。他又看了陈有利说："她们？她们是日军？"

陈有利点头道："千真万确。刘团长，识时务者为俊杰。我们马上都参加国军了。"

刘山堂狐疑地问："真的假的？参座，恁可不能拿这事开玩笑啊。"

陈有利递出他手里的电报道："这涉及咱一万多弟兄们的身家性命，还有我们的名誉。我能拿这个事开玩笑吗？马上集合你的队伍，回防地去。然后替我通知团长以上的人员，今天下午5点去师团部开会。让军需处李处长，摆好3桌宴席，等待国军胡长官今晚莅临检查指导工作，研究接收我们改编的第一步工作。再就是，这里发生的任何事，不要对任何人说。"

这个救命的稻草，他要牢牢地抓住。至于高密一万多汉奸的事和他何干？主要是自己的前途有了保障。

刘山堂接过来看完后，立正敬礼，眉开眼笑道："参座放心，一定照办！"他还给陈有利电报，转身的时候，又定住了，"怎么这么臭？"

陈有利说："问什么，快去。"

刘山堂屁颠屁颠地走了。马上要参加国军了，他心里那个高兴啊。

不用问，这次胡作为不仅仅是吓尿了，还吓拉了。到现在还僵坐在那儿，没缓过劲来。

野津桥子示意春菜扶走胡作为。

然后叫人进来，拖走了陈子舟的尸体，清理房间。

她示意陈有利跟她走，陈有利跟在她屁股后面。

4

野津桥子与陈有利正坐在沙发上等胡作为。

今天的场景，野津桥子在心中曾经无数次演示过。她曾电报询问过胡百胜。胡百胜回电说：陈子舟不会打仗，不敢轻易下手。下手的时候，一定会带着打过仗的，并且是极其相信的人，这个人可能就是陈有利。陈有利可敌可友，对他要尽力争取。

胡百胜当时判断，陈子舟十万火急让陈有利去的目的，可能就是为了要抢夺地盘。他曾经想与陈有利沟通，结果没有机会。他派 10 个嫡系警卫去，也没起到什么作用。

春菜带着两个日本娘儿们，把胡作为清理完了，已经快 1 个小时了。几个人搀扶着胡作为，去了行署招待所。

野津桥子看到来了这么多人，非常生气，"八格牙路"地斥责起来，似乎是让她们立即滚蛋。

那俩日本娘儿们低着头，不断嗨嗨嗨，然后，鞠躬退走。

野津桥子不想让这些日本女人，过多地接触胡作为的事，其中一个原因，要限制他们之间密切接近；另外一个原因，是限制消息的传播渠道。

春菜留下来伺候，野津桥子用日语数落她胆小。春菜被数落得直哭。越哭，她越"八格牙路"地骂不绝口。

陈有利听不懂，场面尴尬。

过了一会儿，胡作为用日语嘟囔她。陈有利觉得，胡作为的意思是，差不多就行了。这里有外人，多不体面。

其实，胡作为在夸奖野津桥了，夸她的水半高，斗志强。

野津桥子被夸得脸上含着羞，嘴角挂着笑。她转头对陈有利说："陈将军，胡县长小时候不小心掉水里了，得了一种条件反射的怪病，请多理解啊。"

哎呀妈。陈有利想，这个女鬼子真是滴水不漏。还能胡咧咧出个什么条件反射病，照她的逻辑，啥不是条件反射病呢？似乎都是。

他嘴上说："明白。"

胡作为沉默了一会儿，与陈有利握过手之后，把候在门外的柏延鸿叫进来。命令让中统局原丛斐站长马上过来，一起研究下午去接管伪高密师团的事宜。

陈有利一震。大名鼎鼎的军统，现在还被中统领导。在陈有利心里，胡作为的身价可想而知了。

然后，胡作为感谢了陈有利。

陈有利连连表态道："请胡县长放心，我一定按照悠的命令执行。"

胡作为不停地吸烟。原丛斐到达后，他们就召开了秘密会议。研究接管收编伪高密师团，这个会议，连秘书长柏延鸿也没有资格参加。

根据胡作为的命令，县行署的旗杆，降下膏药旗与"和平反共建国"的青天白日旗，升起来国民党的青天白日满地红。

5

陈有利总算知道了胡作为的来历，也终于明白了胡百胜与胡作为之间的关系。他们之间的关系，胡百胜没有告诉他，陈子舟也没有告诉他。

他心里暗骂陈子舟，这个倒霉头，怎么不早说呢？

他没有任何理由埋怨、怪罪胡百胜。而那个女鬼子给他留下深刻印象，她那么凶，说不定也吃过人肉。

西方媒体开始清算日军暴行了。广播说：日军为培养兽性，日军士兵会吃对方士兵的肉，尤其是在东南亚，连活着的战俘也不放过。甚至有目击者称：日军捕获俘虏的目的就是把他们当作储备粮食。

当时胡百胜曾经告诉过他，高密亲戚朋友很多，问过他有什么需要没有。是他自己说不要，反而说可以帮人家的忙。不过，他也没有对陈子舟讲清楚，他带来的人马和枪支的来历。

留一手，是封建官场的传统。

总算还好，因为这个惊心动魄的事变，他成为接管收编的核心成员之一。陈有利凄凉的心，似乎有点安慰。

回到伪高密师团部，他立刻把刘山堂叫来。介绍了当时的情况，埋怨陈子舟很多东西没给他讲透，导致今天的惨死。

要早知道二胡之间是这样的关系背景，他肯定会提出劝告和调解的。谁知道，闹成现在的样子。也怪他，当时，没接着问明白胡百胜的亲戚朋友都有谁，光急着溜号了。

他问安排妥当没？刘山堂点头道："参座，都按照悠的要求办了，各旅团长们马上到，酒宴也安排好了。"

他说："师座已不幸身亡，我们现在不算是背叛他了。我们之所以没法为师座报仇，是因为胡作为代表着中华民国政府。我们是伪军，自然不能与国家对抗。你要协助做好收编工作。"

刘山堂问："如果有人问起师座怎么回答？"

陈有利说："估计不会有人公开问。如私下问你，很简单，就说整编要把本师团改为旅，师座降为少将副旅长，师座不愿接受整编条件，被中统给扣住了。"

刘山堂说："哎呀妈，这样的谎话也能说？别说降为副旅长，就是降为团长、营长，估计师座也愿意干啊。"

在他潜意识里，无论国军来了，还是共军来了，都会处理汉奸的。

陈有利说："别管那些了，就这么说吧。都什么时候了。收编在即，涉及每个人的前途、命运。我们的目的，就是给我们自己，还有弟兄们争取最大的利益。你同意吗？"

刘山堂立正应是。

下午5点，胡作为身着最新款式的国军少将军装，带着身着国军中校军装的野津桥子、原丛斐，在一干随从的簇拥下，乘坐几驾轻便的马车，到达伪高密混成师团部。

野津桥子的腰间别着勃朗宁手枪，神态自若。她的服装显得不太合身，有点宽松。是沈智华原来穿过的，沈智华的身材比她高很多，自然就显得宽松。

伪高密师团交通条件好，既有铁路，又有公路，集中很快。陈有利带着十几个旅、团长，在大门口列队迎接，并一一做了介绍，伪军官们敬礼。

看他们的衣着，肯定是真的了。伪高密混成师团的旅、团长们，谁不认识胡县长呢？

进了作战会议室，胡作为一屁股坐在长官的位置上，并示意他们就座。

旅团长们按照等级序列就座，旅长、副旅长在胡作为的左侧，团长在胡作为的右侧。陈有利坐在胡作为的对面。旅长上序位置的两个空位，由野津桥子和原丛斐分别落座。这意味着主宾已经置换了。

原丛斐和陈有利分别记录，以便最后校对。

胡作为开始讲话："诸位弟兄们，我奉党国之命，前来组建第五路军高密保安旅，并接管高密一带的防务。因为本人水平不够，能力欠缺，难免出现差异与错谬，请大家予以充分理解、谅解和支持。"

全体伪军官热烈鼓掌，起立后齐声高呼："愿为胡长官效力。"

胡作为满意地扫视着他们道："我们现在的防区，主要是日伪规定的莱潍道，有些地方有八路军，我们不敢去。我们的主要任务是接管地盘。我们接管的越多，个人提升的空间就会越大。我考虑，除了这些防区外，还要增加国民政府第 17 区等防区。如每县派驻一个团，则我们需要 10 多个团，但是，我们目前只有 6 个团。"

他看到，大多数伪军官们一下子松了口气。便接着说："如果都搞成了团，显然不合规制。我考虑，应迅速接管相关各县警察局等日伪机构，诸位明天开始，就要马不停蹄地开始工作了。"

全体伪军官又起立道："请胡长官下令，我们坚决服从。"

胡作为摆摆手："不急，不急，先坐下。我们第一，要制作好青天白日旗，这个我已经带来了；第二，该换服装就换服装，没有就赶制；第三，由陈参谋长与在座的两位旅团长，尽快调整好到达各县的人员、编制、职务，明天报我。"

陈有利和两个旅团长站起道："我们连夜搞，明天给恁。"

胡作为不露声色地说："不就是几个人事吗？明天下午给我就行。现在最重要的是占领弹药库、粮库、油库、火车站、中转站。我们现在附近有几个团？"

陈有利报告，除刘山堂的 1 团在城里外，还有 2 团驻在城郊。

胡作为站起："我命令，1 团，立即接管弹药库、粮库、中转站、火车站。火车站有日本宪兵队一个班，都是十七八岁的小孩；中转站有日军铁道联队的 1 个小队，不过都是日本技工，还有铁路警务段 20 多个警察，估计也不敢反抗，直接把他们都关押到警察局。如遇反抗，全部就地解决。现在，县行署已经插上了青天白日旗，这些地方接管后立即插上，并就地做好防御工事。我好向重庆报功！听明白没？"

刘山堂道："明白！"

胡作为说："为防止意外，2 团迅速进城，加强各城门的守卫。"

2 团团长得令。

胡作为扭头问陈有利："保安 5 旅的关防大印找到没有？"

陈有利说："报告，胡长官，已经找到了。"

胡作为说："好！接管令把第 4 游击支队的大印也一起盖上。"

陈有利说："胡长官，我有些疑惑，可以问一下吗？"

胡作为点头。

陈有利说："为什么要用保安 5 旅、第 4 游击支队的关防大印呢？"

胡作为说："我们是曲线救国，我们保安 5 旅、第 4 游击支队在中统及原丛斐副司令的率领下，一直在昌邑积极抗战，奋勇杀敌。我们整编的是国军保安 5 旅，不是什么伪高密混成师团。马上要占领高密城的是国军的保安 5 旅，听懂了吗？"

这些过程，胡作为与陈有利下午时分即密谋好的。一则高密保安旅的关防大印，两天后才能刻出来；二则用保安 5 旅的大印正好可以瞒天过海。而干掉陈子舟后，形势随时会发生急剧变化。

众人齐声高呼："明白，坚决服从胡长官的指示，誓死为党国效力！"

胡作为说："立刻行动吧！你们两个团办完后立刻回来，我等你们吃饭。"

两个团长应声而去。

胡作为感觉很累了，时间充足。他说："陈参谋长，你和两位旅长另外找个地方，策划一下收编事宜。我们明天讨论一下，接管日寇最多的地盘，最后上报重庆。"

陈有利和两个旅长起立，应声离去。

陈有利完全是贯彻他的意图。明天开始，把这些人都发出去，腾出地方给胡百胜的队伍。野津桥子给他倒了杯茶，有点烫，他小口小口慢慢品着。

他擅长布局，他最大的缺点是胆小。

屋子里一片寂静。伪军官们无一敢说话，无一敢离座。胡作为对柏延鸿说："我不是有好茶吗？拿出来给弟兄们喝。"

伪军官们一边喝茶，一边琢磨陈子舟去哪儿了，怎么看不见了？会不会发生了什么大事？

6

一枪未发，县城依然寂静。

两个小时内，团长们就陆续回来了。

接管非常顺利。伪军、日军之间都非常熟悉。伪军到达后，弹药库、粮库、油库的伪铁路警备队立即缴械；中转站铁道联队、伪铁路警务段全部缴械；火车站的日本宪兵班根本没什么战斗力，日军连哭带喊就地缴枪。以上人员全部被押到警察局看守。

各城门已经全部加强了戒备。

胡作为说："好好好，明天由柏秘书长去处理这帮孙子，中国人收钱放人；日本士兵绑上绳子，游街示众；陈参谋长，你马上派人去火车站，通知将所有过境货物列车，全部扣留在中转站，并安排好民工尽快组织卸货作业，卸货后允许离境。再有，要想富上公路。以各种名义，如超载、禁运等名义，切断青岛、济南方向的所有公路，以通敌罪，扣留所有的通敌货物。"

陈有利立正，立即办理。

全体鼓掌。

伪军官们想，妈呀，这要发多大的财啊。

胡作为说："陈参谋长，记录。今天晚上 7 点，国军高密保安旅经过激战，占领了高密县城及火车站。缴获弹药库、粮库、油库、中转站等大量军需物资。是役，击毙日伪军 500 余人，俘虏 1000 余人，阻断了通往青岛、济南的公路与铁路货运交通，有力地打击了日伪气焰。高密保安旅正按照国民政府命令，在鲁中顺利推进。据透露，国军高密保安旅，是原保安 5 旅、第 4 游击支队等组成。在鲁中敌后，艰苦抗战，奋勇杀敌，目前，已全面收复高密等地国土。"

陈有利报告："胡长官，好了。"

胡作为看了一眼，递给原丛斐道："立即向重庆中统局发报。"

原丛斐立正说："是，报务员正在外面等候。"

全体热烈鼓掌。

胡作为道："陈参谋长，命令各城门，向天空射击 10 分钟。枪炮声越密集越好。"

陈有利打完电话后，不一会儿，密集的枪炮声响起。胡作为本来就在城门摆了 3 挺重机枪，6 挺轻机枪，还有若干掷弹筒。密集的枪炮声，折腾得高密城的人整夜没敢睡觉。

胡作为说："把收音机搬到宴会厅，一会儿，就能收听到重庆广播。现在，本旅长做东，请大家一起喝庆功酒。"

伪军官们全体鼓掌高呼："万岁！万岁！"

伪军官们想，肏他奶奶的，这辈子没遇到过，还有这么打仗的。

果然，两个多小时后，国民党电台播报了高密保安旅收复高密的新闻。

刹那间，所有的人都停止了喧哗，屏住气息静静地听。军事委员会通电嘉奖。中统局密电也来了。

我的妈呀！这一下子，伪军官们彻底放心了。没人去打听谁是陈子舟了。不知哪个伪军官喊了一声："胡旅长万岁！"

第二十一章

1

回到县行署的家,已经 *11* 点多了。

春菜早弄好了热水,把精疲力竭的胡作为扶进了澡堂子。春菜刚给他脱了衣服,换上呱嗒板(木鞋),野津桥子就进来了。

野津桥子把他搀进池子问:"你这个老色鬼,我还没有来,你就硬起来了,是不是又想春菜了?"

胡作为说:"又来了不是,这不是挂毛巾用的吗?"

野津桥子轻轻地掐他笑。胡作为又说:"这不就完了。你就和日本女特务似的。"

野津桥子说:"又多心了不是?我们日本女人地位低,不能从政的。"

胡作为当然知道日本妇女的地位低下,基本不承载政治功能。著名的日本女特务、女间谍,如川岛芳子等,都是中国的女汉奸。日本女人虽然没有贞操概念,她们的心机也都很重,却都是家庭妇女与金钱型的,天生不爱政治。

但是,这个野津桥子似乎不太一样。她雕心雁爪,对自己毫不含糊,可以说是舍命相搏。以前,她过分地控制那些女人的时候,他打过她几次屁股。但是越打她,那些女人越老实。不知啥原因。

或许,她有什么魔法。

她对自己太重要了。他闭着眼,回忆着那惊心动魄的一刻。他可能确实有条件反射病。其实,他可能真的不怕。

她示意春菜下水,让春菜肆意而淫荡地摇晃。

"将军,你的菜来了。"她抓着他,舔他闭着的眼睛,开着玩笑,"要不要吃了你的菜啊?"

胡作为依旧不语。

她撅起屁股道:"要不打我的屁股吧。"

然后格格地笑。

春菜用葫芦瓢给他们浇水。

胡作为一把薅她到怀里,她迷人,动人,纯情。她是天生的猎手,猎杀男人,也猎杀女人。

晚上 *12* 点,胡百胜的两个自行车排先到了。陈有利命令打开城门。

原伪高密师团已外派任务出发，营区基本清空，宿营的地方也安排妥当。

他们到达东城营区，放下自行车，胡乱吃了点东西，连衣服也没脱，就倒头大睡。

第二天一早，陈有利和柏延鸿来营区看望他们。因胡作为军务繁忙，柏延鸿已就任代理县长。他首先代表高密民众，热烈欢迎国军高密保安旅，感谢他们前来驱逐日寇，解放高密，并请他们就餐炉包。陈有利代表高密保安旅先遣指挥部，要求他们分成两组，负责警卫东城和西城外两个营区。同时，清理好长官的住房、办公室。然后，陈有利派人，拿着接管令，去西城外营区接防。

10点钟，胡作为带着野津桥子等前来视察东西营区，他重点看了一下旅团长的住房。然后去火车站慰问国军士兵。

一路上，燃起了鞭炮声，都知道国军高密保安旅打回来了。

高密解放了。很多人赌完牌九，抽完大烟，然后锣鼓喧天，载歌载舞。

日本士兵们被一个连的士兵押到街上游街示众，大人吐唾沫，小孩拿西瓜皮什么的扔去。刘大头给柏延鸿出点子，下令把这些日本士兵，交给老百姓处理，如果死了，就暴尸三天。

原丛斐说："他们是俘虏，是不是成立战俘管理处看押起来？"

胡作为说："你懂什么，不是我们要借他们的人头用，是他们自己作恶多端，自作孽不可活。高密是民主进步的社会，根据英美民主原则，老百姓搞民主裁判，要杀要剐，处理任何事，都符合世界的历史潮流，去哪儿说都不怕。我们又有什么办法？再者说了，鬼子什么时候不杀俘虏了？"

野津桥子听着，眼睛有点红。她是学法律的，明白根据英美原则，民众是权力的载体，拥有至高无上的主权，做任何事情都是无可指摘的。

胡作为对她说："这就是政治。你们日本人在中国干的坏事太多了，奸掳烧杀，无恶不作。总要有几个日本人代你们受过吧？要不民愤难平啊。"

野津桥子点头。

柏延鸿组织的群众大游行开始了。东城的地秧歌队，晃着泥塑的老虎，前歌后舞；南城的高跷队，摆着有大公鸡的剪纸，欢欣鼓舞；西城的锣鼓队，摇着有福禄寿三星的年画，眉飞色舞；北城的腰鼓队，踩着有节奏的鼓点，吹弹歌舞。

一排排贩卖狗皮膏药的江湖小贩，组成了浩浩荡荡的游行队伍，他们轻歌曼舞地走过来，"高密高密，自古好汉人人向往；高密高密，历来神奇举世无双……"

士兵队伍也走过来了，他们高呼：高密保安旅，好汉两万两，简庄斗日酋，杀敌五万五。

胡作为很满意地说："这些货很容易打发，他们知道什么是抗战胜利？更不知道是谁打的。"

野津桥子笑道："将军阁下，打死五万五，这也吹大了点了吧？"

胡作为笑道："你懂啥，我们国军杀敌，总不能比八路军太差了吧？"

野津桥子白眼道："人家山东八路军几十万人打了8年，你打了几年？算上这次，才打了两次吧？"

胡作为也白了她一下说："这是民众的结论，不是我让他们这么唱的。"

野津桥子说："我妹妹明天下午来，我要和她住两天。"

胡作为说："行啊，我和你们住到一起。"

野津桥子格格地笑。

中午，惊人的消息传来了。日本天皇裕仁发表《终战诏书》，宣布无条件投降。

那一刻，野津桥子放声大哭起来。战争总算有了结果，日本白费了这么多力气，总算是得到了彻底的失败。她是那样的悲痛欲绝。

胡作为轻声说："哭吧，历史都是人造的。"

然后，胡作为带着她，去了伪高密混成师团部。

所有的伪军官立正敬礼。此时此刻，他们再看胡作为，无不流露出敬畏的眼光，他们像看神那样，看着他器宇轩昂地走来。

太神了，简直是神奇，太神奇了。

他神一般地把伪军变成了抗日的队伍。

他们敬礼。礼毕，热烈鼓掌。

胡作为发布祝酒词："诸位志同道合的兄弟，各位患难与共的同志，在蒋委员长与国民政府领导下，高密保安旅取得了艰苦抗战的伟大胜利。昨天，我们通过整编，完善了高密保安旅的机制，并且顺利地解放了高密。今天，我们将进一步调整战略部署，划分作战职能、作战区域。明天，你们将奔赴前线，收复敌占区、沦陷区。我希望你们发扬高密保安旅的勇敢作战精神，我期待你们顺利收复失地，我祝愿你们官运亨通，财源广进，奋勇杀敌，为民造福。"

他们高呼："坚决执行胡长官的命令，誓死效忠胡长官！"

陈有利说："让我们一起同颂高密保安旅的光辉历史。"

伪军官们齐声喝彩："高密高密，自古好汉人人向往；高密高密，自古神奇举世无双。高密保安旅，夜晚战高密，缴获弹药库；占领火车站，灭掉鬼子兵……"

陈有利说："在胡旅长领导下，我们高密保安旅，火车照样推，泰山一样垒；黄河尿出来，红利滚滚来；中午要少喝，下午要列队；搞好欢迎会，晚上接着来。现在请大家入席。"

2

下午，举行了仪式，欢迎简庄伏击战英雄胡百胜入城。

城门口，有1个团的士兵列队。闻讯赶来的东城的地秧歌队、南城高跷队、西城锣鼓队、北城腰鼓队，他们敲锣打鼓，燃放鞭炮，一排排江湖小贩，举着彩旗，胡百胜骑着高头大马进了城。

胡百胜被安置到县行署入住。随即，在县行署召开整编暨作战会议。

在行署会议室，胡作为介绍了胡百胜。并介绍了另外5个刚任命的副旅长。

随即中统站长原丛斐宣布关于高密保安旅各团、支队编制的命令，其余各级军官任命。

陈有利随后宣布整编与本阶段作战计划如下：

第一，本旅40岁以上的士兵约8200余人全部退役。这些人，当了8年建国军，跑都跑不动了，还能打仗吗？因此，发放退伍金，发放曲线救国荣誉证书，全部退伍回家（全体热烈鼓掌）。

第二，剩余6200余人，整编为2个团，4个支队，除刘山堂支队留守火车站、中转站、弹药库、油库、粮库，拦截公路货运等外，其余防区全部留置一个班。每个副旅长分别带领一团或支队，分头占领原国军第8行政督察区的潍县、安丘、昌乐、益都、临朐5县，组织接收政府，并代理县长，重新组建警察局与警备队，设立税务局等。敌军如负隅顽抗，就地消灭（全体热烈鼓掌）。

第三，本作战计划明天早晨8点开始，限三日内完成，失败则军法从事（全体鼓掌）。

第四，为加强各团、支队火力，旅座决定，各调拨迫击炮2门、重机枪2挺、轻机枪4挺。各团、各支队，立即派人来旅部领取钱款、给养和弹药（全体热烈鼓掌）。

第五，中转站缴获日本松下的94式5号发报机。旅情报处为各团、支队

• 262 •

配备电台各1部，密码本1册，手摇电机1部，干电池若干。另配发报务员1人，以随时取得联系。重大事宜均应请示定夺（全体热烈鼓掌）。

任务下达后，胡作为说："本次整编，主要是陈参谋长与各位兄弟设计规划，本人并无直接参与。不知在座诸位是否满意？有谁不满意可以提出来。"

全体立正回答："没有！"

胡作为继续说："这是本旅长就任来，第二次发布作战命令。诸位，代理县长，是为了保证战争状态下，各县正常运行，并不需要专门上报批准。但是，没有我的命令，不准把代理县长、警察局长、税警局长等相关职权移交给任何人。听明白了没有？"

伪军官们当然明白，这是定点清理，不留后患，占据要害岗位，服务全体民众啊。于是全体立正回答："明白！"

胡作为又问："本次作战任务明确，诸位占领各县后，请立即发报回来，报告歼敌数量、缴获数量、接收情况。注意不要瞒报、虚报，以便我向党国为你们请功。诸位弟兄们，听清楚了没有？"

全体立正回答："听清楚了！"

胡作为说："诸位弟兄，我们现在是和共军抢时间，争速度，可谓争分夺秒。在山东，共军在农村的区域占了约80%以上，现在又准备吃掉最后的日伪占领城市。根据蒋委员长的命令，日伪均不得向他们投降。但是共军离各被占城市距离太近了，而国军又距离太远。因此，收复山东，就靠本保安旅，就靠我们大家了！请诸位回去立即准备，晚上各团将士好好吃顿饭，费用旅部另行拨发专款。明日火速开拔。散会。"

伪军官们感觉，胡作为作战效能好高啊。加拨了那么多好装备，又有了电台、报务员，自然有了鸟枪换炮的感觉。

然后，他们称心快意地走了。

整个过程，胡百胜一言未发。

晚上，胡作为在行署招待所，设家宴款待胡百胜。野津桥子、春菜、陈有利、原丛斐作陪。

期间，另有两个日本女人上酒传菜。虽然这些女人都穿着中国服装，但是，陈有利一眼就看出她们腿太短，肯定是日本人。

他们研究了如何改编伪牟平混成师团的事宜。胡百胜建议，再增加任群贤和高小淞为副旅长，由高小淞团在旅部高密镇守，其余各团，包括刘山堂支队，全部压到昌邑、胶县、诸城等县。

胡作为问："电台和电报员够不够？"

原丛斐起立报告："旅座，日军中转站有 10 多台电报机的存量，电池与手摇发电机均够用。最近几个月，我根据恁的指示，培训了 20 多个电报员。现在都充足。"

胡百胜强调，他已将旅部火力营配属给高小淞，所以高小淞团装备最好，战斗力最强。可当预备队，关键时刻用。他提醒大家，不要轻易去和胶东共产党碰。他说：抗战 8 年，胶东最早培养的一代受新文化教育的儿童，也已经逐渐长大了，差不多有 17~20 岁了。新一代胶东妇女也已成长。

他们不再是传统意义上的农民了，最主要的是他们破除了"怯于众斗，勇于行刺"的传统，总体上不再玩行侠仗义，单打独斗那一套了。他们有了集体化意识，初步形成现代战争体系化对抗。

陈有利问："什么是体系化对抗？"

胡百胜道："你是牟平人，比我更熟悉那里的情况。他们挖的地道、地洞从没被日军发现过；1944 年，胶东八路军建立了海军支队，他们有帆船，有火艇（两栖坦克）等，都这么久了，可日本人把他们给灭了吗？"

原丛斐和胡百胜关系一直很好，所以始终不表态。陈有利听后觉得有道理。胡作为沉默不语。

胡百胜提出，他不当副旅长了，厌倦了。要经商去。

陈有利觉得可惜，原丛斐认为是党国的损失，胡作为坚决反对。

胡百胜说："作为哥，我见好就收吧。"

陈有利也劝他留下来。

胡百胜道："豹死留皮，人死留名，功名利禄，石火电光。"

众人哄笑，说他撒娇卖俏。他接着严肃地说："你们说，我留下来能干什么？当年，我去黄埔的时候，是为了打军阀，驱列强。后来和日本打，再以后当了汉奸。现在日本投降了，下一步呢？下一步国共合作成功还好，合作如不成，就是中国人打中国人了。"

原丛斐说："旅座，恁毕竟是黄埔出来的啊。"

胡百胜说："啥黄埔不黄埔的。我这是要不干了，才跟你们说点实话。我以前不了解八路军，去了胶东才知道他们的厉害。世界上的部队都是雇佣军，谁给钱就为谁卖命。八路军却不是，他们的兵没工资，没收入。胶东八路军往往是三五个人一支枪，有的部队甚至七八个人一条枪，这还算是进步了。我敢说，八路军如果有国军的武器装备，日军根本不敢来；八路军如果有日军的武器装备，全世界没人打得过我们中国人。"

没人回应。因为太敏感了。

胡百胜大口喝了一碗继续说："你们是不是觉得我赤化了？我和你们一样，喜欢钱。如赤化了，早带着人投奔八路军去了。根据八路军的政策，现在去也一点不晚。我真的没被赤化。"

他们大口喝酒。每次都让女人们深感震惊。这些男人根本喝不醉，感觉他们好体面。

整个过程似乎有点沉闷，女人们也不说话。

陈有利、原丛斐走后。胡百胜、胡作为开始喝茶。一人一壶，各喝各的。

因为在南方混过，胡百胜只喝清茶，胡作为爱喝花茶。

胡百胜打趣说："作为哥，花茶、花酒是你在日本的最爱吧？"

胡作为说："想哪儿去了，什么花茶、花酒的。我打小爱喝花茶，花茶香。"

胡百胜说："难怪啊，作为哥，原来你不懂茶啊。我以为你吃遍东洋，什么都懂呢。告诉你啊，清茶是春茶，一般是明前茶。其他的茶都是夏茶或秋茶捣鼓出来的。"

胡作为不好意思地笑着说："我连庄稼都不懂，南方又没怎么去过，咱山东也不产茶，上哪儿懂去？"

两个女人笑。

两个人都不谈战局和形势。胡作为考虑怎么留下他。胡百胜琢磨怎么彻底脱离，并把部队完整地交给胡作为。

过了一会儿，胡作为说："走了两天路，也累了吧？走泡澡去。"

他对野津桥子说："你们去玩自己的吧，我和他单独谈谈。"

他们去了热气腾腾的浴池。

两个人东拉西扯，泡了一会儿，胡百胜说累，要睡会儿。然后就休息去了。

胡作为一夜没睡。尽管这次收编伪高密师团很顺利，裁撤了大量冗员，打乱了原指挥体系，可很多主意都是胡百胜出的。

这么大的队伍，他能否管好是个大问题。

3

任群贤、高小淞带着大队人马，哼着《大刀进行曲》，举着青天白日旗到了。

胡作为亲自迎接，举办了盛大的入城仪式。梆子社乐队奏《三民主义歌》，仪仗队升青天白日满地红旗。陈有利、原丛斐、周会玩等人负责安排并招待各个营区的伪官兵。柏延鸿、刘大蛤蟆、刘大头负责外围接待。

任群贤及团以上伪军官们，被接到高密保安旅开会。

胡作为先介绍了一下保安旅的情况，当任群贤听说已经有 2 个团、4 个支队时，心情略有不安。

任群贤介绍了伪牟平师团的情况。然后，通报了刚收到的情报。

伪牟平师团开往高密的路上，任群贤接到情报称：他们开拔的时候，八路军先是占领并接管了玲珑金矿。然后，开始攻打威海和烟台。

1945 年 7 月伊始，八路军即开始围困威海周围的所有据点。其中田村据点被围了两昼夜，100 余名伪军逃往威海。

任群贤说："这把八路军得大便宜了，算是发大财了。玲珑金矿驻扎了那么多日军、皇协军、特务，没一个敢破坏的。"

胡百胜说："日伪特务都是垃圾，靠特务打天下，搞治安纯粹是痴人说梦。"他判断，威海是重要的城镇，估计八路军打下要三四天。而烟台要 1 周左右。

陈有利问："旅座，怎的根据呢？"

胡百胜说："八路军的装备一直很差，如果一挺机枪有 50 发子弹，一支步枪有 20 发子弹，那就是八路军最精锐的部队。所以，烟台、威海他们不能不打。打下来，他们的给养、武器就会得到补充，甚至会得到急需的攻坚火炮、弹药和生产设备。否则，随着时间的推进，国军赶到，八路军更没机会了。你们琢磨琢磨，他们在荒山野岭，坚持了那么多年，血不是白流了？人不是白死了？他们能甘心吗？"

胡百胜进一步推断说：有了烟台和威海，八路军就有了更有利的海上通道，连接上辽东、朝鲜半岛，有了国际贸易的港口。到时，谁也挡不住钢铁、药品等物资源源不断流入胶东，再从胶东扩散到八路各根据地了。山东根据地已经成为八路军、新四军的总后方，经略东北的跳板。

他的判断确实有点神奇。

为打下拒不投降的威海日伪，八路军出动了 1 个独立团、2 个独立营、1 个区中队，另有 500 多民兵，也确实用了 3 天。威海打下后，无论多么残酷的战争环境，八路军再也没有丢过。

即使在日伪已经溃散的情况下，八路军攻打烟台 2000 多名敌伪，打了 7 天 7 夜，付出了巨大的牺牲，600 多日军乘船逃跑到青岛。

陈有利和原丛斐安置好伪牟平师团住下后，来到会议室。柏延鸿等依然留在那里张罗晚饭接待。

伪军们的接待晚饭是炉包，县城大小炉包店都被派送了任务。

胡作为提出，由任群贤、高小淞、陈有利和原丛斐及伪牟平2个旅团长等，一起研究相关收编方案，报他定夺。

胡百胜提出，他就不参加了。先回去看看太太到了没有。胡作为没吱声。胡百胜走后，他就开始与各团长闲聊。

行署招待所就在旁边。胡百胜进门后，静香就给他脱鞋更衣。他看到野津优纪子正与姐姐亲热地交谈。胡百胜想退出，却被野津优纪子拦住。

"将军，这是我姐姐，你一定见过吧。"

胡百胜点头。他冲着野津桥子笑了一下，他有点尴尬。不知道该说什么。

野津桥子站起，弯了一下腰，冲他说："将军，还是那么的英姿勃发，我妹妹好福气啊。"

胡百胜摆手道："哪里哪里，还是你厉害，果断击毙了陈子舟，稳定了收编的大局。果然是女中英雄，仙姿玉质啊，作为兄好福气。"

野津桥子抿嘴笑，她的脸被夸得红红的。

勃朗宁手枪，确实威力大，女人用起来就是重了点。

野津优纪子说："我在和她分享对你的感情。"

胡百胜说："千万别，我们中国人是不谈这些的。"

两个女人捂着嘴，然后格格地笑。

他对野津优纪子说："我就看看你到了没有，是否安全，没别的事。你们先聊，我去开作战会议。"

说完，胡白胜走了。

他带上几个马弁，去营区查看。士兵们吃完午饭后，就倒下呼呼大睡。这几天走得确实很累。可人家八路军如果急行军走70公里，一天就能到，还能接着打仗。

这就是差别。不知为什么，有事没事，他就和八路军进行比较。

晚上，宴会厅热热闹闹，欢歌笑语，敬酒如潮。酒足饭饱，他被胡作为留下一起泡澡。

胡作为叫来了春菜和一个日本女人过来伺候堂子。

胡作为说："今晚你不用回去了，野津桥子她们要密谋什么。"

胡百胜道："会密谋啥？"

胡作为说："估计是研究今后她们怎么办吧。"

野津桥子是日军青岛通讯中队的女兵。经常和一些日本女兵，去胡作林在中山路的洋行，购买东西什么的，逐渐熟悉起来，并成为朋友。战争形势急剧变化，她不堪忍受体罚和虐待而出逃。起初，被胡作林藏在洋行附近。风声过后，胡作林就把她秘密送到了高密。

胡百胜有点动容。他说："作林哥没向伊达顺之助交代这个事？他还挺抗打啊。我们老胡家，胆子大点儿的良心都很好，你我胆子都小，良心都很坏。"

胡作为笑道："你瞎咧咧什么啊。谁进了日本宪兵队会不交代？作林哥又不是铁打的，他被打得死去活来，当然交代了野津桥子逃跑的事，还有以前行贿东亚院青岛出张所搞烟酒走私的事等等。谁料到伊达顺之助听了根本就不信，贼眼一瞪，反说作林哥含血喷人，污蔑皇军。然后也不打不骂了，并电话直接通知我了。野津桥子后来说：野津家族与伊达家族是世代姻亲。伊达顺之助再二也二不到把自己的亲戚全得罪光了吧？毕竟他这些年也是靠亲戚朋友庇护的。日本女兵是最倒霉的，当兵不算军籍，战死进不了靖国神社，还经常被体罚。野津桥子是贵族出身，学的是法律，哪受得了这个。但是日本规定很严，无论贵族与否，不当兵，就要进工厂，甚至挖矿等。所以，只好当兵了。"

胡百胜说："日本人做事确实狠。国军的将领官僚，谁会送孩子去前线打仗呢？我一直觉得优纪子也是日本女兵，但是，我没有问过她。"

胡作为说："为什么不问一下呢？她在上海的野战医院当医生，也是快活不下去了，就跑到高密来了，你第一次见到桥子的时候，优纪子刚到高密两天。桥子见到你，觉得靠得住，就让她找你去了。"

当时，野津桥子告诉胡作为，她妹妹在上海也想逃走。日本军人看不起打败仗的军队，时常要求他们切腹自杀，以谢天皇。战争后期，对自己的伤病人员更是残酷无情，旷古未有。野津优纪子每天都看到，为节省成本"军医"们给重病号打空气针，当大量空气进入病人的血管时，最终阻塞肺动脉导致猝死。

现实太恐怖，作为女人，野津优纪子根本受不了。胡作为就派春菜和几个人去了上海。春菜带着野津桥子的亲笔信，还有照片，找到野津优纪子。

野津优纪子看到信，连东西都不要了。第二天，正好休假。她带着两个女同事，穿上旗袍，直接坐火车就到了高密。

她还给院长留了封信：日本战败投降是必然的，非正义战争注定要以失败告终。我们在这场侵略战争中双手沾满了中国人的鲜血，天理不容，罪大当诛。

她们曾赤心奉国。现在提起日本，恨不得食肉寝皮。

胡百胜豁然贯通，过了一会儿说："以前只知道，我们负伤后，日军从来是置若罔闻。现在看，他们对自己人也人面兽心，狼猛蜂毒。不过，你也真够胆大的，不想活了？敢让野津桥子暴露自己在高密？"

胡作为噗嗤一声笑了："我有什么不敢的，伊达顺之助不是知道了吗？我们去青岛时他连屁都没放一个。有钱能使鬼推磨，日本鬼子也如此。野津优纪子说：日军杀自己伤兵的方法其实很多，让人肝胆俱裂，三观崩溃。日军虽五毒俱全，有一条优点就是从不告密。咱大哥派人送她来时告诉我，青岛不仅士兵、军官逃跑成风，连寡妇、女孩也急捞捞地嫁中国人了。所有的日本人早都开始找活路了。"

胡百胜说："当时，日军经常安排我们去找失踪日本兵，我没把这些事情联系起来，以为是孤立的。"

胡作为道："你看他们的神风特攻队，开着木头飞机去炸航母，就知道日军对自己的人有多狠。都是宝贵的飞行员啊。"

胡百胜似乎迷迷瞪瞪地说：全世界的军队之所以拼刺刀拼不过日本人，主要是日本人发明了甲基苯丙胺，也称"觉醒剂"，作为口粮配发，日本兵称之为"猫目锭""突击锭"，飞行员叫"空击锭"。日军以前不吃药还能打一阵子，现在打得士气早已低落，出战前不吃这些毒品就打不了仗。小鬼子吃了后，会不知疲倦地战斗，达到疯狂的精神状态。我听日军顾问说，神风特工队都是从十六七岁的小孩中选的，青岛沧口的海军航校训练了不少。日军燃料不足，那帮小崽子，每人手里都拿着一个小木头飞机模型，看着电影练飞行。没几天就送上前线了，开着木头飞机去炸航母和直接送死差不了多少。

女人给他们浇水。胡百胜热乎乎的，全身舒服。他想，难怪这俩小日本娘儿们这么会管人，原来是出身贵族，又在日本军队混过的缘故。

4

第二天上午，胡作为召集会议，最后决定伪牟平师团的收编方案。胡百胜本不想参加，却被胡作为、任群贤等人强拉着参加了。

昨天晚上，任群贤等研究的方案出了问题。任群贤的方案是，伪牟平师团改编为3个团，他任副旅长主抓；陈有利的方案是，伪牟平师团改编为1个步兵团，1个旅直属团，2个支队。任群贤任副旅长，主抓所属部队。副旅长高小淞兼直属团团长。

任群贤的方案没人支持。陈有利的方案几乎都支持。

任群贤一看，他的部队被大块切走，实际上只剩下 1000 多人。这哪行啊？

问题僵住了。

胡百胜琢磨，确实不好办。但是不被收编又不行。收编了，起码可以解决这些汉奸出路问题。但是，他又不好说，因为，收编的盘子里没有他的位置。

胡作为也没想好怎么处理，决定大不了先晾着。

昨天晚上，胡百胜建议他设立作战处、通讯处、军需处、特勤处、司令部财务室等机构，把原来的团长或副旅长收回来几个，并打乱编制，重新配置各团，以免出现问题。

会议开始发言。任群贤说完，陈有利继续，然后原丛斐说。

胡百胜连听也没听，他不关心这些了。胡作为也没听，他在琢磨这个结怎么解开。解不开就拖，拖到哪算哪。

临近中午，旅情报处送来各团战报。胡作为看完后大声宣布：国军高密保安旅已全境接收潍县、安丘、昌乐、益都、临朐等 5 县。

所谓接收是换了青天白日旗的伪军，接收尚未换旗子的伪军。

胡作为立即像抽了大烟一样兴奋起来，他叫来原丛斐道："立即给重庆发报，向党国报功。"

原丛斐去了。他站起来总结道："大敌当前，国家为重，民族为重。任副旅长，人事调整是最难的事，牵扯过多的利益。这个你我心知肚明。我看把刘山堂的 1 支队及 2 支队划你指挥，如何？"

这应是胡作为的最大让步了。任群贤无可奈何，只能表态同意。

胡百胜知道，任群贤并没看明白形势。目前的情况，他实际上已经没有任何谈判的砝码。上次他与胡百胜整编伪牟平师团，他控制的兵力，实际上只有一个团。而胡作为看在胡百胜的面子上，不想为难他而已。

陈有利宣布本阶段作战计划如下：

第一，本阶段作战计划明天早晨 8 点开始，接收原国军第 17 区的昌邑、胶县、诸城等 3 县，限 3 日内完成。

第二，为任部配属刘山堂等两个支队。要求攻占第 8 区的各团，迅速整编当地警察局及伪警备队、建国军、治安军等，拆散编入各团、支队，以增强各团、支队的人马。但不再增加战斗序列。

第三，为加强任部各团、支队力量，各调拨迫击炮 2 门、重机枪 2 挺、轻机枪4挺。会后即派人来旅部领取钱款、给养和弹药（刘山堂等部已发）。

第四，旅情报处为各团、支队，配备电台各1部，手摇发电机，密码册1本。另配发报务员各1人，以随时取得联系。重大事宜均应请示定夺。

第五，据报，惶惶不可终日的日本侨民，正向天津和青岛集中，高小淞团除防守弹药库、粮库、中转站、火车站外，加大对青岛、济南方向的铁路与公路货运的拦截力度，对资敌、通敌的物资一律扣押。同时，拦截客运车辆，扣留所有过往的日本人携带的物资、货币、黄金、白银等。

胡作为说："昌邑的县长是我兼任的，相关人员等要留置不变。其余的各县的汉奸，如恶贯满盈，可迅速逮捕，缉拿归案，顽抗者就地处决。"

伪军官们起立回答："是。"

那些县的人，都是陈子舟的人，当然要定点全部清理。

中午吃完饭，胡百胜回到行署招待所。野津优纪子给他脱鞋更衣，然后踮起脚，抱着他。

他很累。

静香已经铺好了床，野津优纪子把他扶到床边说："将军，请上床。"

他上了床。两天没换袜子，脚被军靴捂得好臭。以前不会觉得是个事，现在有点不好意思起来。

"小鬼子，你和桥子已经亲切友好地会见了，谈得怎么样？"他躺在床上。

野津优纪子说："还行吧。她要留在这里，我和你回日本。"

胡百胜答应着，有些放心了。接着就睡着了。

刚迷糊了一会儿，就听到敲门声，任群贤来找他了。

任群贤和家属被安置在隔壁。他的三房太太，一人占了一间，孩子们占了两间。

胡百胜让野津优纪子赶紧上茶。他点上烟，抽了一口问："老兄，喝茶，啥事这么急？"

任群贤也点上烟说："百胜，这次收编，我不满意。"

胡百胜道："老兄，不是我说恁，也太心急了。船到桥头自然直，恁急什么？这次，胡旅长整合了两个师，一前一后，肯定要搞平衡，要不他无法驾驭。"

任群贤说："他们高密师团与我们不同。我们师团有你帮我撑着。高密师团谁撑着？陈有利？看那小子得意忘形的样子，真想一枪毙了他。"

野津优纪子上了茶。胡百胜示意她回避。她和静香弯了一下腰，就到另外的房间去了。

胡百胜说:"老兄,这我可不同意了。陈有利也是端人饭碗,要服人管。他只有这样才可以自保,才对得起胡旅长的知遇之恩。"

任群贤喝了口茶说:"道理是这样。胡旅长虽是你哥,可不怎么实在。"

胡百胜笑着说:"恁不了解他,所有和他共事过的人,都愿意和他共事。他今天第一件事就是发枪发钱。我找恁报到的时候,恁屁都没给咱一个,就是请我吃了顿烤鸭,好像我八辈子没见过烤鸭似的。"

任群贤也不好意思地笑道:"那时,不是把你当外人吗?后来不都变了吗?"

胡百胜说:"作为哥在党国高层的关系很多,恁们好好合作,只有便宜,没有亏吃。"

任群贤点头说:"你怎么不干了?"

胡百胜说:"优纪子,你过来。"

野津优纪子迈着小碎步,颠颠地过来。她对任群贤鞠了一躬,腼腆地立在一旁。

胡百胜说:"我的老婆,是东京大学的高材生,她是学医的。本来可以当医生,却来到了中国当杀人放火的帮凶。我要和她在日本开个诊所,我相信她一定能成为日本最好的医生,实现她最纯真的梦想。"

野津优纪子没想到他会这么想,这样说。刹那间,她愣在那里,过了一会儿,她流泪了,她实在是太感动了,不知道该说什么了。

任群贤说:"老弟,你有情有义,真令我动容。"

任群贤走了。野津优纪子扑到他的怀里哭泣着。不一会儿,就嚎啕大哭起来。

她为自己的命运多舛而伤心,而愤怒。是的,一个以救死扶伤为使命的人,却跑到异国他乡,成为杀人放火的帮凶,甚至连自己人也杀。而在军国主义的魔爪下,没有女人能逃过体罚、虐待甚至强奸。

胡百胜,总是可以声东击西,一箭双雕的。

胡百胜喝了口茶,然后吐了出来。

他对野津优纪子说:"小鬼子,这茶什么时候泡的?泡了几遍了?"

野津优纪子还在抽泣,说:"一大早泡的,不知第几遍了。"

胡百胜说:"小鬼子,我和你说了多少遍了,泡茶就三泡,多了就乏了。茶在我们中国不值钱,我们南方都用新鲜茶叶炒菜吃,不必玩你们小鬼子那套鬼鬼祟祟的茶道把戏。"

野津优纪子开心地笑。

"记住没？"

她抿嘴点头。

"再这样泡，你就吃掉这些茶叶沫子。"

格格笑。

"叫你笑，痒死你这个小鬼子。"

格格笑。

"慰安妇。"

"以后对静香她们好点，别总欺负她们。"

"不行，谁叫她们欺负我的。"

"别来这套，这个永远不行。"

<h1 style="text-align:center">5</h1>

高密保安旅的电报很快就转到军事委员会。军委会一看，高密保安旅这么能干，接收了这么多地盘，立即向各方面通报。

在委员长主持的会议上，遂批准高密保安旅升为高密暂编师，胡作为任暂编师师长，并加拨了军饷。重庆电台广播了，任命电报也来了。电报要求高密暂编师，再接再厉，防匪灭敌，为党国建功立业，再创辉煌。

胡作为那个兴奋劲别提了。

即使投降了日寇，吴化文部的军饷重庆也一直发。因此吴化文显得很牛。多次派人联络，要胡作为报告情况，胡作为根本不予理睬。吴化文才6000多人，哪有资格来指挥他呢？

胡百胜面无表情，不为所动。他觉得这里已经稳定了，差不多可以走了。

青岛也被国民党青岛保安旅接收了。

他找胡作为开关防大印，以便到达青岛，然后办理护照登船去日本。

第一次提，胡作为说：帮他弄完师部整合。第二次提，胡作为说：帮他拟定好下一步作战计划。

胡百胜笑了："作为哥，你不是贪大求洋，就是贪大求全。你这点兵力，能守住高密和潍县就不错了。胶东八路军还没过来。如没国军主力支撑，估计你在高密顶多坚持1小时。"

胡作为吃惊："八路军有这么厉害？"

胡百胜说："你以为呢？没有看到他们打完烟台之后的形势？他们打任何

一个县城都是论小时了，打即墨 3000 多日伪军，只用了 3 个小时。"

胡作为沉默一会儿说："听说，胶东八路军的主力都要去东北了，目前正在大量离开，怎么打我？"

胡百胜说："作为哥，亏你还在共产党混过，也太迷信了，一点也看不透目前形势的变化。胶东八路军的主力虽然在大批走，但是，长江后浪推前浪，胶东的小孩们也逐渐长大了，八路军是个大学校，他们用最低的成本，普及了教育，并将小孩子训练成为具有现代文化、知识与现代意识的新人。他们会很快组建起新的八路军，一定比以前那些老八路还厉害。现在八路军的团长都是 20 出头的毛孩子，这些小八路有文化、懂技术、体力好、起点高，也知道为谁打仗。再过一年，他们打你，就是分分秒秒的事了。"

日军曾经分析过百团大战，两万红四方面军组成的老八路，在关家垴包围了冈崎大队约 600 人，发射了 200 多发炮弹，无一命中。最后，靠不怕牺牲，生死搏杀才拿下来的。这说明老红军、老八路的战斗力已经发挥到了极限。

胡作为想，也是，打仗又不讲论资排辈。日军打仗还分什么国军土匪？一听是老红军、老八路，还能吓得一溜烟跑路？打仗是生死之间，一念之差的事。没本事肯定是个死。他嘴上却笑道："都是鬼话，我看你真是中毒太深了。"

胡百胜说："爱信不信吧。日本兵基本都有初高中以上的文化，没读过书的根本不要，所以武器发挥效能好。国共两党的兵，几乎都是文盲。毛泽东说没有文化的军队是愚蠢的军队，这话不是对别人说的，是对自己的军队说的。他看到了红军、八路军的弱点，督促他们学习。八路军与我们的区别是，他们看到了民众的力量，找到了整合民族资源的途径，民众看到了自己的希望前途，最终以全民浴血奋战，打人民战争式的持久战，而不是指望哪个将军，哪个队伍单打独斗。我们则什么也看不到。八路军极其重视普及教育，保护小孩子们成长。这帮孩子，他们有几十万、上百万人，他们每家都被抢过，他们都有亲人被杀害，他们的家园都被烧光过。他们恨日本人、我们、赵保原、国民党。你放心吧，他们一定会找上门来报仇的。"

胡作为想起了他看过的《国防教科书》，打倒赵保原也被写入课本里。遂笑道："你还是害怕了吧？"

胡百胜干脆利落地说："我已经背叛了一次国民党，不能再回去了。我也不想去当共产党。换成你，还会回去当共产党吗？也不能。就这样吧。"

胡作为说："你说过很多遍了。这个逻辑说得过去。不过我也要告诉你一个道理，好人和坏人都是在不断互相转化的。秦桧、汪精卫哪个当初不是好人？后来，哪个不是坏人？"

胡百胜说："作为哥，人类社会无非是统一与分裂的循环。你应该知道，共产党的统一战线，是分段式的，先找一个共同的敌人，然后搞一个大阵营。北伐的时候，他们联合国民党，打倒列强除掉军阀。现在是抗日，他们联合地主阶级，一致对外。黄埔军校传说：黄埔 1 期的 400 学员，有 200 多名是毛泽东在上海负责国民党党务时面试的，然后，发钱发路费让他们去了广州。这些他当年面试过的学生，现在大都开始掌握着各种资源了。你琢磨一下，将来万一国共破裂，仗会怎么打。如果美国佬有一天加入共产党的统一战线，我都不奇怪。"

胡作为说："国民党在共产党内的人也少不了。这叫敌中有我，我中有敌。"

他痛快地给胡百胜开了去青岛的关防大印。但是，让他一个月以后再走。

胡百胜同意。

胡作为说："日本投降了，国共现在已经陷入正统之争，老百姓也在比较谁对抗战贡献大。你觉得他们谁出力多？"

胡百胜笑道："日军投降总兵力是 700 万，向中国战区投降日军 131.6 万，其中陆军 120.8 万、海军 10.8 万。其余的都不在中国境内。只能这么说，国军保住了四川，八路军从日军手里拿回来山东。算是各有千秋吧。"

胡作为叹气说："国民政府公布，全国投敌人数约 200 万，山东 4500 万人口，有 10 万汉奸。我们俩就是千分之二了。可我早把你的名字列入中统，所以，我俩不仅算曲线救国，还是中统的地下人员。我们山东算是汉人的基本盘，齐地千里无一外族人。我们基本保持了农耕文明的传统，汉族人的单一性。就说不吃大米这一套，也让马来人在这里过不舒服。我们骨子里既不会闹独立，也不会搞小团伙，都喜欢被皇帝招安。所以，我既没打过国军，也没打过八路军。我只安排人贩过鸦片，搞过情报网络，那些情报网络，除了为赚钱提供掩护外，其实也没啥用。"

胡百胜笑道："你每年弄几万两真金白银是没问题的。我就打过一次八路军医院。我的队伍之所以损失少，主要是我不准在孤立的碉堡放兵。日军设计的碉堡大部分太小了，只能放七八个人，五六杆枪。太孤立了，兵力不够集中，很容易被八路军吃掉。我没打过国军，还有，我让人伏击过伪第 8 集团军，还拉了几个连过来。"

他们都明白这是找借口为自己开脱。胡作为说："你的兵打仗精神头怎么样？"

胡百胜笑了："肯定是听到枪声，先看明白是谁，不行就准备跑路呗。这些人也不傻，后路早留下了。"

伪军的连营长们不是兵痞，就是兵油子出身。为了逃命，杀日军顾问的事件时有发生。

伪华北第8集团军，经常三三两两地到胡百胜防区抢劫。为争夺地盘利益，胡百胜指使高小凇，偷偷摸摸地打过他们几次。

任忠义和他们熟悉，策动他们叛逃，胡百胜趁机收编。

前阵子，在铁杆汉奸王铁相带领下，祸乱滔天的伪华北第8集团军逃往平度，与赵保原残部汇合，8000余日伪军妄图依托城池坚固，人多势众，拒不投降。八路军攻城后，第5混成旅团的600多日军抛弃伪军，坐上卡车逃窜到高密。7000余伪军则全部被歼。

胡作为不想留溃败的日军。于是，胡百胜令高小凇带着部队包围了日军，他则带着野津优纪子与日军交涉。

他命令城门口的日军少佐，留下步兵炮、迫击炮、重机枪，然后去即墨集结。

李先良与日军青岛司令部商定，为防止散兵游勇洗劫青岛，破坏青岛的秩序，即墨为青岛第一道防线，日军有协守的义务，并对外公布了。

李先良这一招，实为防胶东八路军，并借以巩固自己的地位。李先良虽是坚定的CC派，但与陈立夫、陈果夫均无特殊关系，只能在官场步步留后路。他任鲁东行辕主任不久，就被黄埔系的复兴社扳倒。幸亏沈鸿烈不计前嫌，拉了他一把，命其为代理青岛市长，专司青岛作战。

野津优纪子穿着国军服装，很是神气。她命令日军再留下4部卡车。日军不答应。胡百胜说：不留就视为继续抵抗予以消灭。鬼子少佐虽然怒气填胸，但是表现很乖，下令放下重武器和4辆卡车，人员全部挤上剩下的车，狼狈而去。

看到日军一溜烟地远去，胡百胜松了口气。这姐俩，霸气真的很不一般。

该着这些日军倒霉。他们到达即墨没多久，八路军南线部队分左中右三路，进入即墨。在攻克了东部敌伪全部据点之后，完成了对即墨城的包围。全歼即墨城日伪军3000余人，缴获轻重机枪20余挺、汽车10余辆。而八路军滨北行署正向高密逼近。

正如胡百胜预计的那样，八路军与日军对练出来刺刀、射击、连排战术，用伪顽军练出来攻坚战、兵团与野战作战。以后，估计很难有人打得动他们了。

八路军打下烟台、威海后，攻坚火力明显得到了改善。与其他根据地不同，胶东根据地的汽车、轮船都运行良好，别的战区打仗运输靠马拉肩扛，山东后勤主要靠汽车、轮船运输。

胡作为留下汽车，把重武器都配属给高小淞。他对胡百胜说："你打仗真鬼，判断也准确。青岛啥都有，就是钢铁不行。否则八路军可能就不取东北了，那我们这边就险了。"

胡百胜说："八路军在战略上虽不见得个个都高明，可放弃山东就算傻到家了。日军根据美国人和国民政府的命令，不向八路军缴械。搞得他们只有血拼。八路军没三五百门重炮，神仙去了也打不下青岛。干着急，没办法。东北腹地大，重工业基础好，国军没有任何优势，八路军践律蹈礼，占领了东北平原，像长了翅膀一样。"

胡作为说："中国的历史开朝，一定是天下大乱一阵子。就看民国吧，先是北洋军阀，再是各地军阀，全国水深火热。现在，蒋委员长手下那么多军阀，说不定还会乱起来的。"

胡百胜说："无论谁掌权，都面临如何定天下的问题。搞不好都是腥风血雨，生灵涂炭。"

胡作为说："最麻烦的是那么多国际债务、不平等条约。鸦片战争以来，国家、军阀使得我们的债务堆积如山。国民政府统计，1927年至1933年，对确实有担保的外债，清偿本息达2亿4900余万银元。现已承认并归入整理共约30多亿银元。大概不吃不喝要还三五百年。1941年，委员长还向日本支付庚子赔款。宣战后，这个赔款的余款才算是不给了。日本人火冒三丈，大骂民国政府不讲国际规则。"

胡百胜说："上黄埔的时候，老师讲过，清朝、北洋军阀、国民党一共签署了1100个不平等条约，涉及割地、赔款、租界、驻兵、关税、法权、传教权等等，总之，中国都是挨宰的。就算过期、废掉一半，还有500多个。谁敢一下子废除那么多条约？这不是要重打一次八国联军吗？可如果不废除，中国就被捆死在国际债务上了，我看是没有什么希望的。"

胡作为叹了口气道："也可能八路军敢啊。斯诺不是在《西行漫记》中写到，毛泽东说：必须通过解放战争废除一切不平等条约吗？"

高密暂编师整合为3个旅。陈有利任1旅旅长，驻扎昌邑；任群贤任副师长兼2旅旅长，驻扎潍县；高小淞任3旅旅长，驻扎高密。

上述均得到军事委员会的追认。

整编过程中，原来不满意的，都满意了。

高小淞旅的架子是两个团、一个火力营和警卫连。高小淞问胡百胜是否可以招兵买马。

胡百胜道："精兵就行。你知道我为什么叫你守高密？整个鲁中，唯独高密的交通好，铁路、公路都有。打不过的时候，你坚决架着师座跑，不管他什么态度，一直跑到青岛。美军马上登陆了，有军舰，有陆战队，八路军暂时不会打。"

高小淞知道，胡作为有胆大的一面，有胆小的一面，没事的时候，和正人君子一样。他说道："旅座，八路军是厉害，可国军更强，我们也不用这么怕吧？"

胡百胜说："小淞啊，形势摆在那里，你一直也看得很清楚。你的弱点是不怎么会打仗。我们和八路军玩了这么多年，我们是依附型的，日军倒了，我们就完了。我们是坐天下的，坐天下的人唯一的目标是弄钱弄女人。八路军是要天下的，他们是独立型的，有根据地。八路军的持久战目的很清楚，一个是培养有文化、有技术、能打仗的新生代，一个是建立比较可靠的军火工业。据我所知，胶东现在可能有9个兵工厂了，人员急速膨胀，快到1万人了，正在做大规模增产的最后准备。我敢说，即使其余的根据地都被国军占了，他们的胶东根据地也丢不了。你信不信？"

高小淞说："这个我懂。武器也好，机器也好，会用才行。给老八路这些东西，他们没文化没知识，也是废铜烂铁。你说，我们现在算是坐上天下了，是不是也会改换思路，发展工业化呢？"

胡百胜说："国军的问题是不懂装懂的人当道，让那些自命不凡，其实不懂军事的人去打仗，所以总吃败仗。我们山东的问题是农民当道，不懂工业的农民管理城市和经济。所以山东守着这么好的资源，却呈现极端贫困化，而山东的城市几乎都是农村化的。沈鸿烈在青岛之所以比前几任搞得好一些，主要因为他是工程师，学海军的，经多见广。不过，世界的资源多，钱可以变着法去弄，只要地球不爆炸，天下的钱永远也弄不完。"

高小淞默然。人对金钱都是望眼欲穿，而饱暖则生淫欲。后面，他将看到，解放战争，国民党军对山东的重点进攻，果然被山东八路军彻底粉碎。而新四军被挤出根据地，南征北战，来到山东招兵买马，休养生息。

胡百胜问："你说，国军的大后方重庆算根据地吗？"

高小淞琢磨了半天："应该算吧。"

胡百胜笑道："国军是依附型的。国军或依附西洋，或依附东洋，或依附美国。国军折腾了这么多年，没有丝毫造血能力。占据着大西南这么多年，连条正经公路也没修过，到现在也进不了西藏。修路也能养人，锻炼工业基础，增加物资流通，畅通军事供给通道。国军将来怎么样很难说。"

高小淞说："可青岛不是咱的地盘，去了也不好混啊。"

胡百胜笑道："真到了那一步，还要啥地盘，到时去日本找我，把中华民族发展到日本，我去给你们打前站。"

高小淞笑："旅座，恁可真会开玩笑。"

胡百胜也笑："我这辈子，总想报效国家，其实是为别人打仗，充当炮灰。算是为别人而活，最后还当了汉奸。以后，只为自己活了。"

高小淞道："那不又回到老婆、孩子、热炕头的逻辑上了吗？"

胡百胜说："风水本身就轮流转，当老百姓没什么了不起。你搞那么多兵，我担心到时军饷都是问题。作为哥不是神仙，他的地盘到底有多大，还是未知数。你搞钱的本事再大，地盘小了也不行啊。天上掉不下来钱的。"

高小淞总算是听懂了，开玩笑道："旅座，恁们诸城人真是足智多谋啊。"

胡百胜正色道："小淞，咱们这一带，是兵家的发源地，出过姜子牙、孙子、诸葛亮等兵家。鬼谷子什么的也在我们这里待过。你记住，不对自己人玩计谋，是必须的。否则，下场一般不会太好。"

胡百胜没有说的是，党国对吴化文、胡作为都是暂时利用而已。很快就可能不暂编了，随时可以撤销。他在中央军的时候，见得太多了。

胡作为告诉他，陈有利打来电话说：滨海军区的八路军正向昌邑移动，并发布命令敦促昌邑日伪投降。陈有利回答八路军说：他们是高密暂编师。八路军说：高密暂编师怎么会有鬼子站岗？

伪军没有什么战斗力，就继续使用了鬼子。他们不给鬼子换军装，还用鬼子站岗吓唬老百姓。结果，昌邑老百姓就通风报信，八路军就理直气壮地来了。

胡百胜想，伪军们还是普遍怕鬼子，没敢像胡作为处理高密的鬼子那样，假戏真唱。他对胡作为说：现在情况混乱不明，昌邑，能守就守，否则就收缩防线。让各县把鬼子都集中起来，关进营区，别再乱走乱动。

半个月后，八路军开始攻城。陈有利扔下了原伪高密师团的人马，带着自己的队伍跑路了。

就这样，滨海军区的八路军，拿下了胡作为占领的好几个县城。胡作为的地盘，萎缩在几个据点。

八路军滨海军区的动作，让胡作为、高小淞彻底明白了自己的实力。

野津优纪子不断提醒他该走了。胡百胜告诉她，还要等几天。野津优纪子无奈，只能等待。

胡百胜找胡作为说：可在青岛建个"高密暂编师采购经办处"，从事联络、采购、运输等工作。高密的军需品毕竟没有来源。

胡作为觉得这个办法不错，他说可让胡作铭代办这个事。

胡百胜嘲笑他，真是越活越糊涂了，怎么会考虑把胡作铭扯进军政来，万一你倒霉了，全都跟着倒霉。但是，可以让胡作铭跟着赚钱。

胡作为茅塞顿开。在青岛设立机构，既可以扩大自己的触角，还可以赚钱。

胡百胜让他先电请重庆报备。并要了电报员，1部电台，和几个经办人员等。他负责筹建工作。

胡作为答应说："搞完了，你小子就走了，别以为我不知道你想什么。"

胡百胜说："你是我哥，我想什么你还会不知道？你这里现在是非常稳定。3个旅控制了两个。9个团，最少控制了7个。任群贤名义有2个团，真听他的人，顶多2个营。"

胡百胜告诉他，最主要的是高小淞旅，别看人员少，可火力强，要不断加强他的火力。再就是高密位置好，现在中转站有十几辆尼桑卡车了，可再弄几十辆，组织一个辎重运输营。打不过了，坐车就跑到青岛了。到时，青岛有美军，去了再做决策。

胡作为说："我如果又站不起来怎么办？"

胡百胜说："我已经交代高小淞了，到时叫他不管三七二十一架着你跑。"

胡作为点头。

胡百胜说："我可再和你说一次啊，你手下没有一个是正经打仗的出身。只有高小淞的机炮营是我招来的，还有点文化水平，日本人的炮兵顾问专门训练过。炮打得比较准。高小淞弄钱比别人强点，守不住的时候赶紧跑。"

胡作为说："这个我知道，不是叫他专门去弄钱去了吗。"

这些日子，胡作为没事就安排两家在行署招待所聚会。

胡作为带了3个娘儿们，胡百胜带了2个娘儿们。都是日本货。

女人们很开心，哇啦哇啦地说着。胡百胜也听不懂，只管与胡作为喝酒。

胡作为知道胡百胜爱吃炉包，就叫了2盘，过了一会儿，待到胡作为要吃时发现没了，就说："百胜，你可真能吃。"

胡百胜说："哥，你可真闹，冤枉人，我还一个没吃，就被这些日本娘儿们都给消费了。"

俩人大笑。

静香第一次吃小麦是到了高密以后。野津优纪子是第一次吃炉包。吃过之后，发现很好吃。于是，她连吃了好几个。

胡作为又让野津桥子叫来两盘道："吃吧吃吧，中国话叫吃一顿，少一顿。"

野津优纪子学话说："恁们中国饭的花样真多。"

胡作为说："那当然，我在日本待了儿年，没遇到什么好吃的。什么饭团、生鱼片、铜锣烧、茶泡饭和青岛中山路洋人的西餐一样，就那么几招，想想都吐。"

野津桥子说："比日本料理差的多得是，最难吃的是高丽的泡菜，在日本只给犯人吃，他们却吃得津津有味。"

野津优纪子说："是有滋有味吧？"

胡百胜说："都一样，都一样。"

而胡百胜自从去了胶东，对炉包已经没有了兴趣。他现在爱吃的是各种海鲜。

去青岛的路没障碍了。可他又听说，青岛到日本的客运航线已经关闭，怎么从青岛去日本，是个难题。

最难的是他要带着一批黄金细软。怎么带上船，又怎么安全到达日本，到了日本又如何安全下船，对他来说，都是难题。

重庆的批复很快到了。同意高密暂编师设立青岛采购经办处，费用自理。

青岛刚被接收不久，也不知道什么情况。他琢磨着先去青岛探探路。

6

野津优纪子听说他要去青岛，就纠缠着也要去。

他确实舍不得留下她，也实在需要她的照顾。于是，就给她专门领了两套国军服装，叮嘱她为了安全，绝对不要说话。野津优纪子毫不含糊地答应了。

然后，他带着警卫排，以及"高密暂编师青岛采购经办处"的人员，要了3台卡车，装满了各种土特产。然后，乘车向青岛开去。

他请示胡作为，让军需处、财务室也各派一个人随同前往，以便购买急需的物资回来。

他顺路去看望古井堂，却发现古井堂已人去房空。有人告诉他，可能去了青岛，还有人告诉他，可能投奔亲戚去了。总之，没人知道古井堂去了哪里。他有点寂寥失望。

离开高密，就是即墨。这一带，是国民党青岛保安旅的活动区域。为避免两党的纷争矛盾，抗战以来，八路军从不来此活动。汽车插着青天白日旗，一路畅通无阻。

到达青岛已近中午。守卫路口的士兵非常奇怪，怎么附近还有国军？遂打电话层层报告。

青岛保安旅已改称为保安处，下设两个保安总队，电话问明情况后，即要求守军把人送到江苏路司令部面洽。

胡百胜用的身份是国军高密暂编师联络处处长，青岛保安处对等派出接待联络处处长门口迎接，予以洽谈。

胡百胜敬礼道："高密暂编师联络处上校处长胡百胜，奉命前来贵司令部，商议设立本师青岛采购经办处的事宜。"

他随后递交了公文。联络处长还礼后接过公文说："青岛保安司令部联络处处长武剑民中校，前来接洽。"

武剑民身材不高，貌似南方人，他随手把公文递给了一个少校说："和重庆方面联系一下，查一下高密暂编师在青岛设立采购经办处报备没有。另外，就近安排就餐，刚才，李参座说要宴请胡处长一行。"

然后，礼让胡百胜进楼。其余人员，都在门外等候。

胡百胜想，青岛非我防区，设立机构，当然要报备并批准了。不报备，属于非法越界行为，要军法处置的。

到了接待室，坐定之后，接待人员就送来茶水。武剑民对他示意了一下，然后端起杯子，慢慢吹着。

武剑民说："胡处长经常来青岛吧？"

看对方比较冷淡，胡百胜说："武处长，来得不多。"

武剑民道："胡处长，青岛刚收回，事务繁多，各级长官非常忙碌，如照顾不周，还请谅解。"

胡百胜说："多谢接待，和青岛、胶东相比，全省各地都很穷，工业品几乎是零，几乎都是吃青岛人的饭，还骂恁们青岛人呢。"

武剑民笑了。他一下子拉近了与武剑民的距离。武剑民说："也不能这么说，谁叫我们都是山东人呢。"

胡百胜自嘲道："咱们高密一直就穷，工业品是零，就是有点蟋蟀、风筝什么的。除了高粱米，什么也没有。这次，我们为了到青岛，算是把压箱底的都拿出来穿上了。弟兄们军装早都穿破了，只能找点日伪军的服装穿。考虑来考虑去的，觉得在这里设个采购经办处，以解燃眉之急。"

武剑民笑着婉拒道："好说，好说。这些事，一会儿请与我们李参座讨论。"

胡百胜点头同意。这些事，确实不是武剑民这个级别的人谈的。

机要参谋推门进来，递给武剑民一份公文。武剑民看后笑道："胡处长，重庆的电报来了，青岛采购经办处确实是报备并批准了。"

胡百胜笑道："武处长，都是革命军人，谁敢不报备啊。党国的规矩严着呢。"

武剑民说："李参座今天中午设便宴请您，我们坐一桌，您的那些弟兄们一桌。"

胡百胜说："我们还有军需处处长李凯福上校，青岛采购经办处还有2个少校处长，最好与我们一起，以便今后与你及其他长官熟悉一下。再就是我带来了3卡车昌邑、平度、潍县等县的土特产，卸在哪里？"

武剑民道："带了这么多？您先等一等，我请示一下。"

他转身出去了。

5分钟后，他带着一个中校回来了，说："高司令让我感谢您啊，市场正缺食品。东西就地放下吧。这是我们机要处章微鹰副处长，一会儿，让您的人与他对接一下相关电台呼号。贵师采购经办处设好后，我们将给予开通联络电话。"

胡百胜和他握手说："太谢谢你了。青岛的各位长官真的很实在。"

吃饭在中山路，距离很近。卡车卸载完毕，就直接开了过去。

胡百胜知道，青岛吃饭的座次都是欧美规矩。主人旁边的右首为大。进了房间后，他找到自己的位置，刚信心十足地坐下，一个瘦瘦的上校军官推门进来了。

武剑民站起介绍说："这位是我们李参座，这位是高密暂编师的胡处长。"

双方敬礼。李参座摘下白手套，把手递过去，一口江苏口音说："青岛保安司令部，李一宁。"

胡百胜介绍了自己，又介绍了军需处处长李凯福、财务人员、采购经办处处长孙海营等。

青岛喝酒用瓷器口杯，俗称缸子。不似诸城、胶东用茶碗。容量要大三分之一。

李一宁发表了热情洋溢的欢迎词。然后开始敬酒。

第一缸子，代表青岛保安司令部敬高密暂编师；第二缸子，代表高司令长官敬贵师胡师长；第三缸子，欢迎胡百胜的到来，敬在座友军。

菜哗啦啦地上，酒稀里糊涂地喝。还没怎么吃，三缸已经下肚。胡百胜似乎有点晕眩。他抓紧时间吃了几口菜，垫了一下火辣辣的胃。

接着武剑民代表联络处敬酒。第一缸子，他热烈欢迎友军访问青岛；第二缸子，希望给友军提供最好的服务。

5缸下肚，胡百胜估计怎么也要有一斤半了。

章微鹰代表机要处敬了一缸，他绝对保证双方联络畅通，提供最好的服务。

众人大笑。

武剑民跟着说：小日本确实坏到骨子里了，他们用战争、病毒、苦役，把正常的中国人搞成了残废，然后又成立聋哑人、瞎子、瘸腿什么的爱心会，假装关心残疾人。

章微鹰说：残疾人对日军没威胁，他们当然要假装关心了。

因为自己的来路不行，胡百胜带来的人没敢接话的。他琢磨，这些人都是话里有话。酒也快一斤半了吧。这种喝法，再有俩敬酒的，就打发回家了。他快被"青保"的方式给吓死了。

大家继续交流。李一宁声情并茂："青岛打鬼子，守崂山，血洒国土。壮志凌云，可歌可泣。"

他赢得了阵阵掌声。

胡百胜醉生梦死："黄埔灭军阀，驱列强，喋血简庄。挥剑成河，意气风发。"

他取得了满堂喝彩。简庄伏击战，毕竟是鲁中抗战第一仗。

李一宁问："胡处长准备把采购经办处设在什么地方？"

胡百胜说："我们刚到，还没找好地方。"

李一宁说："想要个什么样的地方？"

胡百胜说："我们有10个人，要住、要吃、要办公。最好靠保安司令部近一点，以方便沟通。如果符合这些条件，恁怎么说，就怎么定。告诉我地方，我明天让人看房，然后付钱。"

俩人又干了一缸。

李一宁脸不变色，胡百胜心惊肉跳。

胡百胜想，这么喝下去很快就被撂倒完蛋了，啥菜也吃不出味道来。他站起说："初来乍到，承蒙李参座、武处长、章处长不弃与抬爱，衷心感谢尊敬的青岛保安司令部，感谢对本师的大力支持和帮助，并邀请诸位找时间去高密游玩。为此，我敬在座的一缸，我干掉，诸位随意。"

喝完，武剑民开始叫饭。海鲜肉丝面每人一大碗。

"青岛的饭就是好吃。"李凯福小声嘀咕着。胡百胜说："靠山吃山，靠海吃海。咱们这里，到处是肉。现在，青岛又用工业标准对菜做了改进，当然好吃了。"

他谈古论今，吓了李凯福一跳："没想到恁对吃还这么有研究。"

胡百胜笑道："哪里哪里，快去忙吧。"

然后，李凯福带着人，去市场采购相关物品，下午返回高密了。胡百胜留下一辆卡车。在武剑民的引导下，去青岛保安司令部的招待所住下。

李一宁让他坐自己的偏二摩托。随口问他："晚饭怎么吃？"胡百胜说："今天喝多了，不行了，明天回请。"李一宁说："那怎么行，到了青岛，要听我的。明天晚上还是青保司令部请。"

第二十二章

1

也不知道怎么到了"青保"的招待所。进了房间,胡百胜倒头就睡。

青岛保安司令部的查询电,自然也到了霍达来手里。霍达来给先行接收青岛的李先良发来了密电,要求李先良予以关照。

密电说:高密暂编师是果老亲自关怀下成立的国军武装,目前已经占领了山东约 10 个县城,战绩彪炳。在极其困难的情况下,与匪军抗衡。目前,该师供给较差,请尽量提供方便。

李先良本就是 CC 派的骨干,果老关心的武装,对他就不是小事了。

他立即找来了武剑民,询问为何不报告。

武剑民小声回答:"李市长,如果他们师长、副师长甚至旅长来了,肯定向您报告。根据对等接待的规矩,他们来了个处长,我顶多报告给参谋长,并请李参座中午宴请了他。对了,住房我还给他专门安排了个豪华套间。"

李先良亲切地说:"小武子,这是第一支来本市访问与联系工作的国军,应大张旗鼓地接待,宣传国军抗战的大好形势,要大造声势,以激励民心。不过,你们中午和住房处理得还不错。"

他扭头告诉秘书长李瑞:"你去通知各报纸,发布消息,说我今天亲切会见了高密暂编师的来访。双方共商抗敌、接收的有关事宜,青岛特别市政府将对各地接收国军,提供最有力的支持。"

李瑞应声而去。

早在第 5 路军高密暂编师成立之初,李先良就查过胡作为的底子,知道他是中统地下情报人员,负责昌潍一带的情报和抗敌工作。

武剑民抓紧时间派人通知胡百胜,晚上李代市长兼保安司令将亲自宴请,做好准备,并要了参加人员及职务名单。

胡百胜头还晕着,一行 3 人就被市政府派来的奔驰拉到了栈桥。在气势恢宏的招待所,他见到了风度翩翩的李先良。

胡百胜一一介绍了采购经办处的人员。客气之后,双方落座。

李先良一口苏南腔:"这个小日本太坏了,投降了,还不择手段地对青岛进行各种各样的破坏。可青岛人是好样的,对大多数工厂进行了自发性的保护。上午,我去纺织厂和印染厂查看恢复生产的情况。下午才接到报告,说你们来了。不说别的了，第一杯，热烈欢迎。"

喝了几口茶后，胡百胜清醒了一些。他知道，对自己的接待破格升到了顶级。

"谢谢李市长厚爱。"他说，然后，一饮而尽。

李先良吃了几口菜说："都是自家人，谈不上厚爱不厚爱的。现在青岛很乱，很多地方，小日本还没缴械，帮我们维持秩序。上午，军事法院审判了几个罪大恶极，妄图破坏工厂、社会秩序的日伪和汉奸的死刑，公开予以处决。围观的市民人山人海，无不咬牙切齿，满腔义愤。第2杯，为共同抗日干杯！"

胡百胜说："为八年来李市长率领'青保总队'不屈不挠，坚持抗战，取得胜利干杯。"

他也喝了。好在这个缸子没中午的三分之一大，菜也不敢多吃，肚子实在没地方装了。

李先良很高兴地说："我就说三个'尽管'吧。尽管青岛还在恢复生产阶段，尽管我们困难很多，你们有什么需要就尽管提出来，我们当自己的事情优先解决。我代表青岛特别市政府、保安司令部，不遗余力予以支持。第3杯，我向尊敬的高密暂编师致以最崇高的敬意。"

胡百胜喝掉说："感谢李市长的大力支持。高密暂编师永远牢记青岛特别市政府、保安司令部的大力支持。"

李先良说："贵师采购经办处可就近设在保安司令部附近，以随时与保安司令部保持联系。"

相貌堂堂的高司令站起说："请李市长放心，我指定军需处专人与高密暂编师联络。我敬胡处长两杯。"他连喝完两杯又说："你人少，随便喝，尽兴就行。你是李市长的朋友，就是我们的朋友。明天我派人送给你两辆摩托，一辆是带斗子的'偏三'，油料可去司令部随便加。"

他的缸子和中午的缸子差不多大。胡百胜很受感动，他也端起缸子说："我喝四杯，谢高司令。"

胡百胜早就听说过高司令。知道他的摔跤功夫一流，曾获得过全国摔跤冠军。1937年底，他奉命将日本人开办的四五十家工厂全部炸毁，然后随沈鸿烈撤离青岛到达鲁西。后返回崂山抗战，被俘后，又设法越狱，死里逃生。

李先良问："高密暂编师有多少人马？"

胡百胜答："开始有16000余人，裁掉了45岁以上的老兵，现在有12000余人。40岁以上的士兵，还有约15%，基本都是伙夫、后勤人员。"

李先良说："青岛保安司令部有6000多人，你们是我们的一倍啊。还有许多老兵，这个应该学日军，军官年轻化。"

胡百胜知道他刚编了张步云部等几千伪军，遂笑道："青岛和胶东一带的人，历来富足，自由惯了，不爱当兵、当差。再加上青岛人口少，市内好像才30来万，郊区40来万，所以不好招兵。其他地方就不行了，穷山恶水出刁民，很多地方除了逃荒要饭，当兵也算是一条出路吧。李市长可以多招些外地兵。"

李先良大笑。点头道："是这么个逻辑。不过，我有事要先走。胡处长，我这个市长不好当，一天一般要吃9顿饭，你们慢慢吃。"

众人急忙起身送行。他制止了说："你们都不必送，我就在隔壁。"

看到胡百胜不解的样子，李瑞说："胡处长，青岛特别市的市长不是那么好当的。青岛来往的客人太多了，我们李市长早餐陪3波客人，午餐3波，晚餐还有3波。"

原来如此。他如梦初醒。一直在军界混，总搞不明白地方政府为何搞了那么多豪华会所，难怪连伪高密行署都有招待所，自古官场、酒场、商场是一回事。所有的事，都是在酒桌上办的。

他连说："明白，明白。"

李瑞半开玩笑说："高处长，我代表青岛广大市民，敬你们山东民众一杯。"

李瑞的身价当然可以代表青岛市民，但是胡百胜的身价太低，代表不了山东民众。

胡百胜知道李瑞，也知道他是宁波人。当年，就是李瑞利用在农村生活就明白的"狗改不了吃屎"的原理，发布了市政府训令，动员市民大力养狗，以解决街道人屎过多的问题，结果人屎没有解决，又多了狗屎问题。

他连说：不敢不敢。

不敢是不敢，喝还是要喝的。

李瑞敬了一杯，也走了。他的任务是给市长服务。

民国的官场是不问出身的，所谓英雄不问出处。抗战结束后，更是如此。不问还好，一问半数以上是从"曲线救国"那条线来的。

胡百胜明白，即使人家不问，也肯定知道自己的底细。

高司令主持饭局，他说："日本人在中国真他娘的是穷造。现在早就是海洋时代了，城市选点要不依托港口，要不有资源，最差也要选择陆地要道。这样节约运力和运输成本。日本人却在中国内地搞了几个造钱的大黑洞，让我们中国人天天烧钱。"他话题一转说："沈市长在青岛的时候，市政府一共8个管理机构。李市长非常有魄力，要搞 200 个机构。青岛教育局一拆为三个局，分为幼儿学前教育局、初小教育局，青岛的大学都被日本人给灭了，李市长准备搞个大学发展局。青岛劳动局一拆为四，设立人事局、公务员局、非公务员局、搬运工收费局。青岛港务局也准备一拆为六。我们青岛是海纳百川之地，你有人才就推荐过来当局长。"

胡百胜忙说："我没钱，推荐不了。"

李一宁说："李市长是有理论支持的。青岛内需不足，须先增加政府内需，形成体内循环。青岛市政府各机构分拆与新增后，需要盖 200 个办公楼，增加 10 万公务员，这样就形成体内大循环了。然后，通过征税采购物资，形成第 1 波次的体外循环，再然后是加入国内经济 2 次循环，东北亚经济 3 次循环，最后是国际大循环。"

胡百胜连声说好。

高司令大笑不已道："常言道，往复循环，循环往复。"

李一宁说："我们还要发展教育产业、医疗产业，继续以盖房子为龙头，使得青岛健康发展，实现民族复兴。"

他们继续昏天黑地，醉生梦死。胡百胜不知道怎么回去的。

2

上午，武剑民带着高大威猛的军需处处长冒亦士来了。

他们还带来两辆插着警备旗的摩托车，其中一辆是"偏三"，并愉快地共进早餐。

保安司令部的招待所有雅间，武剑民把他们三人让进去。其余的在大厅吃。

桌上有几个小凉菜，随后粥、甜沫、鸡蛋各种吃的一起上来。胡百胜赞叹："你们青岛人吃饭真讲究。"

武剑民说："李参座本来也要来，但是有紧急军务，被李市长给叫走了。胡处长，摩托车会骑不？不会我找人教教。"

胡百胜说："谢谢，汽车我也会开。请你找个人教教他们。"

冒亦士一口即墨话道："青岛现在物价贼贵，食品奇缺，我也在设法搞粮食、蔬菜。不知道高密那里怎么样？"

胡百胜说："太没问题了，包在我身上，你定个最好的地方，晚上我请两位吃饭，边吃边聊。"

冒亦士说："最好的地方当然是市政府招待所，不过天天在那儿吃，都吃够了。过了八大关就是渔村，晚上开车去湛山那里吃渔家宴去，我们可以在那儿挂账。"

胡百胜说："这哪行啊？说好了我请。"

冒亦士说："不就是一顿饭吗？恁是客人，理应保安司令部请。"

武剑民也说："冒处长是我们的财神爷，钱多得是，就让他请。晚上6点，我来接您。"

几个人开心地笑了。

送走了他们，胡百胜戴上墨镜，骑着"偏三"，载着野津优纪子，背后坐着最贴身的马弁罗勇豪，去了胡作铭处。

乱纷纷的街头，公交车、马车、自行车、行人并行。沿途的警察看到国军上校开偏三过来，不知道怎么回事，纷纷向他立正敬礼。

罗勇豪坐在后面，他胸前挂着冲锋枪，腰上挎着两把匣子枪。

野津优纪子坐在挎斗里，东张西望。

摩托车扬起尘土。谈笑间，就到了胡作铭的洋行。

胡作铭看到他，很是吃惊，问："什么时候到的？怎么穿上国军的服装了？"

胡百胜就把近期的情况告诉他。胡作铭如梦初醒，原来胡作为已经成为高密暂编师师长了。

胡作铭笑道："你们换东家可真快。"

胡百胜也笑："命不好啊。我给你个发财的机会，晚上介绍你认识几个青岛保安司令部的人。今后，你一可以为高密暂编师提供物资，二可以为青保提供粮食、蔬菜。"

胡作铭连声说好，这是有几万人的大客户吧？然后，胡百胜似乎无意地说："百榜和作林哥跑哪儿去了？小日本投降了，也应该回来了吧？"

胡作铭说："谁知道啊，当时走的时候，说很快就回来。我找了他们快一年了，音信杳无。这俩人当时快给日本人吓死了，回头就结伙跑了。跑就跑吧，谁也没告诉我一声去哪儿。"

胡百胜挂念说："不会有什么事吧？"

胡作铭答："应该不会，大上个月，我听别人说，好像在沂蒙山一带看到过他们。"

胡百胜估计他们之间可能有联系，但是又不能问得太多。心中一块石头总算是落了地。他还是惊讶地问："怎么跑到那儿去了？不会是当八路军了吧？"

胡作铭也是一副莫名其妙的样子回道："就是啊，我也奇怪，怎么会跑到那个兔子不拉屎的地方？不过，应该不会参加八路军吧？人家会要资本家和地主？"

胡百胜问："也是。算我多心了。他们的关系、渠道都留给你了吧？以前，知道他们跑路了，可是当时还是日本人的天下，一直没敢问他们的去向。"

胡作铭说："给倒是给了，可现在大部分都被当作汉奸给查办了。"

胡百胜说："有来查你的吗？"

胡作铭回答："天天有来问的，可咱不是汉奸啊。和日本人也没往来，很多老板还被日军抓过、打过。"

胡百胜嗯了一声。他琢磨，主要是胡家的买卖太大了，胡老太爷还在重庆，接管大员们没搞明白情况，不敢下手。

然后，胡百胜给了他几包大洋细软，让他抽空分别送给父母和妻子，并请他帮助打听去日本的轮船航班、护照的办理程序等情况。胡百胜考虑，如果官方程序走不通，则考虑偷渡。

胡作铭满口答应。说父亲早有交代，每个月都必须固定去探望家族的一些长辈，顺便送些钱款物品等。洋行、公司都是盈利的，有胡百榜的股份，让他不必挂念太多。

中午，胡作铭在中山路请他吃了个便饭，还是那个饭店，那个雅间。胡百胜说："我每次到了中山路，就想起作铭哥栽培的千年古木，那些古香古色的海南黄花梨。"

胡作铭爽朗大笑道："我说百胜，你怎么还记着这茬啊？"

胡百胜也笑，他心中浮现一丝淡淡的忧伤。

中午没有喝酒。他要了碗面条，两个肉包子，胡作铭点了几个特色菜。野津优纪子拿着包子咬了一口，惊讶地叫了一声，"吆西，太好吃了。"

胡百胜严肃地说："优纪子，你不说话，没有人会把你当哑巴给卖了。"

野津优纪子傻笑。

他们约定，下午 5 点在保安司令部招待所见面。胡作铭带着 400 块大洋，每个礼盒放 200 块。

吃完饭，他骑着摩托回到招待所。

一进屋，野津优纪子就开始冲洗卫生间的浴缸。然后放水。

这个房间 24 小时有热水，设施都是德式的，有抽水马桶。

昨天她已经彻底洗刷过一次浴缸，也泡过澡了。她给胡百胜脱光了衣服，就把他推进浴缸。用日语嘟囔了几句。

胡百胜问："你用鸟语嘟囔啥？不知道本老爷听不懂你们的鸟语？"

野津优纪子说："刚才我是说，连个佣人也没有，害得姑奶奶，也就是老娘我，要亲自给你搓背。"

胡百胜笑了。野津优纪子也扑哧一声笑了起来。

对于日本的失败，野津优纪子比野津桥子还要激进。她认为日本早该败了，树了那么多敌人，不败才是怪事。她说："神道教非常坏，吹嘘有 80 万、800 万、1500 万个神。"

神道教还有女巫。德川幕府时期，把神道教义与朱熹理学结合起来，发展成为狂热的战争邪教。

胡百胜说："你们日本人不是脑子缺水，就是脑子进水。比我们中国人还玄学，还容易上当受骗。遇到什么事，只要说一句，科学还解释不了，就蒙混过去了，很难不神叨。"

野津优纪子笑道："还是你们中国人好，那满大街的不是刀枪不入的狐狸大仙，就是飞檐走壁的江湖大侠，再不就是装神弄鬼的巫婆神汉。让我看，科学既然已经来了，哲学差不多就该死了，以后解释世界的、找到与验证谜团的一定是科学。但愿日本将来是理工科的人管理国家，神道教那帮蠢货，除了给我们制造灾难，没一点优点。"

胡百胜说："我听说，你们日本人有叫'我孙子'的人，我看你改名叫'我少奶奶'吧。"

野津优纪子说："别打岔，没有工业和科技的社会，都是海市蜃楼。日本人对一切非日本的历史都具有强烈的质疑与批判，所以日本才具有冒险精神，我们竟敢蛇吞大象、自寻死路地侵入中国。你们中国人对有些问题看法其实很简单，很容易崇洋媚外。日本科技界没人真会去相信希腊历史。例如那些精美的雕塑，是用什么雕刻出来的？纸张既然是中国人发明的，那么多的古希腊书籍是怎么传播下来的？解释通了这些问题，我们才可能相信西方人没有编造历史愚弄我们。"

胡百胜一愣，然后大笑。世界变了，科学确实已经进入了人类社会。

胡作铭一到，胡百胜即把孙海营叫来，介绍他们互相认识。以后加强联系，所有的货物，均要胡作铭过手。

孙海营是伪高密师团的出身。虽满口答应，眼角却有点不屑地看着胡作铭。心说：反正你也不在青岛，到底怎么办再说了。

胡百胜似乎知道他想什么，随口说道："胡师长在老胡家排行老小，胡老板在家排行老二，一直在诸城看家。这个要保密，只能你一个人知道。"

孙海营脸色一变立正道："请旅座放心，一定遵命。"

尽管胡百胜没有任何职务，但高密暂编师上下表面上都很尊敬他。

武剑民身着便装，开着摩托来接胡百胜。看到胡百胜已经在奔驰轿车前等他，于是，上了车。

武剑民上车后，有点不好意思地说："今晚，李参座还是来不了。他在作战室，处理美国陆战队登陆青岛的事宜。"

胡作铭坐在前排。胡百胜没有回应介绍说："这是胡老板，也是我们胡师长的二哥。"

胡作铭扭头冲武剑民笑："我老弟今天直夸您义气，以后，请武处长多多关照。"

武剑民说："胡师长是党国栋梁，还请胡兄多加关照。"

话语间，到了八大关外的渔家宴。

冒亦士已经在门口等他了。

郊外一片漆黑，酒店门口灯火通明。八大关供电所，却按照工业配电标准，专门为这个酒店拉了两条线路，其中1条是备用线路。

冒亦士道："胡处长，今天赏光，我们吃全鱼宴。海参、鲍鱼、鱼翅什么的都是名堂，我们青岛人不怎么爱吃。今晚我安排了10种鱼，都是现捕现钓的。"

早在青岛读书的时候，胡百胜便知道青岛人请客奢侈，自己日常不一定怎么吃，但最好的东西，都是拿来招待朋友的。

他说："谢谢冒处长的厚爱。青岛这个地方，别的没有，好吃的有。"

几个人哈哈大笑。武剑民说："胡处长对青岛人很了解啊。从沈市长开始，所有来青岛的官员、著名人士，都是市政府专款接待。这次您来，我也有专门报告，一直等你们找到办公室为止。"

胡百胜很受感动，他介绍了胡作铭。他说："胡老板以后专门代胡师长联络两位长官。"

武剑民说:"胡老板是国军高密暂编师胡师长的二哥。"

冒亦士肃然增敬,表示没问题。并要了胡作铭的名片,以后加强联系。

司机在外面吃。大缸子一上来,胡作铭借口有胃病不喝。仨人你一缸子,我一缸子轮番喝起来。

喝着喝着,来了4个女人,原来冒处长安排了4个上海来的交际花。

胡百胜想,说是上海的交际花,谁知道都是哪儿来的,全中国到处都有冒充上海人的诈骗案。

青岛市区有30万人口,本地人顶破天就是10多万人。其余的都是外地人。他在青岛读书时就知道,破产的农民纷纷涌向城市谋生。10多万日照人跑到青岛,聚集在西镇海边。那里的小孩爱打群架,家长还特别护犊子,被称为"斜国人",都是些捡煤核、摆地摊、拉大车的苦力和脚夫。

胡作铭说:"事多,我就一个也不要。"

青岛民风淳朴,小偷小摸多是邻近的胶县人。德国人统治的时候,巡捕房的巡捕头都是胶县的。

武剑民说:"鲁东本身没多少乞丐。不过,现在各地流窜来的乞丐太多,日本人打仗弄残了很多人。丐帮也从各地拐了很多儿童,用各种手段致残小孩坑钱,手段残忍。"

冒亦士说:"在青岛的乞丐基本不敢偷摸抢,老百姓也就一般不爱管乞丐的闲事。丐帮太坏,栈桥的一伙流浪的丐帮,非常残忍,偷来了小孩从小就放在容器里长,最后长成蜘蛛人,用来表演杂耍要钱。最后,几个丐帮头被一帮义愤的十七八岁的青岛小孩给打死,其余的都吓跑了。丐帮头子没好东西,政府应多杀才对。"

胡百胜知道丐帮心狠手辣,他以前在各地街头,见过形形色色的乞丐,包括蜘蛛人。没想到青岛的小孩还会砸烂丐帮。他换话题说:"听说,德国人没吃过羊肉,当年到了青岛到处找羊肉。最后在鲁北、鲁南、鲁中总算吃到了各种羊肉,那个膻啊。"

冒亦士说:"西方人有肉类歧视。不过,听说德国人之所以聪明,是因为他们只吃猪肉。"

几个人哈哈大笑。

胡作铭说:"青岛的戏院就是电影院。刚来时就听说青岛人不爱看戏。说老掉牙,节奏慢,没动感。青岛小孩子看电影时爱鼓掌,只要一个孩子鼓掌,所有的人都跟着起劲鼓掌。

胡百胜说："小孩子都是青少年，爱瞎起哄。要不怎么会打死丐帮头子呢？"

然后，自然说起高密的汉奸。武剑民说："高密汉奸在青岛也有不少产业。铁杆汉奸刘大蛤蟆为掩护走私鸦片，开了好几家炉包店，甚至用大烟壳当调料，坑害市民。青岛人深恶痛绝。日军投降后，那些炉包店被市民砸得一个也没有剩下，你们暂编师要多杀汉奸，为民除害。"

胡作铭连声称要多杀，报仇雪恨。胡百胜一脸尴尬地点头称是。

交际花们开始猜谜，谁输了，她身边的人就喝一缸子。武剑民喝了两缸子，冒亦士喝了 3 缸子，胡百胜喝了 4 缸子。胡作铭没喝酒，但是喝醋加汽水，那味道更难喝。

冒亦士要上厕所，他身边的交际花扶着去。过了半天，回到座位上，对武剑民说："武处长，刚忘记了，早晨，你二嫂说今天不舒服，我自罚一杯。胡处长，对不起了，我先告假一会儿，回头再陪您喝。"

武剑民说："老兄。那快点回去看看吧。"

胡百胜许说·我送我送。

武剑民与冒亦士平级，当然不用送，和交际花搂着亲热。胡百胜与胡作铭就送到门口。

胡百胜悄悄对胡作铭说："你送他到家，顺便把礼品留下，然后回来。"

胡作铭明白。胡百胜对冒亦士说："我二哥送你，让他认认门。我就不送了，回头我们继续喝酒。"

冒亦士说："能交您这个朋友很愉快，开心。"说完，带着他的交际花走了。

胡百胜回到雅间和武剑民接着喝。胡作铭很快就回来了。吃饭的账单，确实是冒亦士签的。胡作铭要付钱，店家怎么着也不收。

胡作铭用钱打发走了交际花。武剑民路熟，就带着大家一起去了日本窑子观瞻，他们今后要继续抗日救国。折腾了半宿，武剑民拿着 200 块大洋愉快地回到家。

回到招待所，野津优纪子开门后，一边给他脱鞋一边掐他。因为她闻到了日本胭脂特有的味道。她说："小兔崽子，是不是背着姑奶奶去找小日本娘儿们偷着乐去了？"

胡百胜说："逢场作戏嘛。人家请客，人家带的人，又不是我带的。"

野津优纪子说："世道变了，以后我陪你去。"

胡百胜说："你时不时地就会冒出几句鸟语，谁敢带啊？"

野津优纪子说："我保证，一定控制好。"

胡百胜说："算了吧，还控制好。你以为你是日本女特务啊？"

野津优纪子笑了半天说："我保证。"

胡百胜说："你保证个球，我们明天下午就走，回高密。"在火车站附近等候去高密的火车。野津优纪子站在风景如画的海边，眺望着茫茫的大海。波涛汹涌，浪花飞舞，点点白帆，辉映着耀眼的蓝天。

一群群海鸥，嘶叫着掠过。无比灿烂的天空下，展示着人世间短暂的和平。

和平之外，就是战争。

而大海的对面，就是她的故乡。

这一刻，她哭了。

她不知道，胡百胜比她还难受。他的父母、孩子都在青岛，但是，两次来青岛，都没有去看过。

他现在已经没有家了，却要搞到船票。

4

李先良进城后第一件事就是找伊达顺之助，并安排青岛保安司令部将其逮捕。胡百胜让人去伊达顺之助的住处探望，发现已经空无一人。遂决定与青岛保安司令部沟通。高司令答复说：海边太潮，青岛人不爱住，你看好了就先用着吧。

他派人先占了房子。清理出来后，挂上"高密暂编师青岛采购经办处"的牌子，同时搜查有无大小"黄鱼"等宝贝藏物，企图捡点便宜。

然后，他带着孙海营等一行人回到高密。找到胡作为，报告了去青岛的情况。他首先讲了美军陆战队登陆的事宜，李弥的第 8 军也将随舰到达，估计肯定要到高密。

胡作为说："尼米茨将军不是宣布，美军陆战队要在烟台登陆吗？"

胡百胜说："这个我不知道。我也不能乱问。不过，烟台已经被共军控制，按照共军的一贯逻辑，他们是不会允许美军登陆的。"

胡作为道："美军登陆是战争需要，共军难道还能与美军打不成？"

胡百胜说："我们就不要瞎猜了。对世界来说，战争已经结束了。对美军来说，强行登陆共军控制区，是要承担后果的。"

胡作为说："美军陆战队已经在天津登陆，河北八路军不也是无可奈何吗？"

胡百胜说："河北八路军刚打到天津边上，美军就登陆了。情况不一样。如他们解决了天津的日军，美军也不好登陆。"

山东八路军公布战果称：已经缴获了900门各种炮。但河北八路军的装备还是极差，没有几百门重炮，谁去了也拿不下天津。

苏美英的雅尔塔密约，实际上是瓜分中国的秘密协议，极大地侮辱了为抗日战争付出巨大牺牲的中国人民。

苏军在东北没命地拆卸设备运往苏联。国民政府照会询问，苏联政府回答，苏军缴获的都是日本投资的工厂，没有中国人毫厘资本。苏联人的荒谬逻辑，让幼稚的国民政府哑口无言。

农业型的国民政府不会明白，国与国之间，既没有永恒的友谊，也没有永远的敌人，只有双方的利益。美国打日本是为了自己，苏联打德国是为了自己，苏联打日本又是为了什么？没有利益，谁会为别人卖命打仗当炮灰呢？

国际关系在发生深刻的变化，二战的盟国，正演变为战略对手。苏联的百万大军在山海关以北，鹰视狼顾。美军不顾中共阻拦和抗议，欺罔视听地在天津登陆，说明山海关是美军的优先目标，与苏军势成骑虎。

日俄战争、诺门坎战役的历史都摆在那儿。美苏如发生冲突，和诺门坎一样，中国肯定就是战场。美国已经有了原子弹，按照苏联人的尿性，肯定也会拥有原子弹。如发生对抗，其烈度不难想象。渤海又是内海。历史上被外夷控制了10年左右，中原政权就会崩溃。只有把美国人、苏联人都赶走，才能消除这些巨大的战争隐患。可谁是中国的驱雷掣电之人呢？

胡百胜眼前一片渺茫。过了好半天才说·"听高小凇说，周会玩是孙明远之死的帮凶，应给孙明远报仇。国军到达前，一定要严打海洛因和鸦片交易，并处决一批汉奸、毒贩。"

胡作为说："此一时彼一时。那时是各为其主，鸦片这事也不必大惊小怪。镇痛药什么的几乎都是鸦片提炼的，我们中国既没有医生，又没有药，有个头疼脑热的，全国老百姓谁家不存点鸦片急用？这些，我们都有说辞的。"

胡百胜建议，要调整人事，打乱师部各处室的体系，原来伪高密师团的人，尽量调整合适的岗位，换上当年昌邑人马，以免组成利益集团或帮派体系，滞碍指挥体系的流畅运作。关于青岛采购经办处，胡百胜建议换上自己的马弁罗勇豪。

罗勇豪是胡作铭当年招来的。他善使双枪，跟随自己多年，有一些见识，就是文化低，但是也好控制使用。

然后，他要3份空白的中统机要函。

胡作为问："你要函干什么？这个函可不能乱用。"

他说："用前，我先发报给你，你报备后再用。用不了，就退给你。"

胡作为表示同意。他指示柏延鸿等，迅速打掉周会玩、刘大蛤蟆的烟馆、妓院，打掉各毒品犯罪团伙，并严加惩办，大力宣传。

周会玩做事很隐蔽。他一般让刘大蛤蟆冲在前面，办理走私、贩毒、开赌馆和窑子等事宜，而他自己躲在后面。

胡作为找来周会玩、刘大蛤蟆等人，让他们去北平躲几天，等待时局演变。高密暂编师以汉奸罪、贩毒罪，将他们手下三两个小鱼小虾，全部逮捕、游街示众并予以处决。

胡作为早对周会玩那个副官看不顺眼，一并也给毙了。胡作为语重心长地说："我知道你的喜好。但政治无情。那人是个祸害，现在让你没面子，早晚会害死你的。以后再找，就找个规矩的，听话的。"

胡百胜让原丛斐通报青岛保安司令部，高密暂编师打掉铁杆汉奸周会玩、刘大蛤蟆汉奸团伙。枪毙人贩子、毒贩子等汉奸多人。周会玩、刘大蛤蟆、刘大头等汉奸分子，已逃窜，下落不明，正在通缉中。

青岛的报纸报道称：高密开展轰轰烈烈的铲除汉奸活动，民众积极响应云云。

5

周会玩等一干人带着家属，窜到北平的皇城根潜伏下来。

刘大头到北京后如鱼得水。他在从事地下工作的亲朋故友介绍下，参加了北平接收委员会，摇身一变成为这帮人的老大。刘大蛤蟆在八大胡同如日中天，被选举为蔡家胡同商会会长。

蔡家胡同有30多家窑子，其中"万里香"全是白俄女人。窑子的掌门王宏图，雍容闲雅，逍遥自在。他的产业很大，窑子遍布南京、上海、重庆。人送雅号王图托夫。

刘大头钟爱白俄女人。一来二去，王图托夫与刘大头有了密切交往。

他们每次喝酒，燕子和鸽子都会来陪着。这两个白俄女人丰容靓饰，婀娜多姿，酒量超大，满嘴北京土话。她们的眼睛幽蓝，刘大头看得心神不舍，魂不着体。

王图托夫说：燕子和鸽子是亲姐妹。他的哥哥鹞子以前是红军契卡。当年肃反，对白俄军队的老底子动了真，而得罪了老军官体系，被老帮子的人马构陷，流放到西伯利亚。她们父母双亡，只好来中国谋生。现在好了，鹞子在卫国战争中立了大功，被平反昭雪，恢复名誉，重新回到工作岗位。

王图托夫说：鹞子觉得在苏联混没前途，莫斯科正在恢复时期，大力发展新经济、新秩序是不可缺少的措施。在南斯拉夫的朋友帮助下，鹞子筹了点资，准备去承包经营东北的铁路。

刘大头说：南斯拉夫咋这么有钱？

王图托夫说：这你就不懂了，世界已经变化了，钱早已经不是真金白银了，现在的钱都是印的，谁有权力谁就可以印钱。南斯拉夫为发展生产力，他们的第纳尔要多少就可以印多少。他们目前正在进行私有化改革，解放生产力。准备把南斯拉夫变成几十个小国家。

鸽子说：南斯拉夫开会有人说，共产党宣言说，全世界无产者联合起来，但是，马克思、恩格斯没有说联合起来干什么。有人站起来说，我来回答，现在和平了，当然是联合起来发财。然后全体热烈鼓掌，欢呼声震耳欲聋，响彻一片。

王图托夫说："生意是生意，政治是政治。不要扯在一起。中长铁路比较长，需要一支队伍维持秩序、搬运货物等，可以发大财。但是，鹞子在东北一时半会儿找不到可靠的人，就让燕子她们到关内找人。王图托夫建议，刘大头设法收编冀中的伪治安军，然后，拉着队伍去东北吃铁路去。

刘大头也不知道燕子和鸽子是不是亲姊妹，更不知她们的鹞子哥哥是谁。可他知道，搞铁路肯定可以发大财。来北京后，他也曾反复考虑搞一支队伍。当年一起混事的汉奸，有队伍的都没事，而他与周会玩，就吃了没有队伍的亏。

但是，想归想，他的钱不够。无论谁养兵打仗都需要钱。

王图托夫说："燕子和鸽子可以设法找鹞子要点资金支持。可中国人不是苏联人他爹，所以，没有利益交换，肯定得不到支持。"

刘大头说："那当然。亲爹的钱也会有很多限制，儿子也不能随便乱花。我刘大头就是鹞子他爹，儿子也不可能百依百随，自古不赡养父母的多了去。天下熙熙皆为利来，天下攘攘皆为利往，除了傻瓜谁不懂这个呢？"刘大头又说：他被燕子和鸽子给搞亏了身体，周会玩博学宏才，正诌牙闲嗑，可负责收编伪治安军，改编为护路军、装卸队，然后清闲自在地开到东北，只听鹞子的就完了。"

王图托夫高兴地说:"这个办法好。让燕子和鸽子设法找鹞子,让他出20万美元,你负责搞个基本队伍,不必考虑武器,到了东北,枪炮多得是。"

此时的国民政府,正接收沿海发达的沦陷区日伪大量资产,同时企图恢复全国的经济秩序,并统一货币的进程。之前,国统区使用法币与沦陷区伪币合理比价大致在1:40左右。如果恢复经济的方法得当,中国经济会迅速恢复,可国舅宋子文公布法币与伪币兑换比率居然是1:200。

想中央,盼中央,中央来了更遭殃。一夜之间,沦陷区普通民众全部倾家荡产。国统区的投机资本,滚滚流入沦陷区抢购物资,物资缺口不断增大,物价一日三变,导致沦陷区民众对国民政府恨入骨髓。

1943年,国统区颁布了《黄金存款方法》,法币按照中央银行黄金牌价折合存入银行,到期可取得黄金,对控制国统区通货膨胀发挥了重要作用。1945年,宋子文以抗战为名出台捐献法令,勒令储户应兑现的黄金一律扣减四成作为捐献,一举掠夺民众黄金达82万余两。国统区民众对国民政府怨入骨髓。

连襟孔祥熙留下的9亿美金和6000万两黄金,经过小舅子宋子文的大折腾,快成为负数了。刘大头和北平接收委员会的小鱼小虾们也开始吃紧日益缺钱。他听说宋子文正准备开放金融市场:法币紧盯美元的汇率,同时开放黄金市场,以回笼货币,刺激外贸进口。中国的工业本来就脆弱,都知道游资陷入投机,将导致经济更大动荡,因此就特别想见鹞子。

王图托夫说:"鹞子不在中国,但是燕子和鸽子有美元。"刘大头不信。他说:"1辆福特轿车不过380美元,20万美元相当于5800两黄金,可以买4架P-51野马战斗机。能拿出20万美元的人,不是公忠体国就是财可通神之人,还会在'万里香'混?"

燕子讥笑:"谁不信就是炉包给撸出来的。"

刘大头冷笑:"谁信就是蔡家胡同给菜出来的。"

鸽子赌气道:"给你20万美元,你能展翅飞翔,还是实现鸿鹄之志咋地?"

刘大头胸有成竹:"鸿鹄之志算什么?如果给我20万美元,我就上天入地,气压山河,完成护路军的建军大业。你若拿不出来怎么办?"

燕子说:"若没有,就是你们家的炉包撸出来的。"

刘大头说:"若不然,就是蔡家胡同给菜出来的。"

王图托夫气吞万里,"难怪人家说你们是水浅王八多,不是鸿鹄之志,就是建军大业。不就是20万元的事吗?就这么办。"

燕子真的排出 20 万美元的支票。刘大头在惊诧中开始着手处理。周会玩以冀中接收委员会的名义，收编了 1 万多伪军。但是如何越过察哈尔、热河，进入东北，则是个要死要活的问题了。

察哈尔及山海关一带，被八路军牢牢地控制，很难跨过长城。根据延安首脑部的指示，八路军已经从山东、河北等地开进了东北。

折腾好久，风云突变。未曾料到，东北的八路军已经站住了，建立了南满、北满等根据地。王图托夫这时真没招了。他把刘大头、周会玩找来商量对策说："看来，真的过不了长城了。你带 2000 精兵投冀东去吧，冀东有八路军，你负责给他们捣乱，争取在那里打下一片天下。刘大头负责把其余的队伍控制好，等待时局演变。"周会玩说："冀东那边我不熟啊。"王图托夫说："这个不必担心，我找人带你过去就是了。"周会玩说："我以前的事怎么说？"王图托夫说："你可以变个身份名字啊，保证没问题。"

周会玩害怕共产党，还是不敢答应。

刘大头过足了烟瘾，轻描淡写道："历史没学好啊。中国的历史，真正对统治者有威胁的，一定是连家庭成员全部设法除掉，祖坟也会给一起扒掉。胡作为放过你，说明你没什么威胁，就算你暴露了，也不过是干过点偷鸡摸狗的勾当，不是血债累累，也没有任何威胁。何况，还有我给你撑着呢。"

王图托夫也诱掖奖劝道："脑袋掉了不过碗大的疤，男子汉大丈夫，不行我给找人你弄套天津的资料，谁会查啊，有啥可怕的？"

周会玩毕竟当过警察局长，在青岛和洋人比试过武术，还以天津人的名义去日本表演过拳脚。他冥思苦想了好几天，终于大彻大悟，满口应承，星夜带着 2000 多人去冀东了。

以后，刘大头不是抱着燕子你恩我爱，就是搂着鸽子春风一度。他再也没有见过周会玩，也不知道他的下落。

6

当初，胡作为控制了日军的弹药库、粮库、油库和中转站，现在看，简直太重要了，那里面几乎啥都有。他派人清理了一下中转站的军火物资，重点验查了火炮、掷弹筒和轻重机枪存量。各团、支队又统一发放若干轻重机枪、掷弹筒。

胡百胜说："作为哥，你可真是土财主。那些枪炮你不发下去，士兵们怎么打仗？等着枪炮都烂掉啊？"

胡作为嘿嘿笑。美式服装、鞋帽也发了下去。老旧的汉阳造全部淘汰，换上全新的三八大盖。

除了高小淞旅未动之外，为强化正规化、制度化、规范化、标准化建设，胡作为首先来了个团长跨旅大对调；之后对师部各处室来了个大换血；再是调整了上缴税收比例，收回各团的装备、服装等采购权，以统一武器、服装等制式标配。

高小淞连续多天拦截铁路、公路的货运物资，扣押了大量的煤炭、矿石、粮食和武器弹药等。来高密火车站买煤的人，天天排着长队。同时扣押了过往日本人，收缴了他们从中国劫掠的大量黄金、银元、珠宝等细软，继续大发战争财。

高小淞问这个买卖干到什么时候。胡作为说：国民政府对敌会有明确的通知，到时自然可以停下来，高小淞愉快地离去。

胡百胜约任群贤、陈有利等来高密叙旧。他们说：要向师座请假才行。胡百胜说，这还不简单，一定替他们请好假。

胡百胜不声不响地和他们吃了告别饭。

7

不知不觉，已是深秋。

胡百胜要了 3 台尼桑 180 型卡车，带着野津优纪子、静香，以及警卫排前往青岛。

野津优纪子和静香都穿着国军制服，坐在中间卡车的驾驶室。这一段时间，野津优纪子天天训练静香走路姿势，学得像模像样了。

胡百胜给她们起了中国名字：尤条，达米。并办理了带有照片的军官证。

胡百胜说："这个名字到了日本就不用了。好记。"

卡车上满载着各种鸡鸭鱼肉和粮食蔬菜等缺货。一路上，他叮嘱罗勇豪，到了青岛该注意什么，尤其要注意和胡作铭保持密切关系。

沿途，似乎经过不少警察哨卡。警察看到军车，连问也没问，直接抬杆放行。

武剑民收到他要到达的电报，已经在招待所等候了，并给他预留了豪华套间。客气几句后，他让野津优纪子和静香先进去休息。武剑民扫了一眼，不该问的他肯定是不会问的。

胡百胜半开玩笑说："山东现在分三类人口。青岛还有鲁东是工业人口，我们鲁中是农业人口，其余的是游牧人口。上次我过来，知道青岛除了有钱外，也面临着物价暴涨、食物匮乏，我们农业人口专门给恁搞了几车过来。我们高密都是些没见过什么世面的老巴子，东西少，老兄不要见怪啊。"

武剑民非常高兴地说："太谢谢了，现在粮食什么的，比黄金还要贵。"

胡百胜说："东西是一样的。给李市长一车，高司令和李参座一车，你与冒处长一车。够吃 2 个月的吧？"

武剑民说："我看这些够吃半年的。上次都当福利发给司令部的人了。东西这么多怎么放，是个问题。"

胡百胜说："后海一带不是有好几个大冷库吗？不好放的就放冷库，好放的就放家里。虽然不新鲜，总比没东西吃、出去排队强多了吧？"

武剑民说："老兄，不愧是中统的出身，知道的真多。"

胡百胜说："方圆 1000 里，只有青岛有冷库，全中国谁不知道啊？"

武剑民说："您这次来，李参座非常高兴。上次你走了没打招呼，他很不高兴。说这次要罚您酒。"

胡百胜说："哎呀，老兄，不应算没打招呼吧？我上次算走了吗？应该不算吧？"

武剑民张罗来了几个兵，把东西分别送到各家各户。其余的，都送到冷库存放。

中午吃饭的时候，他带着胡作铭和罗勇豪。李一宁介绍了相关的情况。

美军第 7 舰队柯克司令官，率美军航空母舰编队、海军陆战队等 2.7 万余人，登陆烟台，遭到胶东根据地的坚决拒绝。

几次谈判未果，柯克本拟强行登陆，但是盟国中国战区的美军参谋长来电劝告，胶东八路军目前还是友军，美军陆海军的飞行员，多次被其无条件地营救和保护，搞得太过了，不仅飞行员会不理解，国际影响也不好。

柯克于是对八路军说：美军与八路军确实属于盟军，是互相支援的关系，美军的任务不是打击八路军，而是共同打击日本这个敌人。既然目前胶东日军已经肃清，美军没有理由登陆。遂改变主意，转进天津、青岛登陆。

柯克与八路军烟台市长谈判登陆时，闻之市长胃病很厉害，还专门派飞机空投药品，以感谢胶东根据地对美军飞行员的营救。

李弥的第 8 军，也随着美军的第 2 拨舰队登陆。青岛要负责一部分军费、伙食及物资供应。钱倒好办，对商品多加点税就行了，但是青岛原来只是即墨的两个乡，为其农业配套的崂山，以前也属于即墨县的两个乡，一片以山区、丘陵为主的巴掌大地方，根本满足不了青岛副食品、粮食的市场需求，所以，已经陷入严重的食品供应困难。

火上浇油的是山东的省政府派了各地警察，层层封锁了通往青岛的道路，阻断了青岛的副食品、粮食的通道。

胡百胜很早就认识到，工业化过渡阶段，大量农民必将破产。却不知道，农业型的政府也始终处于破产阶段。而只要这种过渡存在，这种状态就会永远保持下去。为弥补财政亏空，大部分军阀和政府是靠贩卖鸦片来充盈财政，所以，禁烟在中国是一句永远的空话。

民国以来，全中国没几个赚钱的地方，东北长时间被日本人占领控制，南京政府和军队就靠上海、天津、青岛等几个特别市养活着。全国有财政盈余的依次只有上海、天津、青岛、南京、宁波和无锡等地。全国农村经济都是财弹力痛，入不敷出。各级政府的工资都发不出来，教师所谓的高收入，早就成为空头支票。

青岛货币流通非常繁杂，有日军的手票，伪满洲国的老头票，华北的准备票，还有大洋，等等。国民政府很快就不允许使用大洋了，要改用法币了。

冒亦士说："北洋军阀的时候靠 10 多个城市养着，国民政府后来就剩下五六个城市了。北洋军阀及之前的清朝，是向山东等产粮区，收购粮食，对贫困地区和灾区提供粮食救济。这样既节省了财力，满足了产粮区的经济发展，又支援了工业化。国家这么穷，还养着那么多机构和大批官员。贫困地区，只要养着一批教师、警察、医生就行了，这样节省开支。老百姓谁爱闹事？现在国民政府对欠发达地区就是印票子支援，导致通货膨胀。不过，印票子比收税还合算。"

武剑民说："你不愧姓冒，到处瞎冒，胡处长在这里，不能乱说。"

胡百胜说："自己人，没关系。"

大家笑。李一宁介绍："之前，青岛除了海关关税给南京国民政府外，其余的都是自己留下。给点钱其实也没什么，都是山东人，不能看着大家饿死。主要是前几任市长弄得不好。他们总觉得自己是山东人，山东省政府要什么就给什么，给的实在是太多了。再有，青岛也没多少教民，却在市区大建寺院、教堂、清真寺等建筑。最多的几年，财政收入的 93% 给了山东省。李先良算了算账，觉得按照以前的方式，给 80%，顶多给 90% 还可以接受，但是，现在省政府要的钱，约占我们财政收入的 99.7%。青岛就是吐血全给吐死了，也给不了那么多钱啊。"

武剑民说："听说，南京现在买官的排着长队，要买青岛的官很多啊。"

李一宁说："李市长的官是拼死拼活，流血流汗，抗战用命换来的。任凭谁也买不走。我接着说：你们别打岔。李市长说破了嘴，山东省政府那些买来的官，死活不答应降低份子钱。这次不给钱，就不放开关卡。"

李市长气得扬声恶骂："济南这帮官僚，不会是被日本人把脑子给试验坏了吧？青岛是特别市，是行政院的直辖市，不是山东省的城市，难道要把青岛坑死才算完吗？"

所以，青岛物价不断飞涨。市民普遍感觉没法活了。

李一宁又介绍了城市治安情况。日本人把青岛搞得很乱。李弥的第8军，多有四川、云南的双枪兵，来了就公开倒腾大烟。现在，小偷小摸多是海上闽军遗留团伙，贩卖拐卖人口的多是浙江溃兵，毒贩子多是河北残兵。因此，市政府准备以法律为准则，以事实为依据，从重从严，快速打击各类犯罪。

真是江山易改本性难移。胡百胜觉得当时让胡作为缉毒真是小儿科，幼稚得不得了。李一宁他们的话有些虽听不太懂，可也知道，这些年，汉奸们除了花钱大西洋买学历外，没啥本事。他们在全国建了8万个基督教堂，10多万个聚集地点，如河南不是黄泛区，就是盐渍地，但有的县一下子跟风也建了几十个大教堂。唯恐天下不乱的汉奸们，又挖空心思建了4万多个清真寺。

他知道，青岛是山东的一个异类。全国自古的什么城，都是一批官员带着几个马弁随从，盖起一二条传统营房，厕所是古老的猪圈。然后，会自动来一批人，专门处理官员、随从、兵营的吃喝拉撒睡。再然后，把这些街或者胡同，用墙给圈起来。就形成了所谓的"城"。这些臭烘烘的"城"，无上下水，垃圾也没法处理。其实叫大村庄也不为过。

青岛是自发的埠市，开埠时和其他城市的状态差不多，有码头，有集市，但没建城墙。德国入侵前有2万余商业人口。明朝所设立的"浮山备御千户所"，级别一直沿用下来，根本不入品。因此，对民众没有什么约束力，经济发展很快。

德国入侵后，通过压迫剥削劳动力，又搞了个大点的码头，建了几条德国街，搞了上下水、垃圾大粪处理厂。民国收回后，财政只投资了一个从没造过船的万吨船坞，然后弄了几条街道。最后"焦土抗战"几乎都给炸了。

青岛人懵懵懂懂，凭借有利的地理条件，愣是用自己的力量，发展起来现代化工业基础，轻纺工业仅次于上海。

国民党非要将青岛人民的奋斗和努力，说成国民党和政府的英明决策，好像国民党政府投过1分钱，发展了这些产业似的。胡百胜想，青岛人再厉害，也不行啊。山东这么大，仅靠一个青岛吃饭，早晚会把青岛给拖死。

李一宁敬酒。他感谢胡百胜给自己带来了这么多急需的食品。他说："冒处长是当地人，亲戚朋友多，稍微有送点的，就够吃的了。我和武处长都是外地人，上哪儿弄去啊？现在是花钱买不到粮食，长此以往，青岛人还不都给饿死？"

胡百胜琢磨，官场的人，从不做无效的功，喝无用的酒。封锁青岛这些话必有所指，估计是针对他说的。他对答如流道："难怪我看到沿途到处是警察的盘查哨。他们怎么没查我们啊？"

李一宁一摆手说："你们是正规的国军车队，他们拦截了干吗？他们主要拦截商人、老百姓出入青岛的车辆。"

胡百胜应付自如："李参座，这还不好办？晚上叫弟兄们换上衣服，冒充八路军，扫了这些哨卡。"

李一宁点头说："这倒是个办法，可是谁去呢？"

胡百胜说："那些封锁设卡的地方，确实是我们接收的。县长什么的是省政府派去的。我们高密暂编师是国军。确保美军、第8军登陆青岛是大局，义不容辞。我这就发电报，请我们1旅和2旅，今天晚上全面扫清高密、诸城、胶县等地设立的哨卡。保证一个不留。"

李一宁很惊讶："真的假的？我们李市长怕影响关系，没让我们做。"

胡百胜说："即墨的哨卡，我不管，恁自己扫。"

李一宁说："即墨一部分是'青保'的地盘，一部分被八路军控制着。八路军并没封锁青岛，害群之马倒是有一些，我们可以扫了他们。您扫了胶县、诸城、高密的哨卡后，东西差不多都就可以进来了。"

胡百胜找了张纸，随手写了电报文稿，递给罗勇豪说："立刻发报给任旅长、高旅长，请他们迅速行动。今天晚上化装成八路军，摧毁所有围困青岛的哨卡。同时，让他们报告给胡师长。"

罗勇豪敬礼，应声而去。他现在也是少校了。胡百胜让他日常佩戴手枪。

李一宁站起来说："你们先吃着，我先去市政府，向李市长报告。马上回来。"

武剑民等人觉得，这个小小的联络处处长，居然能调动旅长们干这些营生，回头再报告给师长，感觉他的来头很大。对高密暂编师的印象，一下子也好起来了。

冒亦士负责主持饭局。他说："这下有钱了，不怕山东省政府穷折腾了。国民政府来电说：蒋委员长计划明年来青岛视察。为欢迎委员长，李市长计划在委员长活动的路线上，进行亮化、美化工程。李市长正为没钱发愁。"

武剑民说："无非是青岛花上几年的财税收入，李市长魄力很大，市政府将周密安排，安全第一，日程紧凑，万无一失。李市长说：青岛全城就是停止电力供应，也要确保委员长的行程满意。"

冒亦士说："委员长满意了，党国就满意了。委员长是抗战领袖，应该让委员长住得好、玩得棒、吃得美美的。上次汪精卫来青岛，伪市长把医院太平间的电都停了，尸体在冷库里都臭了，结果汪精卫身体病发又不来了，弄得一团漆黑。"

武剑民说："那当然，全中国都是委员长的，何况吃住玩。"

胡百胜知道官场的水深，他们经常正话反说，黑话红说。他不懂青岛官场态势，也插不上话。

胡百胜如期"扫清"了青岛外围的哨卡。这些哨卡，基本都是高密暂编师所属的。但封锁食品供应的命令却是省政府下达的。命令下达后，没人当回事，就没报告胡作为。反正不是什么大事，一个命令，乱打几枪就解决了。胡作为下令，今后，只拦截载有日本人及其物资的车辆，其余一概放行。

李先良很受感动。第二天一早，亲自去招待所看望他，问他有什么需要。胡百胜说："没有什么大需要。这次来青岛，奉命办理几个护照，以处理日本的一些事务。"

李先良说："那还不好办？护照有2种，一种是国内通关的护照，一种是中华民国出国护照。你要多少给多少。"

历来封建中国的经济一直是割据的，从没有形成统一的市场。民国还形成了军阀割据。所谓国内通关护照，是给不同区域的军警关卡放行的过境公函。

这个，胡百胜当然不要。他说："李市长，我是出国公务，要的是中华民国的护照。"

说着，他出具了盖着中统大印的机要函。李先良接过来，看到上面写着，青岛特别市政府：着本局胡百胜前往贵市，以贵市居民的名义，办理中华民国护照3件，请接洽。

李先良把函给了秘书长李瑞，让他入绝密件，然后说："这个很简单，我回头让出入境管理处找你，你想怎么办就怎么办。我这里全力以赴，加以保密。"

胡百胜表示感谢。

李先良说："我的事特别多，就不陪你了。让高司令他们陪你吃饭。"

护照正常办理时间是 4 天。胡百胜的护照当天办好送来了。

经办人员看到尤条、达米就发笑。谁家的孩子，这么会起名字？

高司令告诉胡百胜，民国外交部正忙着处理《中苏友好同盟条约》等事宜。日本 400 多万战俘、侨民的问题，只给出了具体的原则，如何遣送则全部交给了地方政府，根本无暇顾及。所以，近日，有一条外事公务火轮要到日本。这条船是到日本，商榷如何处理侨民的问题。随船的有山东省政府和青岛特别市的外事人员。但具体不知道在哪儿下船。

他让武剑民去外事处问一下。

武剑民很快就打听明白了。他通知胡百胜，该公务船的目的地是下关，高司令已经安排了登船的事宜。

武剑民说："美国海军通报，山东的土八路还在大批渡海去东北。路上小心，一路平安，回来喝酒。"胡百胜表示感谢。

一切都是未知，后面是一望无际的山川，前面是无边的海。胡百胜登船前，找到胡作铭，先给他一些黄金细软，让他转给父母和孩子。并叮嘱他帮助照顾家里，再是给了他一个日本的联系地址。

胡作铭连声答应，让他放心，并用车把他们送到码头，"东西一会儿送到，你登船后电报马上发出"。

3 天后，火轮到达日本。

下船的时候，码头上有一大群人在那里等候。野津优纪子看到，大部分是日本无精打采的官员，他们身材低矮，面目可憎，一脸谄媚的假笑，围着中方人员。她原本计划甩掉静香，直接把胡百胜带走。抬头却看到花梨和阿信，各抱着一个孩子站在眼前。

她们默默无语，眼含泪花，仿佛一生都等待着这一刻。

她们收到了胡作铭的电报，就急匆匆地赶到了码头，并在码头上等候了一天一夜。

阿信的孩子还没有满月，哇哇地哭闹。

战争结束了。她们终于活了下来。她们喜极而泣。

野津优纪子愣在当场。

一瞬间，静香嚎啕大哭了。

尾 声

1

日军抓捕胡作林、胡百榜的经历都是真实的。谁被日本人打成那副惨样，都会恨的。

抗日不分先后，爱国不分人群。因此，他们很容易就取得了信任，留在了沂蒙山根据地。后来，他们又跟随着解放大军的滚滚铁流，到达了东北。

在东北，他们是野战军公认的理财与后勤保障能手。

朝鲜战场，是中国军事史上唯一的现代化、立体化与高烈度战争。已经成为志愿军 X 师后勤处主任的胡作林，奉命护送一批运往前线的粮食、被服和药品，遭遇严重的交通堵塞。

前方缺衣少粮，志愿军战士们在奋勇杀敌。胡作林心急如焚。因为敌机轰炸，公路中断。一排排汽车被压在公路上。为尽快把物资送到前方，他冒着零下 30 多度的严寒，下车疏导交通。

呼啸而降的美军炸弹击中了他，胡作林不幸牺牲，为国捐躯，时年 49 岁。

他留下的遗书，谴责了上海、福建等地的不法商人，为牟取暴利，卖给志愿军的是劣质药棉，导致该师 20 多个负伤战士不幸感染牺牲。他的遗书，是一份公函，本应发往志愿军总部后勤，要求查办浙江、江苏等地不法奸商，为志愿军提供的被服，夹杂过多烂棉絮，导致多名最可爱的志愿军战士冻死。

当年，他的遗书震惊了全国。

2

胡百榜跟随部队打过长江，打到海南岛。他回顾了自己参加八路军的过程，感觉既好笑，又可耻。

以他受过高等教育的经历，本应更早地参加救国运动，而他，却不幸当了那么多年的汉奸。

1951 年，胡百榜和他的战友在东北培养出中国历史上第一代挽马，行销全国，结束了中国几千年没有挽马可用的历史。随后，毛泽东一声令下，他与 20 多万战友一起转业，按照欧美模式，开发了中国历史上第一个，也是人类历史上最大的现代化农场，这就是 5 万多平方公里的"北大荒"。自此，"北大荒"变成"北大仓"。大大小小的"北大仓",终于结束了中国几千年的粮食危机。"大跃进"时,他奉命转业干起了钢铁科研,组建特种钢研究所。因为没有可用的钢材,中国海军自造的舰艇几乎都是小炮艇,这些舰艇,又几乎都是木头船体,外面包了层薄铁皮。1971年,世界第一型导弹驱逐舰051号"济南舰"下水,彻底将木头军舰送出了现代中国海军的历史舞台。此时,大小化肥厂早已遍布全国各地,而中国的农业产量由此得到火箭式的蹿升。

全球的粮食增产,化肥的作用约占50%,水利约占30%,农药约占15%,优良育种约占4.9%,劳动力与其他各方面的作用只占0.1%以内。

离特种钢研究所不远,是飞机设计所,1968年,歼-8战斗机横空出世,农民们说:有了这种飞机,管用100年。1980年代,经商大潮风起云涌,特种钢研究所开始自负盈亏。

退休后的胡百榜去了美国,在那里,他见到了胡百胜。胡百榜说:"哥,还是你有远见。"胡百胜说:"没什么,人类往往出生在错误的时代和地点,而被时间虚幻。"

胡百胜停顿了一下接着说:"还是你们有成就,你们培养了中华民族第一代挽马,开发了'北大仓',研制出中国第一块舰用钢板,历史会给你们记一笔。"

自砒霜被发现的几千年后,中国人用自己的智慧终于发明了一种化学药,它就是青蒿素。那峥嵘的岁月,让胡百榜激动不已,他情不自禁,泣不成声,老泪纵横。

3

胡作铭留在青岛经商。他从来不搞什么情报,因此就没有任何联系人,安全得到了绝对保障。他看到,青岛的工人自发组织起来,保护了全部工厂。国民党所有隐蔽战线的特务,都是成事不足、败事有余的蠢货和垃圾,他们破坏青岛工厂的全部计划和阴谋,无不被自发护厂的工人们打得落花流水。

八路军胶东区与滨海区分别成立了青岛工委。后来,两个工委合并。他的组织关系被转到胶东。他以合法商人身份为掩护,利用广泛的社会关系,联络了一批渔船水手,向胶东解放区提供了大量急需的设备和物资。

胶东兵工企业经过不懈努力,在严酷的战争中成长起来。他们整合出中国最先进的火炮、炮弹、子弹、炸药、硫酸、西药等生产线,其效能和生产规模远远超过国统区,成为全国解放区的经济大后方。以后,胶东根据地的生产力全面加速，不断提高。胶东兵工在 1948 年至 1949 年前 5 个月，共生产各种迫击炮弹 200 万发、炮 490 门、钢炮弹 17972 发、子弹 518.5 万发。整个解放战争期间，胶东共生产各种炮弹 252.8 万发，东北 1945 年 10 月至 1948 年 9 月三年整的统计数，共生产炮弹 137.5 万发。

胶东生产的炮弹，可以打 3 次以上淮海战役。有了大炮和充足炮弹的解放军，无情地摧毁了任何强敌与堡垒。

为了赢得中国人民的解放，至解放战争结束，胶东为延安和全国各根据地提供了 43 万两黄金，无一漏失或被敌俘获。

胶东小八路军于德泉、宋健等还成为中国科学院院士。

4

胡作为最终没有守住高密。

1947 年 11 月，高密城经过多达 3 次的反复争夺，人民解放军解放了高密。

攻城的那一刻，年轻的胶东人民解放军，制作了一种发射炸药包的简易武器，一次性抛射了 100 多包炸药，守城的李弥顽八军及高密暂编师，不是被滚滚气浪炸晕，就是被隆隆的爆炸声震死。

这种武器后来被用来攻打济南，用于淮海战役与抗美援朝。国军称这种武器为"没良心炮"。美军居然认为是原子武器。

高小淞架起胡作为，在野津桥子的帮助下，一口气逃到青岛。以后，他们又逃往台湾。

那时，他们不约而同地想起胡百胜的预言。

5

1941 年，日军攻占香港。1943 年 3 月，田中久一升为第 23 军司令官，主管华南军事，并兼任香港总督。他建立起广东汉奸队伍，疯狂地掠夺华南资源，并大量屠杀平民。

1947 年，在广州，罪大恶极的田中久一被战犯法庭宣判死刑，结束了其罪恶累累的一生。

田中久一是中国战犯法庭唯一处决的日本中将，也是最高级别的指挥官。

应记住的是,他不是贵族出身。

1948 年,伊达顺之助被南京战犯法庭处以死刑。他是最后一个被处决的日本战犯,也是唯一的贵族。

日本宣布投降后,有不下 10 万计的高丽人以各种方式自杀,为天皇效忠。

6

胡养荪留在重庆,再也没有回来。

他有 1 个烈士的儿子、1 个共产党员的儿子,还有 1 个汉奸的儿子。

最终,十万鲁东健儿,横刀立马,打下了济南,解放了山东。山东的百万子弟兵,打遍了全中国。

公私合营时,胡养荪对政府有关人员说:"抗战的时候,我儿子就把家里的 2000 多亩地都送人了。我们这些人,不能简单地说爱国不爱国,反正和洋人在商场上斗了一辈子。我们实在是斗不过洋人啊,多少人被整得狗血淋头,家财精光。你们共产党能把美国人挡在朝鲜,把联合国军从鸭绿江打退到三八线,说明我们中国人真的站起来了,回到正常的人类社会了。儿孙自有儿孙福。我老了,还要这些东西干什么?都交给你们共产党去弄吧。"

派来搞公私合营的干部也是山东南下干部,没有想到他这么爽快。

7

许多年以后,鹫津钤平侥幸逃脱了历史的审判。临终前,他回顾了自己罪恶的历史。

他觉得,世界各民族的生存与扩张是极其自然的事,所谓有什么本事吃什么饭。日本因为地理环境恶劣,为了生存更需要扩张。日本当年在华最大的战略失误,是在东北找油力度不够,由于勘探钻头少打了 100 多米,而没有发现油田。在山东根本就没有进行地质找油。如果找到了,有了石油,就不会急于打太平洋战争了。于是,不断上演人心不足蛇吞象的故事。

至于美国,在他眼里,依然是全新的概念。美国体制与日本的不同之处是,世袭更少一些。日本的本质依然是政治世袭、经济世袭,这样的体制只能被美国人所压垮。

日军还错估与低估了八路军。以后的中国,与世界所有的大国都交战过,他们打残了联合国军，打遍了联合国所有的常任理事国，让整个世界为之颤抖。

人类战争，自古打的就是粮草与后援。独一无二的人民战争，居于人类道德顶峰，完全扎根于最广大的人民，取得了源源不断的支持。

他对外孙福田说："中国现在还有 70% 的人口生活在铁器时代，还在使用远古的扁担、镰刀、锄头，表面上只进步了 20%。

世界科技界反复计算过，当今世界，电气化之后的新发明与新创造源源不断，不同于任何以往。任何一个零部件、真空管、晶体管等的产出，最低需要 4 个工业化人口支撑。门类齐全的工业体系，需要成千上万海量的零部件，世界上只有美国具备这样的工业化人口优势，同时具有全套的科技人才。

美国是人类历史上最为奇怪的国家。二战后，全世界的人口都有不同程度的增长，唯独美国人口没有明显的增长，而是靠移民维持人口基数。"

福田说："也有人评论说，美国民众以不生孩子对抗资本主义的压迫。"

鹫津钤平说："战后，美国不仅控制着日本的生死，还逐渐开始控制了世界上的石油、科技乃至粮食。因为越南战争，美元面临崩溃。狡猾的美元控制者，已经背弃布雷顿森林协议与黄金脱钩，现在已君临天下并强化了空头美元的国际货币地位，最终，美元还是将一统天下，小国沦为附庸，大国主权都将成为空壳。"

福田说："现在只有苏联有实力与美国对抗。但是不必害怕他们，苏联的政治制度决定了，那帮官僚政客，都是自作聪明的家伙，只要一换领导人，他们就会改弦更张，另起炉灶，不同的道路一定导致国家紊乱溃败。"

鹫津钤平继续自说自话地道："因为工业人口不足，一战中，法军认为 6 发轮式手枪火力不足，用 20 年时间研发出 8 发子弹的手枪。手枪还没有装备到部队，1940 年，德国的轰炸机群疾风扫落叶般地摧毁了所谓的'魏刚防线'，德军的装甲方阵，接下来轰隆隆地冲进了巴黎市区。

德国之所以敢于发动二战，主要是有巨大的人口支撑。但随着战争推进，德国已没有多余的人口，去研制生产更尖端的战略性武器了。日本更惨，因为缺乏人口，尽管能生产航空母舰，但都很低劣，被苏军或美军的钢铁洪流任意碾压。

随着科技与工业革命提升，日本、苏俄均已不具备人口优势，只能支撑到二战结束，并向老龄化坠落。所以，以后的日本必将沦落，只能抱紧美国的大腿。

任何历史，都会有无数的坎坎坷坷，各种各样的生死关头，任何王朝、任何政权都有随时倒塌的危险，只有鼓起勇气勇敢越过，才可能继续生存，并延续人种。"

福田说："我记得好像谁谁谁说过，历史是一条线，在这条时间线上，一些阶级失败了，一些人种灭亡了，这就是已往的历史。因为有资源、人种、国家、宗教，人类社会就会在和平与战争中循环。未来是不断的决战。"

后　记

　　抗战是一场全民战争。在付出几千万人牺牲的代价后,中国人民终于取得了胜利。艰苦抗战的洗礼,使得中国军队在战争条件下,克服一切艰难险阻,从一支传统的农民军,迅速变成了工业化条件下的军队,并不断发展壮大。

　　高烈度的现代化战争,是检验一切军队的真正标准。

　　迄今为止,抗美援朝是中国军队唯一经历的现代化、立体化与高烈度战争。志愿军将士在付出巨大的牺牲后,终于将美国为首的联合国军,从鸭绿江打退到三八线。

　　在长津湖,以鲁东子弟兵为主组成的第 27 军,一举歼灭美步兵第 7 师第 31 团、第 32 团第 1 营和师属第 57 炮兵营 1 个加强团 4000 余人,并缴获第 31 团团旗。这是志愿军唯一全歼美陆军一个完整团建制的范例。

　　冰天雪地,美军队伍在撤退。突然,指挥官大声喊停!眼前的情景令他大惑不解。对面有一排排的志愿军战士举着枪,握着手榴弹,埋伏在此。但他们居然没有开火。

　　这是二次战役的一幕。志愿军九兵团 20 军、27 军的 3 个连,因缺衣少食,在阵地上被冻成了"冰雕",壮烈殉国。

　　美军指挥官向"冰雕"敬了一个军礼。美军陆战一师的军官曾这样描述,他们穿着单薄的军衣,端着老旧的步枪,冒着严寒和陆战队的猛烈炮火,其舍生忘死的精神令陆战队员们肃然起敬!

　　美联社发布联合国战报称:美军伤亡 26 万人,韩国军队伤亡 114 万人,中国军队伤亡 65 万人,朝鲜军队伤亡 40 万人。韩国战报称:美军伤亡 30 余万,韩军伤亡 98 余万,中国军队伤亡 70 余万,朝鲜伤亡 50 余万。美国战报称:美军伤亡近 16 万,其中阵亡 5 万余人,韩军伤亡 148 万,其中阵亡 60 余万;中国军队伤亡 75 万,其中阵亡 35 万多;朝鲜军队伤亡 65 万,其中阵亡 40 余万。

　　据 1988 年出版的《中国人民志愿军抗美援朝战史》志愿军牺牲和负伤共 36 万余人。其中,山东籍烈士 19685 人。

　　为纪念人民战争的伟大胜利,本书侧重于描写战争条件下,山东抗日根据地工业化客观而真实的历史进程。所选取的烈士人物,都是真实的历史人物;所提供的各类国民经济、根据地的经济数据,均为历史记载的真实数据。

　　感谢著名书法家、作家、记者张飚先生为本书作序并题写书名。

李德成

2018 年 5 月 10 日